Kim Schneyder
Zum Teufel mit den Millionen

W0075451

Zu diesem Buch

Molly Becker hat das, wovon alle Frauen träumen: Dank eines Lottogewinns anderthalb Millionen auf dem Konto, einen Traumjob als Unternehmensleiterin von »Winners only« und mit Philip Vandenberg an ihrer Seite auch die große Liebe. Alles scheint perfekt – bis sich auf einmal dunkle Gewitterwolken über ihrem sonnigen Alltag zusammenbrauen. In ihren »Winners only«-Filialen beginnen sich mysteriöse Vorkommnisse zu häufen: Eine Kundin hat sich auf einer defekten Sonnenbank die Farbe eines gekochten Hummers geholt, ein Herr aus Berlin hält sich seit einer Hypnosesitzung zur Stärkung des Selbstbewusstseins für einen Kaiserpinguin, eine arbeitslose Raumkosmetikerin sieht aus wie ein Werwolf, seit sie ihre Augenbrauen durch ein misslungenes Permanent Make-up ersetzen ließ, weswegen ihr Verlobter sie sitzengelassen hat, und dergleichen mehr … Und jeder dieser unzufriedenen Kunden reicht sofort Klage gegen das Unternehmen ein und hängt seinen Fall zu allem Übel noch in den Medien an die große Glocke. Kein Wunder also, dass die Umsätze unaufhörlich in den Keller rasseln und auch Philip langsam die Geduld mit Molly verliert. Da ist guter Rat teuer, doch Gott sei Dank muss Molly ihre Krise nicht alleine durchstehen. Zusammen mit ihren Freundinnen Lissy und Tessa geht sie den merkwürdigen Vorkommnissen auf den Grund und kommt einer hinterhältigen Verschwörung auf die Spur …

Kim Schneyder verbrachte ihre Kindheit in Deutschland und in der Schweiz. Nach einer pharmazeutischen Ausbildung war sie unter anderem als Werbedesignerin, Werbetexterin und Eheberaterin tätig. Heute lebt sie mit ihrem Mann und ihrer Tochter in Österreich. Nach ihren Erfolgsbüchern »Frauen rächen besser«, »Ich und er und null Verkehr«, »Hilfe, ich bin reich!«, »Im Bett mit Brad Pitt« und »Hilfe, ich hab den Prinzen verzaubert!« ist »Zum Teufel mit den Millionen« ihr sechster Roman.
Weiteres zur Autorin: www.kim-schneyder.com

Kim Schneyder

Zum Teufel
mit den Millionen

Roman

Piper München Zürich

Mehr über unsere Autoren und Bücher:
www.piper.de

Von Kim Schneyder liegen bei Piper vor:
Frauen rächen besser
Ich und er und null Verkehr
Hilfe, ich bin reich!
Im Bett mit Brad Pitt
Hilfe, ich hab den Prinzen verzaubert

MIX
Papier aus verantwor-
tungsvollen Quellen
FSC® C083411

Originalausgabe
Mai 2012
© 2012 Piper Verlag GmbH, München
Umschlaggestaltung: Cornelia Niere, München
Umschlagmotiv: Artwork Cornelia Niere;
Tyler Stalman / Getty Images (Frau), shutterstock (Schwein)
Satz: Kösel, Krugzell
Gesetzt aus der Minion
Papier: Munken Print von Arctic Paper Munkedals AB, Schweden
Druck und Bindung: CPI – Clausen & Bosse, Leck
Printed in Germany   ISBN 978-3-492-30031-5

Inhalt

WO

Winners Only

Ihr Partner für Erfolgsmanagement & Life Balance!

Werden auch Sie zum Gewinner!

- × Imageberatung
- × Professionelle Typoptimierung
- × Inner-Balance-Finding
- × Mental Enforcement
- × Autogenes Training
- × Hypnosetherapie
- × Shavasana-Entspannung
- × Wellness & More
- × Fitnesscoaching

- × Kommunikations-training
- × Rhetoriktraining
- × Tanning & Depilation
- × Mode & Accessoires
- × Parfümerie
- × Hairstyling
- × Zahnoptimierung
- × Kosmetik

JETZT NEU:
Erfolgsbeweis durch Before/After Screening!

It's time to taste a winner's life!
Come and join us!

www.winnersonly.com
Across Germany and soon all over the world …

Es liegt am Sex, stimmt's?

»Gut, Frau Becker, wenn ich Sie also richtig verstanden habe, dann liegt der Winners-only-Philosophie die Behauptung zugrunde, dass in jedem von uns ein Gewinner steckt. Habe ich das richtig interpretiert?« Elise Ansbach betrachtet mich mit einer Mischung aus Faszination und professioneller Neugierde.

Ich will gerade einen Schluck von meinem Fruchtcocktail nehmen, aber da ihre Frage kürzer ausgefallen ist als erwartet, setze ich das Glas ein bisschen zu hastig ab und verschütte bei der Gelegenheit ein paar Tropfen über meine fliederfarbene Bluse. Mist. Ehrlich gesagt hätte ich nicht gedacht, dass es derartigen Stress bedeuten könnte, ein Interview zu geben.

Wobei es natürlich toll ist. Ganz toll sogar. Ich, Molly Becker, Geschäftsführerin von Winners only, einer der innovativsten und modernsten Firmenketten in ganz Deutschland – was sage ich, Europas! –, gebe dem Life&Style-Magazin ein Interview zum Thema »Karrierefrauen – Mit voller Power durch die Machomauer«.

»Ups, das gibt Flecken. Ich hoffe, die Bluse war nicht allzu teuer.« Elise Ansbach zieht besorgt die Stirn in Falten.

»Oh … äh, sie war nicht billig, falls Sie das meinen, aus einer unserer Kollektionen, wissen Sie, mit einem optimalen Preis-Leistungs-Verhältnis, um genau zu sein …«, erwidere ich und stelle mein Glas ab. »… und wie alles bei Winners only von allerbester Qualität, mit dem Vorteil, dass potenzielle Fleckenverursacher wie diese davon abperlen wie Morgentau von einer

Lotusblüte«, bringe ich den Satz mit einer entsprechenden Werbeaussage schwungvoll zu Ende.

»Was für ein schöner Vergleich«, nickt Elise Ansbach.

Dann beobachten wir gemeinsam, wie die dunkelroten Tropfen in das Gewebe der verdammten Bluse einsickern und dabei immer größer werden. Okay, wie's aussieht, muss ich darüber mal ein paar Takte mit Tessa reden. Seit sie unsere Chefeinkäuferin ist, sind unsere Kollektionen zwar schweineteuer geworden, aber der versprochene »Quantensprung in der Qualität« erschließt sich mir im Augenblick nicht.

»Äh ... ja«, nehme ich den Faden wieder auf. »Wo waren wir stehen geblieben?«

»Die neue Philosophie von Winners only ...«, hilft sie mir weiter.

»Unsere Philosophie, genau«, nicke ich eifrig, um mich schon im nächsten Moment wieder zurückzupfeifen. Immer mit der Ruhe, Molly. Du bist eine Karrierefrau, und Karrierefrauen nicken nicht eifrig. Wenn schon nicken, dann bedächtig. Oder überlegen ... oder ... vielleicht besser überhaupt nicht nicken.

»Also, im Gegensatz zu früher unter der Leitung meiner ehemaligen Chefin Clarissa Hohenthal ...« Ha, den Seitenhieb konnte ich mir nicht verkneifen. »... als es unser oberstes Ziel war, pro Kunde den größtmöglichen Umsatz zu erzielen, egal, wie vorteilhaft die jeweiligen Produkte für ihn waren oder auch nicht, stehen jetzt einzig und allein die Bedürfnisse unserer Kunden im Vordergrund. Wir loten ihre Stärken und Schwächen aus, und sobald wir etwas finden, das sie daran hindern könnte, ein Gewinner zu sein, bessern wir dieses ... nennen wir es *Manko* ... umgehend aus. So einfach ist das«, schließe ich mit einer ausladenden Geste, bevor ich mich im Sessel zurücklehne und Elise Ansbach ein offenes Lächeln schenke, wie ich es von Umberto, unserem Kommunikationstrainer, gelernt habe.

Elise Ansbach nickt wieder beeindruckt, dann jedoch runzelt sie kritisch die Stirn. »Das klingt alles wirklich sehr überzeugend, Frau Becker …«

»Nennen Sie mich bitte Molly«, falle ich ihr gönnerhaft ins Wort. »Und ich darf doch Elise sagen, oder? Von Powerfrau zu Powerfrau gewissermaßen?«

»Oh, ja, natürlich, freut mich … *Molly*«, nickt sie irritiert, bevor sie erneut einen Blick auf ihren Zettel wirft. »Also, dieses neue Konzept klingt in der Tat sehr überzeugend, aber gibt es da nicht ein Problem, was die Rentabilität Ihres Unternehmens betrifft?«

Ich wusste es. Ich wusste es. Diese Frage musste kommen, und obwohl ich es kaum erwarten kann, sie zu beantworten, stelle ich mich ein bisschen doof, um die Wirkung noch zusätzlich zu erhöhen.

»Rentabilität?« Ich lege den Kopf leicht schräg und ziehe eine Augenbraue hoch. »Was genau meinen Sie damit?«

»Na, wenn man bei den Kunden nicht auf die Umsätze abzielt, muss sich das doch negativ auf die Erträge auswirken«, meint sie verwundert.

»Ach, *das* meinen Sie«, lächle ich überlegen. Dann hole ich Luft und lege los wie ein Wirtschaftsdozent: »Sie haben nicht ganz unrecht, Frau Ansbach, bei oberflächlicher Betrachtung sollte man das meinen, aber in Wirklichkeit verhält es sich genau umgekehrt. Die herausragende Fairness und Transparenz unseres Angebots stoßen mittlerweile auf derart gute Resonanz, dass wir innerhalb eines Jahres – seit ich die Leitung von Winners only innehabe, um genau zu sein – unseren Kundenstock mehr als verdoppeln konnten, und selbst wenn wir damit pro Mitglied weniger Umsatz erzielen, ist das Ergebnis unterm Strich immer noch ein deutlicher Zugewinn. Ich habe übrigens auch einen Namen für diese Methode entwickelt: Ich nenne es die ›Minimax-Methode‹«, verkünde ich voller Stolz und möglichst deutlich, damit sie es gleich wörtlich für ihren

Artikel übernehmen kann.«*Mehr* Umsatz erzielen, indem man *weniger* Umsatz macht. Was auf den ersten Blick keinen Sinn ergibt, ist in Wirklichkeit eine bahnbrechende Idee, die möglicherweise Einfluss auf die gesamte Marktwirtschaft des 21. Jahrhunderts haben wird.« Ich gerate regelrecht ins Schwärmen bei dem Gedanken, dass ich möglicherweise schon bald in sämtlichen Wirtschaftslehrbüchern als Schöpferin dieser revolutionären Idee genannt werde. Die werden dann doch sicher Fotos von mir brauchen, fällt mir ein. Ich sollte mir dafür eine Brille zulegen. Brillen verleihen einem einen intellektuellen Touch, und erst neulich habe ich eine Kollektion von Gucci gesehen …

»Aber gibt es das nicht bereits?«, unterbricht Elise Ansbach meine wundervollen Phantasien. »Das Minimax-Prinzip lernt man schließlich auf jeder zweiten Schule, und soweit ich mich noch erinnern kann, geht es dabei darum, aus minimalem Aufwand maximalen Nutzen zu ziehen oder so ähnlich.«

Wie bitte, das gibt es schon? Blöde Schulen!

Aber Moment mal, hat sie nicht gerade gesagt …?

»Ich spreche auch nicht vom Minimax-*Prinzip* …« Ich ringe mir ein gekünsteltes Lachen ab und lasse gleichzeitig meine grauen Zellen rotieren, um schleunigst einen Ausweg aus dieser Sackgasse zu finden.

»Ich sprach von der Minimax-*Methode*, oder noch genauer von der Molly-Becker-Mini-Maxi-Methode«, fällt mir dann ein. »Ich habe sie vorhin nur ohne meinen Namen genannt, weil ich nicht … ähm … damit angeben wollte, wissen Sie?«

»Tatsächlich?« Elise mustert mich einige Sekunden lang schweigend, und ich bin heilfroh, dass sie keinerlei Anstalten macht, sich etwas von dem Mist, den ich soeben verzapft habe, zu notieren. Schließlich beendet sie die peinliche Pause mit einem Räuspern. »Dann habe ich noch eine ziemlich direkte Frage an Sie, Molly, die schon mehrmals an uns herangetragen wurde, und ich bitte Sie, das nicht als Provokation aufzufassen:

War Philip Vandenbergs Entscheidung, Sie mit der Führung von Winners only zu betrauen, eine rein wirtschaftliche, oder stand sie auch in Zusammenhang mit Ihrer Liaison?«

Also doch. Ich hatte bereits befürchtet, dass sie dieses Thema anschneiden würde, und jetzt nützt sie die Überleitung für diese reichlich unangenehme Frage.

»Selbstverständlich fand diese Entscheidung auf rein professioneller Ebene statt«, stelle ich sofort klar. »Nur zur Verdeutlichung, Elise: Philip und ich waren noch gar kein Paar, als ich ihm meine persönlichen Vorstellungen von einer Neuausrichtung des Unternehmens darlegte, und es waren exakt diese Ausführungen, die ihn veranlasst haben, mir diese Aufgabe zu übertragen.« Das stimmt, wenngleich ich die Geschichte ein klein wenig abgeändert habe. In Wirklichkeit habe ich mich damals bei Philip ordentlich über meine fiese Chefin Clarissa beschwert, und irgendwann war ich dann ziemlich betrunken und bin am nächsten Morgen in einem fremden Hotelzimmer aufgewacht … Aber die Einzelheiten tun ja nichts zur Sache, nicht wahr? »Außerdem wusste ich zu dem Zeitpunkt noch gar nicht, dass er Philip Vandenberg ist«, fällt mir ein weiteres Argument ein. »… auch ein klarer Beweis dafür, dass die Ideen, die ich ihm damals präsentierte, meiner ureigenen Überzeugung entsprangen und nicht etwa taktischen Erwägungen, wie ich meinen zukünftigen Boss beeindrucken könnte oder so was in der Art.«

»Interessant, das wusste ich gar nicht.« Elise schaltet mit dem Instinkt einer erfahrenen Reporterin auf einen vertraulichen Tonfall um. »Dann war Ihr erstes Zusammentreffen also eine Art Blind Date?«

»Ja, so könnte man es nennen.« Ich versinke für einen kurzen Moment in der Erinnerung daran, wie Philip als ganz normaler Kunde in mein Büro kam und noch kein Mensch ahnte, dass er in Wirklichkeit der Oberboss von Eragon war. Ich war damals natürlich sofort fasziniert von ihm … also, nach ziemlich kurzer Zeit jedenfalls … auf alle Fälle gleich, nachdem ich ihn näher kennengelernt hatte!

»Möchten Sie uns vielleicht mehr darüber erzählen, Molly?«, fragt Elise sanft.

Es dauert eine Sekunde, bis ihre Worte in meinem Bewusstsein angekommen sind.

Oh, oh. Vorsicht, Molly, die Frau ist ein Profi. Sie will dich doch bloß aushorchen und dir so ganz nebenbei ein paar intime Details aus dem Kreuz leiern, um sie dann am nächsten Tag in den Klatschspalten zu präsentieren.

Aber nicht mit mir.

»Ach, wissen Sie, ich denke, das würde den Rahmen unseres Gespräches sprengen«, antworte ich ausweichend.

Für einen winzigen Augenblick macht sich Enttäuschung auf ihrem Gesicht breit, die sie aber schnell wieder beiseiteschiebt.

»Wie Sie meinen, Molly, ich kann Sie natürlich nicht zwingen«, lenkt sie mit einem schmalen Lächeln ein. »Aber eine winzige Frage zu dem Thema müssen Sie mir doch gestatten: Wie läuft es in Ihrer Beziehung? Gibt es bereits Hochzeitspläne? Ist Nachwuchs für Sie beide ein Thema?«, kommt es plötzlich wie aus einem Maschinengewehr.

Von wegen winzige Frage, die Lady drückt ganz schön auf die Tube. Ich denke sorgfältig über meine Antworten nach, weil Philip und ich vereinbart haben, unser Privatleben von der Öffentlichkeit fernzuhalten.

»Also, ohne zu viel zu verraten, Elise: Es läuft ausgezeichnet zwischen Philip und mir, und ja, er hat mir schon mehrere Heiratsanträge gemacht, und über Nachwuchs haben wir zwar noch nicht dezidiert gesprochen, aber ich kann mir durchaus vorstellen, dass das ein Thema wird, sobald die Zeit reif dafür ist.«

Elise hat ungläubig die Augen aufgerissen, während ich antwortete. »Habe ich richtig gehört? Philip Vandenberg hat Ihnen bereits mehrere Heiratsanträge gemacht?«

»Allerdings«, nicke ich.

»Ja, und?!«, stößt sie hervor.

»Was, und?«

»Wieso sind Sie dann noch nicht verheiratet?«, setzt sie völlig perplex nach.

»Weil ich sie abgelehnt habe, natürlich«, sage ich achselzuckend.

»Das gibt's doch nicht«, stöhnt sie auf. »Wieso denn abgelehnt? Philip Vandenberg ist einer der begehrtesten Junggesellen Deutschlands, er ist Multimillionär, er ist attraktiv, er ist einfach …« Sie sucht nach dem richtigen Wort. »… ein *Traummann*!«

Wie bitte? Ein Traummann? Ist er das? Also, es stimmt schon, Philip ist reich, und er sieht ziemlich gut aus, vor allem, seit ich ihn unter meine Fittiche genommen und ihm ein modernes Outfit verpasst habe, vor allem aber ist er eine beeindruckende Persönlichkeit, und er kann auch witzig sein, wenn er will …

Elise hat recht. Philip *ist* ein Traummann.

Wieso ich ihn dann noch nicht geheiratet habe?

Also, es ist nicht so, dass ich nicht seine Frau werden will, aber das hat sich irgendwie im Laufe der Zeit so … *ergeben*.

In den ersten Monaten unserer Beziehung hat er mir beinahe täglich einen Antrag gemacht, das gehörte fast schon dazu wie das tägliche Zähneputzen, und ich habe ihn stets vertröstet, weil ich nichts überstürzen wollte, und irgendwann wurden seine Anträge dann seltener, und der letzte ist jetzt überhaupt schon mehrere Monate her …

Je länger ich darüber nachdenke, desto mehr beschleicht mich ein ungutes Gefühl. Sollte ich mir deswegen etwa Gedanken machen?

Während ich noch darüber grüble, fällt mir auf, dass Elises Blick nach wie vor abwartend an meinen Lippen hängt, und ich bemühe mich schnell wieder um einen unverfänglichen Gesichtsausdruck.

»Sie haben natürlich recht, Elise«, bestätige ich. »Philip ist definitiv ein wunderbarer Mann, aber ...«

»Es liegt am Sex, stimmt's?«, fällt sie mir mit leuchtenden Augen ins Wort. »Für eine emanzipierte Powerfrau wie Sie ist er zu alt, und nach einem harten Arbeitstag wünschen Sie sich einen jungen, starken ...«

»Quatsch, Elise, Philip ist überhaupt nicht alt, er ist in Wirklichkeit viel fitter als ich, und was den Sex betrifft ...« Das alles ist nur so aus mir herausgesprudelt, und ich kann mich im letzten Moment gerade noch bremsen. Dieses Biest! Beinahe hätte sie mich aus der Reserve gelockt. »... das geht natürlich niemanden etwas an, aber er ist ...« Ich zögere. Jetzt heißt es aufpassen. Wie drücke ich das am besten aus, ohne ihr gleich einen reißerischen Aufhänger für die nächste Titelseite zu liefern? »... überaus erfüllend«, würge ich dann reichlich gekünstelt hervor.

»*Überaus erfüllend*?«, äfft Elise mich sofort auf nervtötende Weise nach. »Das klingt aber nicht gerade berauschend, Molly.«

»Na gut, er ist phantastisch, der Beste, den ich jemals hatte!«, platze ich heraus – um mir im nächsten Moment erschrocken die Hand vor den Mund zu schlagen. »Das schreiben Sie aber nicht in Ihren Artikel!«, rufe ich bestürzt aus. »Philip hasst Indiskretionen, und ich übrigens auch.«

Elise zögert verdächtig lange, bevor sie sagt: »Natürlich nicht, Molly ... obwohl Philip bestimmt nichts dagegen hätte. Die meisten Männer würden sich darum prügeln, in aller Öffentlichkeit als guter Liebhaber dazustehen.«

»Philip ist aber nicht wie die meisten«, stelle ich klar. »Und ich weiß, dass er fuchsteufelswild wird, wenn jemand Indiskretionen über ihn verbreitet.«

»Ach, dann ist er also jähzornig? Ist das der Grund, weshalb Sie seine Anträge bisher abgelehnt haben?«, wechselt sie auf einmal die Schiene.

Mann, die hat vielleicht eine schräge Phantasie!

»Aber nein, Philip ist doch nicht jähzornig. Im Gegenteil, er ist der sanfteste und ausgeglichenste Mensch, den ich kenne«, bremse ich sie schnell wieder ein. »Und bevor Sie noch weitere Vermutungen anstellen, Elise: Ich habe Philip bislang nur vertröstet, weil ich vorher meine eigene Karriere weiter vorantreiben möchte. Ich will auf einer Ebene mit ihm stehen, wenn wir heiraten, verstehen Sie?«

»Verstehe. Sie wollen also beweisen, dass es Ihnen nicht bloß um seine Millionen geht«, nickt Elise nachdenklich. »Wie viele hat er denn davon, Millionen, meine ich?«, schiebt sie dann in verdächtig beiläufigem Tonfall nach.

»Um ehrlich zu sein, keine Ahnung«, gestehe ich.

Ihr Blick wird auf einmal lauernd. »Wie bitte? Heißt das, er hält seine Vermögensverhältnisse vor Ihnen *geheim*?«

»Nein, tut er nicht«, sage ich schnell. »Er würde es mir sicher sagen, wenn ich ihn fragen würde, aber irgendwie … ist Geld eigentlich gar kein Thema zwischen uns, verstehen Sie?«

Ich habe wirklich keine Ahnung, wie viel Geld Philip hat. Aber es muss viel sein, sehr viel sogar. Immerhin hat er sich letztes Jahr von seinem Megakonzern getrennt, das heißt, er hat sich sicher Unsummen dafür auszahlen lassen, solche Geschichten kennt man ja. Aber ich habe ihn nie nach konkreten Beträgen gefragt, was natürlich auch damit zu tun haben könnte, dass ich nicht will, dass *er mich* nach meinen Vermögensverhältnissen fragt und ich dann bei der Antwort möglicherweise ein klitzekleines bisschen improvisieren müsste …

»Nein, ehrlich gesagt kann ich das nicht verstehen.« Elise schüttelt ungläubig den Kopf. »Für einen Normalo wie mich ist es unvorstellbar, so viel Geld zu besitzen, dass man gar nicht mehr darüber reden muss. Aber Sie können es mir sagen, Molly. Wie ist das? Es muss traumhaft sein, nicht wahr?« In ihre Augen ist auf einmal ein sehnsüchtiges Leuchten getreten.

»Doch, ja, auf alle Fälle, es ist toll«, bestätige ich, und diesmal muss ich bei der Antwort kein bisschen überlegen.

Ich weiß nämlich nur zu gut, was es bedeutet, *kein* Geld zu haben. Vor nicht allzu langer Zeit war ich dermaßen blank, dass nicht einmal mehr die Pleitegeier über mir gekreist sind, wohl aus Angst, sie müssten noch etwas dazuzahlen bei näherem Kontakt, und als sich das dann auf einen Schlag ins genaue Gegenteil verkehrt hat, war es für mich wie der Beginn eines völlig neuen Lebens.

»Wobei bei aller Annehmlichkeit Geld nicht alles ist«, füge ich schnell hinzu, damit die Leser keinen falschen Eindruck von mir bekommen. »Mindestens ebenso wichtig sind eine intakte Familie und ein zuverlässiger Freundeskreis, beruflicher Erfolg und Anerkennung, eine erfüllende Beziehung natürlich …« Ich überlege rasch, was noch fehlen könnte in meiner Aufzählung. »… ach ja, und Gesundheit, und nicht zu vergessen soziales Engagement, das ist besonders wichtig. Nichts ist befriedigender als die Gewissheit, bedauernswerten Wesen, die weniger Glück hatten als man selber, zu einer erträglichen Existenz zu verhelfen.« Oh Mann, der Satz ist gut. Den muss ich mir merken, vielleicht können wir den in die nächste Winners-only-Imagekampagne einbauen.

»Sehr schön«, springt auch Elise sofort darauf an. »Dann betätigen Sie und Philip sich also als soziale Wohltäter? Welche Projekte unterstützen Sie denn?«

»Ach, da gibt es so viele«, hole ich aus. »Den WWF, die Kinderkrebshilfe, Nachbar in Not, CARE, die SOS-Kinderdörfer, die Vereinigung barfüßiger Ärzte …«

Elise prustet den Schluck Wasser, den sie gerade nehmen wollte, zurück in ihr Glas und sieht mich verunsichert an. »Sie wollen mich auf den Arm nehmen, oder?«

»Nein, wieso?«, frage ich irritiert zurück.

»Die *Vereinigung barfüßiger Ärzte*, was soll das denn sein?«

»Keine Ahnung, Ärzte eben, die keine Schuhe haben … wahrscheinlich haben sie so wenig Geld, dass sie sich keine leisten können.« Ich zucke die Achseln. *So* genau habe ich mich damit auch wieder nicht befasst.« Jedenfalls, ohne mich weiter in Einzelheiten verlieren zu wollen, so kann ich doch behaupten, dass es ohne unsere Unterstützung einiges Elend mehr auf dieser Welt gäbe, und von den Gorillas und Seeelefanten will ich gar nicht erst anfangen.« Bei diesem Thema geht mir immer wieder das Herz auf, es ist ungelogen eine der schönsten Erfahrungen, wenn man sich für andere Individuen engagiert.

Elise Ansbach wirkt jetzt sichtlich überzeugt. Sie macht sich wieder ein paar Notizen, was genau genommen seltsam ist, läuft doch ohnehin die ganze Zeit ihr Aufnahmegerät.

»Okay, das kann ich gut verwenden zum Thema Karrierefrauen, soziales Engagement macht sich immer gut.« Sie zwinkert mir verschwörerisch zu. »Ansonsten sind erfolgreiche Frauen ja immer gleich als shoppingsüchtige Monster verschrien, nicht wahr?«

Ich nicke zustimmend. »Stimmt, das ist ein hartnäckiges Klischee – das auf mich allerdings in keiner Weise zutrifft.«

»Wissen Sie was, Molly, Sie sind wirklich ein glänzendes Vorbild für die Frauenbewegung«, lobt sie mich begeistert. »Vor allem, da Sie Wert darauf legen, finanziell nicht von Ihrem Partner abhängig zu sein.«

»Das trifft es auf den Punkt«, stimme ich ihr zu. Doch dann fällt mir noch etwas Besseres ein: »Ich kann es präziser ausdrücken, wenn Sie möchten, und das können Sie von mir aus wörtlich drucken: Ich würde Philip zum gegebenen Zeitpunkt auch heiraten, wenn er arm wie eine Kirchenmaus wäre. Ich denke, das ist deutlich genug, oder?«

»Allerdings.« Elise nickt äußerst angetan und kritzelt wieder auf ihrem Block herum. »Gut, Molly, ich fasse kurz noch mal Ihren Werdegang zusammen: Sie haben also Ihren Angaben nach aus eigener Kraft den Aufstieg bis an die Spitze eines erfolgreichen Konzerns geschafft, nachdem Sie zuvor verschiedene berufliche Stationen durchlaufen haben, um die nötige Erfahrung dafür zu sammeln ...«

Ich nicke souverän. Das klingt doch viel besser als einzugestehen, dass man bis dahin in jedem einzelnen Job kläglich versagt hat, oder?

»… und obwohl Sie zurzeit mit einem der begehrtesten Junggesellen des Landes liiert sind, ist es Ihnen ein besonderes Anliegen, sich selbst ausreichendes Vermögen zu schaffen, um sich im Falle einer Heirat mit Philip Vandenberg nicht den Vorwurf einer Aschenputtelehe gefallen lassen zu müssen«, führt sie weiter aus.

Donnerwetter, das war jetzt aber gekonnt formuliert. Das hätte ich selbst nicht besser hinbekommen.

Ehrlich, ich kann es kaum erwarten, dass dieses Porträt über mich im Life&Style erscheint. Allein, wenn ich mir die dummen Gesichter von meinen ehemaligen Klassenkameraden vorstelle, wenn sie das lesen. Die kleine Molly Becker mit der Riesenzahnspange und der Zukunftsprognose einer legasthenischen Seekuh (mein Sportlehrer in der Siebten hat mich tatsächlich vor versammelter Klasse so genannt, und diese Verräter haben es auch noch furchtbar witzig gefunden) hat es durch harte Arbeit, eiserne Disziplin und nicht zuletzt die nötige Portion Talent und Köpfchen bis ganz nach oben geschafft.

Aus eigener Kraft. Sonst gar nichts.

Wobei, der Lottogewinn von eineinhalb Millionen hat natürlich nicht geschadet, aber den kann ich wohl schlecht zur Sprache bringen, nachdem ich ihn über ein Jahr lang allen verschwiegen habe.

Niemand weiß davon. Nicht meine Familie, nicht meine Freunde, ja, nicht einmal Philip habe ich davon erzählt …

Ein ganzes Jahr.

Hm.

Wie sie wohl reagieren würden, wenn ich jetzt damit herausrücke?

Salsa Horizontale

Ein *paar* Vorteile bietet so ein Gewinn natürlich schon.

Ohne Anspruch auf Vollständigkeit und nur so zum Beispiel fällt mir dazu ganz spontan ein:

1. Man kann von heute auf morgen sein Kontominus ausgleichen, das einen bis dahin mit der Anhänglichkeit einer Bassett-Labrador-Mischung durchs Leben begleitet hat.
2. Man kann sich ein neues, pinkmetallicfarbenes Mini-Cabrio kaufen, weil das alte Auto (ebenfalls Mini, aber nicht Cabrio, Baujahr nicht mehr eruierbar) zufällig gerade den Geist aufgegeben hat.
3. Und seinen beiden besten Freundinnen ebenfalls (wenn auch nicht ganz freiwillig).
4. Man kann sich so viele neue Klamotten kaufen, wie man will, ohne dabei auf den Preis achten zu müssen.
5. Man kann die Hunderttausend-Euro-Hypothek seiner Eltern tilgen.
6. Man kann das Haus kaufen, aus dem man vorher beinahe hinausgeworfen worden wäre.
7. Man könnte seinen Job hinschmeißen und zu seiner Chefin zum Beispiel sagen: »Clarissa, du kannst mich mal!« (Oder wie auch immer die Chefin heißt.)
8. Man könnte ihn vor aller Welt geheim halten, weil einem der Großgewinnerbetreuer von der Lottogesellschaft dringend dazu geraten hat (und weil man Lissys Onkel Franz als mahnendes Beispiel vor Augen hat).

9. Bei genauer Betrachtung sollte man auf Punkt sieben besser verzichten, will man damit nicht Punkt acht in Gefahr bringen. – Und bei der Ausführung von Punkt eins bis sechs sollte man sich vorsorglich schon mal ein paar verdammt gute Ausreden einfallen lassen!

10. Man kann sich im eigenen Lifestyle-Unternehmen verwöhnen lassen bis zum Abwinken, weil einem die Wahnsinnspreise dann egal sind.

11. Wobei sich das erübrigt, wenn man im Anschluss gleich Chefin desselben wird.

12. Man kann spenden ohne Ende und damit zum Beispiel Hunderten von Flachlandgorillas das Überleben sichern.

13. Man kann seinen Lieben immer wieder kleine Geschenke zukommen lassen und ihnen auch sonst bei Bedarf unter die Arme greifen (unter strikter Beachtung von Punkt neun, Satz zwei, versteht sich).

14. Bei reiflicher Überlegung sollte man bei Punkt vier doch Menge und Preis ein bisschen im Auge behalten, sonst sind gleich mal ein paar Hunderttausend weg.

15. Und man kann den Rest des Geldes so clever anlegen, dass man sich um seine finanzielle Zukunft eigentlich gar keine Sorgen mehr zu machen braucht.

Wie gesagt, so ein Gewinn ist schon etwas Großartiges, aber er hat mein Leben gründlich auf den Kopf gestellt. Von diesem Moment an verlief nämlich alles irgendwie völlig absurd, wie in einem komplett schrägen Film, bei dem man allerdings von vornherein weiß, dass alles frei erfunden ist. Nur dass bei mir alles echt war, und diesen Gewinn geheim zu halten, hat mich einiges an Nerven gekostet. Ganz ehrlich, manchmal frage ich mich heute noch, wie ich aus diesem ganzen Schlamassel überhaupt wieder heil herausgekommen bin.

Aber okay, ich hab's geschafft. Irgendwie ist es mir gelungen, meiner ganzen Umgebung einen Riesenbären aufzubinden, und da ich jetzt Geschäftsführerin von Winners only und zugleich die Lebensgefährtin des Selfmade-Millionärs Philip Vandenberg bin, macht sich inzwischen niemand mehr Gedanken, wenn ich mir zwischendurch mal den einen oder anderen Luxus gönne.

Und dennoch bleibt es eine Tatsache: Mein Aufstieg bei Winners only hatte gar nichts mit dem Lottogewinn zu tun, und dass Philip und ich ein Paar wurden, natürlich auch nicht. Somit habe ich die beiden Grundpfeiler meines jetzigen Lebens nicht meinem Glück zu verdanken, sondern einzig und allein meinen persönlichen Fähigkeiten – selbst wenn die zur Hälfte darin bestehen, dass Philip, der schließlich jede andere Frau auf diesem Planeten haben könnte, sich ausgerechnet für mich entschieden hat.

Aber wo wir gerade beim Thema sind: Das Interview mit Elise Ansbach fällt mir auf einmal wieder ein und ihre Reaktion auf Philips Heiratsanträge. Es ist wirklich schon ziemlich lange her, dass er mich das letzte Mal gefragt hat.

Woran das wohl liegen mag? Ist er es leid, immer wieder dieselbe hinhaltende Antwort zu bekommen?

Aber natürlich, das ist es. Philip ist kein Freund von leerem Gerede, wozu sollte er also immer wieder dieselbe doofe Frage stellen, zumal er die Antwort ohnehin schon kennt?

Alles klar. Das ist der Grund.

Es sei denn – was aber natürlich höchst unwahrscheinlich ist – er will gar nicht mehr …

Sollte er es sich etwa anders überlegt haben? Will er mich am Ende gar nicht mehr heiraten? Oder schlimmer noch, hegt er vielleicht überhaupt Zweifel an unserer Beziehung?

Der Gedanke erschreckt mich derart, dass ich entsetzt aus meinem Liegestuhl hochfahre.

»Du meine Güte, Molly, was hast du denn?« Lissy reißt erschrocken den Kopf herum, und auch Tessa schiebt verwundert ihre Sonnenbrille hoch.

Wir haben es uns am Pool unseres Hauses (es gehört natürlich nur mir allein, aber offiziell haben wir es gemeinsam von der mysteriösen Geldanlegerin zu einem lächerlich niedrigen Preis gemietet) gemütlich gemacht und betreiben zur Abwechslung mal wieder Brainstorming zu einem neuen Vorschlag unserer Marketingabteilung – was dann meistens so aussieht, dass wir bei leckeren Erdbeer-Daiquiris in der Sonne braten und ohne Eile warten, bis uns irgendwann eine ganz umwerfende Inspiration heimsucht. Übrigens noch so ein Vorteil, wenn man Geschäftsführerin eines Unternehmens ist: Wer will es einem krummnehmen, wenn man mal eben zwei Mitarbeiterinnen zur Erörterung neuer Geschäftsstrategien abkommandiert, und wo ich diese Entscheidungsfindungsseminare – ein Begriff, den ich übrigens höchstpersönlich eingeführt habe – abhalte, bleibt natürlich einzig und allein mir-ist-gleich-der-Chefin überlassen.

»Ach, nichts, es ist nur … Wisst ihr, bei diesem Interview gestern …«, bastle ich an einer Antwort auf Lissys Frage.

»Genau, das war doch für das Life&Style-Magazin! Wann erscheint es denn?« Jetzt wird Tessa neugierig.

»Ich weiß nicht so genau, in der nächsten Ausgabe, glaube ich … Jedenfalls kamen wir da auf Philip zu sprechen, und wieso wir noch nicht verheiratet sind …«

»Was übrigens niemand versteht, Molly, auch Tessa und ich nicht«, fällt Lissy mir ins Wort. »Was um alles in der Welt hindert dich daran, ihn endlich zu heiraten?«

»Aber das habe ich euch doch schon mindestens hundertmal erklärt«, verteidige ich mich leicht gereizt. »Ich will nicht als naives Dummchen dastehen, das einfach nur hochheiratet.«

»Aber das ist doch längst nicht mehr der Fall«, wendet Lissy ein. »Du bekleidest inzwischen eine Führungsposition, womit ja wohl hinreichend bewiesen wäre, dass du auf Philips Geld nicht angewiesen bist, nicht wahr?«

»Das stimmt schon, aber es geht immer noch das Gerücht

um, Philip hätte mir diesen Job nur gegeben, weil ich ...«
Ich räuspere mich verlegen. »Ihr wisst schon ... mit ihm
schlafe.«

»Na, und wenn schon!«, meint Tessa mit einer wegwerfenden Handbewegung. »Es kann dir schnuppe sein, was die Leute
reden. Die sind doch bloß neidisch, weil du dir Philip geangelt
hast. Fakt ist jedenfalls, dass Philip dich heiraten will, und ich
an deiner Stelle würde mir mit der Antwort nicht zu lange Zeit
lassen. Männer wie Philip sind begehrte Objekte, und wenn du
nicht zugreifst, wird es eine andere tun, glaub mir! Übrigens,
wo ist Philip zurzeit überhaupt?«, fällt ihr dann ein.

»Er ist auf Geschäftsreise in Paraguay«, erzähle ich.

»Was macht er denn in Paraguay?«, fragt Lissy verwundert.
»Ich dachte, er hätte sich aus dem Eragon-Konzern zurückgezogen.«

»Er ist nicht wegen Eragon dort. Er will dort etwas ganz
Neues aufziehen.«

»Und wie kommt er dabei ausgerechnet auf Paraguay?«,
fragt Tessa mit zusammengezogenen Augenbrauen.

»Das war eigentlich purer Zufall. Nach seinem Abgang von
Eragon stellte sich die Frage, wie er sein Geld anlegen soll, und
als im Fernsehen eine Dokumentation über Paraguay lief und
darüber, wie wenig die Menschen dort verdienen, obwohl das
Land eigentlich reich an Bodenschätzen ist, hatte ich die Idee,
dass er dort investieren und den Leuten dabei faire Löhne zahlen könnte, und so ganz nebenbei kann er damit auch noch
Geld verdienen.«

»Und das hat er dann gemacht, einfach so?« Die beiden
sehen mich an, als könnten sie es kaum glauben.

»Stimmt genau«, nicke ich mit einem Anflug von Stolz.

In Wahrheit war es natürlich nicht *ganz* genau so. Eigentlich
hatte ich den Vorschlag nur zum Scherz gemacht, aber anscheinend war die Idee doch irgendwo in Philips Hirn haften geblieben. Jedenfalls hat er gleich am nächsten Tag ein paar Fachleute

kontaktiert, und seither steigert er sich immer intensiver in die Sache hinein.

»Und was für ein Unternehmen hat er jetzt dort aufgebaut?«, fragt Tessa.

»Na ja, es ist noch nicht ganz fertig«, bremse ich ein bisschen zurück. »Philip hat ein riesiges Stück Land gekauft, das ist so groß wie halb Bayern, und auf dem soll es gewaltige Titanerzvorkommen geben, die er abbauen lassen und exportieren will.«

»Ah, Titanerz, soso«, meint Lissy.

Wir nicken bedächtig, als hätten wir nur den Funken einer Ahnung, was man damit anstellt.

»Was macht man eigentlich aus Titanerz?«, kommt es prompt von Tessa.

»Was wohl? Titan natürlich«, gebe ich lässig zurück in der Hoffnung, dass sie es dabei bewenden lässt.

Tut sie aber nicht.

»Ja, und weiter?«, hakt sie stattdessen nach. »Was zum Geier macht man mit Titan?«

»Ach, weißt du, eine ganze Menge … also, zum Beispiel …«, hole ich umständlich aus.

»Ich glaube, ich weiß es«, fällt Lissy mir zum Glück ins Wort. »Meine Oma hat vor Kurzem ein künstliches Hüftgelenk bekommen, und das ist auch aus Titan, wenn ich mich nicht irre.«

»Genau, das ist ein gutes Beispiel«, stimme ich ihr erleichtert zu und führe gleich weiter aus: »Titan ist nämlich ein extrem hochfestes … äh … Material, aus dem sich die verschiedensten Erzeugnisse machen lassen, und dementsprechend äußerst wertvoll. Wir könnten damit sogar eine eigene Produktlinie auf den Markt bringen, habe ich mir überlegt, ›Gelenke aus eigenem Anbau‹ oder so ähnlich. Wie findet ihr das?«

»›Aus eigenem Anbau‹? Ich weiß nicht«, schüttelt Tessa kritisch den Kopf. »Wenn schon, dann müsste es schon eher ›Abbau‹ heißen, findest du nicht?«

Stimmt. Andererseits, ›Gelenke aus eigenem Abbau‹ klingt irgendwie nicht besonders peppig …

»Egal, jedenfalls lässt sich damit jede Menge Geld verdienen, und so ganz nebenbei können wir den Eingeborenen dabei ein faires Gehalt zahlen«, erläutere ich begeistert.

Da, schon wieder: Dieses Gefühl, wenn man anderen Gutes tut. Es gibt nichts Besseres, ehrlich!

»Ach, darum«, meint Tessa. »Ich habe mich schon gewundert, wieso du in letzter Zeit so oft hier wohnst. Ich dachte schon, ihr hättet Streit, aber ich wollte nicht nachfragen …«

»Streit, ich und Philip?«, frage ich überrascht. »Wie kommst du denn darauf? Philip und ich verstehen uns prächtig, wir sind noch genauso verliebt wie am ersten Tag.«

»Ach ja, und weshalb ist er dann in letzter Zeit ständig alleine auf Geschäftsreise?«, gießt sie Öl ins Feuer.

»Das ist doch nur vorübergehend«, wiegle ich hastig ab. »Bloß so lange, bis dort alles unter Dach und Fach ist und der Betrieb aufgenommen werden kann.«

»Aber wieso hat er dich nicht mitgenommen nach Paraguay?«, fällt Lissy ein.

»Also, das ist, weil …« Ehrlich gesagt, habe ich darüber noch nicht nachgedacht. Aber jetzt, da Lissy es erwähnt, wundert es mich eigentlich auch ein bisschen. Philip war sogar schon mehrere Male dort, aber er hat mich noch keinmal ernsthaft gefragt, ob ich mit ihm fliegen will. »… er wollte mich damit nicht belasten, weil es in Paraguay fürchterlich heiß und staubig ist, außerdem gibt es dort alle möglichen gefährlichen Viecher, wisst ihr? Abgesehen davon braucht er mich ja hier zur Führung von Winners only«, fällt mir dann noch ein.

»Ach so.« Lissy nickt zwar, aber sonderlich überzeugt scheint weder sie noch Tessa zu sein. »Aber um zurück zum Thema zu kommen: Wann werdet ihr denn nun heiraten?«

»Ich nehme an, sobald Philip dieses Paraguay-Business ins Laufen gebracht hat und wieder mehr Zeit für unsere Bezie-

hung hat«, erwidere ich zögernd. »Das Problem dabei ist
nur ...«

»Ja, was denn?«

»Es ist schon eine Weile her, dass er mich danach gefragt
hat«, murmle ich.

Lissys und Tessas Köpfe rucken sofort zu mir herum.

»Und wie lange genau?«, will Tessa alarmiert wissen.

»Genau weiß ich es nicht mehr, aber es müssten inzwischen
circa drei ...«

»... Wochen sein?«, rät sie.

»Nein, Monate«, stelle ich richtig.

»Drei *Monate*?« Tessa zieht scharf die Luft ein. »Also weißt
du, Molly, ich will jetzt weiß Gott nicht den Teufel an die Wand
malen, aber drei Monate sind eine verdammt lange Zeit, vor
allem, wenn es sich um einen Mann wie Philip handelt und der
sich gerade mutterseelenallein im Ausland herumtreibt. Was,
wenn ihn eine feurige Chica in deiner Abwesenheit zu einem
Salsa horizontale bittet, hast du daran schon gedacht?«

»Tessa, red nicht solchen Unsinn!«, fährt Lissy sie an.

»Was hast du? Ist doch wahr!«, verteidigt Tessa sich schmol-
lend.

Ich fühle, wie mir das Blut ins Gesicht schießt. »Also, deswegen mache ich mir überhaupt keine Sorgen, weil ...« Meine
Stimme wird seltsam wackelig. »... Philip tanzt nicht, wisst ihr?«

»Ich meinte das ja nicht wörtlich«, schüttelt Tessa den Kopf.

»Ich weiß, Tessa, ich doch auch nicht. Jedenfalls bin ich mir
hundertprozentig sicher, dass ich Philip vertrauen kann. Er
liebt mich, und er ist kein Mann für eine schnelle Affäre.«

»Wie kannst du dir da so sicher sein? Auf der Welt wimmelt
es von heiratswilligen Frauen, die für einen Mann wie Philip
alles tun würden – und wenn ich sage alles, dann meine ich
wirklich *alles*! – Also sei lieber vorsichtig. Ich an deiner Stelle
würde bei nächster Gelegenheit den Sack zumachen, das kann
ich dir sagen.«

»Okay, du hast ja recht, aber dazu muss ich wohl erst abwarten, bis er mich das nächste Mal fragt, oder?«, wende ich ein.

»Wozu denn abwarten?« Sie sieht mich an, als hätte ich nicht mehr alle Tassen im Schrank. »Wie lange ist sein letzter Antrag her, drei Monate? Na bitte, das passt doch wunderbar! Sobald ihr euch wieder trefft, sagst du zu ihm: Übrigens, deinen Antrag vom letzten Mal, den nehme ich jetzt an! Ist doch ganz einfach.« Sie nickt mir aufmunternd zu.

Ich starre sie fassungslos an.

»Tessa, Molly kann keinen Antrag von vor drei Monaten annehmen«, kommt mir im selben Augenblick Lissy zu Hilfe. »Das würde in meinen Augen ziemlich erbärmlich klingen, fast schon wie … Betteln.«

»Betteln? Unsinn!«, empört sich Tessa. »Philip hat doch *ihr* den Antrag gemacht, das heißt, *er* ist der Bittsteller, und wenn Molly ihn jetzt annimmt, dann ist das meiner Meinung nach eher so was wie …« Sie sucht schnell nach dem passenden Wort. »… eine Gnade, ja, genau, so würde ich das nennen.«

»Eine *Gnade*?«, echoe ich ungläubig.

Lissy und ich starren uns einige Sekunden lang wortlos an, bevor wir gleichzeitig losprusten. Tessas Blick zappt ein paarmal verärgert zwischen uns hin und her, bevor auch sie gluckst und schließlich in unser fröhliches Gelächter mit einstimmt.

Als wir uns wieder beruhigt haben, fülle ich unsere Gläser auf. Wir prosten uns zu und trinken.

»Okay, im Ernst, Molly«, nimmt Tessa dann den Faden wieder auf. »Halte ihn bloß nicht zu lange hin, sonst bist du ihn eines Tages los. Und eines kann ich dir garantieren: So eine Gelegenheit bekommst du nie wieder, Männer wie Philip sind extrem selten. Glaub mir, ich weiß, wovon ich spreche, ich bin schon lange genug auf der Suche.«

»Ich weiß, Tessa, und ich werde es mir für seinen nächsten Antrag merken.« Ich fühle, dass mich ihre Warnungen zunehmend nervös machen, daher wechsle ich lieber das Thema:

»So, ihr zwei, wollen wir uns mal ein paar Gedanken über den neuesten Vorschlag aus unserer Marketingabteilung machen?«

»Ach nö, Molly, müssen wir heute wirklich noch schuften?«, beschwert Tessa sich sofort.

Lissy wirft ihr einen strengen Blick zu. »Jetzt hör aber auf, Tessa, es gibt härtere Arbeiten als am Pool zu sitzen und ein Marketingkonzept zu diskutieren. Molly könnte uns genauso gut in der Firma schmoren lassen, schon vergessen?«

Ich schenke ihr einen dankbaren Blick. Lissy ist wirklich eine Perle. Wir haben sie als Assistentin der Rechtsabteilung eingestellt, wobei sie keine festen Arbeitszeiten hat, damit sie nebenbei ihr Jurastudium vorantreiben kann, und sie beweist mir immer wieder ihre Dankbarkeit dafür, indem sie sich mit Feuereifer an ihre Aufgaben macht, ohne auch nur ansatzweise zu murren.

Bei Tessa dagegen liegt die Sache ein wenig anders. Sie wurde als Chefeinkäuferin für Mode engagiert – und auf diesem Gebiet ist sie absolute Spitze. Was allerdings ihren Einsatz und ihre Dankbarkeit angeht, ist sie so ziemlich genau das diametrale Gegenstück zu Lissy. Aber nicht, dass mich das wundern würde.

»Also schön, von mir aus«, meint Tessa mit einem Seufzer, als trüge sie eine tonnenschwere Last auf ihren Schultern. »Nun spuck's schon aus, welchen Geniestreich haben die Kreativheinis sich diesmal ausgedacht?«

Ich angle nach meiner Aktentasche und ziehe ein paar bunte Papierbögen hervor, dann hole ich zu einer Erläuterung aus: »Wie ihr gleich sehen werdet, geht es bei dem Konzept hauptsächlich darum, unsere Kunden davon zu überzeugen, dass auch sie Gewinner sind …«

»Wenn ich das schon höre: In jedem steckt ein Gewinner!«, stöhnt Tessa demonstrativ auf. »Kennt ihr den Spruch, dass in jedem Dicken auch ein Dünner steckt? Das kommt mir so ähnlich vor.«

»Aber Tessa, es ist doch wirklich so«, sagt Lissy streng. »Voraussetzung dafür ist allerdings, dass man an sich selbst glaubt, nicht wahr, Molly?«

»Genau«, nicke ich zufrieden. »Und weil du gerade das Thema Schlanksein angesprochen hast, Tessa, das ist sogar ein gutes Beispiel: Seit wir unsere Cafeterias auf ein höherwertiges Speisenangebot umgestellt haben, erzielen unsere Ernährungsberater bei ihren Kunden sensationelle Erfolge in Sachen Gewichtsoptimierung. Wieder ein Beweis dafür, dass man den Menschen oft nur den richtigen Weg weisen muss.«

Es stimmt wirklich. Unsere neue Produktlinie ist ein Renner, weil unsere Kunden jetzt erkannt haben, dass ein frischer Gartensalat mit einer raffinierten Balsamico-Vinaigrette genauso lecker wie ein Tausend-Kalorien-Tiramisu sein kann, und ein kristallklares, tibetanisches Mineralwasser mindestens ebenso belebend wie ein Cappuccino mit all seinen Schadstoffen.

Tessa mustert mich völlig unbeeindruckt. »Ach ja? Und was ziehst du dir immer rein, wenn wir uns in der Cafeteria treffen?«

»Ich?« Was hat das denn mit mir zu tun? Ich fühle, wie meine Wangen ein bisschen heiß werden.

»Das tut jetzt nichts zur Sache, Tessa«, sage ich schroff. »Was ich meinte, ist, dass wir bei Winners only den Menschen zu einem völlig neuen Leben verhelfen können, und zwar mittlerweile in fast allen Bereichen.«

Auch das stimmt. Das Konzept von Winners only ist schlicht der Hammer. Wir zeigen unseren Kunden nicht nur, wie sie mehr aus ihrem Typ machen können, sondern bieten praktischerweise sämtliche Produkte, die sie dazu benötigen, in unseren Filialen an. Dadurch können wir sie direkt und in höchst professioneller Weise ausstatten.

»Wobei die Kleidung definitiv der wichtigste Bereich ist«, übernimmt Tessa das Wort. »Ihr würdet gar nicht glauben, mit was für Klamotten manche Leute herumlaufen. Vorgestern

kam eine in unsere Boutique, die hatte ausnahmslos H&M-Ware an, und die Marke ihrer Schuhe *kannte* ich nicht einmal.«
Sie schüttelt fassungslos den Kopf.

»Äh … ja, wirklich? Kaum zu glauben«, sage ich lahm, bevor ich meinen Vortrag weiterführe: »Aber – und da bin ich übrigens einer Meinung mit der Marketingabteilung! – mindestens ebenso wichtig sind körperliches Wohlbefinden, Fitness, kommunikative Fähigkeiten und vor allem das Selbstbewusstsein unserer Kunden …«

»… das ohnehin steigt, sobald jemand Versace oder Armani trägt«, bleibt Tessa stur auf ihrer Linie.

»Das mag ja sein, aber es genügt nicht, die Leute einfach nur chic auszustaffieren, wir müssen in ihnen vielmehr die Überzeugung schaffen, dass sie tatsächlich Gewinner *sind*.«

»Aber was bleibt dann für Winners only übrig?« Diesmal ist es Lissy, die skeptisch die Augenbrauen hebt. »Wenn unsere Kunden glauben, dass sie ohnehin Gewinner sind – wozu brauchen sie uns noch?«

»Ein guter Einwand, Lissy«, nicke ich, »aber das wurde natürlich schon bedacht. Also der Trick ist folgender: Die Marketingabteilung hat basierend auf den neuesten Erkenntnissen der Marktforschung ein Befragungskonzept ausgearbeitet, das ich euch hiermit präsentieren möchte …« Ich halte das betreffende Blatt hoch, damit sie es sehen können. »*Traraa* … Meine Damen und Herren, ich präsentiere Ihnen heute erstmalig und weltexklusiv das Winners L.I.F.E.-Konzept«, rufe ich aus und mache dazu eine Geste wie ein Politiker, der gerade einen neuen Kindergarten einweiht.

»Das *was*?«, kommt es zögerlich von den beiden zurück.

»Das Winners L.I.F.E.-Konzept«, wiederhole ich betont langsam. »L.I.F.E. steht dabei als Abkürzung für die vier wichtigsten Ziele, die ein Winners-only-Kunde mithilfe unseres umfassenden Angebotes erreichen kann: L steht für Look, und damit ist das gesamte Outfit gemeint, sprich Frisur, Kleidung,

Hautpflege, Make-up, Schuhe und so weiter.« Ich lege eine kleine Kunstpause ein, während der ich einen Schluck von meinem Daiquiri nehme. Dann fahre ich fort: »I steht für Interaktion, und gemeint ist damit die Fähigkeit, mit der Umwelt zu kommunizieren, da geht es also um Rhetorik, Mimik, Körpersprache, was wir eben so im Programm haben …«

»Und wieso nennen sie es nicht gleich Kommunikation?«, unterbricht Lissy mich.

»Warum wohl?« Tessa kräuselt abfällig die Lippen. »Weil sie dann aus den Anfangsbuchstaben nicht den Wahnsinnsslogan L.I.F.E. hätten basteln können, darum.«

»Nun, möglicherweise war das *einer* der Gründe«, räume ich ein. »Aber abgesehen davon deckt der Begriff Interaktion ein wesentlich breiteres Spektrum ab, wie wir finden.« Ich räuspere mich, bevor ich weitermache. »Ja, und F steht für Fitness, eine der ganz großen Stärken von Winners only, wie ihr wisst … So, und jetzt ratet mal, wofür das E steht!« Ich sehe sie erwartungsvoll an.

»Wie wär's mit ›Erschießt mich‹?« Tessa schlürft betont gelangweilt an ihrem Daiquiri.

»Emotionen!« Lissy gibt sich wenigstens Mühe.

»Knapp daneben, Lissy.« Ich schüttle lächelnd den Kopf. »Also, das E steht für Erfolg, denn darum geht es bei Winners only doch eigentlich, nicht wahr? Zusammenfassend kann man also sagen: Winners only bietet seinen Kunden die Möglichkeit, sich bezüglich ihres Looks, ihrer interaktiven Fahigkeiten und ihrer Fitness auf ein derart hohes Level zu bringen, dass sich der Erfolg ganz automatisch einstellt – womit sie zu Gewinnern werden! Na, wie findet ihr das?« Ich warte gespannt auf ihre Reaktionen.

»Also, ich finde es gut«, kommt es spontan von Lissy. »Einprägsam, griffig, und noch dazu perfekt auf die Angebotspalette von Winners only abgestimmt. Es ist perfekt!«

»Ja, findest du?«, sage ich freudig erregt. Ich bin nämlich

derselben Meinung. Mit diesem neuen Slogan werden wir sicher wieder einen gewaltigen Schritt nach vorne machen. »Und du, Tessa, was hältst du davon?«

»Ich? Mal nachdenken ...« Tessa fasst sich an den Kopf, als überlegte sie, aber ihr Gesichtsausdruck verrät mir, dass sie sich längst ein Urteil gebildet hat. »Es ist großartig«, sagt sie dann.

»Echt?«, frage ich überrascht. Ehrlich gesagt hätte ich eher erwartet, dass sie wie üblich einen dummen Witz reißt. »Du findest es wirklich gut?«

»Ja, bis auf die unbedeutende Tatsache, dass die Werbefritzen den entscheidenden Punkt übersehen haben«, ergänzt sie auf einmal.

»Den entscheidenden Punkt? Und der wäre?«

»Ich bitte dich, Molly, das ist doch offensichtlich: Sex!«

»Sex?« Lissy und ich sagen es wie aus einem Mund.

»Aber Winners only hat überhaupt nichts mit Sex zu tun«, wende ich ein.

»Ach ja, meinst du? Dann denk doch mal nach, Molly: Erfolgreiche Männer, was haben die, abgesehen von ihren Sportwagen, Villen und Jachten?«

»Ja, also ... hübsche Frauen?«, antworte ich nach kurzem Nachdenken.

»Genau«, nickt sie. »*Sexy* Frauen, um genau zu sein, also geht es ihnen um Sex.«

»Vielleicht brauchen sie die nur zum Angeben«, wirft Lissy ein.

»Und warum ist Viagra dann so ein Renner?«, hält Tessa mit unerbittlicher Logik dagegen.

»Okay, das ist ein Argument«, murmle ich.

»Siehst du?« Tessa nickt bedeutsam. »Und überlegt mal: Wieso ist Prostitution seit Urzeiten ein Riesengeschäft?«, legt sie nach. »Ihr könnt es drehen und wenden, wie ihr wollt, aber meiner Meinung nach läuft es immer wieder aufs selbe hinaus: Männer wollen Sex. Bleibt nur die Frage, wie sie dazu kommen, und bekanntlich sind Macht und Geld noch immer die besten Voraussetzungen dafür.«

Lissy und ich lassen uns ihre Worte ein paar Sekunden lang schweigend durch den Kopf gehen.

»Und die Frauen?«, fällt mir ein. »Fünfundvierzig Prozent unserer Kunden sind Frauen, und für die ist Sex nicht so wichtig.«

Kaum habe ich das ausgesprochen, nimmt Tessa mich ins Visier.

»Ach ja, dann bedeutet dir Sex also nicht viel?«, fragt sie mit schmalen Augen.

Okay, langsam nimmt das Gespräch eine Wendung, die ich so nicht eingeplant hatte.

»Doch, doch, Sex bedeutet mir natürlich viel, *sehr* viel sogar …«, stelle ich eilig klar. »Ich meinte damit nur, dass es nicht das Wichtigste in einer Beziehung ist …«

»So, findest du?«, meint Tessa wenig überzeugt. »Und, Lissy, wie sieht das bei dir aus?«, lässt sie mich Gott sei Dank vom Haken.

Lissy läuft sofort rot an, und ihr Blick beginnt verdächtig zwischen Tessa und Manfred, dem Nachbarssohn, der gerade auf einem Hometrainer im Garten radelt und zwischendurch fröhlich zu uns herüberwinkt, hin und her zu tanzen, während sie nach einer Antwort sucht. Manfred ist Fitnesstrainer, und seit einem Jahr haben er und Lissy eine nicht ganz offizielle Affäre, bei der es hauptsächlich um … ja genau, *darum* geht – was ich übrigens immer noch nicht ganz begreife.

»Danke für die Auskunft«, nimmt Tessa ihre Antwort gleich vorweg, während sie Lissys Blick folgt. »Junge, Junge, Manfred sieht heute ganz schön heiß aus in seinen engen Shorts, was meint ihr? Also, da ich ausnahmsweise kein Geheimnis daraus mache, dass Sex mir wichtig ist, halten wir also fest, dass Sex für beide Geschlechter ein zentrales Thema ist, und daher bin ich der Meinung, dass dieser Punkt in eurem Megamarketingkonzept ganz einfach fehlt.« Sie nickt mit gewichtiger Miene, als hätte sie gerade eine bahnbrechende Rede über nukleare Abrüstung oder etwas in der Art gehalten. Dann schiebt sie sich ein paar Erdnüsse in den Mund, spült mit einem Schluck Daiquiri nach und lässt schließlich ihren Kopf träge auf die Liege zurückgleiten.

Ich lasse mir ihre Argumente durch den Kopf gehen. Sie hat natürlich nicht ganz unrecht.

»Okay, Tessa, aber wir können das doch schlecht in unsere Werbeslogans übernehmen«, gebe ich schließlich zu bedenken.

»Natürlich nicht so direkt.« Sie sieht wieder hoch zu mir. »Aber wofür haben wir denn unsere Kreativgenies? Die sollen sich gefälligst was einfallen lassen.«

»Okay, du hast recht. Die Marketingleute sollen das noch einmal überarbeiten, vielleicht können sie das Thema irgendwie unterschwellig einbauen.«

Tessa stößt auf einmal ein albernes Kichern aus.

»Was ist?«, frage ich.

»Du hast gerade unter*schwellig* gesagt«, grinst sie.

Das Läuten eines Handys unterbricht uns. Es ist meines, das durch den Vibrationsalarm auf dem Tisch zu tanzen beginnt.

Ich nehme es und sehe, dass Fiona dran ist. Fiona ist neuerdings Kundenbetreuerin – das ist der Job, den ich vor meiner Beförderung bei Winners only innehatte – und zugleich meine persönliche Assistentin.

»Hallo, Fiona«, melde ich mich.

»Hi, Molly. Tut mir leid, dass ich stören muss«, beginnt sie.

Und gleich der nächste Vorteil, wenn man der Boss ist: Früher setzte es meistens eine Standpauke von meiner Ex-Grusel-Chefin Clarissa, wenn ich von der Firma angerufen wurde, und jetzt kommt als Auftakt eine freundliche Entschuldigung für die Störung.

»Kein Problem, Fiona«, sage ich. »Wir sind hier gerade bei

der Arbeit, ich gehe mit Lissy und Tessa das neue Marketing-konzept durch.«

»Ach so, ich dachte, du hättest schon Feierabend gemacht.« Feierabend? Wie kommt sie denn darauf?

»Also, weshalb ich anrufe … Dr. Lessing hat schon wieder angerufen, er will dringend mit dir reden.«

Dr. Lessing? Ah, ich weiß schon, da geht es sicher um den be-vorstehenden Börsengang. Dr. Lessing ist der Chef einer Wirt-schaftstreuhandfirma, der Philip seit seiner Übernahme von Winners only sämtliche Finanz- und Steuerangelegenheiten des Unternehmens übertragen hat. Bisher hatte ich mit Dr. Lessing nicht viel zu schaffen, wir haben einfach nur etwaige Verän-derungen bekannt gegeben, und unsere Buchhaltung hat die Belege an seine Firma weitergeleitet, aber in letzter Zeit hat er mehrere Male wegen eines persönlichen Treffens angefragt.

»Okay, Fiona, sag ihm, dass ich ihn morgen anrufe, und trag eine entsprechende Notiz in meinen Terminplaner ein«, gebe ich in geschäftsmäßigem Tonfall meine Anweisungen, und gleichzeitig durchläuft meinen Körper ein angenehmes Krib-beln. Ich kann es immer noch nicht fassen, dass ich jetzt der Boss bin und Dinge wie »Sag ihm, dass ich ihn morgen an-rufe …« zu meiner persönlichen Assistentin sagen kann. »Sonst noch was?«, erkundige ich mich.

»Äh, ja, ein Herr Hofstätter wollte dich erreichen. Er sagt, ihr seid gut bekannt. Ist das wahr?«

Hofstätter? Nanu, das kommt unerwartet.

»Klar, den kenne ich gut«, antworte ich. »Das ist sozusagen mein Lieblingsbanker, und ich bin im Gegenzug so etwas wie seine Lieblingskundin.«

Das war allerdings nicht immer so. Hofstätter ist Filialleiter meiner Hausbank, und es gab da zwischenzeitlich ein paar … wie soll ich sagen … Missverständnisse, bevor sich meine finanzielle Situation von einem Tag auf den anderen grund-legend verändert hat (Okay, ich geb's zu, der Lottosechser hat mein Leben doch gewaltig verbessert). Eines der Missverständnisse bestand zum Beispiel darin, dass Tessa ihn mit Superkleber an seiner eigenen Hose festgeklebt hat, und ich muss spontan grinsen, als mir die Szene wieder einfällt. Tessa und Lissy haben inzwischen mitbekommen, um wen es sich handelt. Lissy formt mit den Lippen lautlos ›Hofstätter?‹, und ich nicke, während Tessa feixend so tut, als würde sie ihre Hände nicht mehr von den Beinen loskriegen.

»Okay, Fiona, für ihn gilt dasselbe: Sag ihm, dass ich ihn morgen anrufe.«

Wobei ich eigentlich schon neugierig bin, was Hofstätter von mir will. Finanzielle Probleme scheiden diesmal ja wohl aus, also will er mir wahrscheinlich ein neues Anlageprodukt vorschlagen, und ich bin mir nicht ganz sicher, aber irgendwie bin ich den Eindruck nie ganz losgeworden, dass Hofstätter ein bisschen in mich verknallt ist.

»Okay, ich vermerke das für morgen«, bestätigt Fiona. »Und dann gab es noch einen Anruf von einem Ausländer, er scheint Spanier zu sein …«

»Ein Spanier?«, wundere ich mich. Ich kenne keinen Spanier. Die einzige Spanisch Sprechende – oder zumindest so was Ähnliches – in meiner Umgebung bin ich, wenn ich wieder mal die Glücksfee von Fortuna Español gebe, das ist eine von mir erfundene Glücksspielfirma, über die ich meinen Leuten Geschenke zukommen lasse.

»Wie heißt er denn?«, frage ich.

»Warte, ich hab's mir notiert … Molinero«, liest sie ab.

»Molinero? Kenne ich nicht. Hat er gesagt, was er will?«

»Nein, er wollte mit dir persönlich reden.«

Merkwürdig. Aber vielleicht hat es ja was mit Philips Projekt zu tun. Sind das eigentlich Spanier, die da in Paraguay leben?

»Also schön, dann wie gehabt, Fiona: Vertröste ihn auf morgen, falls er sich wieder meldet«, entscheide ich.

»Okay, mach ich«, kommt es aus dem Hörer.

Aus den Augenwinkeln nehme ich wahr, wie sich auf einmal auch Lissys Handy brummend zu bewegen beginnt, gefolgt von einem mehrmaligen Piepsen.

»Und es kam noch ein Memo von der Rechtsabteilung rein …«, führt Fiona ihre Aufzählung fort.

»Ach ja? Und worum geht's da?«, frage ich, und gleichzeitig sehe ich, wie Lissy auf ihrem Handy zu lesen beginnt.

»Es geht um einen Vorfall in unserer Stuttgarter Filiale«, berichtet Fiona. »Ich kann's dir auf den Laptop schicken, wenn du willst, oder auf dein Handy.«

Im selben Moment beginnt Lissy aufgeregt mit den Händen zu fuchteln. Anscheinend will sie mir etwas mitteilen.

Ich zähle schnell eins und eins zusammen.

»Ich glaube, das ist nicht nötig, Fiona«, sage ich. »Wie's aussieht, haben die Mitarbeiter der Rechtsabteilung dasselbe Memo erhalten, und Lissy sitzt gerade neben mir.«

»Okay, alles klar, Molly. Das war's dann von mir. Melde mich ab, Boss, schönen Tag noch!«

Fiona hat kaum aufgelegt, als Lissy auch schon berichtet: »Molly, es gab einen Vorfall in Stuttgart …«

»Was meinst du mit Vorfall?« Ein unangenehmes Gefühl macht sich in meiner Magengegend breit.

»Eine Kundin hat sich die Augenbrauen entfernen und stattdessen ein Permanent Make-up machen lassen …«

»Ja, und?«

»Und wenn ich das richtig verstehe, ist dieses Make-up so hässlich ausgefallen, dass ihr Verlobter sie sitzen gelassen hat und sie uns jetzt deswegen auf Schadensersatz verklagen will«, berichtet Lissy mit vor Aufregung geröteten Wangen.

»Das ist ein Witz, oder?«, sage ich ungläubig. »Ein Make-up kann doch unmöglich so hässlich sein, dass ihr Freund sie deswegen sitzen lässt.«

»Vielleicht hat er ja bloß auf eine passende Ausrede gewartet«, bietet Tessa eine Erklärung an.

»Warte, sie haben uns ein Foto mitgeschickt«, sagt Lissy. Sie tippt auf ihrem Gerät herum, und wenige Sekunden später reißt sie ungläubig die Augen auf. »Ach herrje, seht euch das an!«

Sie dreht ihr Handy so, dass wir das Foto sehen können, und auch Tessa und ich zucken bei dem Anblick unwillkürlich zusammen.

»Dann war das wohl keine Ausrede«, murmelt Tessa, und ich nicke nur schwach.

Okay, dieses Make-up *ist* hässlich.

Und wenn es wirklich in unserer Filiale angefertigt wurde, haben wir jetzt definitiv ein Problem.

No Limits

»Also, *so* schlimm sieht es auch wieder nicht aus, ich finde es sogar irgendwie ...« Fiona sucht krampfhaft nach einem passenden Wort. »... rassig«, fällt ihr ein. »... und wenn ihr Verlobter sie wirklich liebt ...«

»Rassig?«, unterbricht Lissy sie. »Sie sieht aus wie eine Missgeburt.«

»Lissy hat recht, Fiona«, sage ich. »Es hat keinen Sinn, das schönzureden. Ganz ehrlich, wenn dieses Tattoo echt ist, verstehe ich ihren Verlobten sogar. Wer kann es dem armen Teufel verübeln, dass er keinen Werwolf heiraten will?«

Wir sitzen in meinem Büro bei Winners only und halten Kriegsrat wegen dieser Augenbrauensache. Ich throne dabei in meinem superbreiten, ledernen Chefsessel und nippe an meinem duftenden Cappuccino aus unserer funkelnagelneuen Espressomaschine, während Lissy und Fiona es sich ihrerseits in den nicht weniger komfortablen Besuchersesseln bequem gemacht haben. Immer, wenn ich mein Büro betrete, bin ich aufs Neue stolz darauf. Ich habe es gleich nach Clarissas Abgang neu einrichten lassen, um jegliche Erinnerung an sie aus diesen Räumen zu verbannen, und mit den cremefarbenen Ledersesseln und der breiten Couch in der Ecke und den dicken Flokatis über dem Hochglanzparkett sieht es jetzt im Gegensatz zu vorher richtig gemütlich aus. Nur kann ich das im Moment leider nicht so richtig genießen, denn seit dieser verdammten Klage bin ich im Dauerstress.

Natürlich habe ich gestern gleich versucht, Philip zu erreichen, aber ich bekam ihn nicht an den Apparat. Gestern Abend und die ganze Nacht lang nicht, weswegen ich mir mittlerweile schon Sorgen mache. Er muss doch gesehen haben, dass ich ihn erreichen will, wieso geht er also nicht ran? Zu allem Überfluss drängen sich zudem immer wieder Tessas warnende Worte in mein Bewusstsein, und in der Nacht hatte ich dazu sogar einen verrückten Traum von einer halb nackten Salsatänzerin, die in einer schummrigen Bar aufreizend vor Philip mit ihrem Po wackelt, während eine mexikanische Band dazu unablässig »La Cucaracha« spielt.

»Und diese Kundin ist für kein Gespräch erreichbar?«, erkundigt Lissy sich bei Fiona.

»Nein, und wie uns ihr Anwalt mitgeteilt hat, will sie auch gar nicht mit Winners only verhandeln«, schüttelt Fiona den Kopf.

»Das ist so ziemlich genau das, was wir im Moment nicht brauchen können«, sage ich verbittert. »So bleibt uns gar keine Möglichkeit, ihr einen Vergleich vorzuschlagen.«

»Und was ist mit dieser Tätowierung, lässt sich die nicht irgendwie entfernen?«, fragt Lissy.

»Doch, mit ein bisschen Geduld ginge das«, nicke ich. »Ich habe mich vorhin bei unserem Beautydoc Dr. Engelmann schlaugemacht. Da es keine echte Tätowierung ist, kann man sie mit ein paar Lasersitzungen beseitigen, abgesehen davon hält so ein Permanent Make-up nur höchstens ein Jahr.«

»Womit der Schaden gar nicht *so* groß wäre«, bemüht sich Fiona um Zuversicht.

»Stimmt. Aber das ist auch nicht das Hauptproblem, sondern vielmehr die Behauptung, dass ihr Verlobter sie deswegen sitzen gelassen hat«, erklärt Lissy. »Angeblich ist er ein gut verdienender Computertechniker, und sie befürchtet, dass sie so einen nie wieder abkriegen wird.«

»Und wie viel fordert sie jetzt?«, fragt Fiona.

»Sie will hunderttausend Euro«, antwortet Lissy düster.

»Hunderttausend? Die spinnt ja komplett!« Fiona stößt empört die Luft aus. »Damit kommt sie doch niemals durch, oder?«

»Ehrlich gesagt, keine Ahnung«, gesteht Lissy. »Ich habe den Fall schon mit unseren Juristen durchgekaut, aber so etwas gab es noch nie, sagen sie.«

»Und es ist ja nicht nur das Geld«, füge ich hinzu. »Es geht auch um die negative Publicity, die uns droht. Im Moment können wir nur hoffen, dass nichts davon an die Presse geht, der Imageschaden wäre enorm. Wobei mir noch immer nicht klar ist, wie das überhaupt geschehen konnte, die zuständige Visagistin schwört Stein und Bein, dass das Make-up perfekt war, als die Kundin sie verlassen hat.« Ich habe bereits am Morgen mit der Filialleiterin in Stuttgart Rücksprache gehalten, und die hat mir versichert, dass sie absolutes Vertrauen zu dieser Mitarbeiterin hat.

»Das ist allerdings merkwürdig.« Fiona und Lissy wiegen nachdenklich die Köpfe hin und her.

»Und was willst du jetzt tun?«, fragt Lissy mich dann.

Sie und Fiona hängen erwartungsvoll an meinen Lippen.

Mist, stimmt ja. Ich bin die Chefin, also muss ich auch über die weitere Vorgehensweise entscheiden. Scheint ganz so, als hätte das Chefsein so seine Schattenseiten.

Mist. Lissy und Fiona erwarten anscheinend irgendeine umwerfende Idee, wie wir das Problem aus der Welt schaffen können, bloß fällt mir im Moment ungünstigerweise rein gar nichts dazu ein. Ich merke, wie meine Hände zu schwitzen beginnen, und gleichzeitig beginnt es in meinem Magen vor Aufregung zu rumoren.

Komm schon, Molly, reiß dich am Riemen, sage ich mir im nächsten Moment. So eine große Sache ist das nun auch wieder nicht. Ich meine, Winners only hat ja keinen Terroranschlag hinter sich, oder?

Ich überlege also schnell. Wie würde zum Beispiel Philip auf so eine Situation reagieren? Ich kenne ihn jedenfalls gut genug, um zu wissen, dass er nicht klein beigeben würde.

»Okay, wir gehen folgendermaßen vor«, höre ich mich plötzlich sagen, und Fiona schnappt sich wie auf Kommando ihren Block, um mitzuschreiben. »Wir geben keinesfalls klein bei …«

Aber Philip verfügt bei aller Härte ebenso über das nötige Fingerspitzengefühl, um keine voreiligen Schlüsse zu ziehen.

»… wir sollten jedoch nichts überstürzen und unbedingt mit der nötigen Diskretion vorgehen …«, führe ich weiter aus.

Und Philip würde garantiert eine Lösung finden, die für alle Beteiligten zu einem befriedigenden Ergebnis führen würde.

»… was wir brauchen, ist eine Lösung, die für beide Seiten befriedigend ist …«

Ich bin mir aber sicher, dass er bei aller Diplomatie vor allem seine eigenen Interessen durchsetzen könnte, und seine Gegner würden nicht einmal merken, dass er sie über den Tisch gezogen hat.

»… vor allem aber müssen wir die Interessen von Winners only wahren, ohne die gegnerische Partei das merken zu lassen«, schließe ich, lasse mich erschöpft in meine Lehne zurückfallen und nehme versonnen einen Schluck Kaffee.

Lissy und Fiona wechseln verwunderte Blicke, dann meint Lissy: »Ja, okay … Und was sollen wir *tun*?«

Ich blinzle ein paarmal, bis ich es kapiere: Mein Gefasel hat nicht eine einzige konkrete Anweisung enthalten. Verdammt. Ist gar nicht so einfach, Entscheidungen zu treffen, vor allem nicht, wenn es sich um derart verzwickte Situationen handelt.

Also schön, werfe ich meine grauen Zellen eben noch einmal an: Was *konkret* würde Philip jetzt veranlassen?

Ich lasse ihn vor meinem geistigen Auge auf meinem Stuhl Platz nehmen. Ich sehe, wie er die Fingerspitzen seiner Hände aneinanderlegt, wie er es immer tut, wenn es etwas zu überlegen gibt, dann legt er die Stirn in Falten, bekommt einen konzentrierten Blick (den ich übrigens ziemlich sexy finde), und plötzlich – sprudeln die Ideen wie von selbst aus mir heraus.

»Gut, als Erstes brauchen wir Kontakt zu dieser Klägerin. Wie hieß die schnell noch?«, höre ich mich sagen und bin selbst überrascht, wie entschlossen meine Stimme auf einmal klingt.

»Amelie Reinfried«, liest Fiona aus ihren Unterlagen vor.

»Okay. Fiona, gib mir ihre Adresse und die Telefonnummer, ich werde das gleich selbst in die Hand nehmen.«

»Eine Telefonnummer haben wir nicht«, meint Fiona. »Nur die Wohnadresse und eine E-Mail-Adresse, wobei sie auf unsere E-Mails bisher nicht reagiert hat.«

»Was mich übrigens gar nicht wundert«, wirft Lissy ein. »Ihr Anwalt will natürlich verhindern, dass sie persönlich mit uns in Kontakt tritt, aus Angst, dass sie sich mit uns einigt und er dann zu kurz kommt.«

»Schon klar, dieser Aasgeier legt es auf einen möglichst langen Prozess an, damit er entsprechend abkassieren kann«, nicke ich grimmig. »Okay … schreib ihr eine E-Mail, dass ich gerne persönlich mit ihr reden würde, vielleicht lässt sie sich ja dadurch erweichen. Und ich möchte mit dieser Visagistin reden, ihre Nummer bräuchte ich also.« Dann fällt mir noch etwas ein: »Weiß zufällig jemand, wie dieser angebliche Verlobte heißt? Mit dem würde ich gern ein paar Takte plaudern.«

Fiona blättert hastig in ihren Unterlagen. »Nein, tut mir leid, von dem steht hier nichts.«

»Natürlich nicht, das war ja zu erwarten.«

Ich habe nebenbei ganz automatisch mein Handy genommen und Philips Nummer gewählt, aber es schaltet sich bloß wieder seine Mobilbox ein, auf die ich inzwischen schon zig Nachrichten gesprochen habe. Das ist doch wirklich seltsam.

Ob er das Handy irgendwo vergessen hat? Oder ist bloß sein Akku leer, und er hat kein Ladekabel in der Nähe? Und wieso hat er mich dann nicht von einem anderen Telefon aus angerufen? Langsam mache ich mir deswegen ernsthafte Sorgen, was meine Nervosität noch zusätzlich steigert.

»Was hast du, Molly?«, fragt Fiona, der meine besorgte Miene aufgefallen ist.

»Ach, es ist nur … Diese Sache liegt mir ziemlich im Magen, aber mehr noch mache ich mir Sorgen, weil ich Philip seit gestern Vormittag nicht mehr erreichen kann. Normalerweise meldet er sich mindestens einmal am Tag, wenn er auf Geschäftsreise ist.«

»Soll ich es über seine Firma versuchen?«, schlägt Fiona vor. »Die Daten seiner Mitarbeiter habe ich im Computer.«

»Ja, das könntest du tun«, sage ich nachdenklich. »Ich möchte aber nicht, dass es nach hysterischem Frauchen klingt, bloß weil er sich einmal nicht gemeldet hat.«

»Keine Sorge, ich lasse ausrichten, dass er dich in einer geschäftlichen Angelegenheit zurückrufen soll – was genau genommen ja auch stimmt«, meint sie.

»Okay«, stimme ich zu.

»Gut, dann erledige ich das gleich.« Sie wirft noch einen Blick auf ihren Notizblock. »Willst du in der Zwischenzeit deine Telefonate führen?«

»Welche Telefonate?«

»Du weißt schon, die Anrufe von gestern: Dr. Lessing, Hofstätter von deiner Bank, und dann noch dieser Señor Molinero.«

»Ach ja, genau.« Doch plötzlich fühle ich eine merkwürdige Unruhe in mir. »Um ehrlich zu sein, habe ich gar keine Lust dazu, Fiona. Sag mal, diese Frau, die uns verklagen will, wohnt die ebenfalls in Stuttgart?«

Fiona nickt überrascht. »Ja. Wieso fragst du?«

»Weil es vielleicht besser wäre, sie aufzusuchen, anstatt hier herumzusitzen. Was meinst du, Lissy, wie lange braucht man mit dem Auto dorthin?«

»Willst du jetzt etwa nach Stuttgart fahren?«, fragt Lissy überrascht.

»Ja, warum nicht? Und falls du nichts Wichtigeres vorhast, könntest du mich begleiten.«

»Okay, von mir aus«, nickt sie nach kurzem Überlegen. »Du meinst als Bodyguard, falls sie auf dich losgeht?«

»Eigentlich dachte ich eher an juristischen Beistand, aber das wäre natürlich auch ein Argument«, grinse ich, während ich mich aus meinem Sessel erhebe.

»Wobei du dir da ja am wenigsten Sorgen machen müsstest, was, Molly?«, meint Fiona auf einmal augenzwinkernd. »Bei deiner Kampfsporterfahrung würdest du die doch mit links fertigmachen.«

»Kampfsporterfahrung?«, fragt Lissy erstaunt.

Oh, oh. Das ist so ziemlich genau das Thema, das ich zwischen den beiden vermeiden wollte. Als Fiona bei uns noch als Physiotherapeutin gearbeitet hat, habe ich ihr nämlich eine Zeit lang vorgeflunkert, dass ich alle möglichen Sportarten mache, während ich mir in Wirklichkeit nur immer wieder alle Glieder verrenkt habe, weil mein damaliger Freund Frederic … na ja, sagen wir, ein bisschen experimentieren wollte.

»Sag bloß, du wusstest das nicht?« Fiona sieht sie ganz verwundert an. »Molly trainiert Kickboxen mit einer richtigen Kampfmannschaft – wobei sie das eigentlich gar nicht nötig hätte, so fit wie sie ist«, ergänzt sie.

Lissy glotzt sie an, als hätte sie ihr gerade einen Außerirdischen präsentiert.

»Sagtest du gerade *fit*?«

Okay, höchste Zeit, diesen Dialog zu beenden.

»Also gut, Kinder, an die Arbeit!« Ich klatsche in die Hände, als müsste ich einen Haufen dösender Hühner aufscheuchen.

»Jawohl, Chef.« Fiona federt hoch, doch dann fällt ihr noch etwas ein: »Übrigens, Molly, ich habe inzwischen ein paar Angebote eingeholt wegen des Projekts, über das wir neulich gesprochen haben …«

Ich stopfe Handy und Autoschlüssel in meine Handtasche,

während ich Lissy und Fiona in Richtung Ausgang dränge.

»Welches Projekt meinst du?«, frage ich nebenbei.

»Du weißt schon: No Limits!« Sie sieht mich bedeutungsvoll an.

»Ach, das.« Ich habe neulich einen Artikel über Extremerfahrungen gelesen, und wir haben dann gemeinsam überlegt, ob das nicht auch etwas für unsere Kunden wäre. »Und, was Interessantes dabei?«

Fiona nickt eifrig. »Kann man wohl sagen. Ich habe haufenweise Anfragen an diverse Veranstalter verschickt und entsprechendes Feedback bekommen. Ich hab's schon ein bisschen vorsortiert und die interessantesten Sachen in einer Mappe für dich zusammengestellt.«

»No Limits? Worum geht's denn da?«, schaltet sich Lissy ein.

»Das wird eine supercoole Sache«, begeistert sich Fiona. »Molly hat unlängst in einem Artikel gelesen, dass man seine persönlichen Grenzen nach oben verschieben kann, indem man sich zu etwas überwindet, das man bisher für undenkbar hielt, wie zum Beispiel Bungee-Jumping, oder ein beinhartes Survivaltraining in der Wildnis, eben richtig wilde Sachen, und sie meinte, wir wollen so was vielleicht in unser Programm aufnehmen.«

»Wow, das klingt ja echt aufregend«, nickt Lissy.

»Ja, das ist es«, bestätige ich. »Okay, Fiona, ich sehe es mir bei Gelegenheit an. Gut, ansonsten … du verschiebst alle meine heutigen Termine, und diese Telefonate … sag den Leuten, dass ich sie so bald wie möglich anrufe, wahrscheinlich morgen … Und wegen Philip gibst du mir Bescheid, sobald du etwas weißt … Ach ja, und die Adresse von dieser Amelie …«

»Reinfried«, hilft sie mir weiter.

»… genau, die schickst du mir am besten auf mein Handy, und vielleicht kannst du inzwischen ja noch etwas über ihren angeblichen Verlobten in Erfahrung bringen …« Inzwischen habe ich Fiona an ihren Schreibtisch im Vorzimmer manövriert, und Lissy schiebe ich gleich weiter Richtung Ausgang. »Alles klar so weit, Fiona? Wir hören voneinander!« Kaum habe ich Lissy zur Tür hinaus, atme ich insgeheim auf. »So, Lissy, was meinst du nun, wie lange brauchen wir bis nach Stuttgart?«

Lissy sieht mich ein bisschen verwirrt an. »Also, beim letzten Mal mit Manfred ...«

»Ihr wart in Stuttgart?«, werfe ich überrascht ein, während ich Richtung Lift marschiere. »Das wusste ich ja gar nicht.«

»Ja, so wie ich nicht wusste, dass du Kickboxen machst«, kommt es mit unüberhörbarem Vorwurf von ihr zurück.

»Ach, das ...« Ich ringe mir ein krampfhaftes Lachen ab. »Fiona übertreibt mal wieder, du kennst doch Fiona ...«

»Nein, kenne ich nicht«, gibt Lissy aufsässig zurück.

»Ja, also, das mit dem Kickboxen ist schon ziemlich lange her, da rede ich schon gar nicht mehr darüber, und es war auch gar keine richtige Kampfmannschaft, sondern eher eine hobbymäßige ... ähm ... Amateurtruppe, weißt du?«, bringe ich hastig hervor.

Wir sind jetzt in den Lift gestiegen und stehen uns genau gegenüber, sodass ich keine Möglichkeit habe, Lissys strengem Blick auszuweichen.

»Molly, weißt du, wie mir das vorkommt?«, meint sie plötzlich.

»Nein, was denn?«, frage ich mit leichtem Unbehagen zurück.

»Na, diese Heimlichtuerei.« Ich kann ihr deutlich ansehen, wie unangenehm ihr dieses Gespräch ist, und dennoch redet sie weiter: »Das ist wie damals, als Tessa und ich uns die größten Sorgen machten, weil wir dachten, du wärst kaufsüchtig. Kannst du dich noch daran erinnern?«

Ob ich mich noch daran erinnern kann? Es kommt mir vor, als wäre es gestern gewesen, was kein Wunder ist, war es doch einer der peinlichsten Momente in meinem Leben.

»Klar kann ich«, antworte ich. »Mir ist nur nicht ganz klar, worauf du hinauswillst, Lissy, denn wie sich später herausgestellt hat, waren eure Sorgen vollkommen unbegründet, da steckte überhaupt nichts dahinter.«

Na ja, außer vielleicht die unbedeutende Tatsache, dass ich frischgebackene Millionärin war und deswegen ein bisschen lockerer mit meinem Geld umging ...

»Du sagst es, Molly, und genau das ist das Problem. Freunde sollten nichts voreinander verheimlichen, das führt bloß zu Missverständnissen.« Sie tritt näher und legt mir verständnisvoll die Hand auf die Schulter. »Molly, ich kann ja verstehen, wenn du ein gespaltenes Verhältnis zu deinem Körper hast, weil du als Kind vielleicht ein bisschen ... na ja, *überernährt* warst ...«

»Was meinst du mit überernährt?«, fahre ich ihr dazwischen. »Du willst doch wohl nicht behaupten, dass ich *dick* war?«

»Nein, natürlich nicht«, ruft sie bestürzt aus. »Dein Wachstum konnte nur nicht Schritt halten mit ... Ach, das ist doch jetzt egal, Molly. Jedenfalls hast du immer wieder durchklingen lassen, dass du in deiner Kindheit das eine oder andere Problem hattest, und ich nehme an, das ist auch der Grund dafür, warum es dir so schwerfällt, andere Menschen an dich heranzulassen.« Sie sieht mich mit hängenden Schultern an. »Was ich eigentlich sagen will, Molly: Du musst dich nicht dafür schämen, wenn du versuchst, Defizite aus der Vergangenheit auszugleichen, indem du mehr leistest als andere, verstehst du?«

Wie bitte? Defizite aus der Vergangenheit? Ich hör wohl nicht richtig. Meine einzigen Defizite sind Wahrheitsdefizite, dadurch entstanden, dass ich seit meinem Gewinn ständig versuche, ihnen etwas zu schenken, ohne sie wissen zu lassen, dass die Sachen von mir kommen. Im Klartext: Wofür ich mich jetzt rechtfertigen muss, ist ausgerechnet meine Großzügigkeit.

»… und deswegen, Molly, bitte ich dich als deine gute Freundin, uns einfach ein bisschen mehr an deinem Leben teilhaben zu lassen.« Lissy sieht mich eindringlich an. »Verdammt, Molly, wenn du Kickboxen machst, dann sag das doch einfach. Das ist keine Schande, ganz im Gegenteil, ich würde das gerne einmal ausprobieren.«

Kickboxen. Darum geht es also. Okay, so wie's aussieht, muss ich irgendwann mal ein Training mit Fiona und Lissy organisieren. Blöd nur, dass ich keinen blassen Schimmer davon habe. Andererseits, wie schwer kann das schon sein, man muss dabei doch nur kicken und boxen, oder?

»Äh … na ja … Wenn ich das nächste Mal zum Kickboxen gehe, kannst du mitkommen«, sage ich vage, und sie nickt zufrieden. Dann wechsle ich schnell das Thema: »So, und wie lange brauchen wir nun bis Stuttgart?«

»Also, neulich mit Manfred hat es zwei Stunden gedauert.«

»Wobei wahrscheinlich Manfred gefahren ist«, vermute ich.

»Genau«, nickt Lissy. »Wer soll übrigens heute fahren, du oder ich?«

Mal überlegen. Lissy und ich haben haargenau das gleiche Auto, nur ihres hat inzwischen circa eine Million Beulen, während meines immer noch aussieht wie frisch aus dem Schaufenster.

»Ich fahre«, entscheide ich.

»Ehrlich?«, fragt sie überrascht. »Ich dachte, du magst keine Autobahnen.«

»Stimmt, aber so kann ich wenigstens ein bisschen üben«, gebe ich zurück.

»Verstehe, *No Limits.*« Lissy zwinkert mir wissend zu. »Willst wohl deine eigenen Grenzen überschreiten, wie?«

No Limits? Also, in dem Fall geht es mir eigentlich mehr um *No Crash*, aber ich lasse sie einfach in ihrem Glauben, um unnötige Diskussionen zu vermeiden.

»Von mir aus, einverstanden«, schiebt sie noch nach. »Aber dann sollten wir vielleicht eine etwas längere Fahrzeit einplanen, was meinst du?«

»Kein Problem.« Ich werfe einen Blick auf die Uhr. »Ist doch erst zehn, wozu uns also unnötig stressen?«

»Glaubst du, die kommt noch?«

Wir hocken jetzt schon eine geschlagene Stunde in meinem Auto vor Amelie Reinfrieds Haus und warten. Unsere Fahrt hat mehr als drei Stunden gedauert, was aber weniger an meiner Fahrweise gelegen hat als vielmehr daran, dass wir in einen kilometerlangen Stau geraten sind und überdies an zwei Raststätten gehalten haben, an der ersten, weil wir aufs Klo mussten, und an der zweiten, weil wir bei der ersten die Verpflegung vergessen hatten.

Als wir unser Ziel erreichten, fiel uns sofort auf, dass es sich bei Amelie Reinfrieds Wohnadresse – ein ziemlich heruntergekommenes Mehrparteienhaus – um eine der schäbigsten Gegenden von Stuttgart handelt. Wir parkten schräg gegenüber, um den Eingang im Auge zu behalten und auf die Person zu warten, auf die die Beschreibung von Amelie Reinfried (klein, mager, brünett, halblanges Haar, neuerdings zusammengewachsene Augenbrauen) passt.

»Keine Ahnung, kann natürlich sein, dass sie erst am Abend kommt«, räume ich achselzuckend ein.

»Als was arbeitet sie denn?«, will Lissy wissen.

»In ihrer Akte stand Raumkosmetikerin, aber im Moment ist sie beschäftigungslos.«

»Also Putze.«

»Genau, nur ohne Job, oder zumindest bei keinem Arbeitgeber, der sie angemeldet hat.«

»Heiß ist es hier«, ächzt Lissy wenig später.

»Klar, immerhin beginnt der Sommer. Soll ich das Dach öffnen?«

»Hm, lieber nicht, sonst würde sie uns doch sofort entdecken, wenn sie kommt«, gibt Lissy zu bedenken.

»Auch wieder wahr. Was meinst du, sollen wir zwischendurch irgendwo was essen gehen?«

»Und wenn sie ausgerechnet in der Zeit auftaucht?«

»Stimmt. Wir warten wohl besser.«

Wieder vergehen ein paar schweigsame Minuten, dann sagt Lissy: »Sieh mal, da vorne unter den Bäumen ist ein Parkplatz frei geworden!«

»Prima.« Ich starte den Wagen und rangiere ihn in die andere Parklücke. Dann nehmen wir wieder unsere Beobachterpositionen ein, was in diesem Fall bedeutet, dass ich mich in die neueste inTouch vertiefe und Lissy ihre Zehennägel mit dem perlmuttfarbenen Nagellack veredelt, den sie während der Fahrt in meinem Handschuhfach entdeckt hat.

Eine halbe Stunde später stößt sie deutlich hörbar die Luft aus: »Mist. Der Schatten ist wieder weg.«

»Was meinst du, warum ich so schwitze?«

»Und von dieser Reinfried keine Spur, wie?« Lissy zieht eine Schnute.

»Nö.«

»Ist das da vorn eine Kneipe?« Sie hat die Augen zusammengekniffen und starrt auf ein Schild am Ende der Straße.

Ich folge ihrem Blick. »Ja, scheint so. Sieht irgendwie griechisch aus.«

»Oh«, meint Lissy mit einem Anflug von Sehnsucht in der Stimme. »Ob die Gyros haben?«

»Ich schätze schon.«

»Hm«, macht Lissy mit zusammengekniffenen Lippen. »Echt blöd, dass wir hier nicht wegkönnen.«

»Wir könnten uns abwechseln«, schlage ich vor.

Lissy denkt kurz darüber nach. »Aber alleine macht es auch keinen Spaß«, meint sie dann. »Warten wir lieber noch ein bisschen.«

Ich nicke, und wieder verrinnen ein paar zähe Minuten, während die Temperatur in meinem Wagen gefühlte achtzig Grad erreicht.

»Eigentlich müssten wir ja was in die Parkuhr einwerfen ...«, meint Lissy irgendwann träge. »Apropos einwerfen: Hast du schon mal Gyros mit Zaziki probiert?«, fragt sie.

»Ja, klar. Du etwa nicht?«

»Doch«, sagt sie. »Lecker, oder? Vor allem, wenn man es mit frischem Pitabrot isst.«

Allein der Gedanke daran lässt meinen Magen sofort heftig rumoren.

Lissy seufzt. »Schade ... aber wir können hier ja nicht weg.« Sie sieht mich von der Seite an. »Weißt du was, Molly, dieses Detektivding ist der totale Reinfall. In den Filmen sieht das immer so lässig aus, aber in natura ist das der ödeste Job überhaupt.«

»Ganz deiner Meinung.«

Wir starren eine Weile trübsinnig auf den gegenüberliegenden Wohnblock.

»Weißt du, was *richtig* doof wäre?« Lissy nagt nachdenklich an ihrer Unterlippe.

»Nein, was denn?«

»Wenn wir uns hier den ganzen Nachmittag einen abschwitzen und sie dann wirklich erst am Abend auftaucht ...«

»Heißt das, du willst einen Abstecher zum Griechen machen?« Ich sehe sie fragend an.

»Du etwa nicht?«, kommt als Gegenfrage.

Darüber muss ich eigentlich nicht lange nachdenken.

»Okay, gehen wir«, entscheide ich.

»Endlich!«, ruft Lissy erleichtert aus.

»Ich bräuchte nämlich auch noch Kleingeld für die Parkuhr.«

»Aber dafür müsste doch nur *eine* von uns ...«, hebt sie an, aber als sie meinen Mach's-nicht-kaputt-Blick sieht, bremst sie sich schnell wieder. »Ich meine, okay, ich bin natürlich dabei. Aber was, wenn die Reinfried inzwischen auftaucht?«

»Wir läuten einfach bei ihr, wenn wir zurück sind.«

»Spitzenidee!«

Als wir anderthalb Stunden später wieder zurück zum Auto kommen, haben wir beide leichte Schlagseite.

»Ist das eigentlich normal, dass man vor dem Essen einen Ouzo aufs Haus kriegt?«, fragt Lissy mit schwerer Zunge. »Nicht, dass es mich gestört hätte, hihi.«

»Ja, und noch dazu doppelte«, nicke ich. Wir lassen uns schwer in die Autositze fallen. »Soll ich dir was verraten? Ich hab einen sitzen.«

»Ich auch.« Lissy kichert.

»Ups. Weißt du, was wir vergessen haben?«, fällt mir ein.

»Nö, was denn?« Lissy stiert mich aus glasigen Augen an.

»Läuten, bei der Reinfried.«

Lissy schlägt sich mit der flachen Hand gegen die Stirn.

»Jep, das mach ich gleich. Apropos vergessen: Wir haben nichts in die Parkuhr eingeworfen.« Sie deutet auf das Knöllchen unter den Wischerblättern.

»Mist.«

Sie legt die Stirn in Falten. »Ich werde jedenfalls mal läuten gehen.«

Eine Viertelstunde, nachdem Lissy unverrichteter Dinge zurückgekommen ist, setzt sie an: »Molly … Winners only ist ein Millionenkonzern, nicht wahr?«

»Doch, ja, auf alle Fälle«, antworte ich überzeugt.

»Und könnte sich so ein Millionenkonzern in besonderen Fällen nicht auch einen Detektiv leisten? Ich dachte mir nur … diese Warterei ist reichlich öde, findest du nicht?«

»Du meinst, wir sollten einen Detektiv engagieren?«

»Ja, so ein Profi hätte die Frau wahrscheinlich in null Komma nichts aufgespürt, und du als Boss eines Millionenkonzerns hättest sicher Wichtigeres zu tun, nicht wahr?«

»Ja, allerdings …«, sage ich nachdenklich. »Ich hätte wirklich Wichtigeres zu tun, zum Beispiel … also, Geschäftsführungssachen eben. Also gut, wir engagieren ab morgen einen Profi.«

»Super. Ich kenne da sogar jemanden. Der Vater eines Studienkollegen von mir hat zufälligerweise ein Detektivbüro. Ist angeblich ein alter Hase in dem Geschäft.«

»Bestens. Dann würde ich sagen, du rufst ihn gleich morgen an, okay?«

»Ja, gut.« Die Erleichterung steht ihr ins Gesicht geschrieben. »Und was machen wir jetzt?«

»Keine Ahnung.« Ich werfe einen skeptischen Blick auf das heruntergekommene Gebäude. »Sieht ziemlich verlassen aus, die Bude. Langsam frage ich mich, ob hier überhaupt noch jemand wohnt.«

»Laut Einwohnermeldeamt ist das jedenfalls ihre Wohnadresse«, meint Lissy.

»Was aber noch lange nichts heißen muss. Sie könnte ebenso gut bei einem Freund wohnen, oder bei ihren Eltern«, wende ich ein.

»Hast recht. Was willst du also machen? Fahren wir nach Hause?«

»Ich weiß nicht … eigentlich ist es schon ein bisschen spät fürs Heimfahren, und wo wir schon mal hier sind …« Ich hab da eine Idee. »Was hältst du davon: Wir gehen noch auf einen Sprung zum Griechen, danach checken wir, ob die Reinfried inzwischen doch noch eingetrudelt ist, und später suchen wir uns ein Hotel und machen uns einen gemütlichen Abend.«

Lissy zieht überrascht die Augenbrauen hoch. »Ich habe aber gar nichts dabei, weder frische Wäsche noch …«

»Ich auch nicht, aber wir werden schon irgendwo einen Laden finden, und zur Not gibt es in guten Hotels einen Shop! Morgen früh schauen wir noch einmal hier vorbei, und dann: Mission erfüllt!«

Warum so zaghaft, Molly?

»Hallo, Molly, kannst du mich hören?«

Es ist Philip!

Gott sei Dank. Gott sei Dank. Als ich seine Stimme höre, wird mir erst bewusst, wie sehr ich ihn vermisst habe.

»Philip, endlich!«, rufe ich. »Ich habe mir schon die allergrößten Sorgen gemacht, weil ich dich nicht erreichen konnte.«

Ich zwinkere Lissy erleichtert zu, die neben mir im Wagen sitzt und über die Freisprecheinrichtung alles mithören kann. Sie reckt einen Daumen in die Höhe, und ich kann ihr ansehen, dass ihr noch immer der Schädel von letzter Nacht brummt.

Nicht, dass es mir besser gehen würde. Nachdem wir gestern Abend noch von Costa und seinen Kumpels mit weiteren Ouzos abgefüllt worden waren, haben wir uns im Le Meridien gegenüber vom Stuttgarter Schlossgarten einquartiert, wo wir uns nach einer Stunde Whirlpool und einem köstlichen Abendessen im hoteleigenen französischen Restaurant noch in der Bar eine Flasche Rotwein als Absacker gegönnt haben. Dementsprechend ramponiert sind wir heute früh aufgewacht, und nach dem Frühstück haben wir noch einmal vergeblich Amelie Reinfrieds Wohnadresse aufgesucht und uns dann auf die Heimfahrt begeben.

»Das dachte ich mir schon, Molly, und es tut mir leid«, kommt es aus dem Lautsprecher.

»Woran lag es denn?«

»Nun ja … es gab da ein paar Probleme«, antwortet er ausweichend.

»Welche Probleme denn?«, frage ich alarmiert.

»Also, als Erstes wurde mein Gepäck gestohlen ...«, beginnt Philip.

»Oh nein«, stöhne ich auf.

»Ja, war leider so, und dummerweise haben die Mistkerle nicht nur mein Handy mitgehen lassen, sondern dazu noch meine Kreditkarten und ein paar ziemlich wichtige Firmenunterlagen, dadurch hatte ich die letzten Tage ziemlich was um die Ohren ...«

»Oh Gott, Philip, du Ärmster!«, rufe ich betroffen aus. »Und jetzt hast du alles wieder im Griff?«

»Na ja, so einigermaßen. Du wirst es nicht glauben, aber diese Mistkerle wenden dieselben Tricks an wie früher die Gauner in den Oststaaten. Zuerst stehlen sie deine Sachen, und später darfst du sie dir wieder zurückkaufen.«

»Das ist doch wohl die Höhe!«, entrüste ich mich. »Du hast sie natürlich sofort angezeigt und verhaften lassen, oder?«

»Mitnichten, das wäre genau das Verkehrte. Angeblich hängt ein Teil der Behörden mit drin, da ist es klüger, man handelt einen guten Tarif aus und gibt in Zukunft besser acht auf seine Sachen. Aber was soll's, Schwamm drüber. Viel wichtiger ist, dass ich schön langsam ein wirklich gutes Team zusammenbekomme, auf das ich mich in Zukunft verlassen kann, damit ich endlich von hier wegkomme.«

»Das heißt also, wir können bald loslegen mit unseren Hüftgelenken?«, entfährt es mir, während ich einen Reisebus mit winkenden Kindern überhole.

»Welche Hüftgelenke?«, kommt es verständnislos von ihm zurück.

»Oh, das habe ich nur gesagt, weil Lissy und Tessa gestern wissen wollten, was man eigentlich mit Titan anfängt, und dabei kamen wir unter anderem auf künstliche Hüftgelenke«, erkläre ich ihm.

»Ach so ...« Auf einmal lacht er los. »Das war ein Witz, oder?«

Ich werfe schnell einen fragenden Blick zu Lissy hinüber, aber die verzieht bloß ihr Gesicht und macht dazu eine hilflose Geste.

»Äh … klar, natürlich …«, sage ich schließlich lahm. »Aber wann kommst du denn jetzt wieder zurück, Philip? Ich vermisse dich ganz schrecklich, weißt du das?«

»Ich vermisse dich auch, Molly.« Seine Stimme nimmt auf einmal einen ganz warmen Unterton an. »Vor allem an den Abenden, wenn ich …«

»Äh, Philip, wir sind übrigens nicht allein«, falle ich ihm gerade noch rechtzeitig ins Wort, bevor er vielleicht etwas sagt, das nicht für Lissys Ohren bestimmt ist.

»Ach nein?«, fragt er überrascht. »Wieso, wer ist denn noch da?«

»Lissy. Sie sitzt neben mir im Auto und kann alles mithören.«

»Hi, Philip!« Lissy klingt ein bisschen quietschig, als hätten wir sie gerade beim Lauschen ertappt, und ein schneller Seitenblick zeigt mir, dass ihre Wangen ein bisschen angelaufen sind.

»Hi, Lissy!«, kommt es gut gelaunt von Philip zurück.

»Ich kann mir übrigens gerne an der nächsten Raststation die Beine vertreten, falls ihr ungestört sein wollt«, bietet sie ungelenk an.

»Ungestört?«, frage ich verwundert. »Wobei denn ungestört?«

»Äh, keine Ahnung … bei dem, was ihr normalerweise so macht, wenn ihr telefoniert«, meint sie verlegen.

»Und was sollte das zum Beispiel sein?«, frage ich mit hochgezogener Augenbraue.

»Vielen Dank, Lissy«, meldet Philip sich plötzlich wieder zu Wort. »Auf dieses Angebot kommen wir später gerne zurück, nicht wahr, Molly?«

»Heißt das, du willst …«, entfährt es mir.

Dann fällt bei mir der Groschen. Dieser Schuft! Ich kann förmlich hören, wie er am anderen Ende der Leitung grinst.

»Aber wir haben doch noch nie ...«, versuche ich schnell eine Rechtfertigung. »Ehrlich, Lissy, Philip macht nur Spaß. Los, Philip, sag ihr, dass du nur Spaß machst!«

»Ja, Lissy, ich mache nur Spaß«, kommt es gehorsam aus dem Hörer.

»Genau so klingt das.« Zu allem Überdruss zwinkert Lissy mir jetzt noch verschwörerisch zu.

»Was soll das denn heißen?«, protestiere ich. »Wisst ihr was, ihr beide ... ach, egal. Mal im Ernst, Philip, wann kommst du wieder zurück nach Hause?«

»Genau kann ich es noch nicht sagen, es gibt hier noch ein paar Unklarheiten zu beseitigen. Wir haben ein Problem mit der Abbaugenehmigung, wissen im Moment aber nicht, woran es liegt, und ohne können wir nicht starten.« Dann kommt er auf ein anderes Thema zu sprechen: »Aber sag, Molly, wie läuft es bei euch in der Firma? Alles in Ordnung so weit?«

Einem ersten Impuls folgend will ich ihm von der Klage gegen Winners only erzählen, aber im nächsten Augenblick komme ich mir reichlich dumm dabei vor. Er schlägt sich ganz allein in einem fremden Land mit der Neugründung eines Unternehmens und hundsgemeinen Dieben herum, was sind da im Vergleich unsere lächerlichen Probleme mit einer unzufriedenen Kundin? Damit kann ich ihn nicht auch noch behelligen.

»Ja, ja, bei uns läuft alles prima«, berichte ich stattdessen stolz. »Vorgestern hatte ich sogar ein Interview mit dem Life&Style-Magazin, das wird eine Riesenwerbung für uns, und noch dazu gratis.«

»Große Klasse, Molly.« Philips anerkennende Worte gehen runter wie Öl. »Ich wusste, dass du das Zeug dazu hast, den Laden zu führen. Dazu fällt mir ein: Hat Frank sich schon bei dir gemeldet?«

»Frank?« Ich brauche eine Sekunde, bis der Groschen fällt. »Dr. Lessing ist Frank, oder?«

»Genau.«

»Dachte ich mir, aber ich war mir nicht sicher ... Doch, ja, er hat wegen eines Gesprächstermins angefragt.«

»Gut. Ich habe ihn nämlich an dich verwiesen, weil ich hier festhänge und es ein paar wichtige geschäftliche Dinge im Zusammenhang mit Winners only zu besprechen gibt.«

»Worum geht es denn?«, frage ich, obwohl ich es mir eigentlich schon denken kann.

»Um den Börsengang«, bestätigt Philip meine Ahnung.

»Und wahrscheinlich zudem um unsere Expansion, oder?«

»Ja, was das betrifft, müssen wir uns noch die aktuellen Unternehmenszahlen ansehen«, bremst er ein bisschen. »Wir müssen erst mal den Börsengang über die Bühne bringen, und wenn die Zahlen stimmen, können wir dann mit frischem Kapital durchstarten, falls du das möchtest.«

Ob ich das möchte? Ich sage dazu nur: Winners all over the world!

»Wegen der Umsätze brauchst du dir keine Sorgen zu machen, Philip«, sage ich voller Zuversicht. »Unsere Neuerungen haben voll eingeschlagen, und wir gewinnen ständig neue Kunden dazu.«

»Na, da bin ich ja erleichtert. Um ehrlich zu sein, brauche ich im Moment keine neuen Schwierigkeiten, das hier unten reicht mir fürs Erste«, sagt er, und dabei klingt er irgendwie ziemlich bedrückt. Nanu, so kenne ich ihn gar nicht.

»Lass dich nicht kleinkriegen, Schatz. Vermutlich erlebst du so etwas nicht zum ersten Mal, stimmt's?«, versuche ich ihn aufzumuntern.

Das ist doch wohl logisch. Immerhin hat Philip Eragon aus dem Nichts aufgebaut, und das ist ein Weltkonzern, der sich mit den unterschiedlichsten Branchen befasst.

»Um ehrlich zu sein, hatte ich während meiner ganzen Laufbahn nicht mit derartigen Schwierigkeiten zu kämpfen«, bekennt er.

Ach du meine Güte. Dann war diese Investition vielleicht doch keine so gute Idee. Sofort packt mich das schlechte Gewissen, weil ich ihm dieses Projekt vorgeschlagen habe.

»Hältst du Paraguay für einen Fehler?«, frage ich kleinlaut.

»Aber nein, Molly, so weit sind wir noch lange nicht. Grundsätzlich ist es ein großartiges Projekt, nur gestaltet sich im Moment alles ein bisschen schwieriger als erwartet, verstehst du?« Dann erwacht auf einmal wieder der vertraute Kampfgeist in ihm: »Und kleinkriegen lasse ich mich von ein paar wichtigtuerischen Bürokraten schon gar nicht, das wäre ja noch schöner.«

»Gott sei Dank, Philip, ich hatte schon die allerschlimmsten Befürchtungen.«

»Das musst du nicht, Molly. Sieh einfach nur zu, dass zu Hause alles rundläuft, den Rest kriege ich schon noch in den Griff.« Sein Tonfall verändert sich wieder, wird erneut ganz ruhig: »Aber jetzt genug von den Geschäften, Molly, lass uns von angenehmeren Dingen reden. Wie sieht dein weiterer Tagesplan aus? Habt ihr nach der Arbeit schon was vor?«

Ich wechsle automatisch einen Blick mit Lissy.

»Nein, eigentlich nicht. Wir sind gerade auf dem Heimweg von Stuttgart …« Ich beiße mir auf die Zunge, aber da ist es schon zu spät.

»Von Stuttgart?«, hakt er sofort ein. »Was macht ihr denn in Stuttgart?«

»Wir … äh … haben die dortige Filiale besucht, um … also, um unsere Neuausrichtung vor Ort persönlich zu präsentieren«, improvisiere ich holprig. »Und um ein paar neue Mitarbeiter kennenzulernen, weißt du?«

Lissy will etwas sagen, aber ich bedeute ihr, ruhig zu bleiben. Sorgen mit Winners only wären das Letzte, was Philip jetzt gebrauchen kann, abgesehen davon verspüre ich plötzlich

den Ehrgeiz, ohne seine Hilfe mit diesem Problem fertigzu-
werden.

»Verstehe«, meint er. »Und was steht auf dem Plan, wenn ihr
zurück seid?«

»Ich weiß noch nicht, das hängt vom Terminkalender für
den Nachmittag ab.«

»Ach so.« Ich höre, wie er nachdenkt. »Ich will mich nicht in
deine Planung einmischen, Molly, aber vielleicht könntest du
das Gespräch mit Frank möglichst bald erledigen, das erscheint
mir wichtig. Ansonsten schlage ich vor, dass du es locker
angehst, okay? Ich will, dass es meinem Mädchen gut geht.«

Mir wird plötzlich ganz warm ums Herz. Er steckt selbst in
den allergrößten Schwierigkeiten und will, dass es mir gut geht.

Ich will ihm spontan etwas besonders Zärtliches darauf antworten, aber dann fällt mir ein, dass Lissy neben mir ja noch
immer die Ohren spitzt.

»Das ist lieb von dir, Philip, aber mach dir keine Gedanken
wegen mir. Ich werde mich gleich am Nachmittag um Dr. Lessing kümmern, und danach mache ich mir einen schönen
Abend.«

»Ihr könntet zum Haus rausfahren«, schlägt er auf einmal
vor.

»Zum Haus am See?«, frage ich überrascht, weil ich mir
nicht sicher bin, ob ich ihn richtig verstanden habe.

»Genau. Ist nur so eine Idee, aber in den letzten Wochen
sind wir ja nie dazu gekommen, abgesehen davon kennen Tessa
und Lissy es doch noch gar nicht, oder?«

»Du sagst es, Philip«, antwortet Lissy an meiner statt. »Molly
hat uns zwar circa eine Million Mal davon vorgeschwärmt,
aber bisher warten wir vergeblich auf eine Einladung.«

Sie grinst dabei zwar, aber der Vorwurf in ihrer Stimme ist
unüberhörbar. Und ich kann es ihr gar nicht übel nehmen. Ich
habe mich bislang immer um eine Einladung herumgedrückt,
weil ich das Haus als eine Art exklusiven Zufluchtsort für Phi-

lip und mich betrachtet habe, nur kann ich es meinen besten Freundinnen natürlich nicht ewig vorenthalten.

»Okay, einverstanden.« Auf einmal bin ich ganz beschwingt von dem Gedanken. »Wir fragen noch Tessa, und dann machen wir einen lustigen Weiberabend. Wie findest du das, Lissy?«

»Au ja«, nickt sie mit leuchtenden Augen.

»Na, das passt ja. Ihr könnt euch frische Fische fangen und sie grillen, wenn ihr wollt«, schlägt Philip vor.

»Echt, können wir das?«, fragt Lissy.

»Ja, also, was das angeht …«, sage ich zögernd.

»Warum denn so zaghaft, Molly?«, ermuntert Philip mich. »Wie man angelt, weißt du ja inzwischen, und den Grill beherrschst du sogar besser als ich.«

»Großartig, ich liebe frischen Fisch.« Lissy klatscht begeistert in die Hände. »Vielen Dank für die Einladung, Philip!«, ruft sie ins Mikro.

»Keine Ursache, bedank dich bei Molly«, kommt es von ihm zurück. »Also gut, ihr Hübschen, ich muss jetzt Schluss machen. Ich melde mich wieder, Molly …« Ich kann ihm anhören, dass er gerne noch etwas Persönliches losgeworden wäre, aber in Lissys Beisein begnügt er sich mit einem einfachen »Macht's gut, ihr beiden!«

Als das Gespräch beendet ist, greift Lissy nach ihrem Handy.

»Wen willst du anrufen?«, frage ich.

»Na, Tessa, wegen heute Abend«, meint sie. »Du machst doch keinen Rückzieher, oder?«

»Ach wo, das geht schon in Ordnung.« Ich überlege kurz. »Aber lass mich vorher noch Fiona Bescheid geben, damit sie mir für heute Nachmittag einen Termin mit Dr. Lessing macht. Wenn Philip das für so wichtig hält, will ich es nicht auf die lange Bank schieben.«

»Geht klar.« Und nach einer kleinen Pause meint sie: »Und du weißt wirklich, wie man Fische fängt?«

Wie man Fische fängt? Doch, ja, damit kenne ich mich aus.

Wobei, um genau zu sein, habe ich es nur einmal wirklich selbst versucht, und das lief nicht so toll, weswegen wir uns dann darauf geeinigt haben, dass ich den Grill bediene und Philip die Fische fängt. Aber ich habe ihm dabei so oft zugesehen und mir alles erklären lassen, dass ich es garantiert hinbekomme.

»Klar weiß ich das«, antworte ich also möglichst locker. »Es ist übrigens gar nicht so schwer, du wirst sehen.«

Nanu. War ich das, die da gerade so tief geschluckt hat?

Hat er Ruin gesagt?

»Und, wie finden Sie unseren Fitnessteller?«, frage ich gespannt.

Dr. Lessing und ich sitzen uns in der Cafeteria von Winners only gegenüber, und ich habe es mir nicht nehmen lassen, für uns beide unsere neuesten Kreationen in Sachen gesundheitsbewusste Ernährung zu bestellen, als da wären: ein Fitnessteller für ihn und eine exotische Kürbis-Tomatensuppe für mich, und dazu stilles Mineralwasser aus tibetanischen Quellen für uns beide.

»Ausgezeichnet.« Er stochert lustlos in seinem bunten Salatmix herum und schiebt sich dann ein winziges Stück Tomate in den Mund. »Aber sagen Sie, Frau Becker, gibt es hier auch Kaffee?«

»Natürlich, ausgezeichneten sogar. Wir haben erst kürzlich eine neue Espressomaschine bekommen«, nicke ich. »Was für einen wollen Sie denn? Wir haben Espresso, Caffè doppio, Espresso lungo, Cappuccino, oder vielleicht eine Latte macchiato – das bedeutet übrigens ›befleckte Milch‹, wussten Sie das?«

Wir hatten neulich einen waschechten italienischen Barista zur Einschulung hier, und der hat uns ganz exklusiv in die Geheimnisse italienischer Kaffeekunst eingeweiht.

Dr. Lessing zieht eine Augenbraue hoch. »Nein, das wusste ich nicht«, meint er. »Am liebsten wäre mir einfach nur Kaffee, schwarz, ohne Milch und ohne Zucker.«

Ohne Milch und ohne Zucker. Genau darauf hätte ich getippt, denn es entspricht haargenau seinem Typ. Dr. Lessing ist das wandelnde Klischee eines Finanzmenschen: Mitte vierzig, schlank, korrekt sitzender schwarzer Anzug, das leicht angegraute Haar mit Gel in Reih und Glied gebracht, umgeben von einer Wolke teuren Aftershaves, und mit einem Blick, als wäre er ständig am Rechnen, was den ersten Eindruck professioneller Unnahbarkeit noch zusätzlich verstärkt.

Als wir uns vor zehn Minuten in der Vorhalle begegneten, sind mir auf Anhieb mindestens zehn Sachen aus unserer Produktpalette – angefangen bei einem Lachtraining – eingefallen, die ich ihm dringend empfehlen würde, um in Zukunft ein bisschen lockerer rüberzukommen.

»Natürlich, wie Sie wünschen.« Ich winke Vicky, die Kellnerin, zu uns her und bestelle einen Espresso für Dr. Lessing und einen Cappuccino für mich. »Möchten Sie vielleicht ein Tiramisu?«, versuche ich erneut, ein bisschen Auflockerung in das Gespräch zu bringen. »Wir machen es neuerdings mit Vollkornbiskotten und Bio-Mascarino, und zum Süßen verwenden wir Stevia.« Ich lächle ihn offen an, weil ich von Umberto, unserem Kommunikationstrainer, weiß, dass man damit selbst das dickste Eis brechen kann. »Das ist so gesund, damit könnten wir Olympioniken füttern.«

»Was Sie nicht sagen«, kommt es trocken von Lessing zurück. »Trotzdem danke, für mich nicht.«

Okay, eine Stimmungskanone scheint der Mann nicht gerade zu sein.

»Ich nehme eines, *ausnahmsweise*«, sage ich zu Vicky, die meinen Zusatz mit einem verwunderten Blick quittiert. Dann wende ich mich wieder Dr. Lessing zu. Also gut, langsam wird es Zeit, diesen Eisblock aufzutauen. »Wissen Sie, was lustig war?«, starte ich erneut. »Als ich heute Vormittag mit Philip telefonierte, wollte er wissen, ob ein gewisser *Frank* mich kontaktiert hätte, und ich hatte natürlich keine Ahnung, dass er Sie damit meint …«

So, als Einstieg müsste das reichen. Nachdem ich ihn jetzt auf seinen Vornamen angesprochen habe, wird er mir bestimmt das Du anbieten, und dann plaudert es sich gleich viel lockerer ...

»Ja, wirklich lustig.« Er verzieht keine Miene, und anstatt zum Beispiel zu sagen: »Wo wir schon dabei sind, ich bin der Frank!«, klappt er seinen ledernen Aktenkoffer auf und zieht einen dicken Stapel Unterlagen hervor. »Gut, ich möchte jetzt auf die geschäftlichen Belange zu sprechen kommen, wenn Ihnen das recht ist, Frau Becker.«

Wenn es mir recht ist? Witzbold. Habe ich denn eine Wahl?

»Aber sicher. Um ehrlich zu sein, habe ich mich schon auf dieses Gespräch gefreut.«

»Tatsächlich?« Sein Blick zuckt überrascht hoch.

»Aber natürlich«, nicke ich und bemühe mich dabei um einen möglichst professionellen Gesichtsausdruck. »Ich nehme an, es geht um den geplanten Börsengang und unsere mittelfristigen Expansionspläne, nicht wahr?«

Er hat seine Unterlagen sortiert und legt einen Teil davon vor mir auf den Tisch. »Eigentlich geht es vorerst *nur* um den Börsengang«, schränkt er ein.

»Natürlich, das ist das vordergründige Ziel«, nicke ich schnell.

»Darum habe ich ja *mittelfristige* Expansionspläne gesagt, wie Ihnen vielleicht aufgefallen ist.«

Vicky unterbricht unser Gespräch, indem sie die bestellten Getränke serviert. Ich kippe reichlich Zucker in meinen Cappuccino und koste von dem Tiramisu.

Mm, köstlich. Der Tipp mit dem gesundheitsbewussten Kochen war wirklich Gold wert, man schmeckt absolut gar nichts von den geänderten Zutaten. Na ja, fast nichts.

Dr. Lessing nippt an seinem Espresso, dann fixiert er mich mit seinen eisblauen Augen.

»Weswegen ich Sie eigentlich sprechen wollte, Frau Becker: Wie Sie den Unterlagen entnehmen können, zeigt die Umsatzkurve von Winners only im letzten halben Jahr steil nach oben …«

Halleluja. Gott sei es getrommelt und gepfiffen. Ich habe seit meinem Amtsantritt bei Winners only eine ganze Menge umgekrempelt, und obwohl ich den Eindruck hatte, dass das neue Konzept bei den Kunden gut ankommt, war ich mir bislang nicht ganz sicher, ob sich das kommerziell rentiert.

»… aber wie Sie den Grafiken und Tabellen unschwer entnehmen können, hat im selben Zeitraum die Ausgabendynamik die Ertragssteigerungen in einem geradezu exzessiven Ausmaß überkompensiert«, führt er weiter aus.

Ich verharre für eine Sekunde regungslos in meiner Position.

Was hat er gerade gesagt?

Ausgabendynamik? Überkompensiert? Exzessiv?

Ist das jetzt gut oder schlecht?

»Da bin ich völlig Ihrer Meinung«, sage ich unbestimmt und setze dazu mein Pokerface auf. »Und wie *genau* interpretieren Sie diese Entwicklung nun?«, frage ich nach einer kurzen Pause.

»Was meinen Sie damit?«, fragt er zurück.

Mann, der macht's einem echt nicht leicht.

Ich suche krampfhaft nach einer möglichst professionellen Formulierung.

»Ich meinte damit, was ist Ihre *Conclusio*?«

»Meine Conclusio?«, fragt er stirnrunzelnd.

Mist. War Conclusio etwa das falsche Wort? Ich habe es letztens während eines Telefonates von Lissy aufgeschnappt, und da ist es mir wahnsinnig geschäftsmäßig vorgekommen.

»Aber dafür gibt es doch nur einen Schluss«, redet er dann Gott sei Dank weiter, wenngleich er jetzt seltsamerweise etwas ungehalten klingt. »Frau Becker, bis vor einem Jahr war Winners only noch ein hochprofitables Unternehmen, doch während der letzten beiden Quartale hat sich ein kontinuierlicher Minussaldo aufgebaut.«

Mein Magen verkrampft sich schlagartig. Ich verstehe zwar nicht viel von diesen Dingen, aber Minussaldo ist definitiv ein Wort, das in diesem Gespräch nicht vorkommen sollte.

»Und was wollen Sie damit sagen?«, hauche ich tonlos.

»Damit will ich sagen: Wenn sich die Ertragslage des Unternehmens nicht schleunigst verbessert, sollte man den Börsengang auf unbestimmte Zeit verschieben.«

Wie bitte? Kein Börsengang? Aber das hieße keine Kapitalaufstockung und … keine Expansion!

Doch dann fällt mir etwas ein.

»Aber wie kann das denn sein?«, frage ich aufgebracht. »Sie sagten schließlich gerade, dass unsere Umsatzkurve nach oben zeigt?«

»Das ist durchaus richtig«, nickt er. »Aber auf der anderen Seite sind Ihre Ausgaben derartig in die Höhe geschossen, dass unterm Strich ein negatives Ergebnis steht. Sehen Sie sich nur die Unterlagen an«, fordert er mich auf. »Allein die Lohnkosten sind in diesem Zeitraum um dreißig Prozent gestiegen.«

»Aber natürlich, wir haben unser Angebot erweitert, und dazu braucht man entsprechendes Personal«, rechtfertige ich mich.

»Das mag ja sein«, räumt er ein. »Ungewöhnlich ist dabei bloß die prozentuale Diskrepanz zwischen der Belegschaftssteigerung und dem Lohnkostenzuwachs.«

Also wirklich. Kann er vielleicht auch mal einen Satz in normalem Deutsch sagen?

»Könnten Sie das freundlicherweise ein wenig konkretisieren?«, frage ich ein bisschen schroff, weil schön langsam meine Geduld zur Neige geht.

»Damit meine ich, dass die Mitarbeiterzahl um neunzehn Prozent gestiegen ist, die Lohnkosten im selben Zeitraum jedoch um vierunddreißig Prozent«, führt er ungerührt aus. »Haben Sie eine Erklärung dafür?«

»Ach, das … Nun, zum einen kosten gute Leute eben entsprechend – und ich wollte nur die besten«, betone ich, aber auch das scheint keinerlei Eindruck auf ihn zu machen. »Und abgesehen davon habe ich eine Leistungsprämie für unsere Mitarbeiter eingeführt, damit sie entsprechend motiviert sind.«

»Nichts gegen einen Leistungsanreiz, Frau Becker, aber zehn Prozent vom Umsatz sind eindeutig zu viel«, stellt er kühl fest.

»Da bin ich anderer Meinung«, halte ich sofort dagegen. »Falls es Sie interessiert: Ich habe mir die Preiskalkulation von Winners only genau angeschaut, bevor ich diese Entscheidung traf, und bin daher der Meinung, dass unsere Aufschläge das durchaus zulassen.«

Lessing schweigt erstaunt, vermutlich hat er nicht mit derart entschlossenem Widerspruch gerechnet.

Und ich habe sogar noch mehr auf Lager.

»Außerdem, Herr Dr. Lessing, sind wir uns doch darüber einig, dass unsere Umsätze seit meinen Veränderungen ständig steigen, die Lohnkosten hingegen bleiben ab sofort gleich …«

»Nicht wirklich, nachdem die Mitarbeiter prozentual beteiligt sind«, fällt er mir ins Wort.

»Aber nur mit zehn Prozent, und somit steigen die Lohnkosten ja nur im Ausmaß eines Zehntels der Umsatzsteigerungen – während wir auf der Gegenseite viel höhere Erträge haben«, rechne ich ihm vor.

Lessing sieht mich verwundert an, und ihm ist deutlich anzusehen, dass er nach Gegenargumenten sucht.

»Nehmen wir nur mal den Kaffee«, argumentiere ich gleich weiter, bevor er noch etwas sagen kann. »Für diesen Cappuccino berechnen wir satte zwei Euro neunzig, und für Ihren Espresso zwei zwanzig … So, und wie hoch sind unsere Selbstkosten dafür? Zehn Cent, oder zwanzig? Genau weiß ich es nicht, aber irgendwo in dem Rahmen bewegen wir uns doch, nicht wahr?« Ich warte auf eine Antwort, er nickt aber nur vage, während er mich aufmerksam beobachtet. »Das heißt also, wir erwirtschaften damit eine Spanne von über neunzig Prozent – und da wollen Sie mir erzählen, dass wir unsere Mitarbeiter nicht mit zehn Prozent beteiligen können?«

Lessing lässt sich das Gesagte einige Sekunden lang durch den Kopf gehen, bevor er antwortet: »Sie vergessen dabei aber die sonstigen Unternehmenskosten wie Gebäudeabschreibungen, Lohnnebenkosten, Versicherungen, allgemeine und besondere Betriebskosten und noch vieles mehr. Abgesehen davon haben Sie nicht bei allen Produkten so hohe Spannen, bei Mode zum Beispiel ...«

»... haben wir mehr als hundert Prozent Aufschlag«, nehme ich ihm das Wort aus dem Mund. »Das heißt, wenn wir eine Kundin zum Beispiel für fünftausend Euro ausstatten – was übrigens keine Seltenheit ist, da unsere Verkäuferinnen durch die Prämien hochmotiviert sind«, betone ich, »bleiben dem Unternehmen zweieinhalbtausend, und wenn wir die Prämie gleich abziehen, zweizweifünfzig, und damit kann ich persönlich noch immer recht gut leben.«

Ich lehne mich atemlos zurück und nehme einen Schluck von meinem Cappuccino, wobei meine Hand unangenehmerweise ein wenig zittert.

»Sehen Sie?«, kann ich mir dennoch nicht verkneifen zu sagen. »Wäre ich eine Kundin, hätte ich gerade einen Euro hinuntergeschluckt, macht neunzig Cent Spanne.«

Lessing mustert mich jetzt mit einer Mischung aus Verblüffung und ... irgendetwas anderem.

»Alles schön und gut, Frau Becker«, rudert er ein paar Millimeter zurück. »Dennoch kommen wir nicht um die Tatsache herum, dass das Unternehmen Negativverträge macht.«

»... die sich aber sehr bald schon in positive verwandeln werden, wie ich Ihnen gerade dargelegt habe«, bleibe ich stur auf meiner Linie.

»Das mag sein«, wird er eine Spur lauter. »Aber so oder

so bleibt es eine goldene Regel, dass man keinen vernünftigen Börsengang machen kann, wenn ein Unternehmen im Minus ist, dafür sind die Anleger im Moment viel zu angespannt.«

Ich fühle, wie meine Stimmung augenblicklich sinkt. Dann müssen wir unsere schönen Expansionspläne also wirklich verschieben?

»Was erwarten Sie denn von mir, Herr Dr. Lessing?«, frage ich ein bisschen mutlos. »Soll ich unseren Leuten etwa ihre Prämien wieder streichen? Wie soll ich ihnen denn das erklären?«

Er zuckt ungerührt mit den Schultern. »Wenn man einen Teich trockenlegen will, darf man nicht die Frösche fragen.«

»Unsere Mitarbeiter sind aber keine Frösche, sondern Menschen«, brause ich auf. »Und bei Winners only gibt es nichts trockenzulegen, es läuft im Gegenteil alles ganz prima, wir brauchen einfach nur ein bisschen Zeit. Genau, alles, was wir brauchen, ist ein bisschen Zeit«, wiederhole ich, als würde meine Aussage dadurch an Bedeutung gewinnen.

»Und die haben Sie auch – solange Sie nicht an die Börse wollen und es Philip egal ist, dass er Geld verliert«, meint er kühl.

Ich schnappe empört nach Luft.

»Philip verliert doch kein Geld mit Winners only!«, jaule ich auf. »Im Gegenteil, langfristig wird er sogar gut daran verdienen. Wenn wir die neue Linie erst einmal etabliert haben und unser Bekanntheitsgrad weiter wächst, wird Winners only zu einem der führenden Unternehmen in Deutschland werden, und dabei rede ich noch gar nicht von der internationalen Expansion, die mir vorschwebt … ich meine, die *uns* vorschwebt, Philip und mir«, korrigiere ich mich.

»So, meinen Sie?« Lessing hält meinem Blick unbeeindruckt stand, und dabei wirkt er auf einmal … *amüsiert*?

Nimmt der Typ mich etwa nicht für voll?

»Ja, das meine ich.« Ich schiebe trotzig den Unterkiefer vor und stochere nervös in meinem Tiramisu herum, das inzwischen aussieht wie nach einem Meteoriteneinschlag.

»Gestatten Sie mir eine Frage, Frau Becker?« Dr. Lessing lehnt sich plötzlich ein Stück vor. »Wie sind Sie eigentlich zu diesem Job gekommen?«

Wie bitte? Was hat das denn mit unserem Thema zu tun?

»Wie wohl?«, fauche ich ihn an. »Ich habe mich beworben, auf ein Inserat hin.«

»Ich meinte nicht Ihren Start als Kundenbetreuerin, ich meinte die Stelle als Geschäftsführerin. Was qualifiziert Sie eigentlich dafür? Haben Sie ein Wirtschaftsstudium abgeschlossen, oder waren Sie zuvor in irgendwelchen anderen Unternehmen in leitender Position tätig?«

»Nein, weder noch.« Ich fühle, wie mir die Röte unvermittelt ins Gesicht schießt, und suche gleichzeitig fieberhaft nach einer passenden Entgegnung. »Ich verfüge dafür aber über eine ganze Menge Erfahrung in verschiedenen Berufen, ich habe gewissermaßen … die Schule des Lebens besucht«, fällt mir ein, und während ich das noch ausspreche, merke ich, wie bescheuert es klingt.

»Ah, die berühmte Schule des Lebens.« Er schüttelt mit einem schmalen Lächeln den Kopf. »Dann muss ich leider etwas konkreter werden, Frau Becker: Wann hat Philip Ihnen die Leitung des Unternehmens übertragen, war das vor oder nach dem Beginn Ihrer … Liaison?«

Es verschlägt mir augenblicklich die Sprache.

Will er etwa behaupten …?

Am liebsten würde ich aufspringen und ihm den Rest von meinem tibetanischen Mineralwasser mitten in seine arrogante Visage schütten, aber ich kann mich im allerletzten Moment zurückhalten.

Ruhig bleiben, Molly! Damit würdest du doch nur bestätigen, was er dir gerade unterstellt hat, nämlich dass du eine inkompetente, hysterische Person bist, die in der großen Geschäftswelt nichts verloren hat.

Stattdessen drehe ich mühsam beherrscht meinen Kopf und betrachte den wunderschönen blauen Himmel draußen vor dem Fenster, ganz so, wie ich es von unserem indischen Mentaltrainer Samir gelernt habe. Dabei hole ich tief Luft und zähle dann heimlich von fünf herunter bis null, während ich langsam wieder ausatme …

Ich werd verrückt. Es funktioniert! Ich bin auf einmal wieder vollkommen ruhig … na ja, *einigermaßen* ruhig. Sagen wir, den Umständen entsprechend.

Okay, zurück zum Thema: Wieso zum Teufel glaubt eigentlich jeder, ich wäre hier nur Chefin geworden, weil ich mit Philip schlafe? Das nervt langsam.

»Nur zu Ihrer Information, Herr Dr. Lessing«, hole ich aus und ärgere mich dabei über meine wackelige Stimme. »Als Philip mir die Leitung von Winners only übertragen hat, waren wir noch gar kein Paar, und falls Sie mir nicht glauben, können Sie das gerne nachprüfen. Fragen Sie doch die Leute hier, die werden Ihnen alle bestätigen, dass noch gar nichts zwischen uns lief, als Philip bekannt gab, dass er sich von Eragon zurückziehen und nur noch Winners only behalten will.«

»Nicht nötig«, winkt Lessing ab. »Ich kann mich noch gut an seine Rede damals erinnern.«

»Tatsächlich?« Ich kann mich nicht erinnern, ihn damals hier in der großen Vorhalle gesehen zu haben. Andererseits waren da natürlich eine ganze Menge Leute, und ich war ziemlich durch den Wind, weil ich dachte, alles verloren zu haben. Allein der Gedanke daran jagt mir noch kalte Schauer über den Rücken.

»Ja, und soweit ich mich entsinnen kann, kündigte Philip gleichzeitig an, dass er Sie heiraten will, nicht wahr?«, treibt er mich weiter in die Enge.

»So hat er das nicht gesagt«, widerspreche ich sofort.

»Vielleicht nicht wörtlich, aber doch sinngemäß.«

»Nein, hat er nicht … Also, na ja, möglicherweise *indirekt*«, bemühe ich mich verzweifelt um Richtigstellung.

»Was beweist, dass Sie zu dem Zeitpunkt bereits eine Affäre hatten, nicht wahr?«, setzt er unerbittlich nach, als wäre er ein Staatsanwalt und ich des Mordes angeklagt.

»Nein, hatten wir nicht!«, protestiere ich heftig. »Bis zu diesem Zeitpunkt kannte ich doch nicht einmal seinen richtigen Namen, für mich war Philip einfach nur ein Kunde.«

Das ist wahr. Philip und ich waren zu diesem Zeitpunkt noch kein Paar, wir hatten uns bloß ein paarmal getroffen, und wir hatten … Okay, zugegeben, *einmal* hatten wir Sex, unglaublichen, leidenschaftlichen, bisher nie gekannten …

Aber wir waren definitiv noch kein Paar!

Lessings Blick ist währenddessen an mir runter- und wieder raufgewandert, als würde er mich taxieren, und ganz automatisch fasse ich mir an die Blusenaufschläge und ziehe sie enger zusammen. Plötzlich fühle ich mich wie eine Ziege auf dem Markt, und mir wird peinlich bewusst, dass ich knallrot angelaufen bin wie eine reife Tomate.

»Wie auch immer«, bricht er plötzlich ab und beginnt, seine Unterlagen in den Aktenkoffer zu räumen. »Mir ist jedenfalls aufgefallen, dass Philips Vorgehensweise ab einem bestimmten Zeitpunkt nicht mehr rational war, und ich kann nur vermuten, dass das mit Ihnen zu tun hatte.« Plötzlich wird er nachdenklich. »Nicht, dass wir uns falsch verstehen, Frau Becker. Ich kann es durchaus verstehen, wenn ein Mann wie Philip sich in eine junge, attraktive Frau verguckt, aber ganz automatisch fragt man sich doch, worin eigentlich Ihre besonderen Fähigkeiten liegen.«

Oh, er findet mich attraktiv … Aber was sollte diese dämliche Anspielung auf meine *besonderen Fähigkeiten*?

»Ich habe mittlerweile wirklich Bedenken, was Philips Entscheidungen betrifft.« Aus Lessings Augen leuchtet wieder der eiskalte Intellekt. »Zuerst der Rückzug von Eragon, und dass er dann ausgerechnet diese Lifestyle-Kette behalten wollte, und jetzt auch noch das Engagement in Paraguay … Ich frage mich, wie er überhaupt auf so etwas kommen konnte.«

Wie bitte? Was hat er denn daran auszusetzen?

»Aber Paraguay ist ein gutes Projekt«, sage ich aufgewühlt. »Philip kann damit Geld verdienen *und* gleichzeitig den Menschen dort Gutes tun.«

»Ja, *theoretisch* könnte er das«, entgegnet Lessing düster. »Aber in Wirklichkeit ist dieses Land durch und durch korrupt, und wenn er nicht höllisch aufpasst, rennt er direkt in sein Verderben.«

Augenblicklich verkrampfe ich mich am ganzen Körper.

»Das meinen Sie doch nicht ernst, oder? Philip ist ein Profi, er weiß bestimmt, worauf er sich da einlässt. Philip ist immerhin … der Gründer von Eragon!«

»Das er dummerweise abgegeben hat.« Lessing steht auf und schüttelt ungläubig den Kopf. »Ich weiß nicht, was Sie mit Philip angestellt haben, Frau Becker, aber er ist definitiv nicht mehr der Philip Vandenberg, den ich früher einmal kannte.«

»Was ja nicht unbedingt negativ sein muss«, zische ich, während ich ebenfalls aufstehe.

»Doch, wenn es zu seinem Ruin führt, schon«, meint Lessing knapp. Dann reicht er mir die Hand, die ich nur widerstrebend nehme, und sieht mir direkt in die Augen, wodurch ich mich plötzlich furchtbar klein fühle. »Jedenfalls sollten Sie zusehen, dass Winners only wieder in die Gewinnzone kommt, Frau Becker, außerdem …« Er zögert. »… sollten Sie sich vielleicht schon mal überlegen, was *Sie* zu opfern bereit sind, wenn es wirklich hart auf hart kommt.«

»Wie soll ich das verstehen?«, frage ich mit angehaltenem Atem.

Einen kurzen Moment lang scheint er über die Antwort nachzudenken.

»Das erfahren Sie schon noch, wenn es so weit ist«, meint er dann achselzuckend.

Unwillkürlich durchläuft mich ein Schaudern. Was zum Geier sollen diese ganzen merkwürdigen Anspielungen? Und seine Blicke habe ich mir doch nicht eingebildet, oder?

Gerade hole ich Luft, um Klartext mit ihm zu reden, als er einen Blick auf seine Uhr wirft und verkündet: »Tut mir leid, Frau Becker, ich muss jetzt gehen, ich habe noch einen wichtigen Termin.« Er sieht mich wieder ganz merkwürdig an. »Wir sehen uns.«

Als er gegangen ist, stehe ich einige Sekunden lang da wie vor den Kopf geschlagen, und Lessings Worte hallen in meinem Kopf nach wie ein überdimensionaler Gong: … weiß nicht, was mit Philip geschehen ist … ist nicht mehr der Philip Vandenberg, den ich früher kannte … wenn es zu seinem Ruin führt …

Ach herrje, hat er tatsächlich *Ruin* gesagt?

Und es stimmt ja auch, mit Philip *ist* etwas geschehen: Er hat *mich* kennengelernt!

Oh mein Gott.

Sollte ich etwa wirklich schuld daran sein, dass er jetzt pleitegeht?

Klein? Der ist winzig!

Okay, nur die Ruhe. Ist doch alles kein Problem.

Ich meine, ganz ehrlich, man muss sich nur mal die Fakten vor Augen führen, und schon erkennt man, dass die gegenwärtige Situation bei Weitem nicht so knifflig ist wie die Schwierigkeiten, mit denen ich im letzten Jahr zu kämpfen hatte.

Nicht einmal annähernd!

Denn in Wahrheit verhält es sich doch so: Winners only läuft eigentlich ganz hervorragend, und die Umsatzkurve beweist, dass ich mit meinen Neuerungen mitten ins Schwarze getroffen habe. Es ist also wirklich nur eine Frage der Zeit, bis wir wieder im Plus sind, deswegen denke ich gar nicht daran, den Börsengang zu verschieben, im Gegenteil, wir geben jetzt Vollgas – was ich Lessing übrigens inzwischen auch per E-Mail unmissverständlich habe wissen lassen, inklusive einiger Anordnungen, um alles gezielt voranzutreiben. Lessing darf gar nicht erst auf die Idee kommen, die Sache noch länger zu verzögern.

Und was Paraguay anbelangt: Philip hat auch gesagt, dass das ein gutes Projekt ist, und bisher war immer noch alles, was Philip angegriffen hat, ein Bombengeschäft. Also besteht hier kein Grund zur Sorge.

Nachdem ich am Nachmittag ziemlich fertig gewesen bin, habe ich mich wieder aufgerappelt, indem ich mir das wieder und wieder vorgesagt habe, und schließlich habe ich mich auf das besonnen, was mir schon im letzten Jahr über die schwersten Krisen hinweggeholfen hat: auf den großen Zusammenhang. Das ist es nämlich, worauf es ankommt, nicht auf irgend-welchen Kleinkram oder vorübergehende Probleme. Der große Zusammenhang ist das Einzige, was zählt, und wenn man sich den vor Augen führt, stehen wir doch spitzenmäßig da.

Dieser blöde Dr. Lessing! Miesmacher wie den müsste man eigentlich vom Rest der Menschheit fernhalten. Wie kommt er überhaupt dazu, Philips Entscheidungen zu kritisieren? Hat er den Eragon-Konzern gegründet oder Philip? Eben.

Philip weiß schon, was er tut, jedenfalls garantiert besser als Dr. Frank Oberklugscheißer Lessing, der so tut, als hätte er die Welt erfunden, und dabei ist er nur ein kleiner Handlanger für die wirklich großen Konzernlenker. Konzernlenker wie Philip zum Beispiel und … Moment mal, ich ja auch!

Bei dem Gedanken schwillt sofort meine Brust vor Stolz.

Außerdem, Philip ist Multimillionär. Der hat garantiert ein paar geheime Konten auf irgendwelchen Karibikinseln oder so, weiß ja jeder, dass die Superreichen das so machen, und ich bin schließlich ebenfalls nicht gerade arm seit meinem Lottoge-winn. Mir gehört das Haus, in dem Lissy, Tessa und ich (na ja, ich nur zeitweise, wenn Philip nicht da ist) wohnen, und zählt man meine sonstigen ziemlich klug gestreuten Vermögensan-lagen sowie meinen Kontostand zusammen, dann müsste sich mein Kapital auf mehr als fünfhunderttausend (zum Genießen noch einmal: *fünfhunderttausend!*) Euro belaufen.

Muss ich mir da noch irgendwelche Sorgen über unsere Zukunft machen? Wohl kaum.

»Woran denkst du gerade, Molly?« Lissys Stimme reißt mich aus meinen Gedanken.

Wir hocken in Campingstühlen auf der Veranda von Philips Blockhaus und genießen in der milden Abendluft den Ausblick auf den See. Wir sind auf Philips Anraten gemeinsam mit Tessa hierher gefahren, und natürlich waren die beiden auf Anhieb begeistert von dem Haus, so wie ich damals, als ich es zum ers-ten Mal sah. Und auch heute noch kann ich mich der eigentümlichen Faszination dieses Hauses nicht entziehen. Es ist ein robuster und dennoch moderner Blockbau, direkt an einem idyllischen See mit kristallklarem Wasser gelegen und noch dazu eingerahmt von einem weitläufigen Wald, sodass man hier völlig ungestört ist.

Nachdem ich Lissy und Tessa ein bisschen herumgeführt und ihnen alles gezeigt hatte, haben wir als Erstes eine Flasche Rotwein geköpft. Danach haben wir den Holzkohlengrill befeuert und die Angeln mit künstlichen Ködern gespickt, sie ausgeworfen und in den Halterungen befestigt, die Philip montiert hat, seit ich damals bei meinem ersten Angelversuch … na ja, sagen wir, ein bisschen Pech gehabt habe.

Lissy mustert mich noch immer fragend von der Seite, und ich fühle mich ertappt.

»Ach, an nichts Besonderes«, antworte ich. »Wieso fragst du?«

»Ich weiß nicht … du hast so nachdenklich ausgesehen.«

»Ja, im Moment gibt es einiges zum Nachdenken für mich«, lächle ich schwach.

»Stimmt«, nickt sie. »Aber zerbrich dir nicht den Kopf deswegen, Molly, das renkt sich alles wieder ein. Wenn unser Detektiv diese Amelie Reinfried erst einmal aufgespürt hat, werden wir sicher zu einer Einigung mit ihr kommen, du wirst sehen.«

Lissy hat am Vormittag wie besprochen diesen Profischnüffler kontaktiert und auf Amelie Reinfried angesetzt. Lissys Aussage nach hat er hochprofessionell geklungen und versprochen, die Lady innerhalb kürzester Zeit für uns ausfindig zu machen, was uns zuversichtlich gestimmt hat.

»Deswegen mache ich mir keine Sorgen«, sage ich.

»Weswegen dann?« Sie mustert mich mit forschendem Blick. »Ist es wegen Philip?«

»Nein, auch nicht, obwohl … gerade hier am See vermisse ich ihn doch sehr.«

An diesem Ort hatten Philip und ich unsere schönsten Momente, und als wir vorhin ankamen, musste ich bei der Erinnerung daran einen Moment mit den Tränen kämpfen.

»Wen vermisst du?« Tessa hat nur die letzten Worte gehört, während sie ein Tablett mit verschiedenen Tellern und Schüsseln auf den großen Eichentisch gewuchtet hat.

»Philip natürlich, was dachtest du denn?«, antwortet Lissy an meiner Stelle.

»Okay, war 'ne blöde Frage.« Tessa verzieht grinsend das Gesicht. Dann beginnt sie, die Teller auf dem Tisch zu verteilen. »Mal sehen: Wir haben Salate, Soßen, Senf, Ketchup, Zwiebelchen, Cornichons, frisches Brot ... fehlt eigentlich nur noch der Fisch. Wie sieht's aus, hat schon einer angebissen?«

»Noch nicht, aber das ist ganz normal«, gebe ich zurück. »Das dauert immer ein bisschen, bis die Fische sich herantrauen, weißt du?«,

»Ach ja, und wie lange?« Sie stellt sich zu uns und nippt an ihrem Weinglas.

»Eine halbe Stunde, schätze ich.«

Ehrlich gesagt habe ich keine Ahnung. Seit meinem missglückten Versuch hat immer Philip die Fische für uns gefangen, während ich mich um den Grill und die anderen Speisen gekümmert habe. Aber immerhin hat Philip mir einige Male erklärt, worauf man achten muss, und seit er die Halterungen für die Angeln an den Steg geschraubt hat, kann man dabei eigentlich gar nichts mehr falsch machen. Man hängt einfach die Angeln rein und wartet, bis einer am Haken hängt, so einfach ist das.

»Dann müsste es ja bald so weit sein.« Tessa lässt sich in ihren Sessel plumpsen und stößt einen demonstrativen Seufzer aus. »Dieses Haus ist ein Traum, Molly.« Sie lässt ihren Blick kreisen. »Hier könnte man Party ohne Ende machen, und keinen würde es stören.«

»Bei diesem Haus geht es nicht um Party, Tessa, sondern um die Ruhe«, weist Lissy sie zurecht.

»Ja, mag sein … wenn man aus Spießhausen kommt.« Tessa deutet demonstrativ ein Gähnen an.

»Aber zurück zu meiner Frage, Molly«, nimmt Lissy einen neuerlichen Anlauf. »Dich bedrückt doch irgendwas.«

»Ja, du hast recht«, gebe ich zu. »Ich hatte heute eine ziemlich unangenehme Unterredung mit Dr. Lessing.«

»Wer ist das?«, will Tessa wissen.

»Das ist ein Wirtschaftstreuhänder oder so ähnlich, jedenfalls arbeitet er seit Jahren mit Philip zusammen und ist jetzt auch mit den finanztechnischen Angelegenheiten von Winners only befasst.«

»Ging es um den Börsengang?« Lissy richtet sich neugierig auf, während Tessa mit kritischem Blick ihre frisch lackierten Nägel inspiziert.

»Ja, und er wollte ihn aufschieben«, erzähle ich. »Er hat gesagt, dass wir im Moment rote Zahlen schreiben, und um an die Börse zu gehen, müssten wir das zunächst einmal in Ordnung bringen.«

»Wie bitte, Winners only ist im Minus?«, fragt Lissy ungläubig.

»Wundert mich ehrlich gesagt gar nicht«, mischt sich Tessa mit abfällig gekräuselten Lippen ein. »Seht euch nur diese Nägel an …« Sie hält ihre Hände hoch, damit wir ihre Fingernägel sehen können. »Ich wollte ausdrücklich ein Rot, das zu meinen Ohrringen passt, und nun seht, was mir diese Möchtegernkosmetikerin in unserem Studio verpasst hat.«

Lissy und ich glotzen einen Moment lang wortlos auf ihre Nägel, die absolut *perfekt* aussehen, dann kommt Lissy wieder auf unser Thema zurück.

»Aber wie kommt das, Molly? Hast du nicht immer gesagt, wir machen gute Umsätze?«

»Doch, schon, aber das Problem sind im Moment unsere

hohen Lohnkosten, die sind wesentlich stärker gestiegen als die Umsätze.«

»Natürlich, weil du neue Mitarbeiter einstellen musstest, um das Angebot zu erweitern«, stellt Lissy fest. »Unter anderem Tessa und mich, und beim Gehalt bist du ziemlich großzügig, das muss ich schon sagen.«

»Großzügig?« Plötzlich ist Tessa hellwach. »Also, ich würde mein Gehalt nicht als großzügig bezeichnen, ich betrachte das eher als angemessene Entlohnung für entsprechend qualifizierte Arbeit – aber ich kann natürlich nur für meinen Fall reden«, schiebt sie mit gewichtiger Miene nach.

»Ich würde jedenfalls auf einen Teil meines Einkommens verzichten, falls das notwendig ist«, bietet Lissy plötzlich an.

»Ich auf keinen Fall!«, ruft Tessa dagegen aus. Sie denkt schnell nach. »Erstens bin ich jeden Cent wert, und abgesehen davon dürft ihr nicht vergessen, dass in meiner Position als Modeeinkäuferin ein entsprechendes Outfit geradezu Voraussetzung ist, und das kostet natürlich dementsprechend.«

»Um eure Gehälter geht es gar nicht«, beruhige ich sie schnell. »Lessing störte sich mehr an der zehnprozentigen Umsatzprämie, die ich eingeführt habe.«

»Auf die ich natürlich verzichten würde«, sagt Lissy.

»Ich für meinen Teil wüsste dann allerdings nicht, woher ich die Motivation nehmen soll«, kommt es von Tessa.

»Keine Bange, ich habe ihm entgegengehalten, dass unsere Umsätze kontinuierlich wachsen, sodass wir schon bald wieder in der Gewinnzone sein werden«, berichte ich.

»Gut gemacht, Molly«, nickt Tessa begeistert. »Und wo liegt das Problem?«

»Eigentlich geht es nur um die Zeit«, sage ich. »Er wollte den Börsengang verschieben ...«

»Und wenn schon«, zuckt Tessa die Achseln.

»... und damit die geplante Expansion«, führe ich den Satz zu Ende.

»Wen juckt's, wer braucht schon eine Expansion?«, meint Tessa mit einer wegwerfenden Geste. »Winners only ist doch auch so groß genug. Wie viele Filialen haben wir überhaupt?«, fragt sie dann.

»Fünfzehn, weißt du das denn nicht?« Lissy runzelt die Stirn. »Wie kalkulierst du überhaupt deine Einkäufe?«

»Auf die bestmögliche Art«, meint Tessa selbstbewusst. »Mit Gefühl!«

»Wie bitte, mit *Gefühl*?« Lissy starrt sie ungläubig an, bevor sie sich wieder mir zuwendet. »Aber in einem Punkt gebe ich Tessa recht, Molly: Wozu willst du denn überhaupt expandieren?«

Ich lasse mir eine Sekunde Zeit, bevor ich antworte: »Ich glaube, hauptsächlich aus Sorge, dass jemand mit einem ähnlichen Konzept auf den Markt kommt, daher wäre es mir lieber, wenn wir uns gleich flächendeckend ausbreiten, um dem zuvorzukommen.«

»Aber es ist nicht nur das, oder?« Lissy sieht mich prüfend an.

»Nein, du hast recht«, nicke ich. »Ich möchte einen eigenen Beitrag leisten, versteht ihr? Ich persönlich weiß zwar, dass Philip mich die Firma führen lässt, weil er an meine Fähigkeiten glaubt, aber einige Leute sehen das anders, und das geht mir langsam ziemlich auf den Keks.«

»Echt, wer denn zum Beispiel?«, fragt Lissy.

»Erst heute wieder Lessing«, murmle ich. »Er hat mir deutlich zu verstehen gegeben, was er von mir hält.«

»Und was hält er von dir?« Tessa hat sich neugierig aufgerichtet.

»Also …« Es fällt mir schwer wiederzugeben, was Lessing gesagt hat, und ich muss mich räuspern. »Er glaubt, dass Philip mich nur zur Chefin gemacht hat, weil ich seine Freundin bin, und dass mir ansonsten die Qualifikation für diesen Posten fehlt.«

»Das ist doch wohl die Höhe!«, ruft Lissy empört aus. »Ich an deiner Stelle würde sofort Philip anrufen, damit er diesen Idioten feuert.«

»Nein, das kann ich nicht, Lissy, damit würde ich nur das bestätigen, was Lessing mir unterstellt«, schüttle ich den Kopf. »Dass ich ohne Philip nichts zustande bringe, verstehst du?«

»Hm, das stimmt«, nickt sie zögernd.

»Was für ein Typ ist dieser Lessing überhaupt?«, erkundigt sich Tessa.

»Na ja, so ein arroganter Finanzheini eben, bei dem es ständig nur um Zahlen geht, völlig humorlos. Wie beschreibe ich ihn am besten …?« Ich rufe mir schnell Dr. Lessings Bild in Erinnerung. »Würde ihm seine Frau schmutzigen Sex anbieten, würde er vermutlich antworten: Lieb von dir, Schatz, aber einmal Missionar reicht völlig, ich muss heute noch eine Bilanz fertigstellen«, fällt mir dann ein, und wir kichern drauflos wie Teenager.

»Das sagt doch schon alles über den Typ«, meint Tessa überzeugt. »Ein Mann, der sich mit der Missionarsstellung zufriedengibt, *kann* gar nicht normal sein.«

»Na ja, das war nur meine persönliche Einschätzung«, sage ich und muss grinsen. »Vielleicht täusche ich mich ja auch, und er ist der reinste Vulkan im Bett.« Lessings merkwürdige Blicke fallen mir auf einmal wieder ein, aber dann wische ich den Gedanken schnell fort. Wahrscheinlich habe ich mir das in der angespannten Lage nur eingebildet, irgendwohin *musste* er schließlich doch blicken, nicht wahr?

»Mister Stock-im-Arsch? Nie im Leben«, trompetet Tessa fröhlich, und auf einmal wirkt ihre gute Laune richtig ansteckend auf mich.

»Wisst ihr was? Ich glaube, ich mache mir einfach zu viele unnötige Sorgen«, rufe ich aus und nehme einen kräftigen Schluck Wein. »Schluss damit, genug Trübsal geblasen. Wir werden das jetzt alles beiseiteschieben und einfach nur einen netten Abend verbringen, nur ich und meine beiden besten Freundinnen. Was haltet ihr davon?«

»Du sagst es«, nickt Lissy, und Tessa fügt mit leuchtenden Augen hinzu: »Genau, und später springen wir nackt in den See!«

»Nackt in den See? Nur wir drei?« Lissy wirft ihr einen verdutzten Blick zu.

»Ja, klar, wieso denn nicht?«, fragt Tessa zurück.

»Na, weil … nur wir Frauen, wirkt das denn nicht ein bisschen … *lesbisch*?«, meint Lissy zögernd.

»Ich bitte dich, Lissy, was soll denn daran lesbisch sein?«, fragt Tessa verständnislos. »Würdest du dir dabei lesbisch vorkommen, Molly?«

»Ich?«, frage ich überrumpelt. »Also, ich finde … äh … weder noch. Aber wir könnten uns auch Bikinis anziehen, ich hab welche da.«

»Kommt schon, wozu haben wir denn diesen supereinsamen Privatsee«, quengelt Tessa. »Aber falls euch das lieber ist, könnte ich ein paar Freunde anrufen, dann können wir mit denen gemeinsam …«

»Nein, das wirst du nicht, Tessa, auf gar keinen Fall!«, stoppe ich sie schnell.

»Seid mal still, ich glaube, da hat einer angebissen!« Lissy bringt uns mit erhobener Hand zum Schweigen und starrt gebannt auf die Angeln unten am Steg.

Herrje, sie hat recht! Eine der beiden Angeln zuckt heftig, anscheinend hängt da ein Riesenfisch dran.

Wir sehen uns einen Moment lang erschrocken an, dann springen wir gleichzeitig hoch und hasten die paar Stufen hinunter.

»Was sollen wir jetzt tun, Molly?«, fragt Lissy aufgeregt.

»Okay, wir müssen …«, hebe ich an, um schon im nächsten Moment wieder zu verstummen. Mist. Ich habe zwar immer aufgepasst, wie Philip die Köder an die Haken montiert und die Leinen ausgeworfen hat, aber danach war ich immer irgendwie in der Küche oder oben am Grill verhindert, und wenn ich wieder dazukam, lagen die Fische schon wunderbar friedlich auf dem Teller bereit.

»Also, das Allerwichtigste ist Ruhe zu bewahren«, beginne ich erneut, um Zeit zu gewinnen, gleichzeitig denke ich schnell nach. »Und wir müssen die Leine einholen.« Genau, ist doch logisch.

»Am besten machst du das, Molly, du kennst dich damit besser aus«, meint Tessa, während sie demonstrativ die Arme vor der Brust verschränkt.

»Nein, nein, ihr beide macht das«, sage ich hastig. »Damit ihr es lernt, versteht ihr?«

»Wozu sollen wir das denn lernen?«, fragt sie verwundert.

»Weil … das heutzutage alle coolen Leute können. Fischen ist wieder total im Kommen, sage ich euch, weil es das beste Mittel gegen Stress ist.« Ich versuche, möglichst überzeugend zu gucken, während ich das sage.

Tessa schürzt die Lippen und mustert mich ein paar Sekunden lang unschlüssig, dann meint sie widerstrebend: »Okay, und was sollen wir tun?«

»Eigentlich ist es ganz einfach, ihr müsst nur drehen, an der Kurbel da«, fällt mir auf die Schnelle ein.

»Sollten wir dazu nicht besser die Angel aus der Halterung nehmen?«, schlägt Lissy vor.

»Äh, ja … das wollte ich gerade sagen. Haltet sie aber nicht zu fest, es soll schon vorgekommen sein, dass große Fische Menschen ins Wasser gezogen haben«, warne ich sie vorsichtshalber.

»Wirklich, so stark können die sein?« Lissy hat auf einmal sichtlich Respekt bekommen.

»Ja, die sind nicht zu unterschätzen. Es kommt natürlich darauf an, was für einer dran hängt, Forellen sind nicht so groß, aber falls es ein Karpfen ist, sollte man sich in Acht nehmen.«

»Okay, ich hab die Angel!« Tessa hat die Rute aus der Halterung genommen und stemmt sich entschlossen dagegen, während im selben Moment erneut ein Ruck durch die Leine geht. »Wow, der scheint nicht gerade klein zu sein!«, ruft sie aus, und in ihrer Stimme schwingt eine gehörige Portion Stress mit.

»Keine Angst, du schaffst es«, versuche ich ihr Mut zu machen. »Am besten hältst du mit beiden Händen fest, während Lissy die Kurbel dreht … Ja, genau so!«

Mit angehaltenem Atem beobachte ich, wie Lissy fieberhaft an der Kurbel dreht, während Tessa sich mit großen Augen an die Angel klammert.

»Weiter so, bald habt ihr ihn«, feuere ich sie an. »Ich bin schon gespannt, was es ist.«

»So, wie der zieht, ganz bestimmt ein Karpfen«, keucht Tessa.

»Da, ich kann ihn sehen!«, krächzt Lissy auf einmal. Sie legt an der Kurbel noch einen Zahn zu, während sie mit der anderen Hand zum Wasser hinunterzeigt.

Tessa und ich folgen ihrem Blick, und dann sehen wir ihn auch. Silbrig schimmert er unter der Wasseroberfläche, und während Lissy und Tessa sich mit der Angel abplagen, kann man deutlich sehen, wie das Tier sich verzweifelt dagegen wehrt, aus dem Wasser gezogen zu werden.

»Na warte, Bürschchen, gleich habe ich dich!«, ruft Tessa verbissen, bevor sie sich mit ihrem ganzen Körper nach hinten wirft und gleichzeitig die Angel hochreißt. Der Fisch wird regelrecht aus dem Wasser katapultiert, vollführt in der Luft einen mehrfachen Salto und landet genau vor unseren Füßen auf dem Holzsteg. Wir kreischen alle drei panisch auf, während Lissy und Tessa die Angel fahren lassen und gleichzeitig einen Satz nach hinten machen. Dann starren wir mit weit aufgerissenen Augen auf unseren Fang, der wie wild auf den Holzplanken herumzappelt.

»Sag mal, Tessa, wie kamst du eigentlich darauf, dass er riesig ist?«, fragt Lissy nach einer Weile.

»Du hättest mal fühlen sollen, wie der gezogen hat«, rechtfertigt Tessa sich mit glühenden Wangen. »Kaum zu glauben, wie viel Kraft in so einem kleinen Körper steckt.«

»Klein?« Lissy stößt verächtlich die Luft aus. »Der ist winzig! Was meinst du, Molly, ein Karpfen ist das jedenfalls nicht, oder?«

»Nein, ich glaube nicht«, antworte ich. »Und wenn, dann ist er ziemlich jung.«

Wir wagen uns ein wenig näher heran und betrachten den Fisch fasziniert. Also, übertrieben groß ist er wirklich nicht, ich schätze ihn auf allerhöchstens fünfzehn Zentimeter.

»Und was jetzt?«, fragt Tessa.

»Naja, wir müssen ihn irgendwie … abmurksen«, meint Lissy unsicher. »Molly macht das, die hat darin schon Übung.«

»Und woher bitte schön?«, frage ich erschrocken.

»Aber du hast gesagt, dass du dich mit der Anglerei auskennst.« Sie runzelt irritiert die Stirn.

»Ja, aber nur theoretisch. Ehrlich gesagt, habe ich diesen Teil bisher immer Philip überlassen«, gestehe ich kleinlaut.

»Wie bitte? Und das sagst du uns erst jetzt?«

Sie starren mich vorwurfsvoll an.

»Ja, und wenn schon, ich dachte eben …« Ich beginne hilflos mit den Armen zu rudern, und dann fällt mir ein: »Philip hat gesagt, dass es ganz einfach ist, man muss ihnen nur eins über die Rübe geben.«

»Ach ja, und womit?«, fragt Tessa ungehalten.

»Ich weiß nicht, keine Ahnung«, bekenne ich geistesabwesend.

Ich kann meinen Blick nicht mehr von dem kleinen Fisch abwenden, der verzweifelt um sein Leben kämpft und dessen Zuckungen dabei immer schwächer werden. Plötzlich überkommt mich Mitleid.

»Seht nur, er bekommt keine Luft«, rufe ich aus. »Wir müssen ihn zurück ins Wasser werfen.«

»Genau genommen bekommt er jede Menge Luft«, korrigiert Tessa mich.

»Du weißt schon, was ich meine … er bekommt kein … ähm … *Wasser*.«

Egal. Auf jeden Fall müssen wir dem Winzling helfen, so viel steht fest. Ohne länger darüber nachzudenken, fasse ich mir ein Herz und trete an die am Boden liegende Angel heran. Ich greife nach der Spitze samt Angelleine, wobei ich mehrere Versuche benötige, bis ich sie unter den Zuckungen des Kleinen zu fassen kriege, hebe sie dann mitsamt dem daran hängenden Fisch hoch und werfe ihn zurück ins Wasser.

Kaum ist der kleine Kerl wieder eingetaucht, will er sofort das Weite suchen.

»Vorsicht, die Angel!«, schreit Lissy und fasst schnell an, bevor sie mir aus den Fingern gleitet.

»Geht schon, Lissy, danke!« Ich halte die Angel wieder fest in meinen Händen, während der kleine Fisch sich alle Mühe gibt, um von uns wegzukommen.

»Okay, jetzt kann er wieder … ähm … atmen«, sage ich erleichtert.

»Na toll. Und wie geht's weiter?« Tessa sieht mich an, als hätte ich nicht alle Tassen im Schrank.

Mein Blick hetzt zwischen ihr, Lissy und dem kleinen Fisch im Wasser hin und her.

»Ich weiß nicht«, bekenne ich.

Scheint so, als hätte unser Plan mit den fangfrischen Fischen ein paar kleine Lücken.

»Na großartig, unsere Angelexpertin hat in Wirklichkeit keine Ahnung!« Tessa stemmt vorwurfsvoll die Hände in die Seiten.

»Komm schon, Tessa, lass Molly in Ruhe!«, kommt Lissy mir zu Hilfe. »Überlegen wir lieber, was zu tun ist. Wir haben zwar einen Fisch gefangen, wissen aber nicht, wie wir ihn umbringen sollen ...«

»Und er ist viel zu klein«, füge ich hinzu. »Von seiner Größe bräuchten wir mindestens ein Dutzend, um satt zu werden, und das würde eine Ewigkeit dauern, bis wir die gefangen haben.«

»Man kann es auch andersrum sehen. Einen haben wir immerhin, und vielleicht beißen die nächsten ja schneller an«, hält Tessa dagegen.

»Bleibt nur noch die Frage, wer sie umbringt.« Ich sehe sie herausfordernd an. »Möchtest du das übernehmen, Tessa?«

»Warum denn ich?« Ihr Blick beginnt nervös zu flattern. »Du bist doch die Expertin.«

»Nicht, wenn es darum geht, sie umzubringen, ich bin bloß Expertin darin, sie zu essen.«

»Okay, und was machen wir dann?«, fragt Lissy.

»Mir tut der Kleine jedenfalls leid.« Ich sehe sie fragend an, während der Fisch im Wasser unverdrossen gegen die Angel ankämpft. »Was meint ihr, wollen wir ihn vom Haken lassen?«

»Vom Haken lassen?« Lissy wechselt einen schnellen Blick mit Tessa, und einen Moment lang befürchte ich, dass sie gleich wieder loskichern werden. »Molly hat recht«, meint sie aber nur. »Von uns dreien könnte ihm ohnehin keine was zuleide tun.«

»Und was sollen wir dann essen?«, fragt Tessa.

»Das ist das geringste Problem. Wir haben Salate und die Soßen und dazu frisches Brot, das reicht doch«, zählt Lissy schnell auf.

»Nicht zu vergessen den vollen Weinkeller«, ergänze ich.

»Also gut, schenken wir ihm eben die Freiheit.« Auch Tessa scheint zufrieden mit unserer Entscheidung.

»Alles klar«, atme ich erleichtert auf. Aber dann fällt mein Blick auf den Fisch. »Letzte Frage noch: Wie nimmt man den vom Haken? Ich nehme nicht an, dass eine von euch das weiß?«

»Verdammt, stimmt ja.« Tessa verdreht die Augen.

»Wir könnten die Angelschnur abschneiden«, überlegt Lissy.

»Aber dann bliebe ja der Haken in seinem Mund … äh … Maul«, gebe ich zu bedenken.

»Oh.«

Einen Moment lang stehen wir uns mit hängenden Schultern gegenüber und tauschen ratlose Blicke aus.

Plötzlich habe ich eine Idee.

»Wie wär's, wenn wir …«, hebe ich an, aber als ich ihre Blicke sehe, verstumme ich gleich wieder.

Nein, das kann ich nicht vorschlagen. Sie würden sich garantiert totlachen.

»Ja, was denn?« Lissy sieht mich erwartungsvoll an.

»Also, ich habe mir überlegt …« Ich stocke erneut und muss mir einen Ruck geben, um fortzufahren: »Ich weiß ja nicht, was ihr davon haltet, aber wie wäre es, wenn wir …« Ich verstumme erneut.

»Was denn nun, Molly?« Tessa hängt mittlerweile ungeduldig an meinen Lippen.

Ich kann fühlen, wie meine Wangen zu glühen beginnen.

»Also, wie wäre es, wenn wir …« Ich räuspere mich mehrmals. »… ähm … einen Tierarzt rufen?«

Miller ... Müller ... Molinero

Ich werde nie wieder in meinem Leben Fisch essen. Nie wieder, ich schwör's!

Bisher war mir gar nicht bewusst, dass das auch Lebewesen sind, die erst gefangen und getötet werden müssen, bevor sie auf unserem Teller landen, und das Bild des kleinen Fisches gestern, wie er verzweifelt um sein Leben gekämpft hat, werde ich garantiert nie wieder aus meinem Gedächtnis streichen können.

Und erst der Tierarzt. *Das* war vielleicht peinlich.

Bei Lissys Anruf hielt er es noch für einen dummen Streich, als sie ihm erklärte, worum es ging, und hat gleich wieder aufgelegt. Daraufhin rief ich ihn von meinem Handy aus an und flunkerte ihm vor, meine hochträchtige dreijährige Labradorhündin würde jeden Moment werfen, und ich bräuchte dabei dringend seine Hilfe. Als er dann zwanzig Minuten später in einer gigantischen Staubwolke angebrettert kam und wir ihm mit glühenden Köpfen gestehen mussten, dass es in Wahrheit darum ging, Free Willy in Miniaturformat vom Haken zu nehmen, wollte er sich gleich wieder fluchend vom Acker machen, und es bedurfte all unserer Überredungskunst sowie einer Tausend-Euro-Spende an das Tierheim seiner Stadt, um ihn zum Bleiben zu bewegen.

Aber egal, letztendlich hat er den kleinen Fisch mit einer routinierten Bewegung vom Haken genommen und wieder zurück ins Wasser geworfen, und wir haben das anschließend ausgiebig gefeiert. Wir stopften uns zuerst mit Salaten, Brot und Soßen voll und köpften danach mehrere Flaschen Wein, und später sprangen wir tatsächlich nackt ins Wasser, übrigens ohne uns deswegen auch nur annähernd lesbisch vorzukommen. Wann wir schließlich zu Bett gegangen sind, weiß ich gar nicht mehr, aber dem Getöse in meinem Kopf nach dürfte es reichlich spät geworden sein.

Aber inzwischen geht es mir wieder hervorragend. Zu meinem Frühstück habe ich nämlich in weiser Voraussicht gleich mehrere Aspirin eingeworfen, und den Rest erledigt gerade Fiona mit ihren sachkundigen Händen.

Unter uns, es gibt nichts Besseres als eine Assistentin, die zugleich eine Spitzenphysiotherapeutin ist. Das habe ich damals gleich kapiert, als Fiona wegen einer Aufstiegsmöglichkeit bei mir angeklopft hat, und ihr erster Auftrag lautete, eine Massageliege in mein Büro stellen zu lassen, sodass ich mich bei Bedarf jederzeit von ihr durchkneten lassen kann. Und mit Bedarf meine ich Situationen wie diese, wenn mir eine halb durchzechte Nacht noch in allen Knochen sitzt.

»Hast du gestern wieder trainiert?« Fiona tastet meine Wirbelsäule auf der Suche nach Blockaden Zentimeter für Zentimeter ab.

»Nein, dafür hatte ich keine Zeit«, antworte ich träge.

»Merkwürdig«, murmelt sie. »Dein Rücken fühlt sich nämlich an, als hättest du ein knallhartes Workout absolviert.«

Workout? Na, wenn der Genuss von Rotwein und das Ausdenken von lustigen Namen für männliche Genitalien mit angeschickerten Freundinnen dazuzählt, aber das werde ich ihr garantiert nicht auf die Nase binden.

Gerade hat sie wieder einen Knoten ertastet und bearbeitet die Stelle mit präzisen Schlägen, bevor sie wieder zu sanft kreisenden Bewegungen übergeht.

»Das muss wohl am Stress liegen«, sage ich ausweichend. »Vorgestern die Stuttgartreise, von der wir erst gestern Mittag zurückgekommen sind ...«

»Ja, genau. Was habt ihr da überhaupt so lange gemacht? Habt ihr etwa die ganze Nacht vor der Wohnung dieser Kundin auf der Lauer gelegen?«, fragt Fiona.

»Nicht die ganze Nacht, aber schon ziemlich lange«, antworte ich vage. »Aber keine Bange, jetzt haben wir einen Topdetektiv auf sie angesetzt. Na ja, und dann hatte ich gestern noch diese Unterredung mit Dr. Lessing, bei der ging es um ziemlich komplizierte finanzielle Angelegenheiten, und bei Philip in Paraguay gibt's zudem ein paar Probleme …« Ich stöhne unwillkürlich auf, weil Fiona mir gerade auf überaus wohltuende Weise mit einer geschmeidigen Bewegung eine Blockade an der Lendenwirbelsäule gelöst hat.

»Du Ärmste!«, ruft sie aus. »Ist ja kein Wunder, dass du so verspannt bist.«

Hoppla. Kann es sein, dass sie das Stöhnen falsch interpretiert hat? Na ja, egal. Ist bestimmt kein Nachteil, wenn die Angestellten Respekt vor der Leistung ihrer Chefin haben.

»Tja, so eine Führungsposition hat eben ihre Schattenseiten«, seufze ich. »Aber was bleibt mir anderes übrig, ich trage nun mal die Verantwortung, nicht wahr?«

»Du bist so was von tough, Molly.« In Fionas Stimme schwingt aufrichtige Bewunderung mit. »Habe ich dir schon gesagt, dass du mein Vorbild bist?«

»Wie bitte?« Ich glaube, mich verhört zu haben.

»Doch, es stimmt, Molly, du bist mein großes Vorbild.«

»Und wieso?«, frage ich überrascht.

»Das fragst du noch?«, fragt sie ungläubig. »Sieh dich nur an, Molly, du bist der mit Abstand erfolgreichste Mensch, den ich kenne.« Dann beginnt sie aufzuzählen: »Du hast dich in Rekordzeit bis an die Spitze von Winners only hochgearbeitet, du kannst gut mit Geld umgehen, du bist supersportlich, wunderhübsch, du hast einen Millionär als Freund, und trotz allem bist du noch immer richtig nett!«

Ich brauche ein paar Sekunden, um das alles zu verdauen.

»Ist das dein Ernst?«, frage ich zögernd.

»Ja, klar, denkst du, ich mache Scherze mit so was? So, ich glaube, deinem Rücken geht es wieder gut.« Sie wischt mir mit dem Handtuch das Massageöl ab.

»Molly?«, ruft sie fragend, als ich mich nach einer Weile noch immer nicht rühre.

»Einen Moment noch, ich lasse nur die Massage etwas nachwirken«, murmle ich undeutlich, aber in Wahrheit bin ich nur so gerührt, dass ich gegen meine Tränen ankämpfen muss.

Was Fiona gerade gesagt hat, war das Netteste, was ich je in meinem Leben gehört habe. Na ja, bis auf ein paar Sachen vielleicht, die mein Papi bei diversen Angelegenheiten losgelassen hat, und Philip ist auch nicht schlecht darin, einem zu schmeicheln …

Aber es war auf jeden Fall das Netteste von jemandem, der mich weder gezeugt hat noch Sex mit mir will!

Als ich mich wieder gefasst habe, rapple ich mich hoch und schaue Fiona an.

»Findest du das wirklich, Fiona?«

»Ja, Molly, ich schwör's.« Sie nickt überzeugt. »Ich will eines Tages so werden wie du.«

Mich überkommt erneut eine Welle der Rührung. Schnell mache ich meinen BH zu und streife meine Bluse über, dann nehme ich Fiona spontan in den Arm.

»Du musst doch gar nicht werden wie ich, Fiona«, sage ich. »Bleib einfach so, wie du bist, das ist perfekt!«

Fiona strahlt mich an. »Siehst du, das meinte ich, Molly. Du bist so freundlich, und du tust immer alles, um andere aufzubauen – als ob ich auch nur annähernd mit dir konkurrieren könnte!« Sie schüttelt den Kopf, als wäre das die absurdeste Annahme aller Zeiten.

»Nein, Fiona, das war mein voller Ernst, nimm nur mal deine Fitness …«

»Jetzt komm schon, Molly!« Sie sieht mich an, als wollte ich sie auf den Arm nehmen.»Bei den normalen Sachen wie Krafttraining, Spinning und so weiter könnte ich ja vielleicht noch mit dir mithalten, aber ich mache weder Gleitschirmfliegen noch Kickboxen noch Hammerwerfen noch Kitesurfen noch habe ich je einen Triathlon bestritten …«

Du meine Güte, habe ich ihr *das* alles vorgeflunkert?

Sofort packt mich wieder das schlechte Gewissen, und zugleich die Wut auf Frederic, meinen Ex, der verantwortlich dafür ist, dass ich mich zu all diesen Phantastereien über meine angebliche Sportlichkeit verstiegen habe. Aber wie kam ich ausgerechnet auf Kitesurfen? Ich weiß noch nicht mal, was das *ist.*

»… ach ja, und nicht zu vergessen Fallschirmspringen!« Plötzlich hält sie inne und schlägt sich mit der flachen Hand auf die Stirn. »Mist, das hätte ich ja fast vergessen, Molly: Ich habe einen Termin für uns ausgemacht, für nächste Woche Mittwoch, siebzehn Uhr. Ist dir das recht?«

»Einen Termin? Wofür denn?«, frage ich ahnungslos.

»Für einen Fallschirmsprung aus viertausend Metern Höhe!« Sie spricht es aus, als müsste ich mich darüber freuen, und ihre Augen funkeln dabei vor Begeisterung.

Für einen Augenblick bleibt mir die Luft weg.

»Was sagst du, für einen Fallschirmsprung?«, stoße ich hervor.

»Ja, für unser No-Limits-Projekt«, nickt sie. »Wir müssen diese Sachen natürlich ausprobieren, bevor wir sie unseren Kunden empfehlen können, und da ich noch nie mit einem Fallschirm gesprungen bin, dachte ich, wir fangen damit an. Nicht, dass du das nötig hättest bei deiner Erfahrung, aber du willst dir den Spaß doch sicher nicht entgehen lassen, nicht wahr?«

No Limits? Ach ja, genau, da ging es doch darum, die eigenen Grenzen zu überschreiten, und ich habe wohl wieder mal meine Klappe zu weit aufgerissen … Aber Fallschirmspringen?

Allein der Gedanke daran löst eine akute Hyperventilation bei mir aus.

»Äh … ja, klar, das ist natürlich gar kein Problem für mich, inzwischen mache ich so was mit verbundenen Augen«, höre ich mich sagen.

Um genau zu sein, würde man mich *nur* mit verbundenen Augen aus einem Flugzeug in viertausend Metern Höhe bringen – und am besten gefesselt und in Zwangsjacke.

Schon im nächsten Moment könnte ich mich ohrfeigen für meine Dummheit. Was redest du denn da, Molly? Warum sagst du nicht einfach, du hättest ausgerechnet am Mittwoch einen enorm wichtigen Termin oder so was in der Art?

Aber okay, sage ich mir dann, nur die Ruhe, wir haben ja erst Donnerstag, also bleibt mir bis zum nächsten Mittwoch noch genügend Zeit, um mir eine Ausrede einfallen zu lassen.

»Super, Molly, ich kann's kaum erwarten!« Fiona reckt begeistert den Daumen in die Höhe. »Aber sag mal, wie ist es denn so beim ersten Mal?« Sie sieht mich neugierig an.

»Beim ersten Mal?«, frage ich irritiert zurück. »Du meinst beim Fallschirmspringen?«

»Ja, klar, was denn sonst?« Sie lacht fröhlich auf.

»Ja, also, wie soll ich das beschreiben … Es ist natürlich schon ziemlich aufregend«, reime ich mir zusammen.

»Hattest du Angst?« Sie wartet gebannt auf meine Antwort.

Da ich sie nicht einfach nur anlügen will, versuche ich mich schnell in die Situation hineinzuversetzen. Also, mal sehen, wie wäre das: Ich in einem kleinen Sportflugzeug in ein paar Tausend Kilometern Höhe, und dann sagt ein knallharter Bursche in Helm und Springerstiefeln: »Alles klar, Ladies, wir werden jetzt gemeinsam da rausspringen …«

Ich würde sterben. Ich würde definitiv und hundertprozentig sterben!

Bloß kann ich das Fiona nicht verraten.

»Doch, schon ein bisschen«, sage ich, und absurderweise

füge ich noch hinzu: »Aber das legt sich gleich, sobald der Schirm sich öffnet und er dich sanft zur Erde hinunterträgt, das ist, als würdest du auf einer Wolke von Glückseligkeit schweben.«

»Wow, wie du immer die richtigen Worte für alles findest!« Fiona hängt fasziniert an meinen Lippen. »Ich kann es kaum erwarten, dieses Gefühl selbst zu erleben.«

»Ja, ich auch … Äh, ich meine, ich freue mich *schon wieder* darauf, mein letzter Sprung ist nämlich schon ein paar Monate her, weißt du?«

Das Läuten des Telefons unterbricht uns, und ich bin heilfroh darüber. Ein Blick auf die Uhr sagt mir, dass es fast zehn ist.

»Um zehn habe ich den Termin mit Hofstätter, richtig?«

Fiona nickt.

»Dann wird er das wahrscheinlich sein. Er ruft immer vorher an, wenn man sich mit ihm trifft.«

Eigentlich macht er das erst, seit ich ihn während meiner kleinen Krise damals ungefähr hundert Mal versetzt habe. Ich gehe schnell zu meinem Schreibtisch und nehme den Hörer ab.

»Molly Becker hier.«

»Molly, bist du das?« ertönt eine männliche Stimme.

Nanu, das ist nicht Hofstätter. Obwohl, die Stimme kommt mir bekannt vor …

»Ja, Molly Becker am Apparat«, wiederhole ich.

»Molly, ich bin's!«

Na, wenn mir *das* nicht weiterhilft.

»Wer, ich?«, frage ich ungehalten.

»Na ich, Frederic!«

Frederic? *Mein* Frederic?

Ich meine, mein *Ex*-Frederic?

Ich reiße den Hörer überrascht von meinem Ohr weg und starre ihn an, als würde er höchstpersönlich da drinnen hocken.

Nein, das kann nicht sein. Als Frederic und ich uns vor einem

Jahr trennten, hatten wir einen mächtigen Krach, und er ist dann in Südamerika abgetaucht, weil er mit seiner Investmentfirma ein paar Leute übers Ohr gehauen hat.

Andererseits: Wie viele Frederics kenne ich sonst noch?

»Mit dir hätte ich ehrlich gesagt nicht gerechnet, Frederic«, sage ich, als ich mich wieder gefangen habe.

Aus den Augenwinkeln sehe ich, dass Fiona überrascht die Augenbrauen hochzieht, und ich deute ihr, mich alleine zu lassen.

»Was mich allerdings wundert«, sagt Frederic, und jetzt kommt mir seine Stimme plötzlich wieder so vertraut vor, als hätten wir erst gestern miteinander geredet. »Ich habe in den letzten Tagen x-mal versucht, dich zu erreichen, aber diese ganzen Schnepfen bei euch haben mich nie durchgestellt. Und wieso hast du überhaupt deine Handynummer geändert?«, schiebt er vorwurfsvoll hinterher.

»Weil es mir so gepasst hat, Frederic, und das sind keine Schnepfen, sondern ganz hervorragende Mitarbeiterinnen«, antworte ich streng.

»Ja, ja, schon gut, tut mir leid, Molly«, rudert er schnell zurück. »Ich stehe zurzeit ein bisschen unter Druck, weißt du? Ich habe übrigens um deinen Rückruf gebeten, was dir aber anscheinend niemand ausgerichtet hat«, verlegt er sich wieder auf die Beschwerdeschiene.

»Davon würde ich wissen«, sage ich verwundert. »Bezüglich Informationen über eingehende Anrufe sind sowohl Gertrud von der Zentrale als auch meine Assistentin Fiona absolut zuverlässig …«

»Welche von beiden ist denn die mit der irren Stimme?«, unterbricht er mich. »Die ist mir damals schon aufgefallen.«

Damit kann er nur Gertrud meinen. Sie hat eine Stimme, mit der sie bei diversen Hotlines ein Vermögen machen könnte. Sogar ich kriege jedes Mal eine Gänsehaut, wenn ich sie höre.

»Das ist Gertrud«, sage ich.

»Sieht die so aus, wie sie klingt?«, will er wissen.

»Keine Ahnung, wie klingt sie denn?«, gebe ich mich ahnungslos.

»Na ja, irgendwie … *interessant*«, sagt er reichlich gestelzt. Und dann: »Kannst du mich mit der mal bekannt machen?«

»Du hast sie wohl nicht mehr alle, Frederic!«

»Okay, schon gut, Molly, das war jetzt vielleicht ein bisschen unpassend.« Er räuspert sich. »Aber Fakt ist, dass ich um deinen Rückruf gebeten habe.«

»Das kann nicht sein, Frederic. In den letzten Tagen haben nur mir bekannte Personen um ein Gespräch angefragt … Ach ja, und irgendein Spanier …«, fällt mir dann ein.

»Genau, das war ich«, sagt er.

»Was warst du?«

»Na, dieser Spanier … also, eigentlich trete ich als Argentinier auf, aber die Leute verwechseln das immer … Señor Rico Molinero, das bin ich«, verkündet er stolz.

»Wie kommst du denn auf diesen bescheuerten Namen? Und wieso bist du überhaupt als Argentinier unterwegs?«

»Miller … Müller … Molinero! Na, schnallst du's, Molly?«, fragt er so selbstgefällig wie in alten Tagen. »Ich dachte, du kapierst das gleich, wenn du den Namen hörst.«

»Tut mir leid, dich enttäuschen zu müssen, Frederic«, antworte ich spitz. »Aber vielleicht lag das ja an meinem Unterbewusstsein, das nichts mehr mit dir zu tun haben will. Und jetzt sag schon: Wieso gibst du dich als Argentinier aus?«

»Das musste ich, weil … Na ja, wie du weißt, gab es letztes Jahr dieses Missverständnis mit den Behörden …«, druckst er herum.

»Missverständnis? Du hast Menschen um ihr Geld betrogen, Frederic!«

»So kann man das nicht sagen, Molly«, entgegnet er schnell. »Wir hatten einfach Pech, dass die Kurse durch die verdammte Krise in den Keller gerasselt sind, abgesehen davon wussten die

Anleger auch, dass bei hochverzinslichen Anlageformen ein entsprechendes Risiko besteht …«

»Seltsam, Frederic, mir hast du immer erzählt, dass diese Anlagen absolut sicher wären. Kommt dir das irgendwie bekannt vor?«, frage ich aufgebracht.

Bei der Erinnerung daran erfasst mich gleich wieder der Zorn, wäre ich doch beinahe zum Opfer seiner falschen Versprechungen geworden. Aber dann fällt mir ein, dass er das ja gar nicht wissen darf, und ich beschließe daher, das Thema nicht weiter zu vertiefen.

»Ich habe gesagt, dass *normalerweise* nichts schiefgehen kann, Molly, und diese Scheißkrise war alles andere als normal«, relativiert er hastig. »Und du musst zugeben, dass du mir bei diesem Thema nie richtig zugehört hast.«

Zugegeben, Punkt für ihn. Das kann ich nicht abstreiten. Was aber auch daran lag, dass ich meistens damit beschäftigt war, meine Augen offen zu halten, wenn er mich stundenlang mit diesem öden Finanzkram vollquatschte.

»Okay, Frederic, genug.« Ich atme tief durch. »Was willst du von mir?«

»Wieso soll ich was von dir wollen?«, fragt er linkisch zurück.

»Du willst also nichts von mir? Schön, dann kann ich ja auflegen …«

»Nein, Molly, leg nicht auf!«, fängt er sofort zu betteln an. »Es stimmt, du hast recht, ich wollte dich um einen kleinen Gefallen bitten.«

»Aha, dachte ich es mir doch … Aber was es auch ist, Frederic, ich kann dir nicht helfen«, stelle ich schnell klar. »Ich hatte damals gute Gründe für die Trennung, und von meiner Seite aus hat sich daran nichts geändert.«

»Wie kannst du nur so etwas sagen, Molly?« Plötzlich klingt er ganz gekränkt, und ich kenne ihn gut genug, um zu wissen, dass er jetzt am anderen Ende der Leitung einen Schmollmund aufgesetzt hat. »Erinnerst du dich denn gar nicht mehr an die schönen Zeiten, die wir miteinander hatten, an die Abende in meinem Penthouse, und an den grandiosen Sex?«

»Der Sex war nur für dich grandios, Frederic, weil ich so naiv war, alles mitzumachen, was du wolltest!«, schreie ich empört in den Hörer.

Plötzlich fängt das Display an meinem Telefon zu blinken an. Nanu, gibt es eine Automatik in unserem System, die uns per Signal abmahnt, wenn wir Wörter wie »Sex« sagen?

Doch dann sehe ich, dass nur Fiona dran ist, und werde ein bisschen nervös.

»Aber Molly, du hättest nur sagen müssen, was dir nicht passt, ich hätte *alles* für dich getan.« Auf einmal klingt er ganz frustriert.

Oh Mann. Frederic weiß wirklich, wie man Süßholz raspelt.

»Hör zu, Frederic …« Ich versuche möglichst entschlossen zu klingen, damit er endlich aufgibt. »Mit uns ist es endgültig aus. Ich habe jetzt ein völlig neues Leben, und dazu eine ganz wunderbare Beziehung.«

»Das habe ich schon mitgekriegt, Molly, und hätte es mich nicht so hart getroffen, müsste ich dir gratulieren. Mit diesem Vandenberg hast du ja einen ganz dicken Fisch an Land gezogen.«

»Ich habe überhaupt nichts an Land gezogen, Frederic«, werde ich gleich wieder laut, ohne es zu wollen. »Philip und ich lieben uns, und das hat überhaupt nichts damit zu tun, dass er zufällig ein bisschen Geld hat.«

»›Ein bisschen Geld‹ ist gut«, höre ich ihn schnauben. »Aber von mir aus, lassen wir das einfach so stehen … Ich brauche jedenfalls dringend deine Hilfe, Molly.«

»Frederic, ich sagte bereits …«

»Molly, du bist der einzige Mensch, der mir helfen kann«, unterbricht er mich erneut.

»Ich kann nicht, Frederic!«

»Bitte, Molly, du *musst* mir helfen, es ist wichtig!« Sein Tonfall wird immer flehender, und irgendwo in meinem Hinterkopf gehen plötzlich ein paar Alarmglocken an.

Geh ihm bloß nicht auf den Leim, Molly. Nicht schon wieder!

»Meine Antwort ist Nein, Frederic, und ich muss jetzt auflegen«, sage ich noch einmal mit Nachdruck und komme mir dabei schon vor wie eine Schallplatte mit Sprung.

Der Finger meiner rechten Hand stößt entschlossen auf die Umschalttaste an meinem Telefon herab, als ich in letzter Sekunde höre: »Molly, es geht um mein Leben!«

Wie war das? Mein Finger stoppt abrupt und bleibt unschlüssig zwei Zentimeter über der Taste in der Luft hängen.

»Moment, Frederic, sagtest du gerade, es geht um dein *Leben*?«, frage ich fassungslos nach.

»Ja, Molly, so ist es, und du bist der einzige Mensch, der mir helfen kann.«

Oh mein Gott. Ich kenne Frederic, und ich kenne seine Tricks zur Genüge, aber das klang wirklich ernst.

In was er sich da wohl wieder reingeritten hat? Er hat das letzte Jahr in Argentinien gelebt. Hat er sich da womöglich mit den falschen Leuten angelegt, mit Typen, die zum Beispiel sagen: »Du hast uns betrogen, Hombre, und jetzt sag Adios zu deinen Cojones!« Das wäre gut möglich, Frederic ist ein ausgemachtes Schlitzohr, und es gibt Leute, die verstehen bei so was keinen Spaß.

Aber selbst wenn es so wäre: Wie könnte ich ihm dabei helfen?

»Molly, bist du noch dran?«

»Ja, bin ich, Frederic, und so leid es mir tut … «

»Bitte, Molly, wir müssen uns treffen, damit ich dir alles erklären kann. Wie wär's heute Mittag, am besten gleich in dieser schäbigen Kellerkneipe bei euch um die Ecke? Und glaub mir, Molly, für dich ist es nur eine Kleinigkeit, worum ich dich bitte, aber für mich wäre es von unschätzbarem Wert!«

In diesem Moment steckt Fiona den Kopf zur Tür herein. Sie gestikuliert mit den Händen und formt ihre Lippen zu einem Wort, das »Hofstätter« bedeuten könnte. Ich deute ihr hastig, einen Moment zu warten.

»Molly, um der alten Zeiten willen…« Frederic gibt nicht auf, und mir wird klar, dass ich ihn niemals loswerde, wenn ich diesem Treffen nicht zustimme.

»Also gut, Frederic«, gebe ich seufzend nach. »Um zwölf, aber nur für ein paar Minuten, ist das klar?«

»Geht klar, Molly. Ein Quickie ist immer noch besser als gar nichts«, höre ich ihn sagen.

Das darf gar nicht wahr sein. Der Mistkerl reißt sogar in dieser Situation noch Witze.

»Nein, kein Quickie, Frederic … Ach, verdammt, bis später!«

Nachdem ich aufgelegt habe, starre ich wütend auf den Hörer, und dann wird mir erst bewusst, dass Fiona immer noch unschlüssig im Türrahmen steht und auf meine Antwort wartet.

»Ist Hofstätter jetzt da?«, frage ich, und sie nickt.

»Gut, soll reinkommen.«

»Okay.« Sie verzieht sich schnell wieder.

So, und ich sollte mich schleunigst ein bisschen sammeln. Ich zupfe eilig meine Bluse gerade, streiche meinen Rock glatt und fahre mir mit den Fingern mehrmals durchs Haar. Dann lehne ich mich möglichst lässig in meinem dicken Ledersessel zurück und atme tief durch.

Alles klar, kann losgehen. Ich bin hier der Boss. Hofstätter sieht mich heute zum ersten Mal in meinem Superbüro, also wird dieses Gespräch schätzungsweise ziemlich cool werden.

Doch merkwürdig, irgendetwas stört mich.

Moment mal.

Habe ich mich gerade mit meinem Exfreund verabredet?

Molly, die Gütige

»Frau Becker, ich muss gestehen, ich bin beeindruckt.« Hofstätter lässt seinen Blick über mein Büro gleiten. »Eine Frau in Ihrem Alter in so einer Position … Nicht, dass ich je daran gezweifelt hätte, dass Ihnen eine steile Karriere bevorsteht«, betont er dann schnell.

»Nicht doch, Herr Hofstätter, Sie wollen mir nur schmeicheln.«

Innerlich muss ich grinsen, weil vor meinem geistigen Auge ein paar Szenen aus der Vergangenheit vorbeihuschen, in denen er mich außer sich vor Wut angeschrien und eine Chaotin genannt hat.

»Aber nein, Frau Becker, ein erfahrener Banker wie ich spürt so etwas sofort«, betont er.

Ach ja, und ich sei völlig außer Kontrolle geraten, das sagte er auch noch.

»… wobei es mir nach wie vor unbegreiflich ist, dass dieses Geschäft hier funktioniert«, fährt er dann fort. »Die ganzen Produkte, die Sie hier anbieten … Für mich ist es ein Rätsel, wer das alles braucht.«

In einem mittlerweile antrainierten Reflex scanne ich ihn in Sekundenbruchteilen von oben bis unten. Hofstätter sieht noch exakt aus wie vor einem Jahr: ein Haarschnitt wie von der Heckenschere, ein bleiches Pferdegesicht mit einer Brille Modell Hauptsache-ich-seh-was und ein zu knapp geratener blauer Anzug mit einem knochigen, ellenlangen Körper darin.

Ich kann ihm das nicht sagen, aber in Wahrheit ist Winners only für Menschen wie ihn erfunden worden.

»Nun, Herr Hofstätter, in der heutigen Zeit ist es von zunehmender Bedeutung, in sämtlichen Bereichen das Beste aus sich herauszuholen, um im Leben voranzukommen, und immer mehr Menschen erkennen das und finden deswegen zu uns ... weshalb wir in absehbarer Zeit übrigens kräftig expandieren werden«, erkläre ich nicht ohne Stolz.

»Was Sie nicht sagen«, nickt er anerkennend. »Wobei ich ja immer noch ein Verfechter der These bin, dass sich einzig und allein Intelligenz und harte Arbeit durchsetzen, und die entsprechende Ausstrahlung kommt dann ohnehin von selbst. Sie und ich sind doch die besten Beispiele dafür, nicht wahr?«

Ein schneller Blick in seine Augen zeigt mir, dass er das ernst meint, und da mir keine passende Antwort darauf einfällt, nicke ich nur und sage: »Nun, ja, mag sein, nur sollte man idealerweise das gesamte Paket auf ein Optimum bringen, finde ich. Aber dürfte ich jetzt erfahren, was Sie zu mir führt, Herr Hofstätter?«

»Aber sicher. Eigentlich wollte ich mit Ihnen nur ein paar anstehende Dispositionen bezüglich Ihrer Kapitalanlagen und Ihrer aktuellen Kontosalden besprechen«, meint er gut gelaunt, während er einen Laptop aus seiner Tasche zieht und aufklappt.

»Ich hoffe doch, dass Sie mir gute Nachrichten bringen, was den Ertrag meiner Anlagen betrifft«, sage ich lächelnd, und auf einmal erfasst mich freudige Erregung.

Genau so stelle ich mir den Umgang mit einer Hausbank vor. Der Filialleiter kommt mich persönlich besuchen, schmiert mir Honig ums Maul und teilt mir anschließend mit, wie viel ich im letzten Jahr mit meinen Anlagen verdient habe.

Den Ratschlägen verschiedener Experten folgend habe ich natürlich nicht mein ganzes Vermögen bei Hofstätter angelegt, aber zusammen waren es doch mehr als dreihunderttausend Euro, die ich im letzten Jahr bei seiner Bank geparkt habe, also müsste da inzwischen ein hübsches Sümmchen an Erträgen zu Buche stehen. Und auf einmal ist mir klar, was er mit den Dispositionen bezüglich meines Kontostandes gemeint hat. Er will natürlich wissen, ob ich die Erträge lieber auf mein Girokonto überwiesen haben oder erneut anlegen möchte.

Mal sehen, was werde ich denn nun damit anstellen?

Ich könnte es natürlich wieder reinvestieren, um weitere Erträge zu erzielen … Oder ich lasse es mir auf mein Konto gutschreiben, und dann mache ich eine ordentliche Shoppingtour. Es ist jetzt schon eine Ewigkeit her, dass ich mir was Neues geleistet habe … Ah, ich hab's. Ich werde einen Teil wieder anlegen, und den Rest nehme ich für …

»Nun, Frau Becker, wie Ihnen ja sicher bekannt ist, war das letzte Jahr ein überaus schwieriges, was Anlagetitel betrifft, aber unter Berücksichtigung der Turbulenzen auf dem Kapitalmarkt können wir durchaus zufrieden sein, denke ich«, höre ich Hofstätter zwischendurch sagen, während er ein paar Eingaben in seinem Laptop macht und dann konzentriert auf den Bildschirm starrt.

Die Frage ist natürlich, um welche Summe es sich überhaupt handelt. Ein vernünftiger durchschnittlicher Ertrag von zehn Prozent würde zum Beispiel dreißigtausend Euro Rendite bedeuten …

»So, da haben wir alles«, nickt Hofstätter. »Aber bevor wir loslegen, Frau Becker, noch eine Frage: Hat sich an dem Anlegerkonsortium, das Sie vertreten, irgendetwas geändert? Besitzen Sie noch immer volle Handlungsvollmacht?«

Genau, mein Anlegerkonsortium. Da ich ihm meinen plötzlichen Reichtum nur schwer hätte erklären können, ohne dabei mit meinem Lottogewinn herauszurücken, habe ich einfach ein Anlegerkonsortium erfunden, das mir aufgrund meines beispielhaften beruflichen Werdegangs sein Geld anvertraut hat, um es für sie zu investieren.

»Natürlich, Herr Hofstätter, das Konsortium vertraut mir

voll und ganz. Ich kann über das Geld verfügen, als wäre es mein eigenes, da kann ich Sie beruhigen.« Ich zwinkere ihm vertraulich zu, was er aber nicht sieht, weil er schon wieder in seinen Bildschirm vertieft ist.

Egal, dann nutze ich die Pause einfach für ein paar anstehende Planungen. Wo war ich stehen geblieben?

Ach ja, die dreißigtausend Rendite ... davon könnte ich zum Beispiel die Hälfte wieder anlegen, was durchaus vernünftig wäre, dann blieben mir immer noch fünfzehntausend zum Shoppen ...

»Hervorragend, Frau Becker, und auf lange Sicht werden diese Leute sicher zufrieden sein mit unseren Ergebnissen«, nuschelt Hofstätter zwischendurch, und es klingt, als spräche er mehr mit sich selbst als mit mir.

Wobei ich ja nicht die gesamten fünfzehntausend auf einmal ausgeben müsste. Ich könnte einen Teil davon auf ein Sparbuch legen, und falls sich irgendwo ein ganz sensationelles Schnäppchen ergibt, hätte ich jederzeit die Möglichkeit ...

»So, die Kontoübersicht ...« Hofstätters Blick verharrt einen Moment lang starr auf seinem Bildschirm, und eine tiefe Furche bildet sich zwischen seinen Augen. »Wie bitte, schon wieder gefallen? Verfluchte Koreaner!«, höre ich ihn sagen. Dann hebt er den Kopf und sieht mich an. »Nachdem Ihnen diese Leute nach wie vor vertrauen, Frau Becker ... Was denken Sie: Wären sie auch bereit, noch etwas nachzuschießen?«

Es dauert ein paar Sekunden, bis seine Worte in mein Gehirn einsickern, und dann fühle ich, wie meine Mundwinkel rapide nach unten fallen.

Was meinte er mit »schon wieder gefallen«? Und wieso »verfluchte Koreaner«? Und erst dieser letzte Satz ... Der ergibt doch gar keinen Sinn!

»Was sagen Sie da, Herr Hofstätter, ich soll etwas nachschießen? Meinen Sie damit etwa, dass ich etwas *zahlen* soll?«, frage ich ungläubig.

»Natürlich nicht Sie, Frau Becker, sondern Ihr Konsortium«, stellt er richtig, als würde das einen gewaltigen Unterschied bedeuten.

»Aber das ist doch dasselbe!«, rufe ich aus, um mich schon im nächsten Moment zurückzupfeifen. »Ich meine, ein Teil von diesem Geld ist auch mein eigenes, und überhaupt … wieso soll ich … sollen *wir* etwas bezahlen? Ich dachte, mit solchen Veranlagungen verdient man etwas!«

Hofstätter reißt sofort beschwichtigend die Hände in die Höhe. »Aber selbstverständlich, Frau Becker, so ist es auch … *langfristig* betrachtet«, ergänzt er dann bedeutsam. »Aber wie ich bereits erwähnt habe, war das letzte Jahr enorm schwierig für den Kapitalmarkt, sodass es auf der Anlegerseite unterm Strich eine kleine, na ja, sagen wir *Delle* gab. Aber das ist doch nur vorübergehend, und ich bin mir sicher, wenn die Krise erst einmal gemeistert ist …«

»Herr Hofstätter, heißt das, ich habe Geld verloren?«, unterbreche ich ihn. Allein bei der Frage läuft es mir eiskalt den Rücken hinunter.

»So würde ich das nicht sagen, Frau Becker«, versucht er zu beschwichtigen. »Die meisten Ihrer Titel sind ohnehin längerfristig angelegt, und in ein paar Jahren …«

»Nun sagen Sie schon, habe ich Geld verloren?«, fahre ich ihn ungeduldig an.

»Also, wenn Sie die Produkte zum gegenwärtigen Zeitpunkt abstoßen würden – was absolut unvernünftig wäre –, dann ja«, ringt er sich ab.

»Und wie viel?«, frage ich mit angehaltenem Atem.

»Nun, alles zusammen, wenn man die Südamerikabonds miteinbezieht und die Abwertungen bei den Staatsanleihen berücksichtigt …«

»Wie viel?!« Ich kann mich jetzt nicht mehr beherrschen, sondern schreie ihn mit voller Lautstärke an.

Er schluckt erschrocken. »Circa zwanzig Prozent«, murmelt

er dann kleinlaut. »Aber wie gesagt, das ist nur eine Momentaufnahme, und im Vergleich zu anderen Banken haben wir uns durchaus wacker geschlagen«, versucht er mit hochrotem Kopf eine neuerliche Rechtfertigung.

»Zwanzig Prozent von dreihunderttausend … ich habe *sechzigtausend Euro* verloren?«, frage ich ungläubig.

»Nicht Sie, Ihr Konsortium«, betont er gleich wieder, als wäre der Verlust dann nicht mehr von Bedeutung.

»Aber das läuft doch aufs selbe hinaus«, herrsche ich ihn an.

»Ich meine, wie soll ich das meinen Anlegern erklären, diese Leute haben mir vertraut!«

»Ich kann natürlich verstehen, dass das eine unangenehme Situation für Sie ist, Frau Becker, aber ich muss noch einmal ausdrücklich betonen, dass es sich dabei größtenteils nur um vorübergehende Verluste handelt, und sobald die ärgste Krise überstanden ist, können diese Titel auch wieder steil nach oben gehen, sodass unterm Strich aller Wahrscheinlichkeit nach wieder ein sattes Plus herauskommen wird«, meint er geschwollen.

Ich starre ihn fassungslos an. Gesprächsfetzen aus vergangenen Tagen drängen sich in mein Gedächtnis, wie er mich immer wieder zur Schnecke gemacht hat, wenn ich finanzielle Probleme hatte, wie er mich über diese Dinge belehrt hat und mir großspurig vorgetragen hat, worauf man bei Geldanlagen zu achten hätte, und dass bei den Produkten seiner Bank stets auf geringstmögliches Risiko für ihre Kunden Wert gelegt werde.

Aber halt. Moment mal. Er hat doch immer gesagt, da könne gar nichts danebengehen.

Müsste er dann nicht für meine Verluste geradestehen?

Ein Hoffnungsschimmer keimt in mir auf.

»Warten Sie mal, Herr Hofstätter.« Ich schalte auf einen strengen Tonfall um. »Sie haben mir immer gepredigt, dass es bei einer vernünftigen Geldanlage vor allem auf die Sicherheit ankommt.«

»Natürlich, die steht bei uns stets im Vordergrund«, nickt er unbehaglich.

»Und haben Sie des Weiteren nicht gesagt, dass Ihre Produkte absolut sicher seien?«, setze ich in möglichst geschraubtem Tonfall nach.

Ha, jetzt habe ich ihn. Ich werde ihn gnadenlos in die Enge treiben, bis er zugibt, schuld an der ganzen Misere zu sein, und dann soll seine doofe Bank mir den Schaden gefälligst ersetzen.

»Ich habe gesagt, dass sie *größtmögliche* Sicherheit bieten«, wendet er stattdessen jedoch ein.

»Und wo ist da der Unterschied?«, frage ich verblüfft.

»Also, absolut heißt *völlig* sicher, während größtmöglich nur bedeutet, dass es unter Berücksichtigung aller Umstände eine relative Sicherheit gibt, sodass natürlich ein Restrisiko nicht auszuschließen ist«, erklärt er umständlich.

»Das haben Sie sich gerade zusammengereimt, oder?«, sage ich ihm auf den Kopf zu.

»Nein, keineswegs, das haben uns unsere Juristen auf den bankinternen Schulungen so beigebracht, um eventuellen Haftungsansprüchen vorzubeugen«, erklärt er.

Ich starre ihn fassungslos an. »Und damit sind Sie fein aus dem Schneider, was?«, stelle ich verbittert fest.

»Nun, böse Zungen würden es vielleicht so nennen«, meint er mit einem gequälten Lächeln. »Aber wir können nun mal nicht jedes Risiko für unsere Kunden übernehmen, das werden Sie als Geschäftsfrau doch sicher verstehen.«

»Nein, Herr Hofstätter, das verstehe ich nicht«, antworte ich aufgebracht. »Wir bei Winners only stehen zum Beispiel für unsere Fehler gerade.« Amelie Reinfried fällt mir ein, aber ich halte es für klüger, sie jetzt nicht als Beispiel zu nennen.

»Bei Ihnen geht es aber auch nicht um Millionen, außerdem haben wir keine Fehler gemacht, sondern sind bloß Opfer von Entwicklungen geworden, die niemand vorhersehen konnte«, kontert er, bevor er einen neuen Anlauf nimmt: »Aber es hat keinen Sinn, wenn wir uns noch länger herumstreiten, Frau Becker. Die Situation ist nun einmal, wie sie ist, und wir sollten an einem Strang ziehen und das Bestmögliche daraus machen, finden Sie nicht?«

Ich starre ihn sprachlos an. Dieser elende Mistkerl. Was hat er mir damals nicht alles vorgehalten, von wegen, wie unvernünftig ich im Umgang mit meinem Geld sei … und dabei ging es doch nur um *mein* Geld. Aber wenn dagegen er und seine Bank das Geld anderer Leute in den Sand setzen, dann sind sie bloß *Opfer besonderer Entwicklungen*? Ich konnte damals schließlich nicht voraussehen, dass sich mein Einkommen so schlecht entwickeln würde, oder?

Das ist so dermaßen unfair, dass ich am liebsten aufschreien würde vor Zorn.

Hofstätter sitzt schwitzend vor mir und versucht anscheinend an meiner Miene abzulesen, was ich denke. Ich funkle ihn immer noch wütend an, und dann wird mir plötzlich bewusst, wie absurd das Ganze ist. Vor fast genau einem Jahr hatten wir eine ähnliche Situation, nur war es damals genau umgekehrt. Er machte mir Vorhaltungen und ich musste mich für meinen schlechten Umgang mit Geld rechtfertigen, und jetzt wartet er ängstlich auf meine Reaktion.

Nur fühle ich mich deswegen kein bisschen besser, hat er doch *mein* Geld vernichtet. Na ja, einen Teil davon wenigstens.

»Also gut, Herr Hofstätter, dann lassen Sie uns wie erwachsene Menschen reden«, sage ich schließlich mühsam beherrscht, und die Erleichterung steht ihm ins Gesicht geschrieben. »Aber lassen Sie sich eines gesagt sein …«

»Ja?«, fragt er vorsichtig.

»Wagen Sie es nie wieder zu behaupten, dass ich nicht mit Geld umgehen könnte!«

»Nein, natürlich nicht, Frau Becker, Sie haben ja schon hinlänglich bewiesen, dass Sie das sehr wohl können«, nickt er erleichtert.

»*Und* ich habe etwas gut bei Ihnen«, lege ich nach.

»Wie meinen Sie das?« Er sieht mich einige Sekunden lang verunsichert an, dann hellt sich seine Miene plötzlich auf. »Ach, Sie meinen *persönlich* … ich dachte zwar, Sie wären in einer festen Beziehung, Frau Becker, aber wenn Sie darauf bestehen …« Er strahlt mich an, als hätten wir uns gerade gegenseitig unsere Liebe gestanden oder so.

Oh, oh. Der denkt doch wohl nicht …?

Doch, ein schneller Blick in seine Augen sagt mir, dass er genau das denkt. Wie kommt es eigentlich, dass Männer immer glauben, dass jede Frau sie will, selbst wenn es sich dabei um ein Exemplar wie Hofstätter handelt? Dazu muss ich bei nächster Gelegenheit dringend mal unseren Psychologen interviewen.

»Nein, natürlich nicht persönlich, Herr Hofstätter«, stelle ich klar, und sofort zieht er ein langes Gesicht. »Ich meinte einfach, falls ich irgendwann mal einen Gefallen von Ihnen brauche, verstehen Sie?«

Er überlegt kurz. »Sie erwähnten vorhin etwas von einer geplanten Expansion«, fällt ihm dann ein. »Falls Sie dafür eine Finanzierung benötigen, könnte ich Ihnen bei den Konditionen entgegenkommen«, bietet er an.

Ich sehe ihn verblüfft an. Ja, das könnte ihm so passen, als Belohnung für sein Versagen ein fettes Kreditgeschäft an Land zu ziehen.

»Dafür brauchen wir gar keine Finanzierung«, sage ich. »Winners only geht in den nächsten Tagen an die Börse, und mit dem daraus gewonnenen Kapital sollten wir bestens gerüstet sein.« Während ich das noch sage, überkommt mich gleich wieder der Stolz. Ich rede hier von Millionengeschäften, die *ich* vorantreibe. Der Gedanke verleiht mir sofort eine dicke Portion Zuversicht, und ich finde wieder zu einem selbstsicheren Tonfall zurück:

»Egal, Herr Hofstätter, lassen wir das vorerst einfach so stehen. Aber zurück zu meinen Geldanlagen: Wie sollen wir jetzt Ihrer Meinung nach vorgehen?«

»Also, eigentlich geht es um zwei Fragen, die wir klären müssen«, beginnt er vorsichtig, und sein Tonfall löst sofort wieder Unbehagen bei mir aus. »Zum einen geht es darum, ob Sie alle Veranlagungen beibehalten wollen …«

»Was würden Sie mir raten?«, frage ich dazwischen.

»Nun, ich würde die Dachfonds auf alle Fälle weiterführen, und die Eurasienaktien sollten sich in absehbarer Zeit auch wieder erholen, dazu die Blue Chips …«

»Wir haben in Chips investiert?«, frage ich verwundert.

Er sieht irritiert von seinem Bildschirm hoch. »Wie bitte? Ach so, *Chips* … haha, sehr gut, Frau Becker, sehr gut.«

Ich wüsste gerne, was es da zu lachen gibt. Hofstätter denkt aber gar nicht daran, mich darüber aufzuklären, sondern fährt stattdessen eifrig mit seiner Aufzählung fort: »… und die Südamerika-Futures würde ich auch behalten, die haben meiner Meinung nach enormes Potenzial nach oben, hohe Sicherheit bieten die Deutschland-Anleihen sowie Ihre Erlebensversicherungen …« Er stockt. »Ein großes Fragezeichen steht dagegen hinter den Staatsanleihen von den PIIGS-Staaten, da sollten wir uns auf jeden Fall eine Umschichtung überlegen.«

Er sieht mich fragend an, und sicherheitshalber verzichte ich auf die Erkundigung, ob ich in *Schweine* investiert habe.

»Also gut, Herr Hofstätter, vermutlich haben Sie recht …« Ich bemühe mich, mir meine Verunsicherung nicht anmerken zu lassen. Ehrlich gesagt weiß ich bei der Hälfte der Produkte, die er aufgezählt hat, nicht einmal, was das *ist*, geschweige denn, dass ich in sie investiert habe. Außerdem, wenn nicht mal ein Profi wie er vernünftig Geld anlegen kann, woher soll ich dann wissen, was zu tun ist?

»Wenn ich mich recht entsinne, sagten Sie vorhin, dass wir zwei Punkte besprechen müssten«, fällt mir als Ablenkungsmanöver ein. »Was war denn der zweite?«

»Dabei geht es um Ihre beiden Konten«, meint er. »Sie haben sich ja sicher über Telebanking auf dem Laufenden gehalten ... «

Telebanking? Ach ja, das ist doch diese superpraktische Internetsache, über die man seine Geldgeschäfte abwickeln kann – nur bei mir hat das irgendwie nicht geklappt, denn als ich bei meinem ersten Einloggversuch das mir automatisch zugewiesene Passwort von »igor23jep« in »Jackpot2010« umändern wollte, wurde mein Zugang plötzlich gesperrt.

»Klar, normalerweise mache ich das regelmäßig«, erkläre ich dennoch großspurig, »aber in den letzten Wochen bin ich zeitlich nicht dazu gekommen, und mit meinem Computer gab es ebenfalls Probleme ... vielleicht können Sie mir bei Gelegenheit ein neues Passwort zukommen lassen?«, schicke ich beiläufig nach.

»Ach, darum«, nickt er verständnisvoll. »Ich habe mich schon gewundert, dass eine Geschäftsfrau wie Sie über ihre Geldanlagen nicht Bescheid weiß ... Aber das ist natürlich gar kein Problem, ich werde einfach ein neues Passwort für Sie anfordern.« Er macht sich eine entsprechende Notiz. »... und Ihre aktuellen Kontostände sind ein wenig im Minus«, informiert er mich dann.

»Im Minus?«, frage ich überrascht.

Ich kann doch unmöglich im Minus sein. Mein Gehalt ist mehr als ausreichend, außerdem gebe ich kaum noch eigenes Geld für mich aus, seit ich mit Philip zusammen bin und er es sich nicht nehmen lässt, für mich zu bezahlen, wenn wir zusammen einkaufen gehen.

»Ja«, nickt Hofstätter. »Da wäre zum einen das Verrechnungskonto für die Aktienzukäufe ... «

»Wie bitte, ich kaufe immer noch Aktien zu?«, frage ich mit zunehmender Verwirrung.

»Aber ja, Frau Becker, wir hatten uns doch auf mehrere Dauerkaufaufträge geeinigt, um den Cost-Average-Effekt optimal zu nutzen. Sagen Sie bloß, Sie können sich nicht mehr daran erinnern«, meint er verwundert.

Okay, ich habe gerade etwas dazugelernt. Wenn man seine Finanzstrategie mit dem Banker seines Vertrauens bespricht, dann sollte man dabei auch *zuhören*.

»Natürlich kann ich mich daran erinnern«, beeile ich mich zu sagen und fühle, wie mir dabei die Hitze ins Gesicht steigt. »Ich dachte nur, dass diese ... Aufträge irgendwie zeitlich befristet sind, wissen Sie?«

»Nein, sind sie nicht«, schüttelt Hofstätter den Kopf. »Aber wir können sie natürlich jederzeit stoppen, falls Sie das wünschen. Wie auch immer, jedenfalls müsste das Verrechnungskonto beizeiten wieder ausgeglichen werden, um die hohen Überziehungsgebühren zu vermeiden.«

»Okay, dieses Konto ist also im Minus«, nicke ich inzwischen reichlich frustriert. »Und um wie viel?«

»Ach, es ist keine große Summe ...«, beginnt Hofstätter.

Na, wenigstens etwas. Ich hatte schon den nächsten Schock befürchtet.

»... bloß zwölftausend Euro, keine große Sache im Vergleich zu Ihrem gesamten Portfolio«, führt er den Satz zu Ende.

Mir bleibt die Spucke weg.

»Was sagen Sie da? Zwölftausend Euro?«, hauche ich entsetzt.

»Ja, wie gesagt nichts Tragisches, und Ihr Konsortium sieht das sicher genauso«, meint er leichthin. »Und dann wäre natürlich noch das Minus auf Ihrem Girokonto, aber das bereitet mir am wenigsten Sorgen ...«

Jetzt schlägt's aber dreizehn. Bin ich hier im komplett falschen Film?

Mein Girokonto *kann* gar nicht im Minus sein!

Ah, ich hab's. Er nimmt mich auf den Arm. Genau, das ist es. Vielleicht haben sie sogar irgendwo eine versteckte Kamera installiert, in seinem Laptop zum Beispiel, um sich hinterher darüber schiefzulachen … Bei dem Gedanken, dass mein Bild vielleicht gerade über irgendeinen Bildschirm flimmert, streiche ich mir automatisch durchs Haar und setze mich gerade hin, während Hofstätter schwungvoll weiterredet.

»… weiß ich doch mittlerweile, dass Sie damit betriebliche Ausgaben bestreiten, die Sie später als Spesenersatz von Ihrer Firma rückerstattet bekommen, nicht wahr?«

Er bleckt seine riesigen Zähne wie ein fröhliches Nilpferd, als er fertig ist, und auf einmal wird mir bewusst, dass es sich hier keinesfalls um einen Scherz handelt.

»So ist es doch, Frau Becker, nicht wahr?«, fragt er nach, als ich nicht gleich antworte. »Sie bekommen diese Ausgaben ersetzt, oder?«

»Äh … ja, natürlich«, ächze ich mit einer Mischung aus Unglauben und düsterer Vorahnung, und mit wackeliger Stimme frage ich: »Dürfte ich nur erfahren, wie hoch die Summe inzwischen ist?«

»Siebenundzwanzigtausend, fast auf den Cent genau«, kommt es von Hofstätter zurück.

»Wie bitte?« Ich muss mich zusammenreißen, um nicht hysterisch loszuschreien. »Sagten Sie gerade *siebenundzwanzigtausend*?«

»Ja.« Er wird auf einmal wieder ernst. »Aber das war Ihnen sicher bewusst, oder?«

»Nein … ich meine, ja«, stottere ich herum. »Ich war mir nur nicht sicher, wie hoch der Betrag *genau* ist, nachdem … äh … mein Computer gestreikt hat, wie Sie ja wissen.«

»Ach ja, Ihr Computer.« Hofstätter nickt mitfühlend. »Manchmal würde man die Mistdinger am liebsten auf die nächste Müllhalde schmeißen, was? Mir ging es beim letzten Mal genauso, da wollte ich die Fotos von unserem letzten Türkeiurlaub sortieren und mit Musik unterlegen, und dann waren sie plötzlich weg, einfach so!« Er schnipst mit den Fingern, dann beugt er sich zu mir vor und senkt vertraulich die Stimme:

»Natürlich konnte ich die Daten wiederherstellen lassen, das Unangenehme daran war nur, dass unter diesen Fotos auch ein paar private von mir und meiner Frau waren, Sie verstehen?« Er zwinkert mir verschwörerisch zu.

Ja, das ist ungefähr dasselbe, wie völlig unerwartet zu erfahren, dass siebenundzwanzigtausend Euro futsch sind. Was sage ich, zusammen mit dem anderen Konto sind es neununddreißigtausend, und mit dem Kursverlust der Aktien …

Plötzlich habe ich das Gefühl, dass der Boden unter mir zu schwanken beginnt, und für einen Moment muss ich die Augen schließen und mich konzentrieren, damit ich nicht vom Stuhl kippe.

Als ich sie wieder öffne, erblicke ich Hofstätter, der mich fröhlich angrinst.

»Nette Vorstellung, was?«, nickt er bedeutsam.

Wie bitte? Wovon redet der Mann überhaupt?

Ach ja, seine dämlichen Fotos. Der Gedanke, dass Hofstätter mit einer Frau irgendetwas anstellt, wofür man nackt sein muss, bereitet mir augenblicklich eine Gänsehaut, aber vielmehr noch bringen meine Kontostände mein Herz zum Rasen.

»Ja, das muss natürlich unangenehm gewesen sein für Ihre Frau«, räume ich ein. »Aber könnten Sie mir vielleicht sagen, warum …«

»Meine Frau hatte damit kein Problem«, unterbricht er mich feixend. »Der habe ich doch gar nichts davon erzählt. Aber für mich war es superpeinlich, weil der Tag, an dem die Fotos entstanden sind, nicht mein bester war, Sie verstehen?« Oh Gott, jetzt geht er ins Detail. »Es muss an dem verdammten türkischen Essen gelegen haben, normalerweise kann ich jederzeit …«

»Da bin ich mir ganz sicher, Herr Hofstätter«, unterbreche ich ihn schnell, bevor er weiterreden kann. »Aber könnten wir wieder auf meine Geldangelegenheiten zurückkommen, ich habe gleich im Anschluss noch einen dringenden Termin, wissen Sie?«

»Ja, natürlich, wie Sie möchten.« Er macht ein enttäuschtes Gesicht. »Was genau wollen Sie denn wissen?«

»Dieses Minus auf meinem Girokonto, wie ist das denn zustande gekommen?«, frage ich zögernd.

»Na, durch Ausgaben, wie denn sonst?«, meint er. »Aber sehen Sie einfach selbst!« Er dreht den Laptop so, dass ich den Bildschirm einsehen kann.

Ich erblicke eine Kontoübersicht mit Einnahmen und Ausgaben. Also, eigentlich sehe ich *nur* Ausgaben. Schön, dann wollen wir mal sehen, ob das wirklich alles ich war oder ob sich nicht vielleicht ein Fehler ins System eingeschlichen hat – was mich übrigens gar nicht wundern würde, von solchen Fällen hört man immer wieder, nicht wahr?

Ich sehe verschiedene Firmennamen aufgeführt, und auf den ersten Blick scheinen das wirklich alles Geschäfte zu sein, in denen ich auch schon eingekauft habe.

Doch halt! Diese eine Abbuchung da über viertausend Euro … die Firma kenne ich gar nicht. Dachte ich's mir, ich *kann* gar nicht so viel Geld ausgegeben haben!

»Was zum Beispiel ist das da?«, frage ich forsch und deute mit dem Finger auf die entsprechende Zeile.

»Schuster-TV?« Hofstätter legt nachdenklich die Stirn in Falten. »Das ist eine Spezialfirma für Satellitenanlagen, soviel ich weiß, die vertreiben hochwertiges Home Entertainment und dergleichen …«

Satellitenanlagen? Mal nachdenken. Das wäre dann vermutlich so etwas wie dieser Receiver mit der speziellen Sat-Schüssel, die ich für meinen Papi habe liefern lassen, damit er die englischen Sportsender direkt empfangen kann, natürlich alles getarnt als Hauptgewinn bei einer Tombola, bei der ich angeblich für ihn mitgespielt habe … Aber hieß diese Firma nicht ganz anders?

»… in der Werbung nennen die sich Powertainment, glaube ich«, ergänzt Hofstätter.

Genau, so hießen die. Ich sacke ein bisschen auf meinem Stuhl zusammen. Also gut, von mir aus, dann habe ich das eben gekauft. Ist nicht schlimm, man wird seinem Papi doch wohl noch eine kleine Freude machen dürfen, oder?

»Und das da?« Ich zeige auf eine Abbuchung über vierhundert Euro von einer Firma namens *Geriaslim*. Nie gehört, den Namen.

»Die vertreiben Miederwaren für Vollschlanke«, umschreibt Hofstätter elegant.

Ach, so wie die Stützkorsagen, von denen meine Mutter so geschwärmt hat … Aber okay, vierhundert Euro dafür, dass sie nicht nur schlanker aussieht, sondern ganz nebenbei auch noch ihre Wirbelsäule vorbildlich in ihrer Haltefunktion unterstützt wird, halte ich nicht für Verschwendung.

»Woher wissen Sie das überhaupt, Herr Hofstätter?«, fällt mir ganz nebenbei ein.

»Meine Frau bestellt dort immer … für ihre Cousine«, antwortet er und vermeidet dabei direkten Blickkontakt.

Betretenes Schweigen folgt, während ich mich weiter in die Liste vertiefe.

Ich sehe Abbuchungen von verschiedenen Firmen, Slupetzkys Dreamcarcenter ist darunter, wo ich die Autos für mich, Lissy und Tessa gekauft habe. Nachdem neulich der Jahresservice fällig war und sie ja immer noch nicht wissen, dass ich die Autos gekauft habe und sie nicht bloß leihweise für hippe, junge Frauen wie uns zur Verfügung gestellt werden, musste ich jetzt natürlich auch mit allen dreien zum Service fahren. Weiter entdecke ich Überweisungen an diverse Möbelhäuser, und das neue Wohnzimmer meiner Eltern fällt mir dazu wieder ein, dann die monatlichen Gutscheine für die Internetdrogerie und die Wochenenden im neuen Nautic-Spa, laut Werbung der reinste Jungbrunnen für betagte Menschen, verschiedene Modehäuser und Parfümerien, Küchenausstatter, ach ja, und nicht zu vergessen die Spenden: Ich habe immer wieder unterschiedlich hohe Beträge an verschiedene Hilfs-organisationen überwiesen. Nachbar in Not taucht mehrmals auf, und natürlich der WWF (neuerdings machen die ganz groß in Kamtschatka-Braunbären-Rettung!), SOS-Kinderdörfer, World Vision, die Kinderkrebshilfe, Ärzte ohne Grenzen, das Komitee gegen Vogelmord (wobei mir da noch immer nicht klar ist, wer diese ganzen Vögel ermordet), die Aidshilfe und noch vieles mehr …

Je weiter ich bei der Auflistung komme, desto mehr fällt auf, dass ich gar nicht viel für mich selbst ausgegeben habe (Okay, ein paar Kleinigkeiten habe ich mir gegönnt, wie zum Beispiel die neuen Prada Linea Rossa Stiefeletten, oder die Weltzeituhr von Armani – wobei ich die eigentlich Philip schenken wollte für seine Südamerikareisen und nur irrtümlich die Damenversion geliefert bekam; und die Evelyn-Vanderloock-Ohrstecker zähle ich als Wertanlage, denn die sind aus Gold), sondern den Großteil für meine Familie und Freunde.

Augenblicklich schlägt mein aufkeimendes schlechtes Gewissen in Stolz um, und Hofstätter, der gemeinsam mit mir die Liste studiert hat, trägt ein Übriges bei, indem er anerkennend meint: »Da sind aber eine Menge Spenden, äußerst großzügig von Ihrer Firma …«

Er hat recht, mit dem Unterschied, dass dieser großzügige Spender in Wahrheit gar nicht Winners only ist, sondern ich ganz allein.

»… und abgesehen davon ziemlich clever, die kann man nicht nur steuerschonend abschreiben, sondern auch noch hervorragend in eine Imagekampagne einbauen. Gut gemacht, Frau Becker!«, ergänzt er.

Ich freue mich über das Lob, wobei ich es gleichzeitig aber ein bisschen schade finde, dass niemand weiß, wie großzügig ich in Wirklichkeit bin. Die Menschen würden mich dann mit ganz anderen Augen sehen, in den Medien wäre ich zum Beispiel »Molly Becker, die edle Spenderin« oder »Molly Becker, die Retterin des Ganges-Delfins« oder einfach nur »Molly, die Gütige«. Oh ja, das würde mir gefallen. Kurz und bündig, und dabei klingt es auch noch bescheiden …

Eigentlich habe ich mir also gar nichts vorzuwerfen wegen meiner Ausgaben, habe ich mein Geld doch größtenteils für andere ausgegeben, nur …

Es war eindeutig zu viel!

Wie es aussieht, muss ich da dringend ein bisschen zurückstecken, sonst werde ich noch bekannt als »Molly, die Pleitegegangene«. Die Vorstellung lässt mich erschaudern, allzu frisch sind noch die Erinnerungen an die Finanzmiseren in meiner Vergangenheit, und ich wende mich zur Ablenkung schnell wieder Hofstätter zu.

»Also gut, Herr Hofstätter, da werden wir wohl etwas unternehmen müssen. Sie sagten vorhin, dass wir einen Teil meiner Anlagen umschichten könnten?«

Er nickt. »Ja, an Ihrer Stelle würde ich die Anleihen von den PIIGS-Staaten abstoßen.«

»Aha … Und wie viel wäre das?«

Er hämmert ein paar Sekunden auf seiner Tastatur herum, dann sagt er: »Knappe sechzehntausend im Moment.«

Ich überlege schnell. »Gut, machen wir es folgendermaßen: Sie verkaufen diese Anleihen und decken damit das Verrechnungskonto ab, den Rest überweisen Sie auf mein Girokonto …«

»Natürlich, gerne.« Er tippt die entsprechenden Verfügungen ein. »Blieben noch etwa vierundzwanzigtausend Minus auf Ihrem Girokonto. Werden die zur Gänze von Ihrer Firma rückerstattet?«

»Äh … ja, das werden sie, und zwar schon sehr bald«, sage ich ausweichend.

Dafür muss ich mir noch etwas einfallen lassen, aber zur Not habe ich ja noch meine anderen Kapitalanlagen bei der First Direct Bank, von denen Hofstätter nichts weiß.

»Ach ja, und stoppen Sie ab sofort alle Aktienzukäufe«, gebe ich weitere Anweisung. »Solange die Märkte so unberechenbar sind, will ich lieber abwarten, in welche Produkte ich in Zukunft investiere.«

»Alles klar.« Hofstätter gibt alles ein. »Damit hätten wir ja alles geklärt.«

Er klappt seinen Laptop zu und verstaut ihn wieder in seinem Koffer. Dann erhebt er sich schwungvoll, und ich stehe ebenfalls auf, um ihn zur Tür zu begleiten. Dabei wird mir wieder bewusst, wie elendslang dieser Mann ist – und wie kurz im Vergleich dazu seine Hose.

»Sie werden sehen, Frau Becker, in ein oder zwei Jahren hat sich alles wieder eingerenkt, und dann wird dieser zwischenzeitige kleine Verlust schnell vergessen sein.« Er lächelt selbstgefällig. »Wissen Sie, ich nenne es deswegen eine kleine Delle, weil sich ja alles wieder ausbügeln lässt, nicht wahr?«

Delle? Sechzigtausend Euro nennt er eine *kleine Delle*?

Als ich das höre, überkommt mich augenblicklich wieder Wut. Er und seine dämliche Bank haben in Wahrheit gewaltigen Mist gebaut, sie haben ein Vermögen – *mein* Vermögen – in den Sand gesetzt, und wie ich die Brüder kenne, sacken sie dafür dennoch jede Menge Spesen ein.

Und dazu noch das Minus auf meinen Konten – neununddreißigtausend Euro, nicht zu fassen. Und alles nur, weil ich so großzügig gewesen bin. Wobei, da fällt mir ein, die zwölftausend auf dem Aktienkonto habe ja gar nicht ich ausgegeben, die hat doch genau genommen die verdammte Bank verzockt!

Neunundneunzigtausend Euro! Weg. Einfach so.

Als mir das bewusst wird, erfasst mich erneut ein heftiger Schwindel, und ich muss mich an Hofstätters Arm festhalten, um nicht auf der Stelle zusammenzuklappen.

»Nanu, Frau Becker, wie darf ich das denn verstehen?«

Als ich verschwommen hochblicke, sehe ich direkt in Hofstätters knochiges Gesicht, das mich aus luftiger Höhe verwirrt angrinst.

Mann, der kapiert aber auch gar nichts.

Ich löse mich hastig wieder von ihm und starre ihn wütend an. Seine gelblichen Zähne springen mir ins Gesicht, sein unmöglicher Haarschnitt, die käsige, unreine Haut, sein marineblauer Anzug, den er vermutlich schon zur Abifeier getragen hat, und die Megalatschen, die irgendwann einmal schwarz gewesen sein müssen.

Dieser Mann hat mehr als siebzigtausend Euro von meinem Geld verzockt, und plötzlich habe ich den unwiderstehlichen Drang, ihn dafür büßen zu lassen.

»Herr Hofstätter, vorhin habe ich gesagt, dass ich was guthabe bei Ihnen, Sie erinnern sich?«, presse ich zwischen schmalen Lippen hervor.

»Ja, stimmt.« Er lächelt unsicher. »Und wie ich bereits gesagt habe, bin ich gerne bereit …«

»Wir erledigen das gleich hier!«, falle ich ihm grob ins Wort.

»Wie bitte?« Er starrt mich erschrocken an.

»Wir machen es jetzt und hier«, bekräftige ich, und in strengem Befehlston lege ich nach: »Und ich dulde keine Widerrede, haben Sie verstanden?«

Hofstätter glotzt noch immer und schluckt dabei so tief, dass sein Adamsapfel rauf- und runterschnellt wie das Gewicht beim Hau-den-Lukas.

»Sind Sie sicher, Frau Becker?«, fragt er und läuft dabei knallrot an.

»Ja, bin ich.« Ich fasse ihn erneut am Arm. »Kommen Sie mit!« Ich ziehe ihn hinter mir her zum großen Wandspiegel neben dem Ledersofa.

»Ich fasse es nicht«, beginnt er plötzlich zu stammeln. »Das hätte ich mir nie träumen lassen.«

Ich werfe ihm einen verwunderten Blick zu und sehe, dass er fast zerplatzt vor freudiger Erwartung.

»*Was* hätten Sie sich nie träumen lassen?«, frage ich.

»Na, dass Sie … dass *wir* … natürlich habe ich immer gespürt, dass es da eine besondere Chemie zwischen uns gab, aber ich dachte immer, ich wäre zu alt für Sie, und seit Sie mit Philip Vandenberg liiert sind, hätte ich gar nicht mehr zu hoffen gewagt …«

Wir sind jetzt vor dem Spiegel angekommen, und ich mustere ihn verblüfft. Du meine Güte, der Mann ist ja völlig aus dem Häuschen.

»Aber keine Sorge, was das angeht«, fügt er schnell hinzu, und sein Grinsen reicht dabei fast bis zu seinen feuerroten Segelohren. »Sie können sich hundertprozentig auf meine Diskretion verlassen, ich bin schließlich verheiratet.« Mit diesen Worten wirft er sich auf das Sofa und beginnt an seinem Krawattenknoten herumzuzerren.

Okay, irgendetwas scheint er gerade gründlich missverstanden zu haben.

»Was machen Sie denn auf dem Sofa?«, frage ich erstaunt.

»Wie bitte? Aber ich dachte, nachdem Sie mich hierher geführt haben …«, stößt er schwer atmend hervor.

»Ich wollte aber nicht zum Sofa«, stelle ich richtig. »Ich wollte zum Spiegel!«

»Ach so.« Er zögert kurz, dann leuchten seine Augen plötzlich wieder auf. »Verstehe!« Er federt blitzschnell wieder hoch und kommt dicht neben mir zum Stehen. »Frau Becker, Sie sind mir ja eine!«, keucht er und beginnt gleich wieder an seiner Krawatte herumzureißen.

»Die Krawatte können Sie ruhig anlassen«, sage ich.

»So, meinen Sie?« Er stutzt, dann schlägt er sich mit der flachen Hand auf die Stirn, dass es nur so knallt. »Aber klar doch, Sie haben recht, wen interessiert schon die dämliche Krawatte!«

Oh, oh. Er beginnt an seinem Gürtel herumzunesteln.

»Was machen Sie denn da?« In meine Stimme mischt sich blankes Entsetzen.

»Na, was wohl? Ich will meine Hose ausziehen!«, erklärt er keuchend.

»Bloß nicht!«, entfährt es mir.

»Wie jetzt, ich soll meine Hose anlassen?« Er ist völlig von der Rolle. »Aber wie wollen wir …?«

»Überlassen Sie das ruhig mir, Herr Hofstätter«, sage ich bestimmt, woraufhin er überrascht eine Augenbraue hochzieht.

»Aah, verstehe …«

Hm. Kann es sein, dass der gute Mann sich zu viele Pornos reingezogen hat?

»Sie müssen gar nichts tun, Herr Hofstätter, lassen Sie mich nur machen!«

Ich ziehe ihn zu mir heran, sodass wir dicht nebeneinander vor dem Spiegel stehen. Hofstätter hat die Augen begeistert aufgerissen und zittert regelrecht in Erwartung dessen, was jetzt kommen wird.

Also gut, wollen wir den alten Knaben nicht länger hinhalten.

Ich mustere ihn noch einmal gründlich von oben bis unten, dann hole ich tief Luft und lege los.

Mit der Mafia?

Es ist nicht schlimm. Es ist nicht schlimm. Es ist nicht schlimm.

Samir, unser Mentaltrainer, hat mir bei unserem letzten Meeting verraten, dass man ohne Ausnahme alles glauben kann, wenn man es sich nur oft genug selbst vorsagt, und wenn ein weiser indischer Guru das behauptet, dann wird doch wohl was dran sein, nicht wahr?

Ich bin auf dem Weg zu meinem Treffen mit Frederic, und da meine Selbstberuhigung noch nicht ganz wirkt, mache ich sicherheitshalber gleich weiter damit.

Es ist nicht schlimm. Es ist nicht schlimm. Es ist nicht schlimm.

Ist es doch! Es ist sogar *total* schlimm.

Samirs uralter indischer Psychotrick scheint bei mir überhaupt nicht anzuschlagen, aber vielleicht liegt das auch daran, dass indische Gurus normalerweise keine Patienten haben, die gerade neunundneunzigtausend Euro abschreiben mussten.

Der Gedanke daran macht mich immer noch ganz fertig. Fast hunderttausend Euro Verlust, mit dem ich nicht im Traum gerechnet hätte, das will erst einmal verdaut werden.

Ich habe jetzt den Eingang des Down Under erreicht und bleibe unschlüssig stehen. Als Frederic vorhin am Telefon eine schäbige Kellerkneipe gleich um die Ecke vorschlug, musste ich nicht lange überlegen, was er damit meint. Das Down Under wirkt auf den ersten Blick wirklich ziemlich heruntergekommen, aber seit meinem ersten Besuch mit Philip damals finde ich die schummrige Bar in dem uralten Gewölbe eigentlich ganz gemütlich, und Spider, der Besitzer mit dem Aussehen eines Siebzigerjahre-Rockstars, ist inzwischen fast schon so was wie ein Freund der Familie geworden.

Dennoch zögere ich, das Lokal zu betreten. Das Wiedersehen mit Frederic wird bestimmt kein Vergnügen, noch dazu, wo er mich um einen Gefallen bitten will. Ich kann mir schon denken, worum es geht. Er wird natürlich Geld von mir wollen. Bei Typen wie Frederic geht es immer um Geld. Aber nachdem ich gerade von meinem Riesenverlust erfahren habe, werde ich ihm garantiert keines geben, abgesehen davon hätte er es gar nicht verdient, so wie er mich damals immer wieder an der Nase herumgeführt hat.

Aber abgesehen davon, so aufgelöst, wie ich jetzt bin, will ich ihm keinesfalls gegenübertreten, womöglich würde er daraus noch die falschen Schlüsse ziehen. Also streiche ich schnell meinen Rock und meine Kostümjacke glatt und fahre mit den Fingern durch mein Haar. Dann atme ich einige Male tief durch und beginne mich gleichzeitig auf das Positive in meinem Leben zu besinnen (auch ein Psychotrick von Samir). Davon gibt es bei objektiver Betrachtung immer noch mehr als genug: Ich bin Geschäftsführerin eines großen Unternehmens, mein Lebensgefährte ist Multimillionär, ich besitze ein wunderschönes Haus mit Pool, und ich habe ja immer noch einen Haufen Geld, selbst wenn man die hunderttausend abzieht. Der Gedanke daran versetzt mir sofort wieder einen Stich, aber ich schüttle ihn schnell wieder ab.

Lady Boss, Millionärsfreund, Haus mit Pool, genügend Kohle auf der hohen Kante!, hämmere ich mir in mein Gehirn. Ach ja, und meine neue Frisur habe ich mir heute Morgen noch rasch von Pepe, unserem Hairstylisten, aufhübschen lassen. Na bitte, wenn *das* kein Grund ist, locker und selbstbewusst zu sein.

Ich hole noch einmal tief Luft, dann stoße ich die Tür zum

Down Under auf und steige langsam die Treppe hinunter. Der vertraute Geruch von altem Gemäuer und verrauchter Spelunke schlägt mir entgegen, und meine Augen müssen sich wie immer erst einmal an die Dunkelheit gewöhnen.

»Wen seh ich denn da? Molly Becker, ich kann gar nicht glauben, dass du dich wieder einmal zu mir verirrst!« Spider hat mich sofort entdeckt, und unter seinem langen Rauschebart zeichnet sich ein breites Grinsen ab.

»Hallo, Spider, wie läuft's denn so?«

»Bei mir ist alles easy«, meint er. »Und bei dir doch hoffentlich auch?«

»Ja, danke, alles bestens«, lächle ich, während ich gleichzeitig nach Frederic Ausschau halte.

Spider legt das Tuch beiseite, mit dem er gerade Gläser poliert hat, und lehnt sich vertraulich über die Theke.

»Und mit Philip ist alles okay?«, brummt er durch sein mächtiges Gestrüpp.

»Mit Philip? Ja, sicher, könnte gar nicht besser sein«, nicke ich. »Er hat gerade geschäftlich in Paraguay zu tun, weißt du, aber ansonsten läuft's wie geschmiert. Machst du mir einen Kaffee?« Normalerweise bevorzuge ich Cappuccino, aber bei Spider macht es keinen Unterschied, welches koffeinhaltige Getränk man bestellt, bei ihm ist alles einfach nur Kaffee.

»Mit Milch und Süßstoff, stimmt's?«

»Ja, bitte. Ich will mich hier mit jemandem treffen ...« Mein Blick huscht erneut über die Tische, aber ich kann Frederic nirgendwo ausmachen. Merkwürdig. Vorhin hat er geklungen, als wäre es dringend, und ich bin noch dazu ein paar Minuten zu spät dran. Aber dann fällt mir ein, dass er ein hartes Jahr hinter sich hat, und womöglich sieht er gar nicht mehr aus wie früher, als er selbst nach harten Arbeitstagen immer noch wie frisch aus dem Ei gepellt erschien. Vielleicht trägt er jetzt einen Bart, ach ja, und durch Stress ist so mancher schon blitzartig ergraut, immerhin sind ihm gefährliche Verbrecher auf den Fersen, und möglicherweise kann er sich nur noch alte, abgetragene Klamotten leisten ...

Doch dann winkt plötzlich jemand von ganz hinten nach mir, und als ich genauer hinsehe, erkenne ich ihn.

Von wegen hartes Jahr. Frederic sieht noch haargenau gleich aus, gestriegelt und geleckt, als wäre er gerade aus einem Beautysalon gekommen, und ich habe ihn anfangs nur nicht entdeckt, weil an seinem Tisch die Beleuchtung ausgefallen ist.

Als ich näher komme, steht er mit einem breiten Grinsen auf und breitet die Arme aus.

»Molly, Schätzchen, endlich sehen wir uns wieder. Komm her!« Er greift nach mir, um mich zu drücken.

»Lass das, Frederic!«, zische ich ihn an, während ich ihn von mir schiebe. »Und sag nicht Schätzchen zu mir, das habe ich damals schon gehasst.«

»Ach, Molly ...« Er lässt die Arme sinken und sieht mir eindringlich in die Augen. »Es tut mir so leid, wie alles gekommen ist. Übrigens, dein Aufstieg scheint dir gut zu bekommen, du siehst großartig aus«, reicht er hinterher.

»Äh ... ja, danke«, gebe ich betreten zurück, und dann entkommt mir ein erstauntes »Du übrigens auch.«

Er sieht wirklich gut aus. Der Stress des letzten Jahres – sofern er überhaupt welchen hatte – ist völlig spurlos an ihm vorübergegangen. Er ist braun gebrannt, seine gegelte Frisur mit den Koteletten an den Seiten sitzt wie immer millimetergenau, die Zähne blitzen wie frischer Schnee, und sein Jackett sitzt wie angegossen. Nicht, dass er mich noch interessieren würde, aber ich muss zugeben, dass er immer noch ein sehr attraktiver Mann ist, auf die ihm eigene, aalglatte Art zwar, aber doch attraktiv. Und obwohl ich ihm immer noch böse sein müsste, bin ich insgeheim erleichtert darüber, dass es ihm besser geht als erwartet.

»Du klingst überrascht«, meint er, während wir uns setzen. »Hast du was anderes erwartet?«

»Ja, eigentlich schon«, gebe ich zu. »Ich dachte, da du ja jetzt auf der Flucht bist …«

»Wie kommst du denn darauf? Ich bin nicht auf der Flucht!« Er spricht es aus, als hätte ich etwas völlig Absurdes behauptet.

»Ach nein? Wie nennst du es dann, wenn jemand von heute auf morgen ins Ausland abhaut, weil die Behörden ihn suchen, und er ein Jahr später unter einem falschen Namen wieder auftaucht?«, halte ich aufgebracht dagegen.

»Okay, ich gebe zu, das mag auf den ersten Blick seltsam wirken«, räumt er achselzuckend ein. »Aber für einen Außenstehenden stellt sich das dramatischer dar, als es in Wirklichkeit ist.«

»Und wieso versteckst du dich dann vor den Behörden?«, setze ich nach.

»Das ist nur eine Vorsichtsmaßnahme, weil …«

Er unterbricht sich, weil Spider meinen Kaffee bringt. Als er ihn abstellt, wirft er einen finsteren Blick auf Frederic.

»Darf's noch was sein?«, brummt er.

»Klar doch«, nickt Frederic grinsend. »Bringen Sie uns eine Flasche Sekt, wir haben ein Wiedersehen zu feiern, nicht wahr, Molly?«

Spiders Blick springt argwöhnisch zwischen uns beiden hin und her, und sofort fühle ich mich ertappt.

»Nein, haben wir nicht«, stelle ich hastig klar.

»Aber Molly, wie kannst du das sagen, nach allem, was zwischen uns war?«, meint Frederic vorwurfsvoll. »Jetzt bringen Sie schon die Flasche!«, fordert er Spider dann auf, der missmutig wieder abdreht. »Die Dame wird schon noch auftauen, nicht wahr, Molly?«

»Nein, werde ich nicht«, rufe ich wütend aus und hoffe, dass Spider es noch hören kann. »Und hör auf, solchen Mist zu reden, Frederic, sonst bin ich gleich wieder weg, hast du mich verstanden?«

Frederic hebt beschwichtigend die Hände. »Okay, tut mir

leid, Molly, ich wollte dir nicht zu nahe treten.« Dann tritt ein Glitzern in seine Augen. »Aber weißt du, als ich dich vorhin sah, in diesem scharfen Kostüm und den Hochhackigen, da wurden Erinnerungen in mir wach …« Er will nach meinen Händen greifen, die ich aber sofort zurückziehe. »Hast du überhaupt eine Ahnung, *wie* sexy du bist, Molly?«

Oh, ich bin sexy? So hatte ich mich bisher eigentlich gar nicht eingeschätzt. Die Frage ist natürlich nur, was ein Kompliment wert ist, wenn es aus Frederics Mund kommt …

»Denkst du nicht manchmal an die alten Zeiten zurück, Molly?«, fährt er mit verklärtem Gesichtsausdruck fort, »an die heißen Sommernächte in meinem Penthouse …«

Sein Penthouse? Klar, daran erinnere ich mich noch. Alles dort war schwarz, und ich konnte kaum ein Auge zutun, weil ich ständig Angst hatte, der Fürst der Finsternis könnte auftauchen und mich holen.

»… und erst das Kamasutra …«, schwärmt er weiter.

Als ob ich das jemals vergessen könnte! Ich weiß auf einmal, was er so sexy an mir fand, denn diese halsbrecherischen Verrenkungen hätte garantiert keine andere mit ihm durchexerziert.

»Hör auf damit, Frederic«, falle ich ihm scharf ins Wort. »Ich will davon nichts mehr hören.«

»Aber Molly …«

»Nein, Frederic, Schluss jetzt. Ich habe nicht vergessen, wie du mich immer wieder belogen hast, und ich falle nicht mehr auf deine Tricks herein. Ich bin nur gekommen, weil du mich um einen Gefallen gebeten hast, und ich möchte an dieser Stelle in aller Deutlichkeit klarstellen, dass das hier kein Date ist, hast du verstanden?«

»Also schön, wie du meinst.« Er zieht ein beleidigtes Gesicht, aber schon im nächsten Moment setzt er wieder ein spitzbübisches Grinsen auf. »Aber dass du heiß bist, war nicht gelogen, Molly. Ich habe in Südamerika haufenweise scharfe Bräute kennengelernt, die schwirren dort nur so um europäische Geschäftsleute herum, aber an dich kam keine heran, das kannst du mir glauben.«

Spider unterbricht unser Gespräch erneut, indem er die Sektflasche mit einem Rums auf den Tisch knallt und ein ordinäres Weinglas dazustellt.

»Was soll das?« Frederic zieht angesäuert die Augenbrauen zusammen. »Das ist keine Sektflöte, und außerdem brauchen wir zwei davon.«

Spider ignoriert ihn und wendet sich stattdessen an mich. »Willst du auch ein Glas, Molly?«

»Nein, Spider, ich möchte keinen Sekt, danke.«

Er nickt zufrieden und macht sich wieder vom Acker, ohne Frederic auch nur eines weiteren Blickes zu würdigen.

Frederic sieht ihm kopfschüttelnd nach. »Was hat der denn für ein Problem?«

»Spider ist in Ordnung«, nehme ich ihn schnell in Schutz. »Er sieht es nur nicht gern, wenn fremde Typen mich anmachen, und du lässt ja offensichtlich nichts aus, um ihn genau das glauben zu machen.«

»Und wenn schon, der Typ soll sich gefälligst um seinen eigenen Kram scheren!« Frederic zuckt die Achseln, dann beginnt er, an dem Sektkorken herumzufummeln.

»Frederic, ich bin weder zum Sekttrinken hier noch habe ich viel Zeit«, erkläre ich ihm eindringlich. »Also sag schon, in welchen Problemen steckst du? Hast du dich mit den falschen Leuten angelegt?«

»Mit den falschen Leuten?« Er zieht eine Augenbraue hoch. »Was meinst du damit?«

»Na, du weißt schon, mit irgendwelchen Gangstern … mit der Mafia zum Beispiel.«

Er starrt mich an wie eine Bekloppte.

»Mit der Mafia? Wie kommst du denn auf so was?« Jetzt lächelt er herablassend, als wäre ich ein dummes Kind.

Sofort werde ich wütend. »Wie *ich* darauf komme? Du sagtest am Telefon, es ginge um Leben und Tod, so komme ich darauf!«, fauche ich.

»Aber Molly, das darfst du nicht wörtlich nehmen«, schüttelt er milde lächelnd den Kopf. »Ich habe damit gemeint, dass es um meine berufliche Existenz geht, wobei man in dieser Situation durchaus von Leben und Tod sprechen könnte ...«

Im selben Moment klingelt mein Telefon. Aus reiner Gewohnheit angle ich es aus der Handtasche und sehe, dass meine Mutter dran ist.

»Ja, Mami, was gibt es denn?«, melde ich mich, und aus den Augenwinkeln sehe ich, dass Frederic mich interessiert beobachtet.

»Hallo, Molly, ja, genau, hier spricht deine Mutter«, beginnt sie umständlich. »Ich hoffe, ich halte dich nicht von deiner Arbeit ab ...«

Sie eröffnet neuerdings jedes Telefonat so, egal zu welcher Uhrzeit oder an welchem Wochentag, weil sie in irgendeinem Magazin gelesen hat, dass Manager Tag und Nacht arbeiten.

»Nein, Mami, kein Problem, ich mache gerade ... also, eine Art Mittagspause.«

Frederic wedelt mit den Händen, weil er mir anscheinend etwas sagen will, und ich deute ihm, ruhig zu bleiben.

»Oh, gut«, meint Mami. »Nun, weshalb ich anrufe, Molly ... Ihr habt in eurem Geschäft auch Physiotherapeuten, nicht wahr?«

»Ja, klar, Mami, bei Winners only gibt es alles, was den Menschen guttut«, verfalle ich sofort in einen Werbeslang. »Braucht ihr etwa eine Behandlung?«

»Ist das deine Mutter?«, flüstert Frederic mir zu. »Richte ihr schöne Grüße von mir aus!«

»Wer ist denn da?«, will Mami wissen.

Ausgerechnet in diesem Moment hat Frederic den Sektkorken weit genug gelockert. Mit einem lauten Knall explodiert er in die Luft, und im nächsten Moment steigt eine enorme Fontäne hoch und ergießt sich über den Tisch, den Boden und … mein Kostüm!

»Verdammt, Frederic!«, springe ich schreiend hoch.

»Um Gottes willen, was ist denn los bei euch?«, kommt es bestürzt aus dem Hörer.

»Ach nichts, Mami, es ist nur … Frederic hat gerade Sekt über mein Kostüm vergossen.« Kaum habe ich das ausgesprochen, als ich es schon bereue.

»Frederic, dein ehemaliger Freund?« Mamis Stimme wird ganz schrill. »Sag bloß, Molly, du triffst dich wieder mit ihm! Und was ist überhaupt mit Philip?«

»Gar nichts, Mami, mit Philip und mir ist alles in bester Ordnung, und das Treffen mit Frederic ist rein geschäftlich und garantiert einmalig«, versuche ich sie schnell zu beruhigen und beginne währenddessen, mit der bloßen Hand den Sekt von meiner Jacke und meinem Rock zu wischen.

»Gott sei Dank!«, stößt sie hervor. »Ich dachte schon …«

»Nein, Mami, mach dir keine Sorgen. Und sag schon, wozu braucht ihr einen Therapeuten?«

»Ja, weißt du …«, meint sie zögernd. »Arbeiten die auch mobil?«

»Was meinst du mit mobil?«

»Na ja, würden die zu uns ins Haus kommen?«

»Nein, also, normalerweise nicht … Jetzt aber raus damit, Mami, was ist los bei euch?«

Spider ist inzwischen mit Geschirrtüchern angetrabt. Eines drückt er wortlos mir in die Hand, und mit dem anderen wischt er die Sitzbank und den Tisch trocken, sodass ich mich wieder setzen kann.

»Es geht um deinen Vater … Er kann sich nicht bewegen.« Oh mein Gott, ihre Stimme wird auf einmal ganz weinerlich.

»Was meinst du damit, er kann sich nicht bewegen?«, rufe ich alarmiert aus.

»Es ist sein Rücken. Er hat den ganzen Vormittag Ziegel geschleppt, und jetzt kann er sich auf einmal nicht mehr bewegen – dabei habe ich ihn noch gewarnt, dass die zu schwer für ihn sind, aber er hört ja nie auf mich!«, ergänzt sie verbittert.

»Was hat Papi denn mit Ziegeln zu tun?«, frage ich verwirrt.

Paps ist pensionierter Buchhalter, was kommt er also dazu, Ziegel zu schleppen?

»Die sind für unseren Anbau«, sagt Mami.

»Ihr macht einen Anbau?«, rufe ich aus. »Aber davon habt ihr mir ja gar nichts erzählt!«

»Ja, weißt du, dein Vater wollte dich damit überraschen«, schnieft sie.

Mich überraschen? Wieso will Papi mich mit einem Anbau überraschen?

»Egal, Mami, das ist im Moment nicht wichtig … Wo ist Papi denn jetzt?«

»Er liegt im Wohnzimmer auf der Couch.«

»Kannst du ihn mir mal geben?«

»Natürlich.« Ich höre, wie sie ein paar Schritte geht und dann sagt: »Molly ist am Apparat, sie will dich sprechen.«

»Molly, Schatz, tut mir leid, dass wir dich stören«, ist das Erste, was Paps sagt, und ich kann hören, dass ihm sogar das Sprechen Schmerzen bereitet. »Ich wollte dich gar nicht damit belästigen, aber du weißt ja, wie deine Mutter ist – macht aus jeder Mücke gleich einen Riesenelefanten.« Er versucht ein Lachen, aber es geht sofort in einem Stöhnen unter.

Augenblicklich verkrampfe ich mich am ganzen Körper.

»Mach mir nichts vor, Papi, ich kann doch hören, dass es dir schlecht geht. Sag, kannst du dich bewegen?«, frage ich.

»Ja, so einigermaßen«, keucht er. »Nur das Gehen fällt mir im Moment ein bisschen schwer, und das Sitzen.«

Er kann nicht gehen und nicht sitzen, und das ist bei ihm *einigermaßen?*

»Papi, ohne falsches Heldentum: Glaubst du, dass wir einen Arzt rufen sollen?«

»Quatsch, Molly, wozu denn einen Arzt? Ich habe mir bloß das Kreuz verrissen«, wiegelt er schnell ab. »Ich brauche nur ein bisschen Ruhe, dann geht es mir garantiert gleich wieder besser.«

»Okay, Papi, wenn es nicht ganz so ernst ist, dann lassen wir das mit dem Arzt. Ich schnappe mir aber jetzt Fiona, unsere Physiotherapeutin, und wir kommen zu euch nach Hause. Wir brauchen dafür eine knappe Stunde, denkst du, du hältst so lange durch?«

»Sicher, Molly, aber du musst dir wegen mir wirklich keine Mühe machen, ich kann es mit der Rheumasalbe versuchen ...«

»Nein, Papi, du brauchst professionelle Hilfe«, stelle ich klar, »und Fiona ist einsame Spitze auf dem Gebiet, glaub mir.«

»Wie du meinst, Molly«, gibt er ächzend nach. »Übrigens, Molly ...«

»Ja, Papi?«

»Danke, Kind.«

»Keine Ursache, Papi, bis später dann!«

Nachdem ich aufgelegt habe, greife ich nach meiner Handtasche.

»Was ist denn los?«, will Frederic wissen.

»Mein Paps hat sich was am Rücken getan«, erkläre ich eilig. »Ich muss zu ihm.«

»Ja, aber ... was ist dann mit uns?«

»Wie, mit uns?« Ich sehe ihn überrascht an.

»Wir wollten doch auf unser Wiedersehen anstoßen, und außerdem müssen wir noch über mein Problem reden, schon vergessen?«

»Tut mir leid, Frederic, aber im Moment passt es gerade besonders schlecht ... und feiern wollte ich sowieso nicht.«

»Okay, dann lassen wir das eben weg.« Er setzt einen verwundeten Blick auf. »Aber gib mir wenigstens eine Minute, damit ich dir mein Problem erklären kann.«

»Frederic, mein Vater hat starke Schmerzen …«

»Es dauert nicht lange«, versichert er mir.

»Außerdem könnte ich dir im Moment auch gar kein Geld geben«, sage ich.

»Wer redet denn von Geld?«, fragt er erstaunt.

»Na, es geht doch immer um Geld, wenn jemand in der Klemme steckt, nicht wahr? Sag bloß, du brauchst keines!«

»Nein, natürlich nicht«, schüttelt er den Kopf. »Ich hatte ja noch ein paar Rücklagen, außerdem konnte ich in Argentinien ein paar ziemlich coole Deals an Land ziehen.«

»Okay, wenn du kein Geld brauchst, was willst du dann von mir?«, frage ich ungeduldig.

»Eigentlich geht es nur um einen kleinen Gefallen«, holt er mit betont wegwerfender Geste aus, was mich sofort misstrauisch werden lässt. »Wie du ja weißt, musste ich letztes Jahr Deutschland ein bisschen überstürzt verlassen …«

»Du bist abgehauen, weil die Behörden gegen dich ermittelt haben«, konkretisiere ich.

»Ja, das mag vielleicht so gewirkt haben, aber in Wahrheit war es nur eine Vorsichtsmaßnahme, damit mich nicht irgend so ein Gehirnamputierter vom Finanzamt festnagelt und mir damit die Möglichkeit nimmt, die ganze Sache aufzuklären.«

»Heißt das, dass inzwischen alles vom Tisch ist?«, frage ich überrascht.

»Nein, nicht ganz. Also, das meiste schon … eigentlich fast alles«, sagt er und windet sich. »Jetzt geht es nur noch darum, den Typen klarzumachen, dass ich damals nicht geflohen bin, sondern bloß zufällig aus beruflichen Gründen nach Südamerika gereist bin.«

»Verstehe«, sage ich zögernd. »Und wie könnte ich dir dabei helfen?« Ich werfe ungeduldig einen Blick auf meine Uhr.

»Gut, dass du das fragst«, sagt er so, als hätte ich das Thema soeben aus Interesse angeschnitten. »Eigentlich ist es ganz einfach.« Er langt in seine Sakkotasche und zieht ein Kuvert heraus. »Du wurdest letztes Jahr doch praktisch zeitgleich mit meiner Abreise die neue Geschäftsführerin von Winners only, nicht wahr?«

»Ja, das kommt in etwa hin«, nicke ich, und ganz automatisch verstärkt sich dabei mein ungutes Gefühl.

»Na, das passt ja hervorragend.« Frederic atmet erleichtert auf und hält mir das Kuvert hin. »Alles, was du jetzt tun müsstest, ist das hier zu unterschreiben, und schon bin ich aus dem Schneider.«

»Und was genau ist das?« Ich beäuge misstrauisch den Umschlag.

»Ach, nichts Besonderes, nur eine Erklärung, dass du mich damals beauftragt hast, nach Südamerika zu reisen, um die Möglichkeiten einer Expansion von Winners only dort zu sondieren.«

»Wie bitte?« Ich starre ihn ungläubig an. »Du verlangst von mir, dass ich die Behörden belüge?«

»So krass würde ich das nicht formulieren«, meint er und sieht dabei aus, als hätte er in eine saure Zitrone gebissen. »Es ist nur eine Erklärung, Molly, nichts weiter.«

»Unmöglich, Frederic, das kann ich nicht tun«, schüttle ich den Kopf. »Wenn das wirklich so entscheidend ist für deinen Fall, dann würden die doch Fragen stellen!« Vor meinem geistigen Auge sehe ich mich schon in einem kahlen Vernehmungsraum mit einer grellen Lampe und zwei grimmig dreinblickenden Beamten in verschwitzten Hemden, und bevor sie noch die erste Frage stellen werden, breche ich weinend zusammen und gestehe alles. »Ausgeschlossen, Frederic, dafür musst du dir jemand anders suchen. Und jetzt entschuldige mich, ich muss gehen!«

»Aber Molly, die können uns gar nichts anhaben, solange wir dichthalten. Niemand sonst weiß davon«, sagt er flehentlich.

»Zum letzten Mal, Frederic, nein. Ich muss gehen, mach's

gut!« Ohne seine Antwort abzuwarten, drehe ich mich um und stakse eilig davon.

»Molly, bitte!«, höre ich ihn rufen. »Denk wenigstens darüber nach, es wären wirklich nur wir beide, genau wie damals!«

Was ist ein Quickie?

»Aah!«

»Atmen, Herr Becker, Sie müssen tief atmen!«

»Aah!«

»Und gleich noch einmal, gaanz tief Luft holen …«

»Aah!«

»Ich habe gesagt, *tief* Luft holen, und lassen Sie das Becken locker … So, jetzt aber!«

»Oooh …«

»Na bitte, geht doch!«

Unter uns, es gibt wirklich Angenehmeres, als Zeuge einer chiropraktischen Wirbelsäulenmanipulation zu werden, aber Fiona scheint endlich den richtigen Nerv getroffen zu haben. Sie hebt den Daumen zur Bestätigung, und von Papi kommt es verwundert: »Unglaublich, die Schmerzen sind ja auf einmal wie weggeblasen. Junge Dame, Sie haben magische Hände!«

Er liegt im Wohnzimmer auf Fionas transportabler Massageliege, auf die wir ihn unter Aufbietung all unserer Kräfte gehievt haben, und seufzt vor Erleichterung. Meine Mutter und ich haben uns während der Behandlung auf die Couch verzogen und mussten seit zehn Minuten mit anhören, wie Fiona versucht hat, Papis verschobenen Wirbel wieder geradezubiegen, und jetzt atmen wir auch auf.

»Gott sei Dank«, stößt Mami erleichtert hervor. »Ich habe mir schon die allergrößten Sorgen gemacht, dass dein Vater womöglich für den Rest seines Lebens gelähmt bleibt. Will jemand Kekse?«, fragt sie dann übergangslos.

»Keine Bange, Frau Becker, so schnell wird man nicht gelähmt«, lächelt Fiona zu uns herüber. »Aber Ihr Mann sollte ein bisschen achtgeben beim Heben, und ein regelmäßiges Rückentraining würde ihm guttun.«

»Ludwig und Sport, das können Sie vergessen. Wissen Sie, in unserer Familie steht körperliche Ertüchtigung nicht besonders hoch im Kurs, die Einzige, die etwas für ihre Gesundheit tut, bin ich mit meinem wöchentlichen Salsakurs«, klärt Mami sie auf.

»Tatsächlich?«, meint Fiona verwundert. »Dann schlägt Molly aber ziemlich aus der Art, was?«

»Wie meinen Sie das?«, fragt Mami arglos.

Oh, oh. Zeit für einen Themenwechsel.

»Gibt's auch Kaffee zu den Keksen?«, frage ich schnell.

»Was dachtest du denn, Molly, das versteht sich doch von selbst. Möchtet ihr koffeinfreien oder lieber das starke Zeug?«

»Für mich mit Koffein«, verkünde ich, obwohl das bei Mami kaum einen Unterschied macht. Sie verwendet zum Kaffeemachen noch immer eine Filtermaschine, und bei ihren Dosierungen hält sich der Koffeingehalt ohnehin in einem kaum nachweisbaren Bereich.

»Ja, für mich auch, bitte«, schließt Fiona sich an. Sie wischt sich das Massageöl von den Händen, während Papi sich sein Hemd überzieht.

Dann dehnt und streckt er sich mit einem ungläubigen Gesicht. »Das ist wirklich Zauberei, ich spüre überhaupt nichts mehr.« Er kommt zu uns herüber und lässt sich mit einem zufriedenen Seufzer in seinen Lehnstuhl sinken.

»Werd aber nicht gleich wieder übermütig, Papi«, warne ich ihn. »Und wie kommst du überhaupt auf die Idee, einen Anbau zu machen, noch dazu mit deinen eigenen Händen?«

»Aber man kann doch nie genug Platz haben, Molly«, meint er und lächelt dabei ein wenig schief.

»Ihr habt aber genug Platz«, wende ich ein. »Genau genommen habt ihr sogar ein Zimmer zu viel, seit ich ausgezogen bin.«

»Ja, oben, aber unten im Erdgeschoss haben wir gar kein Zimmer für …« Er stoppt und wirft einen Hilfe suchenden Blick in Richtung Küche, wohin Mami verschwunden ist.

»Wofür denn, Papi?« Auf einmal werde ich neugierig.

»Na, für …« Er weicht meinem Blick aus. »… den Nachwuchs«, murmelt er dann.

»Für den Nachwuchs?«, entfährt es mir. Ich ziehe scharf die Luft ein. »Sag bloß, ihr erwartet ein …« Ich kann es gar nicht aussprechen. Mein Vater ist achtundfünfzig und in Frührente, und meine Mutter ist zweiundfünfzig. Sollten die beiden in ihrem Alter etwa noch so unvorsichtig gewesen sein …?

Oh mein Gott!

»Doch nicht wir, Molly, es geht um dich!«, sagt Paps.

»Um mich?«, frage ich verblüfft.

»Ich glaub's nicht, du bist *schwanger*?« Fiona strahlt mich fasziniert von der Seite an. »Herzlichen Glückwunsch!«

»Nein, bin ich nicht!«, dementiere ich heftig. Dann fasse ich Paps scharf ins Auge. »Wie kommt ihr denn überhaupt auf so was, Papi?«

»Wir haben nicht *behauptet*, dass du schwanger bist, Molly«, hören wir in diesem Moment von Mami, die ein Tablett hereinbalanciert. »Wir haben es nur *gehofft*!«

Sie stellt das Tablett auf dem Tisch ab und beginnt die Tassen und Teller zu verteilen.

»Und wie kommt ihr darauf?«, frage ich verwundert.

Ehrlich gesagt habe ich mir selbst noch gar keine Gedanken über dieses Thema gemacht, und auch Philip hat es noch nie ernsthaft angeschnitten.

Mami und Paps tauschen einen schnellen Blick aus.

»Aber Molly, das liegt doch auf der Hand«, sagt Mami dann behutsam. »Ihr seid inzwischen schon über ein Jahr zusammen, und wir dachten, sobald ihr heiratet – wobei das heutzutage ja kein Grund wäre, da manche Paare ja schon vor der Ehe ...« Ihre Rede versandet, und sie wirft einen verlegenen Blick auf Paps. »Sag doch auch mal was, Ludwig!«

»Wieso ich? Das ist ja wohl eher ein Thema zwischen Mutter und Tochter«, wehrt mein Vater eilig ab.

»Unsinn, Ludwig, das ist ein Thema für die ganze Familie«, betont meine Mutter streng. »Du willst dich nur wieder davor drücken, weil es dir unangenehm ist.« Sie nickt Fiona bedeutungsvoll zu. »Er drückt sich immer vor diesen Gesprächen, das war schon damals so, als Molly als Erste in ihrer Klasse ihre Periode ...«

»Mami, das interessiert Fiona bestimmt nicht!«, falle ich ihr schnell ins Wort. Sie hat mich mit ihrer Geschwätzigkeit schon einmal zur »Menstru-Molly« gemacht, und ich finde, das reicht.

»Woher willst du das denn wissen? Ich glaube, jede Frau interessiert sich für solche Sachen«, sagt meine Mutter ein bisschen eingeschnappt. »Jedenfalls dachten dein Vater und ich, dass es für euch höchste Zeit wäre, Kinder zu kriegen, immerhin seid ihr nicht mehr die Jüngsten.«

»Was soll das heißen, Mami? Ich bin noch nicht einmal dreißig«, wende ich mit glühenden Wangen ein.

»Ich war zweiundzwanzig, als ich dich bekam, und damit gehörte ich schon zu den Älteren auf der Geburtsstation«, hält sie dagegen. »Und eines habe ich dort gelernt, Molly: Es wird nicht leichter, ein Kind zu gebären, wenn man älter wird, das kannst du mir glauben. Ich lag mit dir achtzehn Stunden in den Wehen, während es bei der siebzehnjährigen Göre nebenan schon nach zwei Stunden nur so rausgeflutscht ist.« Sie nimmt wieder Fiona ins Visier. »Achtzehn Stunden, können Sie sich das vorstellen? Haben Sie übrigens einen Freund?«

»Wahnsinn!« Fiona gibt sich alle Mühe, Interesse zu heucheln. »Und im Moment habe ich keinen Freund, tut mir leid«, sagt sie, als müsste sie sich dafür entschuldigen. Sie nimmt schnell einen Schluck von ihrem Kaffee, dann stutzt sie und meint zaghaft: »Verzeihen Sie, Frau Becker, eigentlich wollte ich Kaffee …«

»Das *ist* Kaffee«, antwortet meine Mutter mit zusammengezogenen Augenbrauen. »Ich mache ihn absichtlich nicht so stark, Kaffee ist doch das reinste Gift für die Haut.«

»Ach so« Fiona nimmt schnell noch einen Schluck. »Er ist dennoch ausgezeichnet, und die Kekse erst … Mm!« Sie schiebt sich mit glühenden Wangen zwei Kekse gleichzeitig in den Mund und beginnt, mit vollen Backen zu kauen.

»Aber zurück zu dir, Molly«, sagt meine Mutter, während sie bedächtig ihren Kaffee umrührt. »Unserer Meinung nach ist es höchste Zeit für euch! Wie alt ist Philip überhaupt?«

»Er ist neununddreißig«, antworte ich.

»Herrje, das bedeutet ja fast vierzig! Dann können wir nur hoffen, dass bei ihm noch alles … ähm … funktioniert.« Sie hört sich an, als habe er eine lebensbedrohliche Krankheit oder so. »Es funktioniert noch alles bei ihm, oder?«

Sie wartet besorgt auf meine Antwort.

»Bitte sei mir nicht böse, Mami«, rufe ich aus. »Aber das geht dich nun wirklich nichts an. Aber falls es dich beruhigt, mit Philip ist alles in Ordnung, er ist topfit.«

»Und woran liegt es dann?«, fragt sie bekümmert.

»*Was* soll woran liegen?«

»Na, dass ihr noch keine Kinder habt und dass er dich nicht heiratet«, sagt sie betrübt.

»Ich weiß nicht, Mami, wir … haben es einfach nicht eilig damit«, antworte ich und fühle mich zunehmend in die Enge getrieben.

»Es hat aber nichts mit Frederic zu tun, oder?«, fragt sie dann auf einmal, und ohne meine Antwort abzuwarten, schlägt sie sich erschrocken die Hand vor den Mund. »Oh mein Gott, es *ist* wegen Frederic, stimmt's?«

»Nein, Mami, ich sagte doch schon …«, jaule ich auf.

»Wieso mit Frederic?« Paps wird auf einmal hellhörig.

»Molly hat vorhin gerade Sekt mit ihm getrunken, als ich mit ihr telefonierte«, informiert Mami ihn umgehend.

Oh nein. Meine Mami ist der liebste Mensch auf der Welt, aber Diskretion ist leider ein Wort, das sie nicht kennt.

»Ach, *darum* der Geruch ...« Fiona hat argwöhnisch eine Augenbraue gehoben.

»Um Gottes willen, Molly, du wirst dich doch nicht wieder mit diesem Verlierer einlassen!« Auf der Stirn meines Vaters hat sich plötzlich eine tiefe Sorgenfalte breitgemacht.

In meinem Kopf beginnt sich alles zu drehen. Ich muss dieses Gespräch stoppen, bevor es noch völlig außer Kontrolle gerät.

»Ach, dann hast du vorhin mit ihm telefoniert, als ihr über einen Quickie geredet habt?«

Das darf ja gar nicht wahr sein! Jetzt sieht mich auch noch Fiona vorwurfsvoll an.

»Was ist ein Quickie?«, fragt meine Mutter interessiert.

»Weißt du, Rosi, das machen die jungen Leute heutzutage, wenn sie ...«, hebt mein Vater schweren Herzens zu einer Erklärung an.

»Seid sofort alle still!« Ich bin vom Sofa hochgesprungen. Mein Blick hetzt zwischen Mami, Paps und Fiona hin und her, die erschrocken die Augen aufgerissen haben. »Okay, könnten wir uns alle zusammen wieder ein bisschen beruhigen?« Ich habe Mühe, wieder zu einem ruhigeren Tonfall zurückzufinden.

»Aber Molly, wir wollten doch nur ...«, hebt meine Mutter zu einem Protest an.

»Mami, jetzt rede ich, und ihr hört nur zu, einverstanden?« Ich starre sie mühsam beherrscht an, bis sie nickt.

»Okay, obwohl das eigentlich niemanden etwas angeht, will ich es dennoch kurz erklären: Also, es stimmt, ich habe mich heute mit Frederic getroffen, weil er mich darum gebeten hat ...«

»Dann hatte deine Mutter also recht?« Mein Vater zieht finster die Augenbrauen zusammen.

»Lass mich bitte ausreden, Papi!«, sage ich hastig. »Also, Frederic wollte mich um einen Gefallen bitten …«

»Um was für einen Gefallen denn?«, brummt er.

»Es ging um ein … Geschäft«, sage ich nach einer kurzen Pause.

Das ist gar nicht mal gelogen. Die Erklärung, die ich für ihn unterzeichnen sollte, hatte schließlich einen geschäftlichen Inhalt, nicht wahr?

»… und nur zu eurer Beruhigung: Ich habe seinen Vorschlag abgelehnt und außerdem noch klargestellt, dass ich ihn nicht mehr wiedersehen will. Na, zufrieden?«

Sie starren mich alle drei wortlos an. Fiona ist schließlich die Erste, die ihre Sprache wiederfindet.

»Okay, alles klar.« Sie rudert verlegen mit den Armen und sagt dann zu meinen Eltern: »Sehen Sie, Molly hat alles im Griff, wie immer.«

Das folgende Schweigen meiner Eltern dauert für meinen Geschmack ein bisschen zu lange, dann sagt Mami: »Dann sind wir ja beruhigt. Weißt du, Molly, dein Vater und ich machen uns eben Gedanken um dich, du bist unser einziges Kind, und wir lieben dich.«

Bei diesen Worten wird mir sofort wieder warm ums Herz, und ich komme mir plötzlich gemein vor, weil ich sie so angeschrien habe.

»Und das mit euren Kindern wird noch klappen, du wirst schon sehen. Philip ist zwar nicht mehr der Jüngste, aber zur Not vollbringt die moderne Medizin ja bekanntlich wahre Wunder«, redet sie dann voller Zuversicht weiter. »Aber sieh zu, dass er gesund bleibt. Du kochst doch regelmäßig für ihn, oder? Jeden Abend eine warme Suppe wäre gut, und natürlich muss er sich regelmäßig bewegen. Du kannst ihn ja mal fragen, ob er Salsa mag, ich könnte ihn vielleicht noch in unsere

Gruppe einbauen. Salsa ist extrem gut für die Hüftregion, du verstehst?« Sie zwinkert mir zu.

Ich starre sie einige Sekunden lang sprachlos an.

»Mami, Philip ist fit wie ein Zwanzigjähriger«, sage ich dann, aber ein weiterer Blick in ihre Augen lässt mich resignieren. »Ich meine, okay, von mir aus, ich frage ihn. So, jetzt aber genug von mir«, komme ich wieder auf den eigentlichen Grund unseres Besuches zurück. »Paps, dieser Anbau … der ist wirklich nicht nötig. Wieso willst du dir das in deinem Alter noch antun?«

»Das haben wir dir doch gerade erklärt«, meint er mit einem sanften Lächeln. »Wir wollen gerüstet sein, falls bei euch was nachkommt.«

»Aber euer Haus ist auch so groß genug«, sage ich.

»Ja, für *ein* Kind, aber was ist, wenn es mehrere werden?«, hält er dagegen. »Außerdem, Molly, was willst du machen, wenn bei euch irgendetwas schiefläuft?«

»Wieso, was soll denn schieflaufen?«, frage ich verwundert zurück.

»Na, wenn es Probleme mit eurer Beziehung gibt zum Beispiel. Hast du dir in letzter Zeit mal die Scheidungsstatistiken angesehen?«, fragt er, als würden die in jeder Sonntagsbeilage stehen.

»Und dabei *bist* du ja noch nicht einmal verheiratet«, führt Mami als zusätzliches Argument an.

»Hör zu, Molly …« Paps sieht mir eindringlich in die Augen. »Deine Mutter und ich hatten im letzten Jahr eine ganze Menge Glück, und das gibt uns die Möglichkeit, für dich noch besser vorzusorgen als bisher. Wir wollen genug Platz für dich und deine Kinder haben, nur für den Fall, verstehst du?«

Sie sehen mich beide so besorgt und liebevoll an, dass ich sie am liebsten auf der Stelle in den Arm nehmen würde, aber in Anwesenheit von Fiona verzichte ich lieber darauf.

»Ach, Paps«, seufze ich stattdessen nur. »Ihr sollt euch nicht immer um mich sorgen.« Dann fällt mir etwas ein: »Aber wenn ihr schon anbauen wollt, wieso beauftragt ihr keine Baufirma?«

»Das kommt gar nicht infrage«, wehrt Paps sofort ab. »Du hast ja keine Ahnung, was die inzwischen für Preise verlangen. Ich habe mich erkundigt, der Anbau würde dann um mindestens zwanzigtausend teurer kommen.«

Geld. Es geht also wieder um Geld – wenn auch diesmal für ein Bauvorhaben, das eigentlich mir zugutekommen sollte.

Ich überlege schnell.

Zwanzigtausend Euro. Das ist zwar eine ganze Menge, aber genau genommen ist es durch den Anbau ja zugleich eine solide Investition, nicht wahr?

Bleibt also nur noch die Frage, wie ich es diesmal anstellen soll, ihnen die Summe unauffällig zukommen zu lassen.

Dafür werde ich ein bisschen Zeit brauchen …

»Also schön, Paps, wenn ihr das unbedingt so wollt«, gebe ich mich scheinbar geschlagen. »Aber du wirst es ein bisschen langsamer angehen müssen, die nächste Woche darfst du mit deinem Rücken jedenfalls keine schweren Lasten heben, stimmt's, Fiona?«, füge ich dann hinzu.

»Wie bitte?«

Fiona ist unserer kleinen Unterhaltung offenbar nicht sehr aufmerksam gefolgt, entsprechend entgeistert sieht sie mich jetzt an.

»Ich habe Papi gerade gesagt, dass er die nächste Woche pausieren muss mit seiner Arbeit«, wiederhole ich bedeutsam.

»Ach ja, und wieso?«, fragt sie ahnungslos.

»Na, wegen seinem Rücken«, sage ich ein bisschen ungehalten und sehe sie dabei eindringlich an.

»Sein Rücken? Aber der ist doch wieder okay«, meint sie mit hochgezogenen Augenbrauen.

Mann, ist die schwer von Begriff.

»Ja, *grundsätzlich* ist alles wieder okay …« Ich sehe aus den Augenwinkeln, dass Paps unser Gespräch interessiert mitverfolgt, und komme ein bisschen ins Schwitzen. »Aber du wirst mir sicher recht geben, Fiona …« Ich betone jedes einzelne Wort so, als würde ich eine Spracheingabe bei einem Computer machen. »… wenn ich sage, dass mein Vater eine Woche lang nichts Schweres heben darf, damit sich seine Wirbelsäule wieder erholen kann, nicht wahr?« Ich starre sie weiterhin eindringlich an und überlege sogar, ihr zuzuzwinkern, doch dann bemerke ich, dass mein Vater uns keine Sekunde aus den Augen lässt.

Fiona starrt mich an wie ein verängstigtes Häschen die gefräßige Schlange, und nach einer gefühlten Ewigkeit fällt bei ihr endlich der Groschen.

»Ach, du meinst wegen der Rekonvaleszenz, Molly«, ruft sie reichlich gekünstelt aus. »Ja, genau, Herr Becker, das stimmt, Sie müssen eine Woche lang absolut Ruhe geben.«

»Sind Sie sicher?«, fragt Paps verwundert. »Ich fühle mich eigentlich, als könnte ich gleich wieder voll loslegen.«

»Das täuscht, Paps«, bremse ich ihn. »Deine Bandscheiben müssen sich erst wieder festigen, sonst riskierst du einen umso heftigeren Rückfall.«

»Hör auf die Mädchen, Ludwig«, schaltet sich meine Mutter ein. »Es ist doch nur für eine Woche.«

»Also schön, wie ihr meint«, fügt Paps sich endlich in sein Schicksal.

»Sehr gut, Papi.« Ich komme vom Sofa hoch und strecke mich. »Alles klar, Fiona, ich denke, wir wären dann so weit.«

Wir verabschieden uns ausgiebig von meinen Eltern, und als wir zum Wagen gehen, meint Fiona schwärmerisch: »Du hast tolle Eltern, Molly, weißt du das?«

»Ja, ich könnte mir gar keine besseren wünschen«, nicke ich.

»Aber wieso hast du deinem Vater eingeredet, dass er jetzt eine Woche pausieren muss?«, fragt sie dann.

»Ach, weißt du, ich wollte Zeit gewinnen, damit ich ihn vielleicht doch noch von seinem Vorhaben abbringen kann.«

»Ach, darum!« Sie nickt versonnen.

Wir steigen in den Wagen, und nachdem ich losgefahren bin, bleibt Fiona ganz ruhig. Als ich einen Blick zu ihr hinüberwerfe, sehe ich, dass sie irgendetwas beschäftigt.

»Was hast du?«, frage ich.

»Oh, nichts …«, meint sie mit einer wegwerfenden Geste. Betretenes Schweigen macht sich breit, aber nach ein paar Sekunden redet sie von selber weiter: »Es ist nur … als du vorhin erzählt hast, wie das mit Frederic war, da bist du uns eine Antwort schuldig geblieben.« Sie starrt verlegen aus dem Fenster.

»Eine Antwort?«, frage ich verwundert. »Und welche sollte das gewesen sein?«

Ich merke, wie sie mich plötzlich wieder ansieht.

»Ich wollte das vor deinen Eltern nicht noch einmal anschneiden, und es geht mich eigentlich gar nichts an …« Sie zögert. »Aber zwischen dir und Frederic … wie war das denn nun mit eurem Quickie?«

Sherlock

Es ist schon fast zehn, als ich am Montag in mein Büro komme, und meine Stimmung ist keineswegs die beste. Ich hatte bereits seit dem frühen Morgen Stress, weil ich als Erstes zur First Direct Bank gefahren bin, um ein paar finanzielle Angelegenheiten zu erledigen, und dabei lief nicht alles so glatt, wie ich mir das vorgestellt hatte. Zum Auftakt gab es gleich einen heftigen Schock, weil ich dort die bittere Pille schlucken musste, dass ich mit den zweihunderttausend Euro, die dort angelegt sind, im letzten Jahr auch knappe zehn Prozent Verlust gemacht habe. Als Nächstes wollte ich fünfzigtausend Euro abheben und bekam von Siegfried Lenz, meinem Betreuer, die Auskunft, dass meine Gelder an unterschiedliche Laufzeiten gebunden seien und ich somit nur unter erheblichen Abschlägen Geld abheben könnte. Also musste ich zähneknirschend ein Konto eröffnen und es gleich mal kräftig überziehen.

Aber gut, damit sind wenigstens die anstehenden Probleme fürs Erste vom Tisch. Mein Girokonto bei Hofstätters Bank ist wieder abgedeckt, und das Problem mit dem Hausanbau meiner Eltern sollte sich in dem Sinn erledigt haben, dass mein Papi nicht mehr selber schuften muss, sondern sich jetzt ganz bequem eine Baufirma leisten kann.

Somit wäre also alles wieder einigermaßen in Ordnung und ich könnte mich eigentlich ein bisschen entspannen. Am besten werde ich schnell meine Termine checken, und dann werde ich mich von Fiona so richtig schön durchmassieren lassen, oder noch besser, ich begebe mich gleich in die Wellness-

Lounge und gönne mir eine Hot Stone Massage, und danach lasse ich mir von Samir eine Entspannungshypnose verpassen, das wollte ich immer schon mal ausprobieren. Auf jeden Fall werde ich es mir heute gut gehen lassen, so viel ist sicher.

Als ich unser Büro betrete, stelle ich fest, dass Fiona nicht an ihrem Platz ist. Fionas Arbeitsbereich ist im Vorzimmer meines Büros, und vor meiner Beförderung ist das mein Platz gewesen. Als ich vor meinem ehemaligen Schreibtisch stehe, kommen spontane Erinnerungen in mir hoch, und davon gibt es gute und schlechte. Die Beratungsgespräche mit unseren Kunden, die mir meistens Spaß gemacht haben, und überhaupt die ganze Unbeschwertheit, brauchte ich mich doch um sonst nichts zu kümmern. Ach ja, und Philip habe ich hier kennengelernt.

Aber es gab auch noch Clarissa *Höllenhund*-Hohenthal, meine Chefin. Nicht zu fassen, wie mir diese Frau zugesetzt hat! Sie hat mich ständig unter Druck gesetzt, mich bei jeder Gelegenheit heruntergemacht und dazu noch bespitzelt, wie ich später erfahren musste.

Aber das ist ja inzwischen zum Glück vorbei, längst Schnee von gestern. Was geblieben ist, sind die schönen Seiten, vor allem jetzt, da ich selber Chefin bin und sagen kann, wo's langgeht.

Wobei ich insgeheim gestehen muss, dass es etwas hatte, nur hier im Vorzimmer zu sitzen. Ich hatte keinerlei Verantwortung, musste keine wichtigen Entscheidungen treffen, ich brauchte mich lediglich auf meine Kunden zu konzentrieren und alles andere konnte mir genau genommen schnuppe sein. Insgesamt also – mal abgesehen von Clarissa – bedeutete das eindeutig weniger Stress als heute.

Einem Impuls folgend umrunde ich den Schreibtisch und lasse mich in meinen alten Bürosessel sinken. Er ist nicht ganz so dick gepolstert wie der Sessel in meinem Büro, aber auch sehr bequem, außerdem kann man bei diesem Modell praktischerweise die Lehne nach hinten kippen, wie mir plötzlich wieder einfällt.

Mal sehen … Ob ich das heute noch so gemütlich finde?

Ich taste die Unterseite der Sitzfläche ab, bis ich den entsprechenden Hebel gefunden habe, und ziehe daran. Sofort gibt die Lehne nach und kippt nach hinten, und ich lasse mich mit einem wohligen Seufzer zurücksinken.

Wow. Das ist wirklich entspannend, vielleicht sollte ich mit Fiona den Sessel tauschen …

Wobei, ging das damals schon so weit nach unten? Soweit ich mich erinnern kann, ist die Lehne irgendwann in leichter Schräglage eingerastet, jetzt dagegen sinkt sie immer tiefer. Mittlerweile ist sie bereits in der Waagerechten angekommen, und anstatt zu stoppen, geht es sogar noch tiefer.

Okay, irgendetwas scheint an dem Ding nicht in Ordnung zu sein, denn ganz so weit ging es damals definitiv nicht nach unten. Mein Kreuz ist völlig durchgebogen, und ich fürchte schon, dass die Lehne abbrechen wird, als sie plötzlich mit einem lauten Knarren einrastet.

Ich atme auf. Wenigstens etwas. Fragt sich nur, wie ich aus dieser Position jemals wieder hochkommen soll. Mein Oberkörper ist derart nach hinten gebogen, dass die Kraft meiner Bauchmuskeln nicht ausreicht, um mich wieder aufzurichten, außerdem habe ich Angst, jeden Moment mitsamt dem Sessel nach hinten zu kippen. Ich fühle, wie mir langsam das Blut in den Kopf fließt, und überlege schnell. Ich müsste mich an irgendetwas anderem festhalten können, um mich hochzuziehen. Vielleicht sollte ich mich am besten mitsamt dem Stuhl drehen, und dann …

»Hallo, ist hier jemand?«, vernehme ich im selben Moment eine männliche Stimme.

Mist. Muss ausgerechnet *jetzt* ein Kunde zur Tür hereinschneien? Andererseits, hinter dem Schreibtisch kann er mich in meiner liegenden Position wahrscheinlich gar nicht sehen, wenn ich also ganz ruhig liegen bleibe …

»Hallo?« Dem Klang der Stimme nach hat der Mann das Büro betreten und kommt näher.

Mist. Ich halte den Atem an und versuche gleichzeitig, mich zu drehen, um nach der Schreibtischkante greifen zu können, als plötzlich ein Gesicht über mir erscheint.

Ich habe den Mann noch nie zuvor gesehen. Er muss um die fünfzig sein, hat ein hageres Gesicht mit Koteletten und einem ausladenden Schnurrbart, und dazu trägt er eine eigenartige Kappe, die ihn sogar von meiner verdrehten Position aus ziemlich merkwürdig aussehen lässt.

»Ich hoffe, ich störe nicht«, sagt er unbeholfen.

»Aber nein, keineswegs«, sage ich schnell. »Ich mache nur gerade unseren monatlichen … ähm … Büromöbelfunktionstest.«

»Verstehe.« Er scheint nicht zu wissen, was er damit anfangen soll, stattdessen wandert sein Blick meinen Körper entlang und bleibt irgendwo weiter unten hängen.

Nanu, was gibt es denn da zu sehen? Ich trage ein graues Kostüm mit einem Rock … einem ziemlich *kurzen* Rock, schießt es mir durch den Kopf, und so, wie ich daliege, könnte es durchaus sein …

»Geben Sie mir Ihre Hand!«, herrsche ich ihn an.

»Wie bitte?« Er zuckt erschrocken zusammen, aber wenigstens ist sein Blick jetzt wieder auf mein Gesicht gerichtet.

»Helfen Sie mir hoch!«, fordere ich ihn auf.

»Sind Sie denn schon fertig mit Ihrem Test?«, fragt er und schickt erneut einen wehmütigen Blick nach unten.

»Ja, bin ich! Also machen Sie schon!« Ich strecke ihm meine Hand entgegen, und er ergreift sie widerstrebend. Ich reiße so heftig daran, dass er ein bisschen nach vorne einknickt und mir mit seinem bizarren Schnurrbart bedrohlich nahe kommt, dann stemmt er sich aber dagegen, greift mit der anderen Hand zusätzlich unter meinen Nacken und zieht mich hoch, bis ich endlich wieder aufrecht sitze.

»Frau Becker?«

Nanu. Das war jetzt aber eine andere Stimme, und sie kam von der Tür.

Als ich meinen Kopf drehe, erstarre ich. Es ist Dr. Lessing, der unschlüssig im Türrahmen steht. Ich löse mich schnell von meinem Helfer und schiebe ihn von mir weg.

»Dr. Lessing!«, rufe ich aus und fahre mir dabei hastig durchs Haar. »Wollten Sie etwa zu mir?«

»Eigentlich schon«, nickt er, während sein Blick langsam zwischen mir und dem Fremden, der wieder auf die andere Seite des Schreibtisches geschlurft ist, hin und her wandert. »Ich habe hier ein paar Tabellen mit Gewinnprognosen für das nächste Jahr und dachte, die könnten Sie vielleicht interessieren.« Er klopft mit den Fingerknöcheln auf seinen Aktenkoffer. »Aber da Sie anscheinend beschäftigt sind, komme ich besser ein andermal wieder«, meint er, und sein Blick geht mir dabei durch und durch.

»Aber nein, ich bin gar nicht beschäftigt«, sage ich hastig.

»Sie hat nur gerade den monatlichen Büromöbelfunktionstest gemacht«, ergänzt der merkwürdige Fremde mit dem Schnurrbart.

»Ist das so?« Dr. Lessing fixiert mich erneut mit einem seltsamen Blick, bevor er steif meint: »Wie auch immer, ich lasse mir beim nächsten Mal besser einen Termin geben.« Ohne meine Antwort abzuwarten, dreht er sich um und geht.

Ich starre einige Sekunden lang verblüfft auf die Stelle, an der er soeben noch gestanden hat, dann fällt mir der Mann mit dem Schnauzer wieder ein.

»Verzeihen Sie«, wende ich mich ihm mit einem erzwungenen Lächeln zu. »Dürfte ich erfahren, wer Sie sind?«

»Aber natürlich. Mein Name ist Josef Ranninger«, stellt er sich mit einer angedeuteten Verbeugung vor.

»Herr Ranninger?« Mein Blick huscht zu Fionas Bildschirm auf der Suche nach einem entsprechenden Vermerk. »Und Sie wollen Kunde bei Winners only werden, nehme ich an?«

Während ich das sage, nestle ich am Verstellhebel des Sessels herum, und auf einmal federt die Lehne wieder hoch und schlägt mir mit voller Wucht gegen das Kreuz. Ich stöhne unwillkürlich auf, bin aber gleichzeitig froh, dass das Ding nicht ganz hinüber ist, denn so muss ich Fiona wenigstens nicht erklären, wie ich es ins Jenseits befördert habe.

»Nein, will ich nicht«, schüttelt mein Gegenüber verwundert den Kopf.

Unwillkürlich unterziehe ich ihn einer schnellen Musterung, und der skurrile Eindruck von vorhin verstärkt sich noch. Diese seltsame Schirmkappe mit dem Karomuster, der Schnurrbart, dazu die Koteletten an den Wangen, und was soll überhaupt dieser alberne beige karierte Mantel, den er da trägt? Wir haben Ende Juni, und draußen hat es fast dreißig Grad!

»Ich bin Privatdetektiv«, liefert er gleich die Erklärung, dann fragt er unsicher: »Sieht man das denn nicht?«

Ich starre ihn an. »*Sie* sind unser Detektiv?«, stoße ich ungläubig hervor.

Das ist ja wohl ein Witz. Der Mann sieht aus, als hätte er sich für einen Kostümball verkleidet, fehlt nur noch, dass er sich eine Pfeife in den Mund steckt.

»Genau, Josef Ranninger, stets zu Diensten.« Er deutet schon wieder eine kleine Verbeugung an, dann holt er eine gebogene Pfeife aus der Manteltasche und schiebt sie sich zwischen die Lippen …

Okay, so viel zum Thema Empfehlungen von guten Bekannten.

»Gut, Herr Ranninger, Sie sind also der Mann, der für uns die Causa Reinfried übernommen hat?«, verlege ich mich auf einen geschäftsmäßigen Tonfall.

»Genau«, nickt er eifrig. »Wegen dieser Angelegenheit wollte ich zu Ihrer Chefin, Frau Becker. Ist sie da?«

»Oh … ich *bin* Frau Becker.« Ich stehe schnell auf und reiche ihm die Hand. »Ich bin nur am falschen Platz, weil …«

»Die Möbelinspektion, ich weiß. Funktioniert auch alles?«, erkundigt er sich interessiert.

Ich werfe ihm einen überraschten Blick zu. Hat er mir diesen Müll tatsächlich abgekauft? Es scheint tatsächlich so. In mir keimt unweigerlich der Verdacht auf, dass wir den leichtgläubigsten Detektiv aller Zeiten engagiert haben.

»Äh … ja, alles in Ordnung. Aber nehmen Sie doch Platz, Herr Ranninger!«

Er setzt sich, und auch ich lasse mich wieder auf Fionas Sessel nieder.

»Also gut, Herr Ranninger, dann schießen Sie mal los: Gibt es schon Ergebnisse bezüglich dieser Amelie Reinfried?«

»Nun, in der kurzen Zeit war es mir noch nicht möglich, sie in persona ausfindig zu machen«, holt er schwülstig aus. »Aber ich bin überaus zuversichtlich, die Zielperson schon in Bälde einkreisen und somit endgültig festsetzen zu können. Ich habe Ihnen übrigens ein Dossier über meine bisherigen Ermittlungen zusammengestellt. Hier bitte!« Er greift in eine alte Ledertasche, die er mitgebracht hat, und befördert einen Umschlag zutage.

»Akte Reinfried, streng vertraulich!« steht darauf, und als ich ihn öffne, finde ich ein in krakeliger Handschrift verfasstes Protokoll sowie eine Reihe von Fotos vor, die allesamt das Haus zeigen, vor dem Lissy und ich uns vor ein paar Tagen den Hintern plattgesessen haben.

»Aha … Wie ich sehe, haben Sie die Wohnadresse unserer Zielperson überwacht«, beginne ich konzentriert.

»Genau«, nickt er stolz. »Und zwar Tag und Nacht, seit letztem Donnerstag. Außer, wenn ich aufs Klo musste, natürlich, oder Verpflegung besorgte, aber das finden Sie alles im beiliegenden Protokoll. PP steht übrigens für Pinkelpause, VB für Verpflegung besorgen, und GG für …«, setzt er zu einer ausführlichen Erklärung an.

»So genau muss ich das gar nicht wissen, Herr Ranninger«, unterbreche ich ihn rasch. »Aber sagen Sie, ist das hier alles?«

»Was meinen Sie mit *alles*?«, fragt er verwundert.

»Also, wie soll ich sagen … ich dachte, ein Profi wie Sie verfügt über ein ganzes Spektrum an Möglichkeiten, über eine spezielle Abhörtechnik zum Beispiel, oder dass Sie über Internetrecherche die jeweilige Zielperson im Handumdrehen ausfindig machen können oder so was in der Art. Ich meine, vor der Tür stehen und ein Haus beobachten kann doch jeder, nicht wahr?«

Er rutscht unbehaglich auf seinem Sitz hin und her und meint frustriert: »Ja, das stellt man sich als Laie so einfach vor, weil das im Fernsehen immer so gezeigt wird. In Wirklichkeit dürfen wir gar niemanden abhören, das ist gesetzlich verboten, und selbstverständlich habe ich Frau Reinfried gegoogelt, aber das brachte keine Ergebnisse. Außerdem«, fällt ihm dann noch ein, »habe ich keineswegs nur das Haus beobachtet!«

»Ja, sondern?« Ich richte mich gespannt auf.

»Ich habe noch mit dem Briefträger gesprochen«, berichtet er voller Stolz.

»Sie haben mit dem Briefträger gesprochen?« Ich sinke wieder ein bisschen in mich zusammen. »Und mit welchem Ergebnis?«, frage ich lahm.

»Mit dem Ergebnis, dass ich jetzt weiß, dass die Post von Frau Reinfried regelmäßig abgeholt wird.« Er nickt mit gewichtig zusammengepressten Lippen.

»Soso, abgeholt …« Ich zögere unschlüssig. »Und weiter? Haben Sie sie dabei beobachtet?«

»Beobachtet? Wen?«

»Na, Amelie Reinfried, wen denn sonst?«

»Nein, natürlich nicht!« Er schüttelt verständnislos den

Kopf. »Ich sagte doch bereits, dass ich das vom Briefträger weiß, ein ziemlich netter Mensch übrigens, der ...«

»... mich im Moment kein bisschen interessiert«, fahre ich ihm ungeduldig dazwischen. »Herr Ranninger, was mich interessiert, ist die Person, die die Post abgeholt hat. Wer war das?«

»Keine Ahnung«, zuckt er die Achseln.

»Was heißt keine Ahnung? Sagten Sie nicht, dass Sie das Haus Tag und Nacht beobachtet haben?«

»Ja, sicher«, nickt er beflissen. »Und ich habe dazu schon eine Theorie entwickelt: Ich vermute nämlich, dass diese Person sich in das Haus geschlichen hat, während ich zwischendurch wegmusste für PP, VB oder GG, da war das Haus dann natürlich für eine Weile unbeobachtet. Die beste Gelegenheit für diese Person war überhaupt, wenn ich VB mit GG kombinieren musste, weil ...«

»Schon gut, ich hab's verstanden. Das hieße dann aber, dass diese Person ...«

»Die übrigens nicht zwingend Amelie Reinfried sein muss«, fügt er mit erhobenem Zeigefinger an.

»... *natürlich* nicht ... also, dass diese Person Sie vor dem Haus entdeckt hat, nicht wahr?«

»Wie meinen Sie das?«

»Damit meine ich, dass Ihre Tarnung vermutlich aufgeflogen ist.«

»Oh.« Er macht große Augen und legt dann angestrengt die Stirn in Falten. »Das wäre natürlich möglich. Die Frage ist nur, wie sie mich erkannt hat. Halten Sie es für möglich, dass sie einen Tipp bekommen hat?«

Mein Blick streift seine Sherlock-Holmes-Mütze, die Pfeife und den Karomuster-Mantel, und ich reibe mir resignierend die Stirn.

»Herr Ranninger, dürfte ich Sie etwas fragen?«

»Aber sicher.«

»Wie lange machen Sie diesen Job schon?«

»Sie meinen, seit wann ich Detektiv bin?« Bei der Frage zieht er unbehaglich den Kopf ein.

»Genau.«

»Also, *genau* genommen … Ich verfüge jedenfalls über eine entsprechende Qualifikation, falls Sie das meinen«, drückt er herum.

»Wie lange?«, setze ich unbarmherzig nach.

»Also gut: seit drei Monaten«, gesteht er zerknirscht.

»Und wie viele Fälle haben Sie in der Zeit bearbeitet?«, will ich der Vollständigkeit halber noch wissen.

»Tja, alles in allem … also, *mit* Ihrem …« Sein Blick zuckt kurz zu mir hoch, doch dann senkt er ihn sofort wieder zu Boden und murmelt: »Also, nur Ihren, ehrlich gesagt. Sie sind mein erster Fall, Frau Becker.«

»Das dachte ich mir schon«, nicke ich langsam.

»War ich denn so schlecht?«, fragt er plötzlich.

»Um ehrlich zu sein, Herr Ranninger, habe ich mit solchen Sachen keine Erfahrung, aber ich schätze schon, dass man das besser machen könnte«, sage ich möglichst schonend.

»Na bravo, dann hab ich's also mal wieder vermasselt«, sagt er hoffnungslos. »Seit ich meinen Job in der Fabrik verloren habe, klappt überhaupt nichts mehr. Und ich dachte, wenn ich diesen Kurs mache … Wie soll ich das meinen Kindern erklären?« Er richtet die Frage mehr an sich selbst als an mich, und plötzlich fällt mir mein Paps ein, wie er letztes Jahr praktisch über Nacht in Frührente geschickt worden ist. Sofort überkommt mich das Mitleid.

»Aber Herr Ranninger, jetzt lassen Sie doch nicht gleich den Kopf hängen«, versuche ich ihn aufzumuntern.

Er hebt seinen Blick und sieht mich mit traurigen Augen an.

»Sie haben gut reden«, meint er verdrossen. »Sie sind die Chefin von diesem Superpalast hier …« Plötzlich sieht er sich fragend um. »Was für ein Geschäft ist das überhaupt?«

»Sie meinen Winners only?«

Er nickt.

»Das ist ein Lifestyle-Unternehmen«, sage ich, und da er damit offensichtlich nichts anfangen kann, fahre ich gleich fort: »Wir unterstützen Menschen, die im Leben vorankommen wollen, indem wir ihnen zeigen, wie sie das Beste aus sich machen können. Wie unser Name schon sagt: Wir machen unsere Kunden zu Gewinnern«, schließe ich lächelnd.

»Zu Gewinnern, soso. Also zum genauen Gegenteil von mir.« Er nickt voller Scham, und als ich ihn so betrachte, durchzuckt mich plötzlich eine verrückte Idee.

»Wissen Sie was, Herr Ranninger, ich würde mit Ihnen gerne etwas ausprobieren. Geben Sie mir bitte Ihre Daten, Namen, Adresse und so weiter.« Ich ziehe Fionas Tastatur zu mir heran und klicke im Menü auf Neukundenanlage.

»Wozu denn?«, fragt er verunsichert. »Ich dachte, Sie feuern mich.«

»Aber wieso denn gleich so negativ?«, sage ich tadelnd. »Ich meine, ja, zugegeben, ich hätte mir schon ein bisschen mehr erwartet von einem Profi, aber sagen wir einfach, Sie hatten einen schlechten Start, und ich gebe Ihnen noch eine Chance, okay?«

»Wirklich? Ich meine, ja, sehr gerne!« Aus seinen Augen leuchtet plötzlich wieder Hoffnung. »Ich werde Sie bestimmt nicht enttäuschen, Frau Becker. Ich verspreche, dass ich alles tun werde …«

»Davon bin ich überzeugt, Herr Ranninger«, bremse ich seinen euphorischen Ausbruch. »Aber bevor Sie wieder losstarten, möchte ich noch ein paar Veränderungen an Ihnen vornehmen. Wären Sie damit einverstanden?«

»Ein paar Veränderungen?« Sein Adamsapfel macht einen gewaltigen Hüpfer. »Was meinen Sie damit?«

»Damit meine ich, dass ich Sie zum Gegenteil von dem machen möchte, was Sie jetzt sind – oder besser gesagt, wofür Sie sich jetzt halten«, korrigiere ich mich.

»Aha …« Ich kann sehen, wie es in seinem Oberstübchen arbeitet. »… das hieße dann aber, dass Sie mich zu einem *Gewinner* machen müssten«, kombiniert er messerscharf.

»Sehen Sie, es wirkt schon!« Ich strahle ihn an. »Sie haben gerade gedacht wie ein echter Detektiv, und den Rest erledigen wir.« Ich greife erneut nach der Tastatur und beginne, eilig zu tippen.

Denkt er, sie wäre heißer als ich?

Soeben habe ich wieder eine überaus interessante Erfahrung gemacht: Anderen Menschen zu helfen ist sogar noch entspannender als sich in der Wellness-Lounge heiße Steine auf den Rücken packen zu lassen. Nachdem Josef Ranninger gegangen ist, bin ich noch ganz benebelt von dem Gedanken, gerade einem Menschen aus bitterster Not geholfen zu haben. Ich meine, klar habe ich bisher auch mit meinen Spenden vielen Menschen geholfen, aber das geschah immer nur aus der Ferne, und ich kannte die Glücklichen nicht einmal – abgesehen von meinen Eltern und meinen Freunden natürlich, aber das waren überhaupt ganz andere Voraussetzungen. Aber hier und heute ging es um einen Familienvater, den ich bis dahin nicht einmal kannte und der seine Existenz verloren hat, und ich habe ihm die Tür zu einem neuen Leben geöffnet.

Na ja, eigentlich habe ich ihm vorerst nur eine Rundumerneuerung auf Kosten des Hauses verpasst, aber danach wird er sich wahrscheinlich gar nicht mehr wiedererkennen. Er wird eine neue Frisur bekommen, sein bescheuerter Bart muss sowieso ab, wir werden insgesamt sein ganzes Styling umkrempeln, die Psychoprofis müssen ran, und ich habe noch mit unseren Marketingleuten telefoniert und gefragt, ob die nicht vielleicht ein paar Ideen für eine bessere Präsentation seines Detektivbüros hätten.

Mal sehen, was daraus wird. Ich bin jedenfalls extrem neugierig, und ich bin zugleich ziemlich zuversichtlich. Es wäre doch gelacht, wenn wir nicht auch aus dem arbeitslosen Fabrikarbeiter Josef Ranninger einen echten Gewinner machen könnten!

Ach ja, und ich habe ihm einen Scheck für seine bisher geleistete Arbeit ausgestellt, und als ich die von ihm errechnete Summe großzügig nach oben aufrundete, hat er sich gefreut wie ein kleiner Junge, der sein erstes Tretauto bekommt.

Wobei das Geld ja nicht geschenkt war, denn bei näherer Betrachtung hat er doch Ergebnisse gebracht. Immerhin wissen wir jetzt, dass Amelie Reinfried regelmäßig ihre Post abholt beziehungsweise abholen lässt, und das immer genau zu einem Zeitpunkt, wenn die Überwachungsperson wegen PP, VB oder GG nicht auf ihrem Posten ist (wobei ich lieber nicht darüber nachdenken will, wofür GG eigentlich steht), was ja wiederum nichts anderes bedeutet, als dass Amelie Reinfried ihre Post empfängt, und das wiederum gibt uns die Möglichkeit … Okay, an dem Plan muss ich noch ein bisschen feilen, aber ein untrügliches Gefühl sagt mir, dass das möglicherweise unser Schlüssel zu dieser mysteriösen Frau sein könnte.

Das Klingeln des Telefons reißt mich aus meinen Gedanken.

»Winners only, Molly Becker am Apparat.« Nachdem ich noch auf Fionas Platz bin, melde ich mich wie eine Kundenbetreuerin, den Spruch habe ich schließlich noch ziemlich gut drauf.

»Hi, Molly, ich bin's, Philip!«

Mein Herz macht sofort einen mächtigen Hüpfer vor Freude.

»Philip, ich habe schon auf deinen Anruf gewartet!« Nachdem er bei unserem letzten Telefonat von Problemen sprach, mit denen er sich herumschlagen muss, wollte ich ihn nicht zusätzlich mit meinen Anrufen nerven, sondern lieber erst abwarten, bis er sich meldet. »Wann kommst du denn wieder zurück nach Hause?«

»Eigentlich wollte ich schon heute fliegen …«, beginnt er.

»Super … ich meine, was heißt *wollte*?«

»Weißt du, es gibt da nach wie vor Probleme …« Er macht

eine Pause, und sofort überkommt mich ein seltsames Gefühl.

»Aber sag, Molly, bist du allein?«, fragt er dann auf einmal mit einer ganz eigenartigen Stimme.

Nanu. Wieso will er wissen, ob ich allein bin? Meine Hirnzellen arbeiten, und dann kapiere ich. Unser letztes Gespräch im Auto – als Lissy bei mir war und anbot, uns alleine zu lassen, damit wir ungestört …

Herrje, hat sie ihn damit womöglich auf eine Idee gebracht? Will er jetzt etwa mit mir …?

Aber klar doch. Er ist eine Million Kilometer entfernt, und ein gesunder Mann hat schließlich Bedürfnisse, ist ja logisch. Und Telefonsex ist immer noch besser, als wenn er sich mit einer rassigen Latina … Oh nein, daran will ich gar nicht erst denken.

Besser, wir treiben's am Telefon. Hundertmal besser!

Bloß, wie macht man so was? Ich habe das zwar schon x-mal in irgendwelchen Filmen gesehen, aber wenn man selber ran muss, ist es natürlich gleich etwas ganz anderes.

Egal, ich werde es einfach versuchen.

»Oh ja, Philip, ich bin ganz allein«, beginne ich zu gurren. Gurren ist immer gut, das bringt Männer so richtig auf Touren, weiß doch jeder.

»Wo genau bist du denn im Moment?«, will er wissen.

»Ich bin im Büro«, antworte ich.

Dass ich noch im Vorzimmer auf Fionas Sessel hocke, lasse ich lieber weg, um die Stimmung nicht zu stören. Ich werde einfach später, wenn er schon richtig in Fahrt ist, sagen, dass ich meine Tür absperren muss, und dann hinüberflitzen. Genau, das wird ihm gar nicht auffallen.

»Und du, mein Starker?«, frage ich mit rauchiger Stimme zurück.

»Ich bin auf meinem Hotelzimmer«, teilt er mir mit.

Na klar, wo denn sonst? Wahrscheinlich liegt er schon auf dem Bett und … Okay, die Vorstellung ist ein kleines bisschen merkwürdig, aber wahrscheinlich liegt das bloß daran, dass es mein erstes Mal ist.

»Und was hast du an?«, lasse ich den Ball weiterlaufen.

»Ich? Äh … ein Hemd, Jeans … und meine Schuhe natürlich«, kommt es sachlich zurück.

Okay, daran muss er noch arbeiten. Um seinen Telefonpartner in Stimmung zu bringen, sollte man seine Sachen nicht aufzählen wie beim Kasernenrapport. Andererseits weiß ich jetzt wenigstens, dass er ebenfalls noch keine Erfahrung mit diesen Dingen hat, und das wiederum macht mir Mut.

»Sehr schön, mein Großer«, hauche ich in den Hörer. »Willst du auch wissen, was ich trage?«

Ein paar Sekunden verstreichen, dann sagt er: »Äh … ja, sicher. Was trägst du denn?«

»Ich trage mein graues Kostüm, das mit dem kurzen Rock, auf das du so stehst …«, raune ich.

»Du hast viele graue Kostüme, und die haben fast alle kurze Röcke«, gibt er zu bedenken.

Menno. Will er über meinen Kleiderschrank diskutieren oder Telefonsex machen? Wenn er weiter so bürokratisch bleibt, wird das nie was.

Aber okay, sage ich mir dann, nur Geduld. Wir sind beide Anfänger, und wir werden das irgendwie hinkriegen. Ich werde ihn jetzt am besten so heißmachen, dass er sein logisches Denken völlig über Bord schmeißt. Ich denke schnell nach.

Womit könnte ich ihn so *richtig* …?

Ah, ich hab's. Das wird ihn umhauen!

»Soll ich dir was verraten, Philip?« Ich lege eine Kunstpause ein, um die Spannung zu erhöhen. »Ich habe gar kein Höschen an!«

Das ist zwar gelogen, aber wenn ihn *das* nicht antörnt, dann weiß ich auch nicht.

»Wieso hast du denn kein Höschen an, wenn du ins Büro gehst?«, fragt er plötzlich ohne jedes Verständnis.

Okay, *besonders* angetörnt hat das nicht geklungen. Eine dunkle und sehr hartnäckige Ahnung überkommt mich.

»Das ist, weil … also, ich dachte, ich sage das jetzt, damit du …«, beginne ich herumzustottern, dann reiße ich mich zusammen und frage: »Wozu wolltest du überhaupt wissen, ob ich alleine bin, Philip?«

»Wozu wohl? Weil ich etwas mit dir zu besprechen habe, das Diskretion erfordert«, klärt er mich auf.

Sag ich doch. Telefonsex *ist* etwas Diskretes.

»Etwas Geschäftliches«, fügt er hinzu.

Oh. Dann ging es also gar nicht um Sex? Okay, das ist ein kleines bisschen peinlich. Nur gut, dass er mich nicht sehen kann, denn ich bin soeben so rot angelaufen wie eine sonnengereifte Tomate.

»Was sollte das überhaupt gerade, Molly?«, fragt er streng nach. »Gehst du wirklich ohne Unterwäsche ins Büro?«

»Nein, Philip, das war nur … ein kleiner Scherz«, improvisiere ich hektisch. »Genau, ein Scherz, zur Auflockerung, weißt du, weil du so angespannt geklungen hast.« Ich versuche ein Lachen, das aber gründlich danebengeht.

»Ach so, ich dachte schon … egal. War jedenfalls nett von dir, Molly.«

»Keine Ursache, Schatz. Ich dachte, du hättest das nötig.«

Er wird nie erfahren, was ich wirklich dachte. Nie!

»Ja … äh … danke. Im Moment habe ich nur leider ganz andere Probleme. Ich brauche deine Hilfe, Molly, und die Sache ist verdammt wichtig.«

Er hat auf einmal so ernst geklungen, dass ich mich unwillkürlich kerzengerade aufsetze.

»Alles klar, Philip, schieß los: Worum geht es?«

»Wo soll ich am besten anfangen …« Er denkt ein paar Sekunden lang nach. »Also, es sieht folgendermaßen aus: Wir kommen hier eigentlich ganz gut voran, die Geologen haben inzwischen alle Bodenauswertungen fertig, die Aufschließungsarbeiten für die Mine sowie der Bau der Betriebsgebäude liegen auch im Plan, das Einzige, aber zugleich das Wichtigste, was wir noch brauchen, um endlich starten zu können, ist diese verdammte Abbaugenehmigung vom Umweltamt.«

»Das sagtest du schon beim letzten Mal. Und wieso kriegt ihr die nicht?«, frage ich mit angehaltenem Atem.

»Das liegt an diesem einen Typen, Peguerez …« Philip schnaubt wütend, als er den Namen ausspricht. »Der macht mich noch wahnsinnig. Er ist zuständig für die Genehmigung, und irgendwie werde ich nicht schlau aus ihm. Ich habe mich inzwischen ein paarmal mit ihm getroffen, ihn zum Essen ausgeführt, Nachtklubs besucht, ihm ein paar Vergünstigungen zukommen lassen, wie das eben so üblich ist, um solche Typen geschmeidig zu machen …«

»Aha«, sage ich.

Hat er gerade *Nachtklubs* gesagt?

»Aber er springt nicht darauf an. Aus irgendeinem Grund rückt er nicht damit heraus, was er eigentlich will«, fährt Philip fort.

»Wahrscheinlich will er Geld«, vermute ich.

»Natürlich will er Geld«, bestätigt Philip. »Er hat diesbezüglich auch Andeutungen gemacht, aber er sagt nichts Konkretes, weshalb ich auf Vermutungen angewiesen bin.«

»Und die wären?«

»Ich glaube, dass er Angst davor hat, aufzufliegen. Hierzulande sind zwar viele korrupt, aber andererseits gibt es strenge Strafen für Beamtenbestechung, und die Gefängnisse hier sollen kein Kindergeburtstag sein.«

»Du meine Güte, Philip!«, rufe ich entsetzt aus. »Dann sei ja vorsichtig, lass dich bloß nicht auf etwas Ungesetzliches ein, hörst du?« Die Vorstellung, dass sie ihn zu muskelbepackten Schwerverbrechern ins Gefängnis stecken könnten, jagt mir kalte Schauer über den Rücken. Ich hätte keine Ahnung, wie ich ihm da raushelfen sollte, ja, ich könnte ihm nicht einmal einen Kuchen mit einer Feile darin backen, wo ich nicht mal Kuchen *ohne* Feile hinkriege …

»Das sagt sich so leicht, Molly«, meint er verbittert. »Wenn wir diese Genehmigung nicht kriegen, können wir zusperren.«

»Und wenn schon, Philip«, sage ich in beschwörendem Tonfall. »Das ist es nicht wert. Du wolltest etwas Gutes tun, indem du dort investierst, aber wenn das nicht möglich ist, dann verkauf einfach alles wieder, und wir vergessen das Ganze.«

»So einfach ist das nicht, Molly. Das ist ein Riesenprojekt, und ich habe nicht nur mein eigenes Geld hineingesteckt, sondern auch noch zusätzliche Finanzierungen laufen. Ich will dich nicht mit Einzelheiten belasten, aber um es auf den Punkt zu bringen, steht und fällt meine ganze Zukunft mit dieser Genehmigung.« Ich höre ihn schwer ausatmen. »Kriegen wir sie, bekomme ich mein Geld mit Gewinn zurück, kriegen wir sie aber nicht, dann ist dieses Grundstück nur noch einen Bruchteil dessen wert, was ich investiert habe.« Oh nein. Ich fühle, wie sich mir das Herz zusammenschnürt. Ich wusste nicht, dass es bei diesem Projekt um so viel geht, sonst hätte ich Philip niemals auf diese Idee gebracht!

Wir müssen etwas unternehmen. *Ich* muss etwas unternehmen, immerhin habe ich ihm diese Suppe eingebrockt.

»Hör zu, Philip, wir werden nicht zulassen, dass dieser elende Mistkerl uns das kaputt macht«, rufe ich kämpferisch aus, doch dann fällt mir ein, dass ich ja noch nicht einmal weiß, was ich dazu beitragen kann. »Du sagtest vorhin, dass du meine Hilfe brauchst«, sage ich also. »Was hast du damit gemeint?«

»Okay, Molly, aber vorab musst du wissen, dass ich dich nur ungern in diese Sache mit reinziehe«, holt er aus.

»Darüber mach dir keine Gedanken, Philip, immerhin habe ich dich auf diese Idee gebracht«, sage ich reuevoll.

»Nein, du darfst dir keine Schuld daran geben. Ich habe mich zu diesem Projekt entschlossen, also trage ich auch die alleinige Verantwortung dafür, ist das klar?«, sagt er bestimmt.

»Ich sehe das ein bisschen anders, Philip«, sage ich, aber insgeheim bin ich doch froh, dass er mir keine Vorwürfe macht. »Aber das ist jetzt unwichtig. Sag mir lieber, wie ich dir helfen kann, ich werde alles tun, was nötig ist.« Wow, das klang echt heroisch, wie in einem Film. Und es war nicht nur so dahingesagt, ich bin wirklich zu allem bereit, um ihn zu retten.

»Also gut, Molly, dann hör mir jetzt genau zu: Wie gesagt vermute ich, dass diese Schmeißfliege nur deswegen nicht mit seinen Forderungen herausrückt, weil es um eine hohe Summe geht und er damit nicht hier in Paraguay hochgehen will. Deswegen habe ich ihn zu einer Deutschlandreise eingeladen, offiziell, damit er sich ein Bild von unseren Umweltstandards machen kann, aber in Wahrheit hat er mehrmals anklingen lassen, dass er das Geld in Deutschland cash kassieren und anschließend gleich in der Schweiz anlegen will. Hast du das verstanden?«

»Ja, alles klar so weit«, nicke ich eifrig, obwohl Philip das gar nicht sehen kann.

Mannomann, das klingt ja wie in einem Agententhriller. Vielleicht sollten wir uns Decknamen zulegen, falls wir abgehört werden. Philip wäre dann Mister X, und ich könnte mich Miss Sommerset nennen. Oder nein, besser Clarice. Clarice Starling.

»Möglicherweise will er sich später sogar in Deutschland ansiedeln«, fährt Philip fort, »aber vielleicht habe ich das falsch interpretiert. Jedenfalls müsstest du dich mit ihm für Donnerstag verabreden, Molly. Der Mann heißt Miguel Peguerez, und ich maile dir morgen noch ein Foto sowie seine Kontaktdaten.« Dann höre ich, wie Philip zögert, bevor er behutsam weiterredet: »Molly, ich weiß, das ist viel verlangt, aber wahrscheinlich wäre es hilfreich, ihm ein wenig … na ja, wie soll ich sagen, den Kopf zu verdrehen, damit er Vertrauen fasst, weißt du?«

Wie bitte, habe ich richtig gehört? Ich soll Señor Peguerez den Kopf verdrehen?

Wobei es eigentlich logisch ist. Wozu sonst könnte Philip meine Hilfe gebrauchen? Darauf hätte ich eigentlich selber kommen können.

Bleibt nur noch die Frage, wie weit ich dabei gehen soll?

Bei dem Gedanken wird mir plötzlich ganz heiß. Er wird doch nicht wollen, dass ich mit diesem Mann …?

Nein. Unmöglich. Das verlangt er nicht von mir, nicht Philip!

Andererseits, es geht um sein ganzes Vermögen, und wäre es dann wirklich so viel verlangt, wenn ich *ein Mal* …

»… und ich denke, Tessa wäre dafür die Richtige«, bringt Philip den Satz zu Ende.

Tessa? Wieso denn Tessa? Denkt er etwa, sie wäre heißer als ich? Okay, Tessa *ist* heißer als ich.

»Versteh mich nicht falsch, sie soll nicht mit ihm schlafen oder so«, fügt er schnell hinzu, und das lässt mich insgeheim aufatmen. »Aber vielleicht kann sie sein Vertrauen gewinnen, damit wir diese Sache endlich über die Bühne bringen können, verstehst du?«

»Sicher, Philip, alles klar so weit. Ich werde mit Tessa reden, und sie wird uns ganz sicher helfen. Es ist Tessas Lieblingssport, Männern den Kopf zu verdrehen, und Typen wie diesen Peguerez nimmt sie zum Frühstück, kann ich dir versichern.«

»Dann bin ich ja beruhigt«, meint Philip, aber er klingt nicht wirklich überzeugt. »Worum du dich auch noch kümmern müsstest, Molly, wäre das Geld … Ich würde es ja selber machen, aber ich möchte lieber hierbleiben und zusehen, ob ich was erreiche, wenn Peguerez außer Landes ist. Die Chancen stehen zwar schlecht, aber ich will nichts unversucht lassen.«

»Das verstehe ich, Philip. Von welcher Summe reden wir überhaupt?«, fällt mir dann ein.

»Er hat es nie richtig ausgesprochen, aber ich glaube, er will eine Million«, sagt Philip.

Mir bleibt die Spucke weg.

»Sagtest du gerade eine Million … *Euro?*«, frage ich ungläubig.

»Natürlich Euro. Der Mistkerl weiß ganz genau, um wie viel es bei dem Projekt geht, und will entsprechend abkassieren«, meint Philip. »Das wäre also die zweite Sache, worum ich dich bitten muss: Triff dich mit Frank und erklär ihm alles. Mach ihm klar, wie wichtig es ist, damit er die Summe möglichst schnell für uns flüssig macht.«

»Du meinst Frank Lessing?«, frage ich unbehaglich.

Beim Gedanken an diesen Mann beginnt mein Magen sofort zu rumoren. Das ist nicht unbedingt das Date, das ich mir in nächster Zeit gewünscht hätte, aber wenn es Philip hilft …

»Was hast du, Molly? Gibt es ein Problem mit Frank?«, fragt Philip, als er mein Zögern bemerkt.

»Nein, Philip, nicht wirklich«, beeile ich mich zu sagen. »Er ist nur ein bisschen … sehr bürokratisch für meinen Geschmack, weißt du?«

»Ich kann mir schon vorstellen, was du meinst.« Er lacht kurz auf. »Aber mach dir nichts draus, Molly, diese Zahlengenies sind alle ein bisschen verbohrt. Frank ist jedoch ein ausgezeichneter Steuerberater und zudem ein überragender Finanzjongleur. Wenn er kein Geld auftreiben kann, dann gibt es auf der ganzen Welt keines mehr.«

»Ach, wirklich? Nun … ich meine, genau den Eindruck hatte ich auch. Aber nur so aus Neugierde, Philip: Wieso telefonierst du nicht einfach selbst mit ihm und erklärst ihm alles? Immerhin scheint ihr so etwas wie Kumpels zu sein.«

Philip zögert für einen Moment. »Ja, du hast recht, das könnte ich natürlich. Aber um ehrlich zu sein, erwarte ich mir mehr, wenn du persönlich mit ihm redest, weil du dann zusätzlich mit der Performance von Winners only punkten kannst, außerdem …«

»Ja?«

»Also …« Er räuspert sich. »Ich dachte mir, es könnte nicht

schaden, wenn ihn eine hübsche junge Frau um den Gefallen bittet ...«

Alles klar. Hab schon kapiert. Ich soll mich sexy anziehen, damit Lessing gar nicht erst lange nachdenkt.

»... weil das in Männern bekanntlich den Beschützerinstinkt weckt, wodurch Frank sich sicher doppelt ins Zeug legen wird«, bringt Philip seinen Satz zu Ende.

Ach, *das* meint er.

»Verstehe«, sage ich. »Kein Problem, ich rede mit ihm.«

»Gut, dann sind wir uns ja einig, Molly. So, und nachdem wir jetzt das Geschäftliche erledigt hätten ...« Seine Stimme verändert sich, wird ganz weich. Endlich, darauf habe ich schon die ganze Zeit gewartet. Wenn er mich schon nicht in die Arme nehmen kann, möchte ich wenigstens *hören*, dass er mich liebt.

»... wie geht's meinem Mädchen. Ist alles in Ordnung bei dir, Molly?«

»Ja, Philip, mir geht's gut ... na ja, bis auf den Umstand, dass du nicht da bist ...« Der Gedanke, dass ich ihn auch in den nächsten Tagen nicht sehen werde, treibt mir die Tränen in die Augen, und ich flüstere benommen: »Du fehlst mir, Philip, ich kann dir gar nicht sagen, wie sehr.«

»Du mir doch auch, Molly, aber es wird bestimmt nicht mehr lange dauern. Höchstens noch eine Woche, dann bin ich wieder bei dir, ich verspreche es.«

Augenblicklich hebt sich meine Stimmung wieder.

»Also schön, aber ich nehme dich beim Wort, Philip Vandenberg«, sage ich mit gespieltem Ernst. »Und du musst mir noch was versprechen.«

»Ja, was denn?«

»Wenn du das nächste Mal auf so eine Endlosreise gehst, dann nimmst du mich gefälligst mit, ist das klar?«

»Einverstanden, Molly, das mache ich«, antwortet er, und meine Sehnsucht nach ihm wird dabei so stark, dass es vor meinen Augen plötzlich rot zu flackern beginnt.

Oh, das sind gar nicht meine Augen, das ist die Telefonanlage. Das Lämpchen signalisiert, dass ein Anruf hereinkommt, und im Hörer beginnt es, im Hintergrund schwach zu tuten.

»Was ist das?«, fragt Philip, der das Geräusch auch gehört hat.

»Nichts Wichtiges, Philip, bloß ein anderer Anrufer«, sage ich.

»Dann solltest du besser rangehen, Molly. Vielleicht ist es ein Kunde, dem ein neues Image hunderttausend Euro wert ist. Wie du gehört hast, brauchen wir Geld, also sieh zu, dass du den Laden in Schwung hältst. Bei euch läuft es doch gut, oder?«

»Ja, Philip, unsere Umsätze steigen ständig, das hat Frank Lessing beim letzten Mal bestätigt«, berichte ich stolz. Was Lessing sonst noch alles gesagt hat, erwähne ich lieber nicht, Philip hat schon genug Sorgen.

»Sehr schön, Molly, auf mein Mädchen ist eben Verlass. Und jetzt kümmere dich um deinen Kunden!«

»Okay, Philip«, sage ich schweren Herzens. »Und die anderen Sachen erledige ich auch. Wir kriegen das schon hin, du wirst sehen«, sage ich tapfer.

Nachdem ich aufgelegt habe, wische ich mir schnell ein paar Tränen aus den Augen, dann nehme ich das andere Gespräch an.

»Winners only, Molly Becker am Apparat.«

»Molly, hier ist deine Mutter. Ich störe dich doch hoffentlich nicht bei der Arbeit?«

Nanu, mit ihrem Anruf hatte ich jetzt nicht gerechnet. Also, um genau zu sein, hatte ich *noch nicht* damit gerechnet.

»Nein, kein Problem, Mami. Was gibt es denn?« Eine geradezu kindliche Vorfreude überkommt mich, und es kostet mich einiges an Überwindung, mir nichts anmerken zu lassen.

»Wieso hebst du denn selber ab?«, fragt sie argwöhnisch. »Ich dachte, du hättest eine Sekretärin.«

»Ja, habe ich. Also, eigentlich ist Fiona meine Assistentin

und zugleich Kundenbetreuerin, deswegen ist sie im Moment nicht da, weißt du?«

»Ach so, darum«, meint sie beruhigt.

»Brauchst du etwas, Mami? Wie geht es Paps?«, frage ich dann scheinheilig, als ob ich nicht wüsste, weshalb sie anruft.

»Deinem Vater geht es gut. Im Gegensatz zu mir«, hängt sie gleich eine Beschwerde an.

»Soll das etwa heißen, dass es dir nicht gut geht?«

»Na ja, sagen wir den Umständen entsprechend …« Sie produziert einen vernehmbaren Seufzer. »Du weißt ja, wie dein Vater ist, wenn er krank ist, er lässt sich dann nur noch bedienen.«

»Sag bloß, Paps ist krank«, sage ich erschrocken.

»Aber das weißt du doch, Molly, er hat sich den Rücken verrenkt«, ruft sie mir verwundert in Erinnerung.

»Ach so, das … aber deswegen ist er nicht krank, Mami. Wir haben ihm nur verboten, schwer zu heben, ansonsten kann er eigentlich alles machen.«

»Dann musst du ihm das noch einmal deutlich sagen, Molly«, meint sie vorwurfsvoll. »Er behauptet nämlich stur und steif, dass jede Art von Bewegung seine Rekonvaleszenz gefährden könnte. Er schläft jetzt sogar im Wohnzimmer auf der Couch, damit er keine Treppen steigen muss – also, jedenfalls sagt er das, aber ich habe ihn gestern erwischt, wie er nach Mitternacht noch Sport geguckt hat. Wusstest du, dass es einen Sport gibt, bei dem Frauen in Bikinis gegeneinander kämpfen?«

Bei der Vorstellung, dass Paps sich heimlich Damenringkämpfe reinzieht, muss ich ein Kichern unterdrücken. Aber eigentlich wundere ich mich, dass Mami nicht schon längst ein anderes Thema anschneidet.

»Okay, Mami, ich werd's ihm sagen«, beruhige ich sie. »Aber jetzt lass uns über etwas anderes reden.«

»Über was denn?«

»Ja, also … äh … zum Beispiel darüber, ob ihr heute schon Post bekommen habt.« Super gemacht, Molly, das fällt kein bisschen auf. Hastig schicke ich nach: »Momentan laufen nämlich tolle Preisausschreiben, weißt du?«

»Ach so? Aber der Postbote war heute noch gar nicht da«, antwortet Mami zum Glück völlig unbefangen.

Oh. Schade, dann ist mein Paket also noch nicht angekommen.

»Es kam nur ein Eilpaket von so einem Zustelldienst«, fährt sie fort. »Die haben dort Fahrer, sage ich dir, zum Fürchten!«

»Ein Eilpaket? Was war denn da drinnen?«, frage ich betont beiläufig, aber insgeheim überkommt mich eine Gänsehaut.

Das muss meines sein! Mag ja sein, dass die Fahrer des Zustelldienstes zum Fürchten sind, aber fix sind sie auf jeden Fall.

»Keine Ahnung, dein Vater hat es. Ich habe ja keine Zeit für so was, weil ich für den feinen Herrn kochen muss …«

Auf einmal ertönt im Hintergrund lautes Gejohle, als wäre unsere Nationalelf soeben Weltmeister geworden.

»Oh Gott, Molly, ich glaube, dein Vater hat einen Anfall!«, ruft meine Mutter entsetzt aus.

»Aber Mami, es muss nicht gleich was Schlimmes sein, nur weil Papi laut wird«, versuche ich sie zu beruhigen, und gleichzeitig beginnt mein ganzer Körper vor Vorfreude zu kribbeln. »Frag ihn doch einfach, was er hat!«

»Ja, mach ich, Molly. Bleib dran!«

Ich kann hören, wie sie den Hörer auf die Ablage knallt und ins Wohnzimmer geht. Es folgt ein kurzer Wortwechsel, dann doppelt so lautes Geschrei wie vorhin, und zwanzig Sekunden später ist Mami wieder am Apparat.

»Molly, stell dir vor!«, keucht sie ganz außer Atem.

»Was ist denn los bei euch, Mami? Schlechte Nachrichten?«, frage ich. Mann, bin ich durchtrieben. Aber ich kann nicht anders, von diesen Spielchen kriege ich einfach nie genug.

»Von wegen, Molly, ganz im Gegenteil! Stell dir nur vor, wir haben soeben ein Sparbuch über fünfundzwanzigtausend Euro gewonnen!«

»Wahnsinn, Mami, was für ein Glück. Ich freue mich so für euch«, juble ich mit ihr mit.

»Danke, Kind, das ist lieb von dir. Aber weißt du was, Molly?«, sagt sie dann in vertraulichem Tonfall. »Für mich kommt das ehrlich gesagt gar nicht so überraschend.«

»Wirklich nicht?«

Okay, jetzt bin *ich* überrascht.

»Nein, Molly. Erinnerst du dich noch, wie unsere Glückssträhne damals begonnen hat?«

»Hm ... nein«, stelle ich mich ahnungslos.

In Wirklichkeit weiß ich es natürlich ganz genau. Ihre unfassbare Strähne startete exakt in dem Moment, als ihre Tochter anderthalb Mille beim Lotto abstaubte.

»Aber *ich* kann mich noch ganz genau erinnern, Molly. Damals hast du begonnen, für uns an verschiedenen Preisausschreiben teilzunehmen, weißt du noch?«

Als ob ich das vergessen könnte! Es hat mich viele schlaflose Nächte gekostet, bis mir dieser geniale Trick eingefallen ist.

»Nur vage, Mami«, sage ich scheinbar gelangweilt.

»Aber so war es, Molly, und von da an haben dein Vater und ich immer wieder gewonnen«, begeistert sie sich. »Seit wir das erkannt haben, spielen wir überall mit, wo es etwas zu gewinnen gibt, und wie man gerade wieder sieht, macht sich das durchaus bezahlt.«

»Ach, so meinst du das, Mami. Jetzt, wo du es sagst ...«

»Du solltest auch öfter bei so was mitmachen, Molly«, rät sie mir dann. »Wer weiß, vielleicht wartet das Glück genau in diesem Moment darauf, dich küssen zu dürfen.«

Ach, Mami, wenn du nur wüsstest. Das Glück hat mich schon geküsst. Was sage ich, geküsst? Mich hat das Glück regelrecht ...

Okay, den Vergleich behalte ich lieber für mich.

»Äh, ja, Mami, wahrscheinlich hast du recht. Aber weißt du was? Eigentlich reicht es mir schon, wenn es euch gut geht«, sage ich ausweichend. »So, und nun muss ich wieder an die Arbeit.«

»Ach, stimmt ja, deine Arbeit.« Plötzlich klingt sie ganz schuldbewusst. »Ich habe dich aufgehalten, stimmt's? Nicht, dass du noch Ärger mit deinem Chef bekommst!«

»Nein, Mami, ich bin doch selber die Chefin, na ja, bis auf Philip ...«

»Auch wieder wahr. Aber da du ihn gerade erwähnst, Molly – hast du ihm das mit dem Salsatanzen schon ausgerichtet? Ich habe mit Lieselotte darüber geredet, und sie wäre damit einverstanden, dass er bei uns mitmacht.«

»Okay, Mami, ich richte ihm das aus. Und du sag Paps, dass er sich ab sofort wieder ganz normal bewegen kann, hörst du?«

»Wieso, kann er das denn?«, fragt sie verwundert. »Ich dachte, er darf nicht schwer heben.«

»Klar kann er«, entkommt es mir ein bisschen voreilig, und schnell rudere ich zurück: »Äh, ich meine, ich habe gerade vorhin ganz zufällig mit Fiona darüber geredet, und sie hat gemeint, dass er schon wieder voll loslegen kann.«

»Aber sagtet ihr nicht, es dauert eine Woche?«

»Ja, das dachten wir auch, aber heute Vormittag kam eine neue amerikanische Studie herein, die besagt, dass in solchen Fällen drei Tage Schonung ausreichend sind«, denke ich mir schnell aus.

Zumal es seit gerade eben für Paps keinen Grund mehr gibt, sich bei seinem Anbau das Kreuz zu verreißen, kann er sich doch jetzt eine erstklassige Arbeitertruppe leisten.

»Da bin ich aber froh, Molly. Ich weiß ehrlich nicht, ob ich das noch länger ausgehalten hätte. Und vergiss nicht, Kind: Gib deinem Glück eine Chance, dein Vater und ich sind der beste Beweis dafür, dass es funktioniert.«

In diesem Moment kommt Fiona mit Lissy im Schlepptau zur Tür herein.

»Ja, Mami, das werde ich«, sage ich schnell. »Jetzt muss ich aber Schluss machen, vielleicht hören wir uns später noch.«

»Verstehe, deine Arbeit ... da will ich dich nicht aufhalten, Molly. Tschüüs!«

»Tschüs, Mami!«

Als ich aufgelegt habe, bin ich ganz beschwingt. Jemandem eine Freude zu bereiten, ist an sich schon toll, aber wenn es sich um die eigenen Eltern handelt, dann ist es gleich doppelt so schön.

Fiona und Lissy kommen zögernd auf mich zu, und irgendwie wirken sie dabei ganz betreten.

Das ist merkwürdig. Bei Fiona könnte ich mir ja noch vorstellen, wo der Schuh drückt. Sie war über eine Stunde nicht an ihrem Platz, wahrscheinlich befürchtet sie, ich wäre böse deswegen, was aber natürlich nicht der Fall ist. Weshalb Lissy so bedröppelt guckt, kann ich mir hingegen überhaupt nicht erklären.

»Hey, Leute, was macht ihr denn für Gesichter?«, strahle ich sie an. »Wir haben bald Mittag, wie wär's, soll ich euch zum Essen einladen?«

Ich habe richtig gute Laune. Das Geschenk an meine Eltern hat meine Stimmung um mehrere Stufen gehoben, dazu die Befriedigung, dem bedauernswerten Josef Ranninger geholfen zu haben, und bei Philips Paraguay-Projekt zeigt sich inzwischen auch endlich ein Silberstreif am Horizont, und insgeheim bin ich zudem stolz darauf, dass Philip mich dabei um Hilfe gebeten hat.

»Hast du heute schon die Zeitung gelesen, Molly?«, fragt Lissy jedoch, ohne auf meine Frage einzugehen.

Sie stehen jetzt beide vor dem Schreibtisch und halten die Köpfe gesenkt.

»Nein, ich hatte noch keine Zeit«, antworte ich, und gleichzeitig überkommt mich ein Gefühl, als stünde ein riesengroßes Unwetter unmittelbar bevor. »Wieso, was steht denn da drin?«

Fiona und Lissy tauschen unbehagliche Blicke aus, dann legt Fiona die neueste Ausgabe der »Bild« vor mir auf den Schreibtisch.

Als ich die Titelseite erblicke, kippe ich fast vom Stuhl.

»Hummer à la Winners only« steht da in übergroßen Lettern, und darunter sieht man das Foto einer molligen Frau im Bikini, deren Haut so intensiv rot leuchtet, dass man meinen könnte, sie hätte mit einer überdimensionalen Farbbombe Bekanntschaft gemacht.

Und unter dem Foto steht:

»Sehen so Gewinner aus? Junge Frau bei Lifestyle-Unternehmen auf Sonnenbank schwer verbrannt. Wird Sieglinde S. jemals wieder lachen können?«

Caribbean-Megaturbo-5000

Okay, nur keine Panik. Panik wäre in so einer Situation genau das Verkehrte. Was wir jetzt brauchen, ist ein kühler Kopf, logisches Denken und rationales Handeln – zumindest stand das in einem Managermagazin, das ich neulich gelesen habe.

Und es ist ja nicht so, als wäre gerade ein Atomkrieg ausgebrochen, nicht wahr?

Haben wir eben ein bisschen negative Publicity abgekriegt, und wenn schon.

Okay, wir haben verdammt *viel* negative Publicity abgekriegt, aber deswegen geht die Welt nicht unter.

Unangenehm ist im Moment nur, dass ich keine Ahnung habe, was wir nun tun sollen, während Lissy und Fiona wieder einmal erwartungsvoll auf meine Anweisungen warten, als wäre ich das Orakel von Delphi.

Wir sitzen in der Cafeteria und haben Salate und Mineralwasser bestellt, weil ich es mir im ersten Schockzustand nach diesem Zeitungsartikel nicht habe nehmen lassen, die beiden mit gespielter Coolness doch noch zum Essen einzuladen, und vor einer halben Minute etwa habe ich diesen Spruch aus dem Magazin abgelassen – natürlich ohne zu erwähnen, dass diese bahnbrechende Erkenntnis gar nicht von mir stammt. Sie waren mächtig beeindruckt, und jetzt erwarten sie anscheinend, dass ich jeden Moment irgendeine umwerfende Lösung für dieses neue Problem aus dem Hut zaubere.

»Und, Molly, hast du schon einen Plan?«, fragt Lissy schließlich, während sie beflissen an einem Stück Thunfisch herum-schnipselt.

»Nein, noch nicht ganz«, gestehe ich und nippe an meinem Wasser. »Gehen wir am besten noch einmal die Fakten durch«, sage ich dann, um Zeit zu gewinnen. »Was wissen wir? Diese Frau, wie hieß sie schnell noch …?«

»Sieglinde Sommer«, hilft Fiona mir aus.

»Genau … Ihr habt also versucht, sie zu erreichen?«

»Ja, klar, das war natürlich das Erste, aber wieder einmal ver-geblich. Sie hat sich erst letzte Woche als Neukundin bei uns eingeschrieben, und auf ihrem Bewerbungsbogen scheint sie falsche Angaben gemacht zu haben. Ich hab's nachgeprüft, die angegebene Adresse gibt es gar nicht, ebenso wenig wie ihre Telefonnummer.«

»Na großartig, als hätte ich keine anderen Probleme«, seufze ich. »Aber die von der Bild-Zeitung werden doch wohl wissen, wie man an sie rankommt, oder?«

Lissy schüttelt den Kopf. »Nein, auch nicht, oder besser ge-sagt, sie sagen es uns nicht. Der zuständige Redakteur verwei-gert die Herausgabe der Daten, indem er sich auf den Geheim-haltungsschutz für Presseinformanten beruft.«

»Und das dürfen die?«, frage ich aufgebracht. »Diese Frau erschwindelt sich mit falschen Daten unsere Mitgliedschaft, und wenn sie dann der Presse gegenüber behauptet, wir hätten Mist gebaut, muss sie sich dafür nicht einmal rechtfertigen? Das darf doch wohl nicht wahr sein!« Ich lasse ein paar Sekun-den verstreichen, um wieder ein bisschen herunterzukommen. »Was sagt denn unsere Rechtsabteilung dazu, Lissy?«

»Tja, weißt du, die Presse ist immer ein schwieriges Thema, auch für uns Juristen.« Lissy macht eine Geste, als müsste sie sich persönlich dafür entschuldigen. »Einerseits sind die recht-lich ziemlich gut geschützt, und zum anderen sollte man es sich gut überlegen, bevor man sich mit einem mächtigen Medien-konzern anlegt.«

»Hm, das stimmt«, sage ich entmutigt. »Aber schalten wir nicht regelmäßig Inserate bei denen? Dann könnten die uns in der Angelegenheit wenigstens ein bisschen entgegenkommen.«

»Das ist ja das Problem.« Jetzt verzieht Fiona das Gesicht, als hätte sie in eine saure Zitrone gebissen. »Gerade in der Bild inserieren wir kaum, weil unsere Marketingleute unsere Zielgruppe ganz woanders sehen.«

»Hm, vielleicht sollten wir das bei Gelegenheit einmal überdenken.« Ich wiege nachdenklich den Kopf hin und her. »Aber um auf diese Sieglinde Sommer zurückzukommen … Was meinst du, Fiona, wäre es denn theoretisch möglich, dass ein Kunde sich in unseren Solarien derartig verbrennt?«

»Also, unter normalen Umständen nicht«, antwortet sie. »In den Wellnessabteilungen werden alle Geräte von den Mitarbeitern über zentrale Bedieneinheiten gesteuert, und bevor wir die Kunden in die Solarien lassen, müssen immer erst ihr Hauttyp und die entsprechende Bräunungsdauer bestimmt werden.«

»Ja genau. Und diese Bedieneinheiten sind auch mit unserer Buchhaltung vernetzt«, fällt mir ein. »Das heißt, wir müssten eigentlich Aufzeichnungen darüber haben, wie oft und wie lange diese Frau letzte Woche bei uns zum Bräunen war, oder?«

»Ja, die haben wir«, nickt Fiona.

»Na also«, rufe ich aus. »Damit können wir beweisen, dass es nicht an uns gelegen hat.«

Fiona und Lissy wechseln einen Blick, der mir sagt, dass ihnen diese Idee auch schon gekommen ist – und nicht weitergeholfen hat.

»Also, genau genommen können wir das nicht«, drückt Fiona herum. »Laut Computer war sie nämlich am Freitagnachmittag für fünfzehn Minuten auf einer Soft-Liege …«

»Also bitte, wenn das kein Beweis ist«, falle ich ihr erleichtert ins Wort. »Jetzt mal ganz ehrlich, Leute, in unsere Soft-Liegen könnten wir auch Säuglinge legen, damit sie's warm haben, bei dem geringen Strahlenanteil kriegen nicht einmal Vampire Sonnenbrand, geschweige denn ein normaler Erwachsener.«

Das ist gar nicht mal übertrieben. Als ich diese Liegen einmal ausprobiert habe, hatte ich danach das Gefühl, sogar noch bleicher geworden zu sein …

»Ja, aber merkwürdigerweise war sie keine zwei Stunden später noch einmal für zwanzig Minuten im Caribbean-Megaturbo-5000«, schiebt Fiona zerknirscht nach.

»Was sagtest du, im Caribbean-Megaturbo-5000?« Mir stockt der Atem. »Für *zwanzig* Minuten?«

Dieses Bett habe ich natürlich schon ausprobiert, aber nur ein einziges Mal. Als längste Bräunungsdauer werden vom Hersteller vierzehn Minuten angegeben, und das für gut vorgebräunte mediterrane Typen, sprich solche, die eigentlich gar kein Solarium mehr benötigen, und als ich mich für sechs Minuten hineinlegte statt der empfohlenen vier (!), hätte man meinen Hintern danach als Stoppsignal an einen Bahnübergang montieren können.

Fiona scheint dieses Gerät ebenfalls zu kennen, denn sie nickt betreten. Lissys Blick dagegen wechselt verwundert zwischen uns beiden hin und her.

»Ist dieses Gerät wirklich so stark?«, fragt sie. »Ich hab's nämlich noch nicht ausprobiert, laut den Tabellen ist meine Haut nicht dafür geeignet.«

»Ja, ist es«, sagt Fiona. »Kennst du Agnes aus der Buchhaltung?«

»Klar«, nickt Lissy. »Das ist die zierliche Farbige, oder?«

»Agnes ist keine Farbige«, erklärt Fiona mit bedeutungsvollem Blick. »Sie legt sich nur alle drei Tage für zehn Minuten in dieses Bett. Als sie bei uns anfing, sah sie so ähnlich aus wie du.«

»Echt? Wow!« Lissy nickt beeindruckt. »Und ich habe mich noch über ihre europäischen Gesichtszüge gewundert.«

»Es stimmt leider«, bestätige ich. »Das Caribbean-Mega-

turbo-5000 ist ein wahres Höllengerät, wenn sich da ein unge-
bräunter Mitteleuropäer für zwanzig Minuten reinlegt, dann
gute Nacht. Aber was mich jetzt interessiert: Wer hat sie denn
überhaupt so lange da reingelassen?«

»Genau das ist der springende Punkt«, meint Fiona schmallippig. »Eigentlich niemand. Ich habe mich schon bei den Kol-
legen in Wolfsburg erkundigt, angeblich will es keiner von
denen gewesen sein. Und ehrlich gesagt glaube ich nicht, dass
einer von unseren Leuten so leichtsinnig wäre.«

»Das hieße dann aber …«, murmelt Lissy mit zusammengezogenen Augenbrauen.

»… dass diese Kundin das Bett selber über unseren Termi-
nal gestartet haben muss«, führe ich ihren Satz zu Ende. »Hältst
du das für möglich, Fiona, ohne dass unsere Leute das mitkrie-
gen?«

»Na ja, wenn man es darauf anlegt, ginge das schon«, überlegt sie. »Man müsste nur abwarten, bis der Empfang in der
Wellness-Lounge gerade mal nicht besetzt ist und das Menü
dann mit der Kundenkarte selber ansteuern. Dazu muss man
kein Genie sein, und es wäre auch die einzige mögliche Erklärung.«

»Ihr glaubt also, dass sie sich absichtlich verbrannt hat?«,
fragt Lissy ungläubig.

»Ja, oder sie wollte einfach nur schnell braun werden«, bietet
Fiona als Alternative an. »Hinterher hat sie geschnallt, dass das
ein Riesenfehler war, und da ist sie zur Zeitung gerannt, um
uns die Schuld dafür in die Schuhe zu schieben.«

»Das wäre natürlich möglich«, räume ich ein. »So oder so,
für unser Image ist es jedenfalls ein Riesenschaden. Hat sie
ebenfalls Klage gegen uns eingereicht?«, frage ich Lissy.

»Nein, zumindest wissen wir noch nichts davon«, antwortet
sie.

»Wenigstens etwas«, atme ich auf. »Hoffen wir, dass es dabei
bleibt.«

Betretenes Schweigen macht sich breit, und wir kauen in Gedanken versunken auf unseren Salatblättern herum.

»Wisst ihr, worauf ich jetzt Lust hätte?«, sage ich dann.

»Nein, worauf denn?«

Sie sehen mich beide erwartungsvoll an.

»Auf ein Glas Prosecco, um wieder ein bisschen lockerer zu werden. Was haltet ihr davon?«

»Ja, warum eigentlich nicht?«, nickt Fiona. »Kann ich auch eine Schokoladen-Panna-Cotta dazuhaben?«

»Natürlich.« Ich schiebe meinen Salat zur Seite. »Und ich nehme ein Tiramisu.«

»Für mich bitte auch.« Lissy hat ihr Lächeln wiedergefunden. »Immer nur Grünzeug futtern kann einen trübsinnig machen.«

»Du sagst es.« Ich sehe mich nach Vicky, der Bedienung, um, als mein Handy in der Handtasche zu läuten beginnt. »Bestellt ihr schon mal?«, sage ich, während ich abnehme.

»Hallo, Molly.« Es ist Gertrud von der Vermittlung. Ihre rauchige Stimme erkenne ich auch, ohne dass sie sich vorstellt.

»Hi, Gertrud, was gibt's denn?«

»Ich wollte dir nur sagen, dass ich gerade diesen Dr. Lessing an die Strippe bekommen habe.«

Ich habe sie vorhin beim Runtergehen gebeten, mir einen Termin mit Lessing zu machen, wie Philip es mir aufgetragen hat.

»Sehr gut, Gertrud. Und wann kann ich ihn sprechen?«

»Er hat gesagt, dass er ohnehin in der Gegend ist und gleich nachher zu dir ins Büro kommt. Ist dir das recht?«

»Grundsätzlich schon. Was meinte er denn mit gleich nachher?«, erkundige ich mich.

»Danach hab ich nicht gefragt. Da du auf dem Computer keine Termine für den Nachmittag eingetragen hattest, dachte ich, es käme nicht auf eine genaue Vereinbarung an.« Bei Winners only sind alle Computer miteinander vernetzt, sodass die

Vermittlung immer sehen kann, wer gerade verplant ist und wer nicht.« Und ich habe ihm auch deine Handynummer gegeben, damit er dir kurz vorher noch Bescheid gibt. Aber falls es dir nicht recht ist, kann ich ihn gerne noch einmal anrufen ...«

»Nein, lass nur, Gertrud. Ich bin im Moment gerade in der Cafeteria, und wenn er hereinkommt, kann ich ihn von hier aus sehen.«

Der Gedanke an ein Treffen mit Lessing bereitet mir sofort ein flaues Gefühl in der Magengegend, und für einen Sekundenbruchteil zuckt das Bild vor mein geistiges Auge, wie er mich vorhin durch die Tür angestarrt hat. Andererseits ist dieses Treffen wichtig, wozu es also unnötig aufschieben?

Als ein paar Minuten später der Prosecco und die Süßspeisen auf dem Tisch stehen, habe ich ihn schon fast wieder vergessen.

»Das ist eindeutig besser als Mineralwasser«, grinst Lissy, nachdem wir ein paar Bissen genommen haben. Dann wird sie wieder ernst. »Übrigens, wegen dieser Sieglinde Sommer«, greift sie das Thema von vorhin noch einmal auf. »Auf die könnten wir doch ebenfalls unseren Detektiv ansetzen, was meinst du, Molly?«

»Wir haben einen Detektiv?«, fragt Fiona. »Das wusste ich gar nicht.«

»Ja, seit letzter Woche«, klärt Lissy sie auf. »Wir haben ihn engagiert, um Amelie Reinfried aufzustöbern. Gibt es da übrigens schon Ergebnisse?«

»Ach ja, den hatte ich in der ganzen Aufregung glatt vergessen«, nicke ich. »Er war vorhin bei mir. Viel hat er noch nicht zu bieten, aber immerhin hat er in Erfahrung gebracht, dass sie ihre Post regelmäßig abholen lässt.«

»Ihre Post?« Fiona zieht eine Augenbraue hoch. »Und wer holt die?«

»Das wusste er nicht. Anscheinend hat die betreffende Person immer abgewartet, bis er seinen Posten verlassen hat.«

»Dann ist seine Tarnung also aufgeflogen?«

»Ja, könnte sein«, sage ich. »Oder aber es war purer Zufall. Wir wissen nur vom Postboten, dass die Post abgeholt worden ist, jedoch nicht, von wem oder zu welchem Zeitpunkt.«

»Und wie ist der so, dieser Detektiv?« Lissy beugt sich neugierig vor.

Dann hat sie ihn also noch nicht persönlich kennengelernt. Hätte ich mir denken können, sonst hätte sie ihn mir wohl kaum empfohlen. Josef Ranningers Bild materialisiert sich vor meinem geistigen Auge, aber ich will den armen Mann nicht unnötig bloßstellen.

»Sieht er so aus, wie man sich einen Detektiv vorstellt?«, wird Fiona neugierig.

Die lächerliche Sherlock-Holmes-Mütze fällt mir ein, und der karierte Umhang.

»Definitiv«, sage ich ohne nähere Erklärung.

»Das ist ein ziemlich abgebrühter Typ, was?«, legt Lissy nach, und zu Fiona sagt sie: »Er ist der Vater eines Studienkollegen, und soviel ich von dem weiß, sollte man sich besser nicht mit seinem alten Herrn anlegen.«

Alles klar. Offensichtlich gibt es keinen Ehrenkodex zwischen angehenden Juristen.

»Na ja, auf den ersten Blick ist das schwer abzuschätzen, aber ich gehe natürlich davon aus, dass er seinen Job beherrscht«, antworte ich ausweichend, und gleichzeitig bete ich dafür, dass die Winners-only-Behandlung bei Josef Ranninger Wunder bewirkt, bevor Lissy und Fiona ihn zu Gesicht bekommen.

»Ach du Schande! Was macht *der* denn hier?«, entfährt es mir im nächsten Moment, als mein Blick auf den Haupteingang fällt.

»Was hast du denn, Molly?«

Lissy und Fiona folgen erschrocken meinem Blick.

Es ist Frederic, der gerade zur Tür hereinspaziert kommt. Ich überlege noch, ob ich mich schnell verkrümeln soll, als er mich schon entdeckt hat und geradewegs auf uns zusteuert.

»Wer ist das?«, fragt Fiona neugierig.

»Das ist Frederic, Mollys Exfreund«, klärt Lissy sie auf.

»*Das* ist Frederic? Och, der sieht aber niedlich aus.«

Ich habe Fiona damals nicht viel über Frederic erzählt, vor allem weiß sie nicht, dass er der wahre Grund für meinen Megafitness-Mythos war.

Lissy dagegen kennt die Wahrheit über Frederic, daher entgegnet sie weniger begeistert: »Ja, er sieht toll aus, aber lass dich davon nicht blenden. Molly hat nicht nur gute Erfahrungen mit ihm gemacht, stimmt's, Molly?«

»Du sagst es«, antworte ich und dämpfe dabei meine Stimme, weil Frederic unseren Tisch schon beinahe erreicht hat.

»Hi, Molly!« Er präsentiert sein Zahnpastareklamegebiss, dann lässt er sich ohne Umschweife neben mich auf die Bank gleiten. »Hi, Lissy, lange nicht gesehen, gut siehst du aus«, startet er gleich eine Charmeoffensive, und zu meiner Verwunderung errötet Lissy schamhaft und erwidert: »Danke, Frederic, du aber auch.«

Nicht, dass es nicht stimmen würde. Frederic ist ohne Frage attraktiv, wie mir ein schneller Seitenblick bestätigt. Seine gebräunte Haut ist superglatt, das Haar sieht aus, als hätte er bei einer Friseurweltmeisterschaft für den Gewinner Modell gesessen, und das geschmackvolle blaue Sportsakko über der hautengen Jeans sitzt wie angegossen.

»Und wer ist die kleine Lady?« Er zwinkert Fiona zu. »Diese Schönheit hast du mir noch gar nicht vorgestellt, Molly, dafür müsste ich dir eigentlich böse sein«, schiebt er mit gespieltem Vorwurf hinterher.

Also bitte, geht's vielleicht noch ein bisschen schmalziger? Auf diese plumpe Anmache fällt doch heutzutage kein Mensch mehr …

»Ich bin Fiona. Sehr angenehm.«

Das darf ja gar nicht wahr sein! Sie hat das gehaucht, als hätte soeben Brad Pitt ihr seine Telefonnummer zugesteckt, und jetzt läuft sie dazu auch noch an wie ein verliebter Teenager!

Ich fasse es nicht. Meine beiden Freundinnen sitzen da wie zwei dumme Gören aus dem Mädchenpensionat und himmeln Frederic an, als wäre er ihr weißer Ritter.

»Okay, das hätten wir erledigt«, unterbreche ich ihre Romanze grob und ernte dafür sofort einen strafenden Blick von Fiona, während Lissy aussieht, als hätte man sie gerade geweckt. »Was willst du, Frederic?«

»Aber wieso denn so streng, Molly?«, meint er lächelnd. »Ich wollte dich nur wiedersehen, nachdem wir bei unserem letzten Date nicht ganz zu einem Schluss gekommen sind.«

»Was meinst du mit nicht ganz zu einem Schluss gekommen?«, fahre ich ihn an, und aus den Augenwinkeln sehe ich, dass Lissy und Fiona uns gespannt beobachten. »Ich habe dir klar und deutlich meine Meinung gesagt – oh, verdammt!«, rufe ich im nächsten Moment aus.

»Molly, ich würde wirklich gerne wissen, wieso du dich mir gegenüber so feindselig verhältst.« Frederic runzelt vorwurfsvoll die Stirn, und auch in den Blicken von Lissy und Fiona stehen Fragezeichen.

Dabei habe ich gar nicht Frederic gemeint, sondern Lessing, der ausgerechnet jetzt beim Hauptportal hereingeschlendert kommt. Mist. Wenn er mich hier in der Cafeteria vorfindet, mit Prosecco auf dem Tisch und meinem Ex an der Seite …

Das birgt ein gewisses Potenzial in sich, missverstanden zu werden, oder sehe ich das falsch?

Aber noch hat er mich ja nicht entdeckt. Am besten sehe ich gar nicht hin zu ihm, denn wie jeder weiß, würde ich damit nur zusätzlich seine Blicke auf mich ziehen, und vielleicht könnte ich noch zusätzlich … Ah, ich weiß schon, wie ich das hinkriege.

»Oh, wie ungeschickt von mir!«, rufe ich aus, während ich gleichzeitig meine Handtasche mit einem Schubs von der Bank auf den Boden befördere, und mit einem nachfolgenden »Entschuldigt, ich will sie nur schnell holen!«, gleite ich elegant unter den Tisch, wo ich zunächst einmal entspannt aufatme.

Die erste Gefahr ist gebannt. Nur gut, dass ich so klein bin. Hier unter dem Tisch kann Lessing mich garantiert nicht sehen, jetzt muss ich nur noch ein bisschen Zeit schinden, bis er die Halle durchquert hat, und dann …

»Was treibst du denn da unten, Molly? Die Tasche erwische ich auch so«, höre ich in diesem Moment. Das war Frederic, dessen perfekt manikürte Hand gleichzeitig nach unten fährt, sich meine Tasche greift und sie wieder nach oben befördert.

»Äh … danke, Frederic«, rufe ich aus und verfluche ihn insgeheim dafür. »Ich suche nur noch nach meinem Handy, das dummerweise …«

… ausgerechnet in diesem Augenblick in meiner Tasche anfängt zu läuten!

»Es ist in deiner Tasche«, kommt es erneut mit nervtötender Hilfsbereitschaft von oben. »Soll ich für dich rangehen?«

»Nein, lass nur«, keuche ich in zunehmender Bedrängnis. »Sagte ich Handy? Ich meinte natürlich mein … äh … Fendi … Parfüm, genau, mein Fendiparfüm, das muss hier irgendwo sein.«

»Hallooo? Hier ist der Anschluss von Molly Becker, Sie sprechen mit Frederic Miller …«

Jetzt nimmt der Blödmann auch noch ab! Ich beginne innerlich zu kochen.

»Nein, nicht der Sekretär, ich bin ihr Freund … Na ja, Exfreund eigentlich, aber man soll die Hoffnung bekanntlich nie aufgeben, nicht wahr, haha …«

Ich bringe ihn um. Ich bringe ihn um. Wie kann er nur so einen Schwachsinn reden? Wer immer da am anderen Ende der Leitung ist, muss doch wer weiß was von mir denken!

»Molly? Ja, die ist hier, zu meinen Füßen, haha … Wie bitte? Ja genau, unter dem Tisch, sie sucht nach ihrem Parfüm, glaube ich … Ach so, *Sie* sind das … Dann hat sich unser Telefonat ja wohl erledigt, ich lege jetzt auf, okay?«

Immer noch vor Wut glühend versuche ich mir einen Reim auf diesen seltsamen Gesprächsverlauf zu machen.

»Wer war das, Frederic?«, rufe ich schließlich.

»Das war Dr. Lessing«, höre ich.

Lessing? Ach ja, der sollte mir telefonisch Bescheid geben, bevor er zu mir kommt.

»Und was wollte er?«

»Er wollte wissen, ob du das warst, die da gerade unter den Tisch gerutscht ist, er war sich nämlich nicht sicher.«

Ach du Scheiße! Lessing hat mich gesehen? Und was hat Frederic überhaupt mit »dann hat sich unser Telefonat ja wohl erledigt« gemeint?

Während ich noch nach einer vernünftigen Erklärung dafür suche, beginnt mein Blick panisch herumzuhetzen. Ich erblicke Fionas Sneakers und registriere bei der Gelegenheit, dass sie an der Spitze ein bisschen abgewetzt sind, und Lissys strassbesetzte Pumps (Moment mal, das sind ja meine!) und Frederics hochglanzpolierte Latschen, und dann fällt mein Blick auf ein viertes Paar Schuhe, das plötzlich direkt vor dem Tisch steht … *Herren*schuhe – also scheidet Vicky aus.

Mein Blut ist soeben dabei zu gefrieren, als der dazugehörige Mann sich bereits zu mir unter den Tisch beugt und mich neugierig beäugt.

»Frau Becker?«

»Dr. Lessing, was für eine Überraschung!«, rufe ich aus. Ich probiere ein Lachen, das aber so gründlich misslingt, dass ich es gleich nach dem ersten Versuch wieder aufgebe.

Also wirklich. Wieso muss dieses Finanzgenie auch ausgerechnet im ungünstigsten Moment unangemeldet auftauchen? Ist doch kein Wunder, dass man da ein bisschen hektisch wird und versucht abzuhauen, damit man hinterher nicht alles Mögliche erklären muss.

Wobei das seltsamerweise gar nicht nötig war.

Während ich mit Lessing zu meinem Büro hinaufgefahren bin, hat er nicht eine einzige Frage gestellt. Im Gegenteil, als ich mit glühendem Gesicht zu einer Erklärung ansetzen wollte und meinte, das müsse gerade seltsam auf ihn gewirkt haben, hat er nur mit den Schultern gezuckt und gesagt, es ginge ihn ja nichts an, mit welchen Leuten ich meine Zeit verbringe. Also ist dieses Thema einem ziemlich langen und furchtbar peinlichen Schweigen gewichen.

Mittlerweile sitzen wir uns in meinem Büro auf der bequemen Ledergarnitur gegenüber, und ich habe ihm gerade Philips Situation geschildert und erkläre, was er sich jetzt von ihm erwartet.

Als ich geendet habe, faltet Lessing die Hände und stützt nachdenklich das Kinn auf seine ausgestreckten Zeigefinger. Er lässt ein paar spannende Sekunden vergehen, dann setzt er ein verkrampftes Lächeln auf.

»Ich habe schon geahnt, dass dieses Paraguay-Engagement ein Fiasko werden könnte –« Er schüttelt kaum merklich den Kopf.

»Aber wieso denn Fiasko?«, frage ich aufgebracht. »Das ist doch noch gar nicht sicher, im Gegenteil, Philip hat sogar gesagt, dass das Projekt bestens voranschreitet. Alles, was wir brauchen, ist noch ein bisschen Geld …«

»Ein *bisschen* Geld?«, unterbricht Lessing mich tadelnd. »Liebe Frau Becker, wir reden hier von einer Million Euro, das ist nicht nur ein *bisschen* Geld.«

»Also schön, es ist nicht gerade wenig«, gestehe ich ein. »Aber im Vergleich zum Gesamtprojekt ist es ein Klacks, das müssen Sie zugeben.«

»Damit mögen Sie recht haben, aber wir haben dennoch ein Problem«, meint er. »Die Investoren werden langsam ungeduldig, und wenn ich jetzt erneut Geld von ihnen verlange, könnte es sein, dass der eine oder andere endgültig abspringt. Abgesehen davon müsste die Summe schwarz ausgezahlt werden, das heißt, wir können sie nirgendwo verbuchen.«

»Aber Sie finden einen Weg, nicht wahr? Philip hat gemeint, Sie wären der beste Mann dafür, um Geld aufzutreiben«, sage ich hoffnungsvoll.

»So, meint er das?« Lessings Miene ist nicht zu entnehmen, ob er das als Kompliment auffasst oder nicht. »Doch selbst wenn, Frau Becker, ich kann kein Geld herzaubern.«

»Soll das etwa heißen, Sie können es nicht besorgen?«, frage ich bange.

Der Gedanke treibt mir den Schweiß auf die Stirn. Wenn wir das Geld nicht bekommen, können wir diesen Señor Peguerez nicht bestechen, und dann wird er die Genehmigung nicht erteilen, was wiederum bedeutet … Oh nein, das darf nicht geschehen, Philip verlässt sich doch auf mich.

»Um ehrlich zu sein, Frau Becker, ich weiß es nicht«, beantwortet Lessing meine Frage.

»Aber ich verstehe das nicht. Philip ist der Gründer von Eragon, er war ein internationaler Finanzmagnat«, fällt mir ein. »Da kann es doch nicht so schwer sein, eine Million für sein neues Projekt aufzutreiben.«

Lessing mustert mich ein paar Sekunden lang abschätzend, bevor er antwortet: »Ich fürchte, Sie haben eine falsche Vorstellung von der Geschäftswelt, Frau Becker. Wie Sie schon richtig sagten, *war* Philip Vandenberg ein Finanzmagnat, und es gibt offen gestanden niemanden in der Branche, der versteht, warum er seine Eragon-Anteile verkauft und sich aus dem Geschäft zurückgezogen hat.«

»Was gibt es daran nicht zu verstehen? Philip hatte genug von der vielen Arbeit, er wollte sich zum ersten Mal in seinem Leben ein bisschen Ruhe gönnen, nachdem er so viel aufgebaut hat«, springe ich für Philip in die Bresche.

Ich habe das oft genug mit ihm diskutiert. Er hatte die Nase voll von der Geschäftswelt, von all dem Stress, dem ständigen Druck … Also, genau genommen, von der Lage, in der er sich jetzt wieder befindet – durch meine Idee, wie mir plötzlich bewusst wird.

»Sehen Sie, genau das sind die Argumente, die einen Investor abschrecken«, legt Lessing unbarmherzig seinen Finger in die Wunde. »Die Branche fragt sich zu Recht, ob Philip Vandenberg sein Feuer verloren hat, verstehen Sie? Und um ehrlich zu sein, Frau Becker, ich frage mich das langsam auch.«

»Aber so ist es nicht«, rufe ich aus. »Philip hat noch jede Menge Feuer, und er wird es allen beweisen.«

Doch während ich den Satz ausspreche, fällt mir plötzlich unser letztes Telefonat wieder ein, wie müde er zwischendurch geklungen hat und wie erschöpft. Ich beginne innerlich zu frösteln.

»Tja, Frau Becker, ich kann es nur hoffen«, meint Lessing und presst nachdenklich die Lippen aufeinander. »Ich kann Ihnen jedenfalls nichts versprechen, ich weiß nur, dass es kein Leichtes wird, diese Summe in der kurzen Zeit aufzutreiben, aber ich werde natürlich wie immer mein Bestes geben.« Dann mustert er mich wieder mit diesem merkwürdigen Ausdruck in seinen Augen.

»Was ist?«, frage ich ungehalten. »Wieso sehen Sie mich so an?« Langsam komme ich mir bei ihm vor wie ein seltenes Tier im Zoo, und er ist der Besucher mit der Dauerkarte, der jeden Tag vorbeikommt und mich mit neugierigem Interesse beobachtet.

»Hm, ich weiß nicht«, meint er zögernd, ohne jedoch den Blick von mir abzuwenden. »Um ehrlich zu sein, werde ich nicht ganz schlau aus Ihnen.«

»Aus mir?«, frage ich erstaunt.

»Ja. Ich frage mich die ganze Zeit …« Er unterbricht sich selbst, und ich ertappe ihn dabei, wie sein Blick kurz hinunterzuckt. Der hat doch gerade wieder auf meine Beine geguckt, oder nicht? Unwillkürlich ziehe ich meinen Rock zurecht und presse meine Knie fest zusammen. »Was ist Ihre Rolle in diesem Spiel?«, fährt er fort, als hätte er es nicht bemerkt. »Sind Sie bei Philip nur an Bord gegangen, um gemütlich auf seinem Luxusdampfer mitzuschippern, oder wären Sie auch bereit, selbst etwas beizutragen, um ihm aus dieser Klemme zu helfen?«

Schon wieder diese Anspielungen! Das ist doch wohl die Höhe.

»Ich? Ich würde *alles* für Philip tun!«, rufe ich voller Überzeugung aus, und kaum ist das heraußen, kapiere ich es plötzlich. Ich habe mich vorhin nicht getäuscht. Er *hat* auf meine Beine gestarrt, und auch bei unserem ersten Treffen hat er das getan. Plötzlich wird mir die klischeehafte Eindeutigkeit dieser Situation geradezu schmerzlich bewusst. Nur wir beide hier auf der Couch, ich ausgerechnet in meinem Kostüm mit diesem besonders kurzen Rock, und er der Prototyp eines testosterongeladenen, skrupellosen Managers, für den Frauen wahrscheinlich nur Wegwerfartikel sind.

Oh mein Gott, das ist ja genau wie in diesen billigen Pornos!

Er hat mich voll in der Hand, er weiß, dass wir auf ihn angewiesen sind, er allein entscheidet darüber, ob Philip untergeht oder nicht, und er will mich, das ist doch sonnenklar.

Jähe Panik erfasst mich. Was soll ich bloß tun, wenn er jetzt seine Krawatte lockert und zum Beispiel sagt: »Okay, Schätzchen, dann wollen wir mal zur Sache kommen ...«

Und er öffnet den Mund und sagt: »Okay, Frau Becker, lassen Sie es uns angehen ...«

Oh mein Gott. Er will es wirklich!

Gut, er hat nicht »Schätzchen« gesagt, und auch seine Krawatte hat er nicht angefasst, aber von der Aussage her war das praktisch dasselbe, nicht wahr?

»Ich kann das nicht«, höre ich mich plötzlich sagen, und von einer Sekunde auf die andere steht mein Entschluss fest. Wir werden das schon irgendwie hinkriegen, dann muss es zur Not eben ohne Lessing gehen, auf jeden Fall werde ich *nicht* mit ihm …

»Ich versuche, das Geld aufzutreiben«, fährt er fort und erhebt sich gleichzeitig schwungvoll. »Sie würden es also bis frühestens Freitag brauchen, und in bar, nehme ich an?«

Wie? Er will gar keinen Sex?

Ich nicke und fühle mich dabei unendlich erleichtert und gleichzeitig wie betäubt, weil mir der Schreck noch immer in allen Gliedern sitzt.

»Gut, und Sie überlegen sich in der Zwischenzeit, was Sie in der Sache beitragen können«, redet er weiter.

»Äh, ja, das werde ich«, antworte ich benommen.

Ich stehe ebenfalls auf, und einen Augenblick lang stehen wir uns unschlüssig gegenüber.

Dann fällt ihm plötzlich noch etwas ein.

»Ach ja, jetzt hätte ich fast das Wichtigste vergessen: Winners only ist seit heute Vormittag offiziell an der Börse«, verkündet er, und dabei klingt er fast ein bisschen feierlich.

»Wirklich?«, rufe ich überrascht aus. »Super, das ging ja schneller als erwartet! Das heißt also, man kann ab sofort unsere Aktien kaufen?«

»Genau.« Er nickt, und ich kann ihm ansehen, dass auch er stolz darauf ist. Doch dann wird er gleich wieder ernst. »Da Sie es so eilig hatten, blieb mir keine Zeit, um eine entsprechende Feier zu organisieren, darum müssten Sie sich also selbst kümmern, falls Sie das wünschen. Und wie ich Ihnen bereits beim letzten Mal dargelegt habe, halte ich den Zeitpunkt nicht für ideal, aber da Sie darauf bestanden haben …« Er zuckt die Achseln. »Aber lassen wir uns einfach überraschen, wie die Märkte darauf reagieren. Wichtig wäre nur, dass Sie so viel positive Publicity wie nur irgend möglich bekommen, damit die Anleger Vertrauen fassen. Sie könnten ein paar Interviews geben, oder vielleicht lässt sich ja eine prominente Persönlichkeit als Werbefigur gewinnen.«

»Gute Idee, ich werde sehen, was sich da machen lässt«, nicke ich eifrig.

»Und vergessen Sie nicht: Die ersten Wochen entscheiden«, betont er. »Wenn der Verkauf gut startet, ziehen andere Anleger nach, und die Aktie geht wie eine Rakete nach oben, aber wenn es in der Anfangsphase hakt, spricht sich das mindestens ebenso schnell herum. Dann greift kein Mensch mehr zu Winners-only-Aktien, und das Projekt ist so gut wie gelaufen.«

»Verstehe«, nicke ich und bemühe mich dabei um einen möglichst zuversichtlichen Gesichtsausdruck.

Viel positive Publicity, hat er gesagt.

Das wäre also so ziemlich das genaue Gegenteil von zusammentätowierten Augenbrauen und angekokelten Kunden, wenn ich das richtig sehe …

Sparen? Wofür denn?

»Du konzentrierst dich nur noch auf deinen Atem … wie er hineinströmt … und wieder hinausfließt … und du fühlst dich dabei gaanz schwer …«

Junge, Junge, ist das entspannend. Ich liege bei Samir auf der Liege und lasse mir von ihm gerade eine Shavasana verpassen, das ist eine uralte indische Entspannungshypnose oder so ähnlich. Der Raum ist bis auf den matten Schein von ein paar Duftkerzen abgedunkelt, und im Hintergrund dudelt beruhigende Musik von einer Panflöte und irgendeinem orientalischen Zupfinstrument, das ich nicht kenne. Samir hat vor nicht einmal zwei Minuten losgelegt, aber ich kann jetzt schon spüren, wie mich eine tiefe Entspannung überkommt.

Und um ehrlich zu sein, hatte ich das dringend nötig. Seit Lessings Besuch gestern bin ich irgendwie nicht mehr zur Ruhe gekommen. Der Umstand, dass Winners only tatsächlich an der Börse gehandelt wird, hat mich viel stärker belastet, als ich mir das vorgestellt hätte.

Gut, vielleicht liegt das auch daran, dass ich bisher keine Ahnung davon hatte, wie es sich anfühlt, wenn das eigene Unternehmen an die Börse geht – wer hat die schon? –, und die Vorstellung, dass weltweit Heerscharen von Finanzhaien auf unser Unternehmen schielen und sich dabei überlegen, ob sie Anteile kaufen sollen oder nicht, bereitet mir ein ums andere Mal heftiges Nervenflattern.

Und dazu noch diese Klage und der Zeitungsartikel. Das passt ungefähr so gut in unser Konzept wie ein Platzregen zu einem Open-Air-Festival, und das bevorstehende Treffen mit diesem Señor Peguerez tat ein Übriges, um mich letzte Nacht kein Auge zutun zu lassen.

Dementsprechend fertig war ich auch, als ich heute Morgen gemeinsam mit Lissy ins Büro gefahren bin, und diese Mischung aus Erschöpfung und Anspannung hat mich dann den ganzen Tag lang begleitet und sich sogar noch verstärkt, während ich eine ganze Menge abgearbeitet habe.

Als Erstes habe ich mit Josef Ranninger telefoniert und mit ihm unser weiteres Vorgehen diskutiert, und wir sind gemeinsam zu dem Schluss gekommen, dass er besser an Amelie Reinfried dranbleibt, anstatt sich auch noch um diese andere Sache in Nürnberg zu kümmern. Wir hoffen, damit wenigstens in der Causa Reinfried (*Causa* Reinfried – allein daran sieht man schon, wie hochprofessionell das Gespräch geführt wurde) schon bald Ergebnisse zu erzielen, um dieses Problem endlich ad acta (da, schon wieder!) legen zu können, abgesehen davon wäre es für Ranninger als Ein-Mann-Detektei auch ein Ding der Unmöglichkeit, in zwei Städten gleichzeitig zu ermitteln.

Als Nächstes habe ich dann versucht, den zuständigen Redakteur von der Bild-Zeitung ans Rohr zu kriegen, um ihm doch noch irgendwelche Informationen über dieses angebliche Solarien-Sonnenbrandopfer aus der Nase zu ziehen, aber das erwies sich als Ding der Unmöglichkeit. Ich wurde in mindestens hundert verschiedene Ressorts verbunden, und immer war er angeblich gerade wieder weg, bis ich es irgendwann völlig frustriert aufgegeben habe. Geblieben ist davon der ebenso hartnäckige wie unangenehme Verdacht, dass der Mann gute Gründe dafür hat, nicht mit mir zu sprechen, nämlich die Werbeeinnahmen, die wir seinem Blatt *nicht* verschafft haben – und das ist auch nicht eben Balsam für meine strapazierten Nerven.

Apropos Nerven: Frederic trampelt unablässig auf ihnen

herum. Nicht genug damit, dass er mich gestern vor Dr. Lessing in Verlegenheit gebracht hat, er gibt es auch nicht auf, mich ständig mit neuen Anrufen zu bombardieren. Da ich inzwischen Anweisung gegeben habe, ihn nicht mehr zu mir durchzustellen, hat er sich einen neuen Trick einfallen lassen, indem er unter ständig wechselnden Namen anruft, und erst vor einer Stunde ist es ihm wieder gelungen, als Mister Wisenheimer von der Cosmopolitan zu mir durchzudringen, um sich nach wenigen Gesprächssekunden gleich wieder eine Abfuhr von mir einzuhandeln.

Ach ja, und ich habe Dr. Lessings Rat befolgt und mit – echten – Zeitschriftenredaktionen gesprochen, um ein bisschen PR für uns zu erwirken. Ich habe ihnen den Mund mit der Aussicht auf ein umfangreiches Gratisgutscheinpaket für Medienmitarbeiter wässrig gemacht und bei der Gelegenheit auch gleich ein paar Informationen über unseren aktuellen Börsengang geparkt, den ich natürlich als immensen Erfolg präsentiert habe. Jetzt kann ich nur noch hoffen, dass sie darauf anspringen, und vielleicht ergibt sich ja der eine oder andere Interviewtermin für mich, wie Dr. Lessing es mir empfohlen hat.

Aus dem ich übrigens nach wie vor nicht schlau werde. Fakt ist, dass er mich andauernd mehr oder weniger heimlich begafft, und selbst, wenn er es bisher unterlassen hat, mich direkt anzubaggern, so bin ich mir doch keineswegs sicher, ob er nicht nur auf eine passende Gelegenheit wartet.

Ich habe sogar schon überlegt, Philip deswegen anzurufen und ihn ein bisschen über seinen famosen Kumpel auszuhorchen, aber dann habe ich es lieber bleiben lassen. Ich habe Angst, Philip könnte den Braten riechen und einen Riesenzirkus veranstalten, dabei weiß ich ja nicht einmal sicher, ob ich mit meinen Ahnungen richtigliege oder ob das nicht bloß Hirngespinste sind.

Dennoch habe ich beschlossen, auf der Hut zu sein. Ich

werde in den nächsten Tagen einfach den direkten Kontakt mit Lessing vermeiden, dann kann er mich nicht ... Also, was auch immer er vorhat, er kann es jedenfalls nicht.

Überhaupt werde ich die Dinge in nächster Zeit extrem vorsichtig angehen, denn eines ist gewiss: Uns stehen ein paar entscheidende Tage bevor, bei denen es um Sein oder Nichtsein geht, und das kann man jetzt ruhig wörtlich nehmen. Es geht um die Zukunft von Winners only, und es geht um die Zukunft von Philip, und wenn man den Gedanken mit konsequenter Logik zu Ende führt, dann geht es auch um meinen Job und – ich mag eigentlich gar nicht daran denken, aber die Frage ist doch, ob unsere Beziehung es verkraften würde, wenn Philip ausgerechnet durch meine grandiosen Vorschläge und Ideen pleitegehen würde.

Bei dieser Vorstellung krampft sich mein Magen augenblicklich wieder zusammen, und mich erfasst das unbändige Verlangen, aufzuspringen und irgendetwas zu tun.

»Ruhig, Molly, entspann dich.«

Wie bitte? Ach ja, genau, Entspannen, das steht auf dem Plan. Ich blicke unwillkürlich hoch und sehe Samirs gütige braune Augen direkt über mir.

»Was ist denn los, Molly?«, fragt er mit dem Lächeln eines weisen Gurus. »Fällt es dir so schwer loszulassen?«

»Du hast ja gar keine Vorstellung, Samir«, antworte ich aufgekratzt. »Weißt du, im Moment stehen gerade ein paar extrem wichtige ...«

»Schhh ...«, unterbricht er mich sanft, und dabei streicht er mit einer fließenden Bewegung über meine Augen, sodass ich die Lider automatisch schließen muss. Hey, der Trick ist gut. Den muss ich mir unbedingt merken, falls ich mal Kinder habe, die nicht einschlafen wollen.

So, jetzt aber. Entspann dich, Molly, du brauchst das!

»Lass dich fallen, Molly, atme ganz tief und ruhig ...« Samirs Stimme versetzt mich sofort wieder in einen angenehmen

Dämmerzustand, und ich konzentriere mich voll und ganz auf meinen Atem.

»… lass deinen Atem fließen … hinein und wieder hinaus, fühle, wie schwer du dabei wirst, mit jedem Atemzug sinkst du tiefer in die Unterlage ein …«

Wobei er auch ein bisschen witzig klingt. Samir ist ein baumlanger, spindeldürrer Inder, und da er erst seit ein paar Jahren in Deutschland lebt, hat er einen lustigen Akzent, der mich immer an diesen Film mit Peter Sellers erinnert, in dem er einen total bekloppten indischen Schauspieler gespielt hat.

»… fühle, wie deine Chakren frei werden, lass dein Prana fließen …«

Okay, mach ich.

Mal überlegen, Chakren, was genau war das schnell noch? Irgendwelche Zentren, glaube ich. Und Prana? Samir hat mir das alles schon mehrmals erklärt, aber ich kann das alles beim besten Willen nicht richtig auseinanderhalten.

Egal, er hat gesagt, ich soll mein Prana *fließen* lassen, also muss es ja wohl etwas Flüssiges sein. Urin scheidet aus, denn daran könnte ich mich erinnern, also wird er höchstwahrscheinlich Blut meinen.

Okay, lasse ich also mein Blut durch meine Chakren fließen …

Obwohl es sich eigentlich eher wie ein *Klopfen* anfühlt.

Das Blut in meinem Körper, meine ich. Das fließt nicht einfach nur dahin, sondern es wird durch die Schläge meines Herzens durch den Körper gepumpt, und das fühlt sich wie ein Klopfen an.

Dadum, dadum, dadum, dadum …

Oder wie eine Buschtrommel. Genau, das ist es, und der Takt ist im Moment etwas schnell, wie mir scheint, vor allem, wenn man bedenkt, dass ich mich gerade in einer tiefen Entspannung befinde.

»… du atmest gaanz tief, und du fühlst dich gaanz schwer …«

Original Peter Sellers. Ich muss ein Kichern unterdrücken.

»… du fühlst, wie dein Prana deinen ganzen Körper durchströmt … und du wirst immer schwerer … immer schwerer …«

Okay, vielleicht wäre es besser, wenn er das Wort *schwer* nicht so oft sagen würde …

»… du sinkst immer tiefer in die Unterlage ein, du lässt dein Prana strömen und wirst immer schwerer …«

»Ähm … Samir?«

»… immer schweerer …«

»Samir!«

»Ja, was ist denn?«

Ich habe die Augen wieder aufgeschlagen, und er sieht mich mit leicht zusammengezogenen Augenbrauen verwundert an.

»Ich will mich wirklich nicht in deinen Entspannungsjob einmischen«, schicke ich vorsichtig voraus. »Aber könntest du das mit dem Schwerwerden und Schwerfühlen vielleicht weglassen?«

»Und wieso?«, fragt er verblüfft.

»Na ja, man fühlt sich dadurch mit der Zeit irgendwie … *fett.*«

»Fett? Aber Molly, das ist doch völlig bedeutungslos«, erklärt er. »Es kommt nur auf die Reinheit deiner Seele an.«

»Du hast gut reden, Samir, klapperdürr, wie du bist … äh, ich meine, so schön *schlank.*« Ich räuspere mich. »Aber glaub mir, eine Mitteleuropäerin würde ihre Seele lieber in einem schlanken Körper herumschweben sehen.«

Er starrt mich ein paar Sekunden lang an, als wäre ich nicht ganz bei Trost, dann zuckt er die Achseln und meint: »Wie du meinst, Molly, du bist hier der Boss. Können wir weitermachen?«

»Klar, kein Problem.« Ich lasse meinen Kopf wieder zurücksinken und schließe meine Augen. »Ich wollte nur unsere Entspannung ein bisschen optimieren, weißt du?«, schicke ich hinterher.

»Natürlich, was sonst?«, meint er knapp, bevor er fortfährt: »Also gut, beginnen wir wieder tief zu atmen … tief atmen geht doch, oder hast du damit auch ein Problem?«, erkundigt er sich sicherheitshalber.

»Oh, nein, kein Problem. Luft wiegt ja nichts.«

»Also gut, du atmest wieder gaanz tief ein, und fühlst dich ganz *leicht* …«

Na bitte. Aber innerlich muss ich schon wieder grinsen, weil er das so lustig ausspricht. Wie hieß der Film überhaupt? Es war irgendwas mit Party. Der Partytiger? Nein. Oder war es …

Ach nö. Nicht schon wieder das doofe Handy! Gerade jetzt, wo ich *so* kurz vor der absoluten Entspannung war.

»Sag bloß, du hast dein Handy mit?« Samirs Blick ist eine einzige Anklage.

»Äh, ja, tut mir leid, Samir.« Ich rapple mich hoch. »Ich muss im Moment leider ständig erreichbar sein, aber ich kann verstehen, wenn du dieses …« Ich krame schnell nach dem geeigneten Ausdruck. »… Symbol westlicher Dekadenz als beschämende Herabwürdigung deiner … ähm … spirituellen Aura empfindest, und möchte mich hiermit dafür entschuldigen.«

Ich überlege, ob ich nicht die Hände falten und eine kleine Verbeugung machen soll als Ausdruck meines tiefen Bedauerns, aber dann lasse ich es doch lieber bleiben.

»Wie bitte, beschämende *was*?«, fragt er verständnislos. »Was faselst du denn da, Molly? Ich meinte damit nur, dass man den Klingelton auch deaktivieren und die Gespräche auf die Mailbox umleiten könnte, wenn man eine Entspannungstherapie macht, sonst wird das nämlich nichts.«

»Okay, Samir, schon kapiert.« Ich springe von der Liege und angle das Handy aus meiner Handtasche. Es ist Fiona.

»Molly, halt dich fest!« ist das Erste, was sie sagt, und der Ton in ihrer Stimme lässt mich heftig zusammenzucken.

»Um Gottes willen, Fiona, was ist denn los?«, rufe ich alarmiert aus.

»Soeben kam eine Nachricht von unserer Filiale in Hannover herein«, berichtet sie atemlos. »Das Gesundheitsamt ermittelt dort, angeblich hat sich eine Kundin eine Pilzinfektion in unserer Sauna geholt.«

»Eine Pilzinfektion? Auch das noch!«, stöhne ich auf.

Das darf doch wohl nicht wahr sein. Es ist, als hätte sich plötzlich die ganze Welt gegen uns verschworen.

»Ich komme sofort hoch zu dir, Fiona.« Ich lege auf. »Okay, Samir, das war's dann mit der Entspannung, aber vielleicht klappt es ja ein andermal.«

»Du meinst wohl in einem anderen Leben.« Er lässt sich schmallippig auf die Liege nieder und verschränkt vorwurfsvoll die Arme vor der Brust.

Augenblick, jetzt fällt's mir wieder ein. »Der Partyschreck«, so hieß der Film.

»Bitte sag, dass das nur ein schlechter Witz ist, Fiona!« Ich hocke wie ein Häufchen Elend auf ihrem Besucherstuhl und reibe mir frustriert die Schläfen. »Warum ausgerechnet jetzt, wenn wir an die Börse gehen? Das ist verdammt noch mal der ungünstigste Zeitpunkt für diesen ganzen Mist.«

»Ich weiß, Molly, tut mir leid.« Fiona macht eine bedauernde Geste.

Ich schließe für ein paar Sekunden die Augen und versuche, mich zu sammeln. Als ich sie wieder öffne, atme ich tief durch.

»Also gut, Fiona, Jammern hilft uns nicht weiter. Schieß los, was wissen wir?«

»Das ist die Molly, die ich kenne!« Fionas Augen blitzen kampfeslustig auf, dann schnappt sie sich ihre Notizen und legt los: »Also, die Frau heißt Rosalie Preuß. Sie ist vierunddreißig, von Beruf Sekretärin, derzeit ohne Beschäftigung, seit zehn Tagen Kundin bei Winners only, und sie hat sich angeblich letzte Woche in unserer Sauna eine Pilzinfektion geholt, die ihr Hautarzt gestern diagnostiziert hat …«

»Was für eine Pilzinfektion denn?«, werfe ich ein.

Fiona wirft erneut einen Blick in ihre Unterlagen. »Das steht hier nicht … oder Moment, hier im ärztlichen Gutachten … es ist eine vaginale Mykose, ein Scheidenpilz.«

»Aber den kann sie sich doch überall geholt haben«, sage ich verärgert. »Wie kommt sie denn darauf, dass wir dafür verantwortlich sind?«

»Sie behauptet, dass es juckt, seit sie bei uns in der Sauna war, und ansonsten hätte es bei ihr in letzter Zeit keine Möglichkeit einer Ansteckung gegeben.«

»Na fein, sie behauptet das also, einfach so!« Ich stoße empört die Luft aus meinen Lungen. »Und was genau will sie jetzt von uns?«

»Sie will ihre Behandlungskosten ersetzt bekommen, darüber hinaus fordert sie ein hochoffizielles Eingeständnis von Winners only, für die Infektion verantwortlich zu sein, und sie will zudem fünftausend Euro Schmerzensgeld«, liest Fiona vor.

»Wie bitte? Die Behandlung zahlt die Krankenkasse, und für ein Eingeständnis müsste sie uns erst mal beweisen, dass wir überhaupt daran schuld sind, und wofür will sie denn Schmerzensgeld?«

»Für entgangene Lebensfreude«, antwortet Fiona betreten. »Sie behauptet, dass sie normalerweise mindestens dreimal täglich Sex mit ihrem Freund hat, aber seit dieser Sache rührt er sie nicht mehr an.«

Ich starre Fiona fassungslos an. Diese Frau hat sie doch wohl nicht mehr alle. Dreimal täglich Sex? Davon träumt sie allerhöchstens. Wobei, am Anfang mit Frederic … und Philip ist auch kein Kostverächter, wenn wir genügend Zeit haben, fällt mir ein.

Und wenn schon, das besagt noch lange nicht, dass wir dafür verantwortlich sind!

»Okay.« Ich lasse mir alles noch einmal schnell durch den

Kopf gehen. »Die Frau stellt also konkrete Forderungen, sagst du, das heißt, dass wir sie irgendwie erreichen können, oder?«

»Telefonisch habe ich es schon versucht, da ging niemand ran, ansonsten …« Fiona blättert in ihren Unterlagen. »… haben wir noch ihre Wohnadresse und eine E-Mail-Adresse.«

»Alles klar«, murmele ich nachdenklich. »Mal ganz abgesehen davon, dass sie vermutlich nicht beweisen kann, dass diese Infektion tatsächlich von uns stammt, geht es mir im Moment vor allem darum, negative Schlagzeilen zu vermeiden.«

»Okay«, nickt Fiona konzentriert. »Was sollen wir also tun? Willst du sie bezahlen?«

»Bezahlen, einfach so?« Sofort regt sich heftiger Widerstand in mir. »Nicht, wenn es sich irgendwie vermeiden lässt. Aber wie auch immer, als Erstes müssen wir sie ruhigstellen, um Zeit zu gewinnen …« Lessings Worte drängen sich in mein Gedächtnis: Die ersten Wochen entscheiden. »Gut, Fiona, wir machen Folgendes: Du schreibst ihr eine E-Mail …«

»Jetzt gleich?«

»Ja, wir dürfen schließlich keine Zeit verlieren.«

»Okay.« Fiona schnappt sich ihre Tastatur und tippt die E-Mail-Adresse ein: »RosiPreuß@gmx.net.« Sie blickt angespannt auf. »Und weiter?«

»Mal sehen …« Ich konzentriere mich und beginne zu diktieren: »Sehr geehrte Frau Preuß, mit großem Bedauern habe ich von Ihrer infektionsbedingten vaginalen Unpässlichkeit erfahren …«

»Echt, *das* willst du ihr schreiben?« Fiona sieht mich mit großen Augen an.

»Sicher, warum nicht? Wie würdest du es denn formulieren?«

»Hm … keine Ahnung«, gesteht sie. »Ist irgendwie ein schräges Thema.«

»Du sagst es«, nicke ich. »Also … von Ihrer vaginalen Unpässlichkeit erfahren«, hebe ich von Neuem an. »… und ich versichere Ihnen, dass Winners only Ihren Fall mit der allergrößten Sorgfalt prüfen und einer fachmännischen Beurteilung zuführen wird.« Ich lege eine Nachdenkpause ein, bevor ich weiterrede: »Sollte sich herausstellen, dass Winners only ein wie auch immer geartetes Verschulden an der gegenwärtigen Verringerung Ihrer üblichen sexuellen Frequenz – zu der ich im Übrigen herzlich gratuliere –«, fällt mir an dieser Stelle ein, was Fiona mit einem albernen Kichern kommentiert. »… trifft, sind wir selbstverständlich bereit, für sämtliche Schäden in angemessener Weise aufzukommen und Sie überdies für den erlittenen … ähm … Kopulationsentgang großzügig zu entschädigen …« Fiona kichert schon wieder drauflos, und ich lasse mich von ihr mitreißen. Es dauert ein paar Sekunden, bis wir uns wieder einkriegen, und ich diktiere weiter: »Ich bitte Sie hiermit, mich diesbezüglich umgehend zu kontaktieren, um möglichst schnell zu einer für beide Seiten zufriedenstellenden Lösung zu kommen, hochachtungsvoll, Molly Becker, Geschäftsführerin Winners only blablabla …«

»Okay …« Fiona hämmert alles in den Computer. »Fertig. Soll ich es abschicken?«

»Ja, weg damit«, bekräftige ich.

»Die wird vielleicht Augen machen«, grinst Fiona. »Und was willst du ihr sagen, wenn sie dich anruft?«

»Ich weiß noch nicht genau, aber ich werde sie auf jeden Fall hinhalten, ihr sagen, dass unsere Experten den Fall prüfen, zum Beispiel, und dass wir nur noch ein paar Gutachten brauchen oder so ähnlich«, antworte ich. »Die entscheidende Frage ist natürlich, ob sie sich wirklich bei uns angesteckt haben kann.«

»Das halte ich für unwahrscheinlich«, schüttelt Fiona schnell den Kopf. »Gerade in den Wellnessbereichen sind unsere Hygienestandards extrem hoch, und ich habe mich auch schon bei unseren Leuten in Hannover erkundigt, die befolgen die Vorgaben genauestens und führen entsprechende Aufzeichnungen darüber.«

»Wenigstens etwas«, nicke ich nachdenklich. »Dann denkst du also, die will uns nur abzocken?«

»Möglich wär's.«

»Selbst wenn dem so ist, einen schlechteren Zeitpunkt hätte sie sich nicht aussuchen können«, sage ich missmutig.

Plötzlich läutet mein Telefon, und wir zucken beide erschrocken zusammen.

»Ob sie das ist?«, fragt Fiona verwundert.

»So schnell? Das kann ich mir nicht vorstellen.«

Dennoch habe ich ein komisches Gefühl, als ich das Handy hervorhole. Zögernd sehe ich auf das Display.

Oh, es ist Mami.

»Hi, Mami.«

Fiona zieht überrascht eine Augenbraue hoch.

»Hallo, Molly, hier ist deine Mutter«, kommt es aus dem Hörer. »Ich störe dich doch nicht bei der Arbeit?«

»Nein, Mami … also, im Moment gerade nicht. Wieso, was gibt es denn?« Dabei fällt mir ein, dass ich ihr bei unserem letzten Telefonat in Aussicht gestellt habe, mich wieder bei ihr zu melden. Ich könnte mir vorstellen, dass sie den unverhofften Gewinn ihres Sparbuches mit mir feiern wollen oder so …

»Sag, Molly, ist deine Freundin zufällig bei dir?«, fragt sie zögernd.

»Wen meinst du, Lissy oder Tessa?«

Merkwürdig. Will sie die etwa auch einladen?

»Nein, die, die du letztes Mal mithattest … du weißt schon, die Kleine, die so toll massieren kann.«

»Ach, du meinst Fiona. Ja, die sitzt mir zufällig gerade gegenüber. Brauchst du etwas von ihr?«

Ich sehe Fionas fragenden Blick und bedeute ihr, dass ich selber nicht weiß, worum es geht.

»Ich nicht, aber dein Vater.«

»Paps? Wieso denn? Sein Rücken müsste doch wieder in Ordnung sein«, rufe ich erstaunt aus.

»Ja, das war er auch – bis er heute Nachmittag wieder mit dem Ziegelschleppen anfing«, sagt sie anklagend.

»Wieso schleppt er denn schon wieder diese blöden Ziegel? Ihr habt doch jetzt genug Geld, um eine Firma zu beauftragen!«

»Ja, das habe ich ihm gesagt, aber er will das Geld lieber sparen.«

»Sparen? Wofür denn?«

»Für dich, Molly.«

»Für mich? Wieso denn für mich? Ich brauche kein Geld, Mami, ich verdiene gut, außerdem habe ich noch …«

Hoppla. Ich kann mich gerade noch rechtzeitig stoppen, bevor ich etwas von meinem restlichen Vermögen ausplaudere.

»Ich weiß, Molly, und auch das habe ich ihm gesagt. Aber auf mich hört der Herr ja nicht, und jetzt liegt er wieder auf der Couch und jammert mir die Ohren voll.«

»Verdammt, Mami«, entfährt es mir.

»Molly Becker, das ist noch lange kein Grund zu fluchen«, weist sie mich sofort streng zurecht.

»Was ist denn los? Gibt's wieder Probleme mit deinem Paps?«, flüstert Fiona mir zu.

»Ja, es ist wieder sein Rücken«, antworte ich, während ich den Lautsprecher zuhalte.

»Soll ich ihn wieder einrenken?«, bietet sie an.

»Jetzt?« Ich werfe einen schnellen Blick auf die Uhr. Es ist fast vier. »Ich weiß nicht … Was sagt denn unser Terminkalender?«

»Molly, hallo, bist du noch dran?«, tönt es ein bisschen ungeduldig aus dem Hörer.

»Natürlich, Mami, Fiona und ich überlegen nur gerade … Warte kurz, ja?«

Fiona checkt schnell den Terminplaner und hebt dann den Daumen: »Termin ist für heute keiner mehr eingetragen, und um fünf hätten wir sowieso Feierabend. Die eingehenden Mails kann ich auf dein Handy umleiten, also könnten wir von mir aus gleich starten.«

»Großartig, Fiona«, rufe ich dankbar aus. »Mami?«

»Ja, Kind?«

»Sag Paps, dass Fiona und ich gleich zu euch kommen.«

»Wirklich? Und was ist mit eurer Arbeit?«, kommen ihr plötzlich Bedenken. »Nicht, dass ihr deswegen euren Laden früher zusperren müsst, hörst du? Das Geschäft geht immer vor.«

Tja, also … Vielleicht sollte ich meinen Eltern bei Gelegenheit eine gründliche Führung durch das Winners-only-Reich anbieten, irgendwie scheint meine Mutter eine falsche Vorstellung von unserem Betrieb zu haben.

»Keine Sorge, Mami, das ist nicht nötig, wir haben noch genügend andere Mitarbeiter«, beruhige ich sie.

»Also gut, Kind, wie du meinst. Aber fahrt vorsichtig, der Verkehr ist um diese Tageszeit unberechenbar, und dein Vater soll ruhig ein bisschen leiden, wenn er so unvernünftig ist. Vielleicht lernt er dadurch wenigstens, dass er in Zukunft besser auf mich hören sollte.«

»Du hast recht, Mami, das sollte er wirklich«, stimme ich ihr zu.

Und vor allem sollte er es gefälligst unterlassen, Ziegel zu schleppen, nachdem ihm seine persönliche Glücksfee gerade fünfundzwanzigtausend Mäuse hat zukommen lassen, damit er eben das nicht tut.

Tarnkappenknaller

Rechter Fuß, linker Fuß, rechter Fuß, linker Fuß, rechter Fuß …
Mein Gott, ist das weit!

Du schaffst es, Molly, rede ich mir selber gut zu. Du musst es schaffen!

Es sind nur noch wenige Schritte, die mich vom Pool trennen, und dennoch kommt es mir vor wie ein Marathon, den ich noch zu bewältigen habe, bevor ich mich endlich in die kühlen Fluten werfen kann.

»Du meine Güte, Molly, was ist denn mit dir passiert?« Lissy hat auf der Terrasse Kaffee und frische Brötchen angerichtet und erst jetzt bemerkt, dass ich mit dem Tempo einer Hundertjährigen unterwegs bin.

»Nichts, wir haben nur gestern ein paar Ziegel geschleppt«, ächze ich, während ich unbeirrbar weiter auf den Pool zustrebe.

»Sagtest du gerade *Ziegel*?« Mein Nacken schmerzt zu sehr, um den Kopf zu wenden, sonst würde ich wahrscheinlich sehen, dass Lissy mich ungläubig anstarrt.

»Ja, meine Eltern sind gerade mit einem Anbau an ihrem Haus beschäftigt, und Fiona und ich haben ein bisschen mit angepackt … Hi, Manfred«, stöhne ich, weil Manfred, Lissys offizieller Geheimlover (ich nenne ihn so, weil Lissy ihre Affäre noch immer nicht richtig eingestehen will, obwohl es jeder weiß; Tessa hat übrigens auch einen eigenen Namen für ihn: Tarnkappenknaller), gerade in einem hautengen, giftgrünen Sportdress zu uns herübergejoggt kommt.

»Morgen, Molly«, ruft er voller Elan aus und vollführt im

Anschluss gleich ein paar tiefe Kniebeugen, während er fragt: »Was machst du da? Ist das eine Art Konzentrationsübung oder so?«

»Molly hat gestern bei ihren Eltern Ziegel geschleppt«, klärt Lissy ihn auf. »Kann Manfred mit uns frühstücken, Molly?«, fragt sie dann.

»Klar kann er, das weißt du doch«, antworte ich und konzentriere mich weiter darauf, dass meine Beine nicht einknicken.

Scheißziegel. Wissen Sie, wie viel so ein Ding wiegt? Acht Kilo! Pro Stück. Nachdem Fiona gestern Papis Kreuz zum zweiten Mal eingerenkt hatte, diskutierten wir im Anschluss noch seinen Umbauplan, und er ließ sich partout nicht davon abbringen, den Anbau in Eigenregie zu Ende zu bringen. Als er als Hauptargument anführte, dass der schwerste Teil der Arbeit ohnehin das Verbringen der Ziegel hinters Haus sei und der Rest dann mehr oder weniger ein Kinderspiel, kam Fiona gleich auf die famose Idee, dass wir das doch auch für ihn erledigen könnten. Ich hätte sie dafür erwürgen können, aber als ihr erklärtes Fitnessvorbild und gute Tochter meiner Eltern kam ich aus der Nummer nicht mehr heraus, und so schleppten wir volle zwei Stunden lang diese Monsterziegel, bis uns die hereinbrechende Dunkelheit endlich gnädig erlöst hat.

Da, der Pool, endlich! Ich halte mich am Geländer fest und steige mit aller gebotenen Vorsicht Schritt für Schritt in das kühle Nass.

Ah, tut das gut. So, jetzt noch abstoßen und gleich ein paar Tempi machen …

Grundgütiger! Ich habe ein Gefühl, als würden mir beide Arme abfallen – andererseits, wenn ich mich nicht bewege, gehe ich unter! Okay, dann bleibt mir wohl nichts anderes übrig, als die Zähne zusammenzubeißen und weiterzurudern.

Aah! Aah! Aah!

Allmählich gewöhnen sich meine Muskeln an die Bewegung – oder ich mich an die Schmerzen –, jedenfalls gelingt es mir jetzt wenigstens, in Zeitlupentempo den Rand entlangzuschwimmen, ohne gleich bei jeder Bewegung aufzustöhnen.

Besser, viel besser. Noch nicht wirklich gut, aber doch eindeutig besser.

»Was für Ziegel waren das denn?« Manfred hat sich an den Beckenrand gehockt und mustert mich neugierig.

»Was weiß ich, Ziegel eben … sie waren riesengroß, rot und hatten Löcher … und sie waren acht Kilo schwer, das haben wir auf dem Lieferschein nachgelesen.«

»Ach so, die kleinen …« Manfred nickt wissend.

»Sag bloß, du kennst dich damit aus?«

»Klar«, meint er. »Meine Eltern haben damals auch angebaut, und bei der Plackerei habe ich mir meine ersten Muckis geholt. Genau genommen bin ich dadurch überhaupt erst zum Bodybuilding gekommen, und sieh dir nur an, was daraus geworden ist.« Er spannt seine Bizeps an, und sofort baut sich ein wahres Gebirge an Muskeln und Adern an seinem Oberkörper auf.

»Wow«, sage ich lahm.

»Nicht schlecht, was?«, grinst er selbstzufrieden. »Wart nur ab, bis sich deine Muskeln entwickeln, dann kommst du vielleicht noch auf den Geschmack.«

Für eine Sekunde flimmert eine Szene durch mein Gehirn, wie ich meinen riesigen Bizeps anspanne und Philip daraufhin Reißaus nimmt …

»Äh … ja, schon möglich. Ich könnte das nur im Moment zeitlich nicht so gut unterbringen, weißt du?«, schränke ich ein.

»Verstehe, bist immer voll im Stress als Managerin, was?« Er nickt bedächtig. »Ich jedenfalls betrachte seit damals die Arbeit auf dem Bau als pure Fitness. Sobald einer meiner Kumpels irgendwo was hochzieht, bin ich sofort dabei.«

»Was du nicht sagst.« Ich lasse mich träge auf dem Rücken treiben und betrachte ihn nachdenklich. Die Sache ist nämlich die: Fiona und ich sind gestern zwei Stunden lang wie die Blöden hin- und hergerannt, und in der Zeit haben wir nicht einmal ein Drittel dieses Monsterhaufens hinters Haus befördern können.

»Sag mal, Manfred, würdest du unter Umständen bei meinen Eltern mit anpacken? Ich würde dich natürlich dafür bezahlen«, biete ich an.

»Kein Problem, das musst du nicht«, wehrt er sofort ab. »Ihr ladet mich ohnehin ständig ein, und Lissy … ähm … ist auch immer so gastfreundlich. Gib mir einfach die Adresse, ich fahre gleich nach dem Frühstück mit dem Rad hin.«

»Wirklich? Das wäre eine große Hilfe für mich. Aber ich würde an deiner Stelle nicht das Rad nehmen, man braucht mit dem Auto schon vierzig Minuten bis dorthin«, gebe ich zu bedenken.

»Dann schaff ich's mit dem Rad in dreißig«, verkündet er zuversichtlich, und ganz automatisch fällt mein Blick dabei auf seine gigantischen Beinmuskeln.

»Glaub's ihm ruhig, Molly.« Lissy ist neben ihn getreten. »Ich habe einmal mit ihm gewettet, wer von uns beiden schneller durch die Stadt ist, ich mit dem Auto oder er mit dem Rad, und er hat mich um eine Viertelstunde geschlagen – obwohl er zwischendurch gestoppt hat, um sich einen Smoothie und einen Proteinriegel zu kaufen.«

»*Zwei* Proteinriegel, und gegessen habe ich sie gleich während der Fahrt«, korrigiert Manfred sie stolz.

»Zwei Riegel? Wahnsinn.« Ich mache ein Gesicht, als wäre ich beeindruckt. »Dann werde ich nachher bei meinen Eltern anrufen und ihnen Bescheid geben. Dafür hast du was gut bei mir, Manfred.«

»Kein Problem, Molly.« Er wendet sich an Lissy. »Ist das Frühstück schon fertig?«

»So gut wie«, antwortet sie. »Die Eier brauchen noch eine Minute, oder zwei.«

»Super«, grinst er. »Dann gehen sich in der Zwischenzeit ja noch ein paar Liegestütze aus.«

Als ich eine Stunde später bei Winners only einparke, bin ich ganz guter Dinge. Ich habe während der Fahrt meine Eltern angerufen und ihnen Manfreds Hilfe angekündigt, und sie haben sich riesig gefreut darüber. Vor allem Mami war ganz begeistert von der Aussicht, wieder einmal einen kräftigen jungen Mann bekochen zu dürfen. Sie hat sich dann gleich zum Supermarkt aufgemacht, um ihre Vorräte ein bisschen aufzufüllen, wie sie sagte, aber wie ich sie kenne, wird sie die Regale abräumen, als würde sich eine Fußballmannschaft bei ihr zum vierwöchigen Trainingscamp einquartieren.

Inzwischen sind auch meine Schmerzen wieder halbwegs abgeklungen, aber ich nehme mir dennoch vor, später bei Fiona wegen einer Massageeinheit anzufragen.

Als ich das Vorzimmer zu meinem Büro betrete, sitzt sie erwartungsgemäß schon an ihrem Platz, und merkwürdigerweise zuckt sie bei meinem Anblick sofort heftig zusammen.

»Nanu, Fiona, was hast du denn?«, frage ich erstaunt.

Seit wann erschrickt sie denn, wenn sie mich sieht? Wir haben doch ein ausgesprochen gutes Verhältnis zueinander, nicht so wie damals mit meiner Chefin Clarissa, bei der es mir jedes Mal den Magen umgedreht hat, wenn sie wie aus dem Nichts auftauchte.

»Hi, Molly.« Auch Fionas Gruß klingt ganz kläglich.

»Du meine Güte, Fiona, was ist denn los?«, frage ich besorgt. Ich gehe schnell zu ihrem Schreibtisch.

Hat ihr etwa die harte Arbeit gestern so zugesetzt, ist sie deswegen so verkrampft? Aber natürlich, das wird es sein. Und sie hat ja keinen Pool zu Hause, in dem sie ihre Muskeln hätte auflockern können, und selber massieren kann sie sich schlecht. Die Ärmste, dass ich daran nicht gedacht habe!

»Es sind deine Muskeln, stimmt's?«, rate ich. »Hast du

Schmerzen? Am besten gehst du gleich in die Wellness-Lounge und lässt dich …«

»Wovon sollte ich denn Schmerzen haben?«, unterbricht sie mich verwundert.

»Na, wegen der Arbeit gestern.«

»Ach so, das.« Sie macht eine wegwerfende Handbewegung. »Nein, das hat mir nichts ausgemacht. Ich bin zwar nicht so fit wie du, aber ich habe ja auch keine zwei Ziegel auf einmal geschleppt …«

Genau, das war ja ich, die als Superfitnessidol natürlich noch eins draufsetzen musste – und ich wundere mich noch, wenn ich mich am nächsten Tag fühle wie ein frisch angelernter Sklave im Steinbruch.

»Genau, stimmt ja. Okay, was hast du dann?«

»Ach, Molly, es ist dieser Job … manchmal hasse ich ihn«, sagt sie trübsinnig.

Oh nein. Sie *hasst* ihren Job?

Ich hatte ja keine Ahnung. Und ich dachte, ich tue ihr etwas Gutes, wenn ich sie befördere.

»Oje, Fiona, die Arbeit ist dir zu viel«, sage ich voller Verständnis. »Ich hätte dir das nicht zumuten dürfen, gleichzeitig meine Assistentin *und* Kundenbetreuerin, das schafft kein Mensch.«

»Nein, Molly, es ist nicht zu viel Arbeit«, widerspricht sie mir sofort. »Als Kundenbetreuerin ist man ohnehin nicht ausgelastet, und den Rest schaffe ich schon. Nein, es geht darum, *was* ich manchmal tun muss.«

»Ach so«, sage ich verwirrt.

Was muss sie denn alles tun?

Oh, oh. Sie meint doch wohl nicht …

»Es ist die Massage, habe ich recht?«, murmle ich betreten.

»Welche Massage?«, fragt sie mit großen Augen.

»Na, dass du mich manchmal massieren musst … Es ist dir unangenehm, stimmt's? Du kannst es mir ruhig sagen.«

»Aber nein«, ruft sie aus. »Im Gegenteil, Molly, deine Haut ist sogar sehr angenehm, so weich und …« Sie bekommt Flecken an den Wangen und senkt den Blick zu Boden. »… du weißt schon, *angenehm* halt.«

»Aber was stört dich dann an deiner Arbeit?«, bohre ich weiter. »Sag's mir, Fiona, und wir werden das auf der Stelle ändern.«

»Echt, das würdest du?« Sie zieht erstaunt die Augenbrauen hoch. »Aber in dem Fall kannst du ja gar nichts ändern«, meint sie niedergeschlagen, und gleichzeitig deutet sie auf den Packen Papier, der vor ihr auf dem Tisch liegt.

»Wieso, was ist das denn?«, frage ich verwundert.

»Dann weißt du es also noch nicht? Das habe ich schon befürchtet, weil du so gut gelaunt warst, als du hereinkamst«, meint sie zerknirscht, und gleichzeitig dreht sie den Stapel so, dass ich die Schlagzeile lesen kann, die in der obersten Zeitung prangt:

»Kotze only – Salmonellenalarm in Cafeteria von Lifestyle-Unternehmen!«

Darunter sieht man das Foto eines bleichen Mannes in mittleren Jahren mit eingefallenen Wangen und zerrauften Haaren, unter dem steht:

»Wird Thomas W. jemals wieder Sushi essen können?«

Eine jähe Schockwelle erfasst mich.

»Oh nein, Fiona, nimmt das denn gar kein Ende?«, rufe ich verzweifelt aus.

»Siehst du, Molly, *das* meinte ich«, sagt Fiona erschüttert. »Ich muss dir andauernd schlechte Nachrichten überbringen, das macht mich noch ganz fertig.«

»Aber du kannst doch nichts dafür.« Ich fasse sie an den Schultern und zwinge sie, mich anzusehen, während ich eindringlich sage: »Komm schon, Fiona, wir lassen uns von so was nicht kleinkriegen. Gut, haben wir eben ein paar Probleme, aber die lassen sich bestimmt irgendwie lösen, und nur, weil ein neuer Fall dazugekommen ist …«

»Es ist aber nicht nur ein Fall, Molly«, unterbricht sie mich.

»Ja, ich weiß, zusammen mit Amelie Reinfried und den gestrigen …«

»Ich meine *heute*.« Fiona sieht mich bedeutungsvoll an. »Es sind drei neue Fälle hinzugekommen, Molly, alles unterschiedliche Menschen in unterschiedlichen Filialen, es ist …« Sie sucht nach dem geeigneten Ausdruck. »… wie eine Epidemie!«

»*Drei* neue Fälle?« Es verschlägt mir den Atem. Kein Wunder, dass Fiona so fertig ist, schön langsam gehen auch meine Antistressreserven zur Neige. »Was gab es denn noch?«, frage ich tonlos.

Fiona schiebt die oberste Zeitung zur Seite und zieht darunter mehrere Computerausdrucke hervor.

»In Erfurt gab es einen Zwischenfall mit einer Frau namens Adriane Rücker«, liest sie vor. »Sie ist achtundzwanzig Jahre alt und von Beruf Model, und als sie sich vorgestern bei uns die Haare machen ließ, ist ihren Angaben zufolge ein fataler Fehler passiert …«

»Was für ein Fehler?«

Fiona hält wortlos einen weiteren Ausdruck hoch, der das Bild einer sommersprossigen jungen Frau zeigt. Ihr Haar ist kurz, knallrot und steht kerzengerade in die Höhe.

Ich ziehe erschrocken die Luft ein. »Du meine Güte, die sieht ja aus wie das Sams. Aber woher wollen wir wissen, wie sie vorher ausgesehen hat?«, fällt mir dann ein.

Fiona scheint diesen Einwand vorausgeahnt zu haben, denn sie hält sofort ein anderes Foto hoch, das dieselbe Frau mit üppigen, langen blonden Haaren zeigt, und das sieht eindeutig besser aus.

»Okay, gar kein Vergleich«, murmle ich zähneknirschend. »Und was sagen unsere Leute vor Ort dazu? Wo war das schnell noch?«

»In Erfurt. Sie bestätigen zwar, dass die Frau zum angegebenen Zeitpunkt eine Behandlung hatte, aber angeblich wurde bei ihr nur nachblondiert und die Spitzen geschnitten.«

»So was Ähnliches hätte ich mir eigentlich schon denken können.« Ich atme tief durch. »Okay, und der dritte Vorfall?«

Fiona zieht sichtlich schweren Herzens einen weiteren Ordner hervor.

»Jens Stocker, Berlin«, berichtet sie. »Achtunddreißig Jahre, Unternehmer. Er hatte mehrere Hypnosesitzungen zur Stärkung seines Selbstbewusstseins …« Fiona zögert.

»Ja, und weiter?«, frage ich unbehaglich.

»Seit seiner letzten Sitzung hält er sich für einen Kaiserpinguin«, bringt sie hervor.

»Das ist nicht dein Ernst!«, rufe ich aus.

»Doch, so steht es hier, lies selbst.« Fiona deutet auf die entsprechende Seite.

»Schon gut, ich glaube dir natürlich. Und was macht er jetzt, ich meine, als Pinguin … Ist er etwa schwul geworden?«, will ich wissen.

»Wieso, sind Pinguine schwul?«, fragt Fiona verwundert zurück.

»Ja, schon, jedenfalls ziemlich häufig. Also eigentlich sind die meisten bi, neulich sah ich darüber einen Bericht im Fernsehen.«

»Tatsächlich?« Fiona blickt noch einmal prüfend in ihre Unterlagen. »Also der hier ist anscheinend nicht schwul, er will nur ein Ei ausbrüten …«

»Ein Ei?«, echoe ich ungläubig. »Und wieso?«

»Er ist fest überzeugt, dass sein Junges da drinnen ist, und weigert sich, von dem Ei runterzugehen, bis es ausgeschlüpft ist.«

»Aber das ist völliger Unsinn!« Ich starre sie fassungslos an. »Erstens kann ich mir nicht vorstellen, dass eine Hypnose so etwas bewirken kann …«

»Theoretisch würde es schon gehen, ich habe mich gerade

bei Dr. Weitzmann erkundigt«, nimmt Fiona mir den Wind aus den Segeln. Dr. Weitzmann ist der Seelenklempner in unserem Haus, und er ist unter anderem eine Koryphäe auf dem Gebiet der Hypnose.

»Aber die Wirkung würde nicht lange anhalten, oder?«

»Das kommt darauf an. Dr. Weitzmann meint, bis zu einer Woche wäre es auf jeden Fall möglich, und wenn ihm der zuständige Therapeut noch einen Verstärker gesetzt hat ...«

»Und was sagt der zuständige Therapeut in Berlin dazu?«

»Den konnte ich noch nicht erreichen. Wie du weißt, arbeiten diese Leute meistens nicht hauptberuflich für uns, und er kommt heute erst am Nachmittag.«

»Wobei wir ohnehin davon ausgehen können, dass er diesem Kunden *nicht* suggeriert hat, ein Pinguin zu sein«, sage ich mit hängenden Schultern.

»Ja, das glaube ich auch.«

Also gut. So viel zu den Neuigkeiten des Tages.

Fiona hat recht. Manchmal macht dieser Job wirklich keinen Spaß.

Positive Publicity! Lessings Worte fallen mir wieder ein. Wir bräuchten jetzt positive Nachrichten und keine Horrormeldungen über Salmonellen, verunstaltete Frisuren und Pinguinmänner.

Aber Augenblick mal, *etwas* Positives gibt es an der Sache.

»Wir können von Glück reden, dass die Sachen wenigstens noch nicht im Internet stehen«, versuche ich uns Mut zu machen.

Was folgt, ist ein langes und ziemlich unangenehmes Schweigen.

»Es *steht* bereits im Internet, oder?«

Fionas Blick ist Antwort genug.

Fortuna Español

Bis zum frühen Nachmittag arbeite ich hektisch und ohne Unterbrechung. Ich halte noch einmal ausführlich Rücksprache mit den betreffenden Filialen, in denen sich diese Vorfälle ereignet haben, ich diskutiere das Thema mit Lissy und unserer Rechtsabteilung, und Fiona hat sich auf meinen Auftrag hin inzwischen bei der Firma, die für unsere EDV zuständig ist, erkundigt, ob es eine Möglichkeit gibt, die negativen Berichte, die sich inzwischen wie ein Lauffeuer über das Internet verbreiten, irgendwie einzudämmen, und nicht zuletzt haben wir ein ums andere Mal vergeblich versucht, mit den Personen Kontakt aufzunehmen, die all diese Behauptungen gegen uns aufgestellt haben.

Das Bild, das sich aufgrund unserer Nachforschungen ergibt, ist schlicht und ergreifend niederschmetternd. Laut unseren Rechtsexperten haben wir in den meisten Fällen zwar gute Aussichten, konkrete Schadensersatzforderungen abwenden zu können, und wir sind uns zudem einig darüber, dass wahrscheinlich einige der Vorwürfe von diesen angeblich Geschädigten mangels Beweiserbringung zurückgenommen werden müssen – was dabei aber eindeutig gegen uns spielt, ist die Zeit. Bis wir diese Fälle vor Gericht durchgestritten haben, könnten Monate oder im schlimmsten Fall sogar Jahre vergehen, was aber auf alle Fälle bleibt, ist der enorme Imageschaden für Winners only. Und noch eine bittere Pille mussten wir schlucken: Schlagzeilen im Internet sind praktisch unlöschbar, das haben uns sämtliche Experten bestätigt. Das Internet vergisst nicht, und es ist dabei ebenso unbarmherzig wie kritiklos. Alles, was den Weg dorthin findet, ob wahr oder unwahr, verbreitet sich mit rasender Geschwindigkeit, sodass wir im Grunde genommen gar keine Möglichkeit haben, uns dagegen zu wehren.

Es ist gegen drei, als ich völlig frustriert und ausgelaugt auf die Couch in meinem Büro sinke und das Gesicht in meinen Händen vergrabe.

Ich weiß einfach nicht mehr weiter.

Ich bin die Chefin hier, ich müsste jetzt Entscheidungen treffen, irgendwelche Maßnahmen ergreifen, unser Unternehmen verteidigen, massiv gegen diese Leute vorgehen.

Aber wie nur?

So viele Anschuldigungen und Vorwürfe, und noch dazu von lauter verschiedenen Leuten, wie soll man dagegen bloß ankämpfen?

Es ist völlig aussichtslos. Ebenso gut könnte ich mit einer Spritzpistole gegen eine Panzerarmee antreten, wobei meine Chancen dort vielleicht sogar besser wären, denn Panzer rosten irgendwann …

Fakt ist jedenfalls, dass ich mich in meinem ganzen Leben noch nicht so hoffnungslos gefühlt habe wie in diesem Augenblick, und gleichzeitig wird mir bewusst, wie verrückt das eigentlich ist. Ausgerechnet ich, Molly Becker, glückliche Gewinnerin von cineinhalb Millionen im Lotto, Lebensgefährtin des Multimillionärs Philip Vandenberg, Geschäftsführerin einer ultramodernen Lifestyle-Kette, also alles in allem eine Frau, die eigentlich die ganze Welt beneiden müsste, hocke ich hier in meinem Büro und bin der unglücklichste Mensch der Welt.

Wie hat es nur so weit kommen können?

Vor einem Jahr war ich noch völlig pleite, hatte nichts als meinen Job als Imageberaterin, bei dem ich kaum etwas verdiente, stand zusammen mit Lissy kurz vor der Zwangsräumung, und meine Beziehung mit Frederic war bei näherem

Hinsehen bloß ein schlechter Witz – und dennoch war mein Leben damals wesentlich entspannter und unkomplizierter als jetzt.

Ich weiß, das mag übertrieben klingen, aber es ist wirklich so. Ganz objektiv betrachtet ging der Aufstand erst mit meinem Lottogewinn so richtig los. Anfangs die zähen Wochen, bis ich endlich über mein Geld verfügen konnte, dann die Trillionen von Lügen und Ausreden, mit denen ich die Geschenke an meine Lieben und natürlich auch meine eigenen Ausgaben tarnen musste, und als Philip mir die Führung von Winners only übertrug, begann schon nach wenigen Wochen die Umstrukturierungsarbeit, die im Grunde genommen ja noch immer andauert. Ach ja, und später noch das Kopfzerbrechen, wie Philip sein Vermögen anlegen sollte, und schließlich dieses Paraguay-Projekt …

Es ist verrückt, aber ab einem gewissen Zeitpunkt drehte sich irgendwie alles nur noch um Geld, um Umsätze und um Rendite, um Gewinnprognosen und Effizienzsteigerungen, um steuerliche Aspekte, um Nachhaltigkeit und weiß der Geier was noch alles.

Während ich so darüber nachdenke, fällt es mir plötzlich wie Schuppen von den Augen: Müsste ich meine Befindlichkeit seit meinem unvermuteten Reichtum damals mit einem einzigen Wort beschreiben, dann wäre dieses Wort ganz eindeutig: Stress!

Was für eine Erkenntnis! Geld zu haben, bedeutet nicht nur eitel Wonne und Sonnenschein, sondern gleichzeitig eine ganze Menge Verantwortung und Sorgen …

Okay. Irgendetwas läuft hier völlig verkehrt. Hätte mir das jemand vor einem Jahr klarzumachen versucht, hätte ich ihn, ohne zu zögern, für unzurechnungsfähig erklärt – und doch ist im Augenblick genau das bei mir eingetroffen.

Und dann schleicht sich plötzlich ein ganz merkwürdiger Gedanke in mein Gehirn. Wenn das viele Geld mir so viel Stress bereitet, wozu habe ich die verdammten Millionen überhaupt? Wäre es nicht einfacher, alles hinzuschmeißen und wieder so zu leben wie vorher, mit einem ganz normalen Job und …

»Molly?« Es ist Fiona, die den Kopf zur Tür hereinsteckt. Sie mustert mich besorgt. »Ist alles in Ordnung?«

»Ja, Fiona, es geht schon«, murmle ich undeutlich und wische mir dabei hastig eine Träne von der Wange. »Ich habe nur ein bisschen nachgedacht. Was gibt es denn?«

»Draußen ist ein Mann namens Joe Ranger«, sagt sie, und der Ton ihrer Stimme lässt erkennen, dass sie ziemlich durcheinander ist. »Er hat noch jemanden bei sich, und er möchte unbedingt mit dir sprechen.«

»Joe Ranger?« Ich denke kurz nach. »Nie gehört. Worum geht's denn?«

»Das sagt er nicht. Er will mit dir persönlich reden.« Sie zieht fragend die Augenbrauen hoch.

»Ach ja? Merkwürdig. Na, er soll einfach reinkommen«, entscheide ich dann. Wozu noch lange herumfackeln, schlimmer kann's ohnehin nicht mehr kommen.

Ich mühe mich hoch und gehe zu meinem Schreibtisch, während Fiona draußen ein paar kurze Sätze mit jemandem wechselt. Die Stimme des Mannes kommt mir irgendwie bekannt vor, aber ich kann sie nicht genau zuordnen.

Ein paar Sekunden später geht die Tür wieder auf, und ein Mann tritt ein. Ich mustere ihn schnell, und es dauert ein paar Sekunden, bis ich ihn wiedererkenne.

Sein graumeliertes Haar hat jetzt einen modernen Schnitt mit ein paar frechen Fransen in der Stirn, die fahle Gesichtsfarbe ist einer frischen Bräune gewichen, die ihm zusammen mit dem Dreitagebart eine dynamische Ausstrahlung verleiht. Anstatt seines karierten Umhanges trägt er eng sitzende Jeans und eine braune Wildlederjacke, kurzum, der Mann ist eine ziemlich beeindruckende Erscheinung – ganz anders als noch vor ein paar Tagen.

»Herr Ranninger«, rufe ich überrascht aus. »Fast hätte ich Sie nicht wiedererkannt.«

Er grinst breit und sagt: »Geht mir genauso, ganz habe ich mich an dieses Spiegelbild noch nicht gewöhnt. Ich muss sagen, Frau Becker, Hut ab, Ihre Leute haben ganze Arbeit geleistet.«

»Sie sagen es.« Ich umrunde meinen Schreibtisch, und wir schütteln uns die Hände, während ich ihn mit professioneller Neugierde mustere. »Helfen Sie mir auf die Sprünge: Welche Anwendungen hatte ich eingetragen bei Ihnen?«

»Mal sehen.« Er denkt kurz nach. »Also, ich bekam eine Typberatung, neue Klamotten und Frisur, Solarium, Hypnose, ein Gespräch mit Ihren Marketingleuten, ach ja, und nicht zu vergessen das Zähnebleichen«, zählt er auf und deutet nach seinen letzten Worten auf seine strahlend weißen Zähne.

»Wow.« Ich weiß zwar, dass wir Menschen verändern können, aber dieser hier gehört zu den Fällen, die auch mich immer wieder aufs Neue beeindrucken. »Aber wieso hat Fiona Sie nicht mit Ihrem richtigen Namen angekündigt?«, fällt mir ein.

»Ach, ja, richtig.« Er greift in seine Jackentasche und angelt eine Visitenkarte hervor, die er mir stolz überreicht.

»Joe Ranger, Private Investigator«, lese ich.

»Ihre Marketingleute meinten, dass bei einem Privatdetektiv ein internationaler Anstrich nicht schaden könnte, deshalb haben sie einfach bei meinem Namen ein paar Buchstaben gestrichen, und das ist das Ergebnis«, erklärt er. »Wie finden Sie es?«

Joe Ranger? Ich muss mich mit einem kurzen Blick in seine Augen vergewissern, ob er das ernst meint.

»Oh, es ist auf alle Fälle sehr ...« Ich räuspere mich, weil mir so schnell nichts Passendes einfällt. »... ähm ... *amerikanisch*.«

Und wenn schon, sage ich mir im nächsten Moment. Er ist immerhin Detektiv, und wen würde ein Kunde wohl eher mit einem kniffligen Fall beauftragen, den ultracoolen Joe Ranger oder doch lieber einen Pfeife rauchenden Josef Ranninger? Alles klar. Eins zu null für unsere Marketingleute.

»Es ist großartig«, ergänze ich. »Und ich bin mir sicher, dass das bei Ihren Klienten sehr gut ankommen wird.«

»Ja, das glaube ich auch«, nickt er mit leuchtenden Augen. »Aber wissen Sie was, Frau Becker, das Beste an der Geschichte war Ihr Seelenklempner, Dr. Weitzmann. Der hat mich gestern hypnotisiert, und seitdem fühle ich mich wie ausgewechselt.«

»Ach ja? Wie das?«

»Er hat mir zwar nicht verraten, was er mir im Detail eingetrichtert hat, aber ich bin auf einmal viel selbstbewusster, und vor allem: Ich denke jetzt wie ein Detektiv.«

»Das müssen Sie mir genauer erklären, Herr Rann…«

»Nennen Sie mich doch bitte Ranger«, unterbricht er mich. »Ich würde dieses Ranninger am liebsten ganz loswerden, wenn ich bei der Arbeit bin, Sie verstehen?«

»Ach so, natürlich … *Ranger* also …« Okay, das klingt definitiv bescheuert. »Würde nicht auch Joe gehen?«, frage ich.

»Joe? Ja, Joe ist gut«, nickt er.

»Und Sie nennen mich Molly«, schlage ich vor.

»Ja, gut, *Molly.*« Er zwinkert mir zu. »Molly und Joe, das gefällt mir.«

»Äh, ja, mir auch … Aber wie meinten Sie das vorhin, dass Sie jetzt denken wie ein Detektiv?«, führe ich ihn wieder zurück zum Thema.

»Ja, wie soll ich sagen … es ist, als wäre ich eine Figur aus dem Fernsehen, Sie wissen schon, wie Hercule Poirot, oder Magnum, Rockford, Mike Hammer, oder wie diese alte Schachtel, Miss Marple«, zählt er auf. »Kaum gibt es irgendein Rätsel zu lösen, dann denke ich ganz automatisch wie die, verstehen Sie?«

»Also … um ehrlich zu sein, nicht ganz«, gestehe ich.

»Ist nicht wichtig«, meint er mit einer wegwerfenden Handbewegung. »Aber Sie werden schon sehen, Frau Be… Molly, ich habe jetzt einiges mehr auf dem Kasten. Apropos Kasten, ich habe Ihnen was mitgebracht.« Er deutet auf einen Metallkoffer, den er neben sich abgestellt hat.

»Was ist das?«

»Ach, bloß die übliche Ausrüstung«, meint er, während er lässig seine Daumen im Gürtel einhakt. »Mit Ihrem großzügigen Scheck konnte ich mir ein paar Sachen leisten, da drinnen sind Minikameras in Form von Rauchmeldern, Duftkerzen, Sonnenbrillen und Pfeffermühlen, Abhörwanzen, so klein wie Streichholzköpfe, dann natürlich die entsprechenden Empfänger, Richtmikrofone, Digitalkameras und so weiter.«

»Nicht schlecht«, sage ich beeindruckt. »Und das ist alles für uns?«

»Ja, eigentlich schon, ich meine, nachdem Sie im Moment meine einzige Kundin sind … Ich dachte mir, dass wir Ihre Geschäfte ein bisschen präparieren, damit Ihnen in Zukunft nicht jeder dahergelaufene Penner was ans Zeug flicken kann.«

Okay, das klingt allerdings vernünftig. Ich sperre begierig meine Lauscher auf, während er weiterredet.

»Ich habe mir inzwischen nämlich ein paar Gedanken darüber gemacht, warum ausgerechnet bei Winners only in letzter Zeit so viele merkwürdige Pannen geschehen …« Er malt mit den Fingern Anführungszeichen in die Luft. »… und bin zu dem Schluss gekommen, dass das gar keine Zufälle sind.«

»Ach nein, sondern?«

»Aber das ist doch offensichtlich, Molly, das sind ganz einfach Schmarotzer«, meint er überzeugt. »Ein Millionenunternehmen wie Ihres eignet sich eben bestens zum Abkassieren, Sie haben einerseits das nötige Kleingeld und andererseits einen guten Ruf zu verlieren.«

»Das ist wahr, vor allem jetzt, während unseres Börsenganges, sind wir extrem verwundbar«, bestätige ich aufgeregt.

»Sehen Sie? Worauf ich hinauswill, Molly: Das hier wird

nicht aufhören, wenn wir nicht mit der nötigen Härte und Konsequenz dagegen vorgehen«, schließt er mit eiserner Entschlossenheit in den Augen. »Und wir sollten gleich damit beginnen, indem wir ein deutliches Zeichen setzen.«

»Ja, und wie?«, frage ich atemlos.

Ich bin mir noch nicht ganz sicher, ob seine plötzliche Verwandlung in einen Superdetektiv wirklich funktioniert hat, aber eines kann ich jetzt schon sagen: Er legt eine beachtliche Dynamik an den Tag, und die ist irgendwie mitreißend.

»Ich habe Ihnen jemanden mitgebracht«, verkündet er, geht zur Tür und reißt sie auf. »Sie soll reinkommen!«, befiehlt er barsch, dann tritt er einen Schritt zur Seite, um für die betreffende Person Platz zu machen.

Ich erkenne sie sofort, obwohl ich sie bisher nur auf einem Foto gesehen habe. Das schmale Gesicht, die strohige Frisur, ach ja, und möglicherweise hat es etwas mit den durchgehenden Augenbrauen zu tun, die ihr das Aussehen eines Werwolfs verleihen.

Diese Frau ist Amelie Reinfried.

Mein Puls beginnt augenblicklich zu rasen. Mit ihr hat alles begonnen, die Sorgen, die Aufregung, die schlaflosen Nächte, sie war der Auslöser für alles, was mir in den letzten Tagen das Leben zur Hölle gemacht hat (na ja, vielleicht nicht wirklich *alles*, aber doch einiges davon), sie hat uns ihren gottverdammten Anwalt auf den Hals gehetzt und ist dann feige untergetaucht …

»Frau Reinfried … Siiee …!«, will ich loslegen und suche nach den geeigneten Worten, um meiner Empörung den entsprechenden Ausdruck zu verleihen. Ich bin auf einmal so wütend, ich könnte diese Frau auf der Stelle … man müsste sie … also, wir werden sie auf jeden Fall …

Allein, wie sie dasteht. Das ist so typisch. Zuerst will sie uns verklagen und feige abkassieren, aber jetzt, von Angesicht zu Angesicht, ist das Miststück auf einmal ganz klein. Sie lässt die

Schultern hängen, schafft es nicht einmal, mir in die Augen zu sehen, sie weint dazu erbärmlich und ... äh ... zittert am ganzen Körper.

Oh mein Gott. Die Frau ist ja völlig fertig.

»Darf ich vorstellen: Amelie Reinfried!« Joe präsentiert sie, als wäre sie eine gefährliche Bestie und er ihr Dompteur.

»Wie haben Sie sie denn aufgespürt?«, frage ich ihn, weil ich im Moment nicht weiß, was ich zu ihr sagen soll.

»Tja, das war irgendwie merkwürdig ...« Joe kratzt sich hinter dem Ohr. »Als ich heute Vormittag wieder vor ihrem Haus Stellung bezogen habe, hat sie plötzlich an meine Scheibe geklopft und mir diesen Wisch in die Hand gedrückt.« Er zieht einen Zettel aus der Jackentasche und überreicht ihn mir. »Im ersten Moment habe ich mir fast in die Hose gemacht vor Schreck, aber dann habe ich natürlich blitzschnell kombiniert und sie sofort festgenommen, versteht sich«, schiebt er gewichtig hinterher.

»Gut gemacht«, lobe ich ihn gedankenverloren, während ich den Zettel auseinanderfalte.

Als ich den Briefkopf sehe, erkenne ich ihn gleich wieder.

»Fortuna Español« steht ganz oben, und darunter:

Sehr geehrte Frau Reinfried,
wir freuen uns sehr, Sie zu Ihrem Gewinn über 100 000,– Euro (in Worten: einhunderttausend) beglückwünschen zu dürfen. Leider konnten wir Sie bisher nicht persönlich erreichen, deshalb haben wir unserem Glücksboten aufgetragen, vor Ihrem Haus auf Sie zu warten, um Ihnen persönlich ...

Das ist mein Brief! An den hatte ich in der ganzen Hektik gar nicht mehr gedacht. Nachdem Joe mir bei unserem letzten Treffen mitgeteilt hatte, dass Amelie Reinfried ihre Post regelmäßig abholt, hatte ich mich darauf besonnen, wie ich meine Freunde immer austrickse, wenn ich sie heimlich beschenken

will, und dann einfach einen meiner Tricks ein bisschen abge-
wandelt.

Ich fasse es nicht, es hat funktioniert! Nachdem Amelie
Reinfried mitbekommen hatte, dass sie überwacht wird, musste
sie natürlich annehmen, Joe wäre ihr Glücksbote, und hat in
ihrer Begeisterung gleich an seine Scheibe geklopft …

Eines ist jedenfalls sicher: Das muss ein ziemlich böses Erwa-
chen für sie gewesen sein. Kein Wunder, dass sie jetzt so fertig
ist.

»Ich habe Frau Reinfried während der Fahrt schon mal ein
bisschen vorbereitet.« Joe zieht einen Zahnstocher aus seiner
Tasche und beginnt lässig darauf herumzukauen, während
er fortfährt: »Sie über die strafrechtlichen Folgen ihres Er-
pressungsversuches aufgeklärt, ihr ein bisschen was über die
Zustände in unseren Gefängnissen erzählt, was man dort mit
Leuten wie ihr so alles anstellt, na ja, das Übliche, Sie wissen
schon …«

Er wirft mir einen routiniert-gelangweilten Blick zu, und
ganz automatisch nicke ich grimmig, als wüsste ich, was er
meint.

Im selben Moment entfährt Amelie Reinfried ein herzzer-
reißender Schluchzer, der mir augenblicklich die Kehle zu-
schnürt.

»Und dann hat unser Vögelchen endlich gesungen, nicht
wahr, Frau Reinfried?« Joe durchbohrt sie mit einem stahlhar-
ten Blick, dem sie keine Sekunde standhalten kann. Sie beginnt
erneut zu schluchzen, und jetzt ertrage ich den Anblick nicht
länger.

Ich nehme schnell ein Taschentuch von meinem Schreibtisch und reiche es ihr.

»Hier, bitte, Frau Reinfried.« Sie wirft mir einen scheuen
Blick zu und nimmt es mit zittriger Hand. Nachdem sie sich
geräuschvoll geschnäuzt hat, setzt Joe nach.

»Also gut, Frau Reinfried, erzählen Sie uns noch einmal Ihre

Geschichte, und ich rate Ihnen, bleiben Sie ja bei der Wahrheit«, ermahnt er sie streng.

»Jawohl, Herr Ranger«, seufzt sie ergeben.

»Wissen Sie was, setzen wir uns doch«, schlage ich vor, um ein bisschen Druck von ihr zu nehmen.

Ich schreite voran zur Couch und schenke aus der bereitstehenden Karaffe drei Gläser Wasser für uns ein.

»So, Frau Reinfried«, sage ich einfühlsam, nachdem sie mit wackeligen Händen getrunken und dabei fast die Hälfte über ihr ausgewaschenes, graues Wollkleid verschüttet hat. »Dann erzählen Sie mal: Diese Augenbrauen sind nicht von uns, stimmt's?«

Mannomann, aus der Nähe sehen die echt fies aus. Die *können* gar nicht von einem unserer Stylisten stammen, es sei denn, er wäre über Nacht erblindet.

»Nein, sind sie nicht«, gesteht sie mit bebender Unterlippe.

»Woraus sind die überhaupt?« Ich riskiere einen genaueren Blick. »Das ist gar kein Permanent Make-up, oder täusche ich mich?«

»Nein, Sie haben recht, das war ein Permanentmarker … ein Edding 500«, ergänzt sie mit einem ängstlichen Seitenblick auf Joe.

»Mit dem Sie das selber aufgemalt haben, nehme ich an?«

Sie nickt betreten und läuft dabei knallrot an.

»Gut, Frau Reinfried, was mich jetzt aber am meisten interessiert: Wie sind Sie überhaupt auf die Idee gekommen, uns so etwas anzuhängen?«

»Ja, wissen Sie, angefangen hat es damit, dass ich meine Arbeit verloren habe …« Sie seufzt. »… und dann brauchte meine Tochter auf einmal diese Zahnspange, und als meine Mutter krank wurde …« Ihre Augen füllen sich sofort wieder mit Wasser. Auf einmal tut sie mir so leid, dass ich am liebsten gleich mitheulen würde, und aus den Augenwinkeln sehe ich, dass auch Joe plötzlich ganz bedröppelt guckt.

»Wie alt ist Ihre Tochter denn?«, frage ich.

»Denise ist sieben …« Für einen winzigen Augenblick tritt ein Leuchten in ihre Augen. »… und ein wahrer Sonnenschein. Aber seit ihr Vater abgehauen ist …« Sie hebt hilflos die Arme.

»Verstehe, Sie waren also pleite.«

Sie nickt beklommen, und ich muss mir einen Ruck geben, um fortzufahren: »Und weiter?«

»Dann ging ich zum Sozialamt, wieder einmal – und wieder einmal vergeblich.« Sie versinkt kurz in ihre Erinnerungen, bevor sie mit bebenden Lippen weitererzählt: »Dort haben sie gemeint, dass ich mir gefälligst Arbeit suchen soll wie jeder andere anständige Mensch – als ob ich das nicht ständig versuchen würde! Die haben ja keine Ahnung, wie schwer das ist ohne Ausbildung, und noch dazu mit einem Kind.« Sie wirft mir einen Blick voller Kummer und Reue zu, und augenblicklich erfasst mich eine tiefe Wut auf das System.

»Und dann …«, sagt sie.

»Ja? Was dann?« Meine Wut schlägt sofort wieder in Neugierde um.

»Dann tauchte auf einmal dieser unheimliche Mann auf …«

Ich, Molly Becker, geboren am ...

Plötzlich ist alles anders.

Amelie Reinfried hat uns die ganze Geschichte erzählt. Ein ihr unbekannter Mann hat sie gefragt, ob sie daran interessiert wäre, für leichte Arbeit fünftausend Euro zu verdienen. Natürlich dachte sie sofort an etwas Sexuelles und hat erst mal empört abgelehnt, aber nachdem dieser Irrtum ausgeräumt war, hat der Unbekannte ihr erklärt, was sie dafür zu tun hätte: Sie bräuchte nur Mitglied bei Winners only zu werden, sich nach einem Permanent Make-up diese hässlichen Augenbrauen aufzumalen und sich dann an einen Anwalt zu wenden. Amelie Reinfried hatte Bedenken, aber als der Mann ihr erklärte, dass es sich dabei bloß um einen kleinen Denkzettel handle, um eine Art Scherz, und er vor ihren Augen mit ein paar dicken Scheinen herumzuwedeln begann, wurde sie weich und hat schließlich eingewilligt.

»... als aber dieser Anwalt die Fotos von meinem Gesicht machte und meinte, dass ich für die nächsten Wochen am besten untertauchen sollte, dämmerte es mir, worauf ich mich da eingelassen hatte, aber da konnte ich nicht mehr zurück«, schnieft sie.

Ich fülle ihr Glas wieder auf, und sie trinkt. Dann hebt sie den Blick und sieht mich an.

»Es tut mir ja so leid, dass ich Ihnen das angetan habe, Frau Becker.« Sie schluckt tief, bevor sie fragt: »Muss ich jetzt ins Gefängnis?«

»Nein, Frau Reinfried, das müssen Sie nicht, dafür werden

wir schon sorgen«, beruhige ich sie und tätschle ihren Arm dabei.

Dann lasse ich mir alles schnell noch einmal durch den Kopf gehen.

Dieser geheimnisvolle fremde Mann, wer war das?

Als Amelie Reinfried ihn erwähnte, habe ich ganz automatisch auf Hans Meier, den Freund meiner Exchefin Clarissa, getippt, weil es irgendwie logisch gewesen wäre, dass sie dahintersteckt. Aber als Amelie Reinfried ihn auf meine Zwischenfrage hin als mittelgroß, schwarzhaarig und korpulent bezeichnete, schied er aus. Hans Meier ist im Gegensatz zu diesem Mann überdurchschnittlich groß, schlank und hat graues Haar. Ach ja, und noch ein besonderes Merkmal hat sie uns genannt, und das war es neben der dunkel getönten Brille und der merkwürdigen Stimme vor allem, was den Mann für sie so unheimlich wirken ließ: Er hatte einen Riesenkopf, so groß, dass Amelie Reinfried ihn sogar mit einem Außerirdischen verglich. Hans Meier scheidet somit also aus, bleibt nur noch die Möglichkeit, dass Clarissa jemand anderen für den Job engagiert hat. Aber warum dann ausgerechnet diesen auffälligen Mann? Das wäre doch irgendwie dämlich. Und man kann Clarissa vieles nennen (Tyrannin, Biest, Geißel Gottes, Seelenfresserin, Miststück, nur so zum Beispiel), aber dämlich ist sie definitiv nicht. Leider.

Also erscheint mir das auch ziemlich unwahrscheinlich.

Nun denn, irgendjemand hat es auf Winners only abgesehen, so viel steht jedenfalls fest. Aber wer könnte das sein, und vor allem, was bezweckt derjenige damit? Wie haben doch gar keinen direkten Konkurrenten, der einen Grund hätte, uns zu attackieren. Ich kann es also drehen und wenden, wie ich will, aber ich werde nicht schlau aus der Sache.

Als ich mich erhebe, springt ebenfalls Amelie Reinfried erschrocken hoch.

»Gute Arbeit, Joe«, sage ich als Erstes.

Er lächelt geschmeichelt. »Das hört man gern. Ich muss aber zugeben, dass auch ein bisschen Glück im Spiel war«, meint er. »Wenn Frau Reinfried nicht *zufällig* diesen Brief erhalten hätte – den ich so ganz nebenbei für ein unseriöses Gewinnversprechen halte, mit dem jemand den Leuten das Geld aus der Tasche ziehen will … «

Wie bitte? Das hat er noch gar nicht geschnallt?

»Das war kein Zufall, Joe«, kläre ich ihn auf. »Dieser Brief war von mir.«

»Von Ihnen? Aber wie kamen Sie auf …?« Ich kann sehen, wie es in seinem Oberstübchen arbeitet, und dann kapiert er es endlich. »Ach so, das war ein *Trick*! Mensch, Molly, Sie sind ja vielleicht gerissen, darauf muss man erst einmal kommen. Wissen Sie was, Sie und ich als Team, das wäre der Oberhammer«, sagt er begeistert. »Hätten Sie keine Lust, ins Detektivgeschäft einzusteigen?«

»Oh, nein, danke, Joe, im Moment bin ich hier ziemlich ausgelastet, wie Sie sehen«, kratze ich elegant die Kurve. »Okay, wie geht's jetzt weiter?« Ich überlege kurz, bevor ich meine Anweisungen gebe: »Also gut, Joe, Sie begleiten jetzt Frau Reinfried zu unserer Rechtsabteilung, meine Freundin Lissy arbeitet dort, und ich werde ihr Bescheid geben, dass Sie kommen.« Ich wende mich wieder an Amelie Reinfried. »Wir werden eine schriftliche Erklärung aufsetzen, die Sie dann unterschreiben müssten, Frau Reinfried, und als Gegenleistung würde ich von einer Anzeige bei den Behörden und einer zivilrechtlichen Klage gegen Sie absehen.«

»Das würden Sie?« In ihrem Blick keimt ein Funken Hoffnung auf.

»Ja, allerdings nur unter der Voraussetzung, dass Sie uns in dieser Angelegenheit weiterhin als Zeugin zur Verfügung stehen.«

Sie nickt beflissen. »Ja, natürlich, ich werde alles sagen, was Sie wollen.«

»Sagen Sie einfach nur die Wahrheit, Frau Reinfried, das reicht schon.« Ich wende mich wieder Joe zu. »Gut, ich denke, damit hätten wir's für heute, Joe. Fiona wird Ihnen noch erklären, wie Sie zur Rechtsabteilung kommen, ach ja, und sie soll Ihnen noch Kopien von den neuesten Vorfällen machen, damit Sie sich die auch gleich ansehen können.«

»Neueste Vorfälle?«, wiederholt er. »Gab es denn schon wieder was?«

»Ja, erst heute kamen drei neue rein«, nicke ich, und sofort überkommt mich wieder die Frustration.

»Herrschaftszeiten, das darf doch alles nicht wahr sein!« Joe ballt grimmig die Hände zu Fäusten. »Aber keine Sorge, Molly, die kriegen wir noch, und dann machen wir sie fertig.«

»Sie sagen es, Joe«, stimme ich ihm wenig überzeugt zu.

Als sie zur Tür hinaus sind, lasse ich mich in meinen Sessel fallen und stütze nachdenklich das Kinn auf meinen Daumen.

Dieser mysteriöse Mann geht mir nicht mehr aus dem Kopf. Ob er auch hinter den anderen Anschuldigungen steckt?

Natürlich, wer denn sonst, gebe ich mir dann gleich selbst die Antwort. So viele merkwürdige Vorkommnisse in so kurzer Zeit können gar kein Zufall sein. Aber was bezweckt er damit, und vor allem, wie können wir uns dagegen wehren? Wir haben jetzt zwar das Geständnis von Amelie Reinfried, aber sie ist bloß eine von – wie viele waren das inzwischen überhaupt? – sechs!

Oh Gott, wie sollen wir die bloß alle ausfindig machen?

Uns bleibt keine Zeit mehr, Lessing sprach von ein paar Wochen, die über Top oder Flop entscheiden, und wir haben inzwischen bereits den dritten Tag, an dem uns die Medien mit geradezu teuflischer Freude weichkochen und diesen ganzen Schmutz über Winners only ausbreiten.

Plötzlich werde ich wieder ganz mutlos. Wie sollen wir aus diesem Wahnsinn bloß wieder rauskommen? Es stehen immer noch fünf Anschuldigungen gegen Winners only im Raum, und wer sagt überhaupt, dass es dabei bleibt? Was, wenn das nur der Anfang war? Was, wenn unser geheimnisvoller Gegner uns weiterhin Lockvögel ins Haus schickt? Wir haben fünfzehn Filialen, damit bleiben noch genügend Möglichkeiten …

Okay, das war's. Es ist aus. Wir haben schon so gut wie verloren. Wir können nicht alle unsere Filialen gegen Saboteure abschirmen, das ist ein Ding der Unmöglichkeit.

Plötzlich ist da wieder dieses alles dominierende Gefühl, das ich durch Joes Auftauchen für kurze Zeit verdrängt habe, es ist eine geradezu erschütternde Hilflosigkeit.

Ich kann das alles nicht, erscheint es plötzlich wie eine unverrückbare, in Stein gemeißelte Schrift vor meinem geistigen Auge.

Ich kann es nicht, so einfach ist das. Ich bin in Wirklichkeit gar keine Managerin, und ich bin auch keine gute Geschäftsführerin, ja, die Wahrheit ist, dass ich mich bei diesem ganzen geschäftlichen Kram noch kein bisschen auskenne, obwohl ich jetzt schon über ein Jahr der Boss von diesem Laden bin.

Die Erkenntnis trifft mich mit brutaler Wucht: Im Grunde genommen ist alles, was ich hier mache, ein einziger, schlechter Witz.

Ich werde es hinschmeißen. Genau, das werde ich.

Mal im Ernst, was bleibt mir denn anderes übrig? Ich werde sonst noch kaputtgehen an dieser Riesenverantwortung, der ich schlicht nicht gewachsen bin. Nein, es hat keinen Sinn. Ich werde Philip sagen, dass er sich in mir getäuscht hat und dass ich mir wieder eine ganz normale Arbeit suche …

»Molly?« Es ist schon wieder Fiona, die mich aus meiner Betrübnis reißt.

»Ja, Fiona?«

Bitte, lieber Gott, lass es keine schlechte Nachricht sein. Bitte.

Sie schiebt sich zur Tür herein und strahlt mich an.

Oje, fällt mir auf einmal ein, ihr muss ich dann ja auch mitteilen, dass ich meinen Sessel räume. Für sie wird es besonders hart werden, wo sie doch so fest an mich glaubt, ja, mich sogar für ihr Vorbild hält, ausgerechnet mich, die taubste Nuss von allen!

»Der Typ ist cool, was?« Sie deutet mit dem Daumen hinter sich. »Joe Ranger.« Sie lässt sich den Namen auf der Zunge zergehen. »Der kommt mir vor, als wäre er direkt aus einer Fernsehserie entsprungen. Weißt du was, Molly, im ersten Moment war ich so platt, dass ich Amelie Reinfried gar nicht erkannt habe, dabei war es unübersehbar bei *den* Augenbrauen. War also alles gefakt, wie?«

»Ja, sieht ganz so aus«, nicke ich.

»Siehst du, ich wusste, dass sich das alles noch aufklärt«, meint sie zuversichtlich, und dann gerät sie auf einmal ins Schwärmen: »Dieser Joe Ranger wird sich nach und nach alle schnappen, der ist knallhart.«

Ach, Fiona. Wie sie jetzt so dasteht, mit ihren Hoffnungen und Träumen, wie soll ich ihr da erklären, dass wir dieses Spiel schon so gut wie verloren haben und dass auch ein Joe Ranger nichts mehr daran wird ändern können?

»Aber wir können das alles ja während der Fahrt noch weiter besprechen«, fügt sie ganz zappelig an.

»Welche Fahrt denn?«, frage ich arglos. »Steht etwa heute noch ein Termin an?«

»Aber sicher, Molly«, ruft sie erstaunt aus, und dann lacht sie quietschvergnügt auf. »Komm schon, erzähl mir nicht, du hättest das vergessen! No Limits, unser Fallschirmsprung – na, klingelt's? Darauf freuen wir uns doch schon die ganze Woche!«

Okay, Molly, ganz ruhig. Es ist nur ein Flugzeug. Alles kein Problem. Es hat zwei stabile Flügel, es hat einen zuverlässigen Motor, und es ist … so verdammt *klein*!

Ich hatte ja keine Ahnung, dass es so winzige Flugzeuge gibt. Bisher bin ich immer nur mit diesen großen Touristenvögeln geflogen, und sogar da hatte ich stets das Gefühl, dass die ruhig etwas größer sein könnten.

Aber das Ding, in dem wir jetzt hocken, ist wirklich eine Zumutung. Nachdem wir zusammen mit Mike und Sippo – das sind die beiden Ausbilder von der Fallschirmschule – hineingeklettert sind, hätten wir korrekterweise ein »Wegen-Überfüllung-geschlossen-Schild« draußen hinhängen müssen, so eng ist es hier, und kaum hatte Mike die Ladeluke ins Schloss gewuchtet, da gab der Pilot schon mächtig Gas, und keine Minute später waren wir in der Luft.

Wir steigen höher und höher, und das Flugzeug wird dabei immer wieder von heftigen Böen durchgeschüttelt, was außer mir aber seltsamerweise keinen zu stören scheint. Vorhin am Boden haben sie Fiona und mich nach einem ellenlangen Vortrag in viel zu große graue Overalls gesteckt, die noch nach dem Angstschweiß unserer Vorgänger riechen, und um das Bild abzurunden, haben sie uns dann auch noch olle Lederhelme samt Brillen übergestülpt, die aussehen wie Originalrequisiten aus »Quax, der Bruchpilot«. Wir hocken nebeneinander auf spartanischen Holzsitzen, und an unseren Bäuchen tragen wir Mörderrucksäcke mit Reservefallschirmen, sodass wir aussehen wie zwei fette Beutelratten mit Bindehautentzündung – so viel zum Thema Trendsportart. Mike und Sippo haben direkt gegenüber Platz genommen. Sie tragen ihre Fallschirme auf dem Rücken, um uns später für den Tandemsprung vorne festgurten zu können, aber ehrlich gesagt sieht das nicht viel besser aus.

Als die Maschine erneut heftig durchgerüttelt wird, klammere ich mich verzweifelt an die Haltegriffe und gebe mir gleichzeitig Mühe, mir meine ständig wachsende Panik nicht anmerken zu lassen. Mike geht noch einmal den ganzen Ablauf mit uns durch, und dabei hat er ausschließlich Fiona im Blick, da sie mich inzwischen ja für einen halben Profi in Sachen Fallschirmsprung halten.

Irgendwie ist es mir bisher nämlich nicht gelungen, dieses klitzekleine Missverständnis aufzuklären. Als Fiona sich vorhin so auf den Sprung gefreut hat, da brachte ich es einfach nicht übers Herz, ihr zu gestehen, dass ich gelogen hatte, was die Springerei angeht, und auf die Schnelle wollte mir keine plausible Ausrede einfallen, vor allem, da Fiona ja meinen Terminkalender besser kennt als ich. Auf der Fahrt zum Flughafen war sie dann überhaupt nicht mehr zu bremsen, sie hat wie ein kleines Kind nur noch von ihrem ersten Fallschirmsprung geschwärmt und mir tausend Fragen zu dem Thema gestellt, und ich habe sie alle beantwortet.

Du meine Güte, was habe ich denn da überhaupt alles *gefaselt*?

Alles, was ich bisher übers Fallschirmspringen weiß, stammt aus zwei Filmen mit Stephen Baldwin und Wesley Snipes, und auch da hat mich das Springen nicht sonderlich interessiert, sondern eher die schnulzigen Liebesgeschichten, die in die Handlungen eingebaut waren.

Und bei der Fallschirmschule hat Fiona natürlich gleich gewaltig damit angegeben, dass ich schon zig Sprünge auf dem Buckel habe, und Mike und Sippo haben nicht schlecht gestaunt, als ich mir beim Anlegen der Ausrüstung den Fallschirm verkehrt herum angeschnallt habe. Ich konnte gerade noch die Kurve kratzen, indem ich erklärte, dass ich bisher bei einem Salzburger Verein gesprungen sei, und dass die Österreicher ihre Schirme wegen ihres statistisch bewiesenen größeren Bauchumfangs andersrum tragen, und Mike hat das dann nur achselzuckend mit der Bemerkung abgetan, dass wir bei einem Tandemsprung ohnehin nichts selber machen müssten. Irgendwie hat mich das beruhigt, obwohl es mir schon wieder egal sein könnte. Ich habe mir inzwischen nämlich einen ziemlich raffinierten Plan zurechtgelegt, wie ich mich vor diesem Sprung drücken kann, ohne Fiona in mein kleines Geheimnis einweihen zu müssen. Demzufolge muss ich jetzt nur noch ohne größere Panikattacke die paar Minuten überstehen, bis wir oben sind und Fiona mit Mike abgesprungen ist, dann werde ich Sippo einen kleinen Bären aufbinden, wir werden umkehren und ganz gemütlich wieder landen, und später werde ich Fiona erzählen, dass es ein Problem bei Sippos Schirm gegeben hätte oder so was in der Art. Auf jeden Fall werde ich nicht aus diesem Flugzeug springen, so viel steht fest, und im Moment ist diese Gewissheit so ziemlich das Einzige, was mich noch am Leben hält.

»Okay, Leute, wir sind gleich auf viertausend Meter«, brüllt Mike gegen den Lärm der Maschine an. »Wenn ich es euch sage, steht ihr auf, dreht euch um, und wir gurten euch an uns fest. Dann kann die Show beginnen. Noch Fragen?«

Aus den Augenwinkeln sehe ich, dass sein Blick fragend zwischen Fiona und mir hin und her wechselt, aber ich halte meine Augen sicherheitshalber nur noch starr auf Sippo gerichtet. Ich muss unbedingt vermeiden, aus Versehen aus dem Fenster zu gucken, da ich nicht weiß, wie mein Magen in dieser fliegenden Mülltonne auf einen Blick aus dieser Höhe reagieren würde. Ungünstigerweise scheint das inzwischen auch Sippo aufgefallen zu sein. Seine roten Wangen wandern auf einmal zu einem breiten Grinsen auseinander, wodurch er aussieht wie ein geiles Backenhörnchen, und er zwinkert mir jetzt zu.

»Ich hätte noch eine Frage!«, brüllt Fiona. »Wer springt zuerst?«

»Molly und Sippo natürlich!«, antwortet Mike. »Molly hat ja schon Erfahrung damit!«

Wie bitte? Mein Kopf ruckt panisch herum. Ich kann nicht als Erste springen – dann wäre ja mein ganzer schöner Plan im Eimer!

»Nein, ausgeschlossen, ich werde nicht springen!«, schreie ich, und als mich alle überrascht anglotzen, schicke ich schnell nach: »Ich meinte, ich werde nicht *als Erste* springen, weil … ähm … ich Fiona sonst ja gar nicht zusehen könnte bei ihrem ersten Sprung!« Hastig zerre ich mein Handy aus der Overall-tasche, das ich vorsorglich eingesteckt habe. »Ich will das näm-lich filmen, wisst ihr?«

»Au ja, das wäre toll! Das könnten wir bei Youtube reinstel-len.« Fiona wirft einen sehnsüchtigen Blick auf mein Handy und im Anschluss einen bettelnden auf Mike. »Geht das, Mike?«

»Klar, warum nicht? Von mir aus«, nickt der. »Was meinst du, Sippo?«

»Okey dokey. Dann haben wir wenigstens mehr Zeit für uns, was, Molly?« Täusche ich mich, oder hat der Blödmann mir gerade ein Küsschen zugeworfen?

Egal. Wichtig ist nur, dass mein Plan funktioniert, und in Gedanken rufe ich ein dreifaches Halleluja aus.

»Alles klar.« Mike wirft einen Blick nach vorn auf die Instru-mententafel des Piloten, der im selben Moment den Daumen hebt. »Okay, Leute, wir sind oben. Fiona, beweg deinen süßen Hintern her zu mir!«

Fiona kichert. »Hast du gehört, Molly? Er hat *süßer Hintern* gesagt!« Sie steht auf und dreht sich dann so, dass Mike von hinten an sie herantreten kann. Mit ein paar routinierten Handgriffen befestigt er sein Gurtzeug an ihr, sodass sie eine untrennbare Einheit bilden.

»Sippo, mach den Check!«, fordert er seinen Kumpel auf.

Sippo wuchtet seinen massigen Körper hoch und kontrol-liert alles. »Gecheckt«, vermeldet er zackig. »So, Molly, jetzt bist du dran!«

»Wie bitte?« Mein Puls legt gleich wieder einen Zahn zu. »Aber ich dachte, Fiona und Mike springen als Erste.«

»Ja, schon, aber Mike muss vorher noch unser Gurtzeug überprüfen, sicher ist sicher.«

Ach so. Ja, dann …

Zögernd erhebe ich mich und drehe mich um. Ich fühle, wie Sippo sich von hinten an mich heranschiebt und nacheinander die Gurtschlösser einhakt, wobei er sich eindeutig mehr Zeit lässt als vorhin Mike bei Fiona. Und wieso muss das überhaupt so eng sein? Das ist wirklich unangenehm, ich kann durch unsere Anzüge hindurch alles spüren, seinen Bauch und …

Das ist doch ein Feuerzeug, oder?!

Bevor ich noch weiter darüber nachdenken kann, macht Mike bei uns die Kontrolle, dann tut Sippo einen Schritt zur Seite, um die Sprungluke freizugeben, und ich hänge dabei hilflos an ihm wie ein Koalajunges am Bauch seiner Mutter.

Völlig gebannt beobachte ich, wie Mike an einem Riegel dreht und der Luke einen Schubs gibt. Sie springt auf und gibt mit einem mächtigen Rauschen den Blick nach unten frei.

Bei dem Anblick setzt mein Herzschlag augenblicklich aus. Ich sehe dünne Wolkenfelder vorbeiströmen, und darunter, *ganz* weit weg, ist die Erde zu sehen. Es ist der reinste Horror. Wie kann ein Mensch nur so verrückt sein, freiwillig hier rauszuspringen?

»Wow, das sieht ja geil aus!«, ruft Fiona im selben Moment auch noch begeistert aus, während sie und Mike sich der Luke nähern. »Ich kann's kaum erwarten! Hast du die Kamera bereit, Molly?«

»Äh … ja, klar, hab ich!«, quieke ich mit überschnappender Stimme. Ich halte mein Handy hoch und drücke auf irgendeinen Knopf, während ich gleichzeitig erfolglos versuche, Sippo ein bisschen weiter nach hinten zu drängen.

»Okay, Fiona, alles klar bei dir?«, schreit Mike.

»Mehr als klar, Mike, lass es uns endlich tun!«

»Na dann … Geronimoooo …!«

Ich fasse es nicht. Mit angehaltenem Atem beobachte ich, wie die beiden sich aus dem Flugzeug stürzen, und es dauert nur den Bruchteil einer Sekunde, dann hat der Luftstrom im Freien sie erfasst und aus unserem Blickfeld gerissen.

»So, Molly, wir zwei Hübschen sind dran«, vernehme ich auf einmal Sippos Stimme dicht an meinem Ohr.

Oh, oh. Er will mit mir zur Luke. Ich darf jetzt keine Zeit verlieren. Mein Plan, schnell!

»Oh, da ruft wer an!«, rufe ich laut aus und führe gleichzeitig das Handy an mein Ohr.

»Wie bitte?«, kommt es ungläubig von hinten.

»Warte mal kurz, Sippo!« Ich stoppe ihn mit einer Handbewegung und tue so, als würde ich mit jemandem telefonieren: »Ach nein, tatsächlich? Also, wenn das *so* ist … ja, klar, ich komme sofort!« Ich drehe den Kopf ein bisschen. »Sippo, ich kann leider nicht springen. Ich muss dringend zurück zu meiner Firma, es geht da um ein extrem wichtiges Geschäft!«

»Heißt das, du hast es eilig?«, fragt er.

»Ja, sehr sogar!«, nicke ich.

Gott sei Dank, er hat's geschluckt. Okay, alles ganz easy. Dann können wir jetzt ja diese gruselige Luke wieder schließen, uns in aller Ruhe abschnallen, und …

»Okay, wir wollen keine Zeit verlieren!«, vernehme ich auf einmal.

Dann sehe ich wie in einer unwirklichen Superzeitlupe, wie mir seine riesige Pranke das Handy aus der Hand nimmt, und ehe ich noch richtig begreife, was da vor sich geht, bewegen wir uns auf einmal auf die Luke zu!

»Verdammt, Sippo, was machst du denn da?«, kreische ich hysterisch auf. Ich stemme mich mit aller Kraft gegen ihn, aber gegen seinen massigen Körper komme ich nicht an.

»Na, was wohl?«, brummt er. »Du sagtest, du hättest es eilig, und der schnellste Weg ist immer noch der geradewegs nach unten.«

Jähe Panik erfasst mich. Ich will noch etwas sagen, aber das Windgeräusch ist bereits so laut, dass er mich nicht mehr hören kann. Wir sind nur noch ein paar Zentimeter von der Luke entfernt, ich kann tief unter uns die Erde sehen, und sonst ist da nichts außer *Luuuuft* …

Wir springen! Wir sind im freien Fall!

Ich will den Mund zum Schreien öffnen, aber der Fallwind raubt mir sofort den Atem, und wir werden immer schneller. Die Erde bewegt sich mit rasender Geschwindigkeit auf uns zu, sie kommt näher und näher, und es fühlt sich an, als würden wir immer noch beschleunigen.

Müsste der Schirm sich nicht schon längst geöffnet haben? Ich warte in panischer Angst auf den Ruck, aber er kommt nicht. Verdammt noch mal, Sippo, tu doch etwas, zieh an der Leine!

Mach *irgendwas*!

Wir sind bereits so dicht über dem Boden, dass es nur noch Sekunden dauern kann, bis wir aufschlagen, aber nichts geschieht!

Und dann plötzlich begreife ich: Es ist aus.

Das ist das Ende.

Ich, Molly Becker, geboren am …

Mist. Ich bin jetzt so in Panik, dass mir nicht einmal mehr mein eigenes Geburtsdatum einfällt. Stattdessen beginnt plötzlich mein ganzes Leben an mir vorüberzuziehen, ein untrügliches Zeichen dafür, dass es zu Ende geht. Wie mich mein Papi als kleines Mädchen immer gedrückt und Molly-Wolly zu mir gesagt hat, und dann die Schule, mein erstes Mal mit Robby The Freak Saalfrank auf dem Rücksitz seines VW-Käfers (okay, das hätte es nicht unbedingt gebraucht, das hatte ich schon erfolgreich verdrängt), mein Lottogewinn …

Oh Gott. Der Gewinn! Wenn ich jetzt sterbe, werden alle erfahren, dass ich im Lotto gewonnen habe, und dann werden sie wissen, dass ich sie die ganze Zeit über belogen habe.

Oh nein! Meine Eltern, Lissy und Tessa, sie werden wissen, dass alles nur ein riesengroßer Schwindel war, dass ich in Wirklichkeit gar nicht so clever und erfolgreich gewesen bin, sondern einfach nur Schwein gehabt habe.

Und Philip erst. Was wird er von mir denken, nachdem ich mich nicht einmal ihm anvertraut habe?

Verzeiht mir. Bitte verzeiht mir. Ach, könnte ich nur alles wieder rückgängig machen …

Aber jetzt ist es zu spät, viel zu spät.

Da, die Erde!

Sie ist da!

Ich sterbe. Ich *sterbe* …

Mortimer

Als Erstes gleich die gute Nachricht: Ich bin gar nicht tot.

Im Gegenteil, diese extreme Erfahrung gestern hat mir erst Dinge klargemacht, die mir vorher überhaupt nicht bewusst waren, und deswegen bin ich heute so beschwingt und voller Tatendrang wie schon lange nicht mehr.

No Limits. Es ist der Hammer.

Es ist das absolute Überdrüber-Wahnsinns-Ding!

Ohne Übertreibung, dieses extreme Überschreiten seiner eigenen Grenzen hat eine Wirkung, die ich mir nicht einmal im Traum hätte vorstellen können.

Als ich gestern auf die Erde zugeschwebt bin, dachte ich wirklich, mein letztes Stündlein hätte geschlagen, und als dieser Blödmann Sippo dann doch noch in allerletzter Sekunde (er hat das natürlich abgestritten, aber ich bin mir sicher, dass er mir einen Schreck einjagen wollte; deswegen habe ich übrigens auch kein schlechtes Gewissen, weil ich ihm in meiner Todesangst das ganze Gesicht zerkratzt habe) die Reißleine gezogen hat und wir sicher gelandet sind, hat das mein ganzes Bewusstsein verändert.

Ich meine, mal im Ernst, Leute: Ich dachte, ich müsste *sterben*!

Was ist im Vergleich dazu schon ein bisschen Geld oder ein paar Schwachköpfe, die uns anschwärzen wollen, oder gar eine doofe Titanmine in Leck-mich-doch-am-Arsch-Paraguay?

Das alles ist in Wahrheit völlig unwichtig, ohne jede Bedeutung. Ich *lebe*, das ist das Einzige, was zählt. Und Philip lebt, und meine Eltern leben, und meine Freunde leben, und wir erfreuen uns alle bester Gesundheit, und wir haben dazu noch etwas *wirklich* Wichtiges: Wir haben einander!

Aber nicht, dass Sie das jetzt falsch verstehen. Ich habe deswegen nicht vor, einfach aufzugeben und den Dingen ihren Lauf zu lassen, wie ich das gestern Nachmittag in einem winzigen Moment der Schwäche kurz angedacht habe. Nein, ganz im Gegenteil, ich werde mich diesen Aufgaben mit frischer Energie und neu gewonnener Kraft stellen. Denn eines ist mir durch diese Grenzerfahrung klar geworden: Ich habe genau genommen gar nichts zu verlieren, ich kann im Gegenteil lediglich gewinnen. Nehmen wir nur mal Winners only: Sollte es mir gelingen, die Firma wieder reinzuwaschen und damit zu retten, schön, und wenn nicht, dann eben nicht. C'est la vie.

Hauptsache, ich lebe.

Und falls wir es noch hinbekommen, diesen gemeinen Erpresser Peguerez auf unsere Seite zu ziehen, umso besser. Falls aber nicht – auch okay. Wir alle leben dann nämlich immer noch, und jeder weitere Tag in unserem Leben ist eine neue Chance, etwas zu verändern. Sie verstehen, was ich meine?

Und genau das ist der Grund, weshalb ich jetzt so extrem locker drauf bin, als ich Fionas Büro betrete.

»Guten Morgen, Molly!« Sie springt sofort auf, als sie mich erblickt, und kommt strahlend auf mich zu. »Molly, dieser Sprung gestern war das Beste, was ich jemals erlebt habe. Ich kann dir dafür gar nicht genug danken.« Bevor ich noch etwas antworten kann, schließt sie mich in ihre Arme und drückt mich fest.

»Keine Ursache, Fiona. Ehrlich gesagt, hätte ich nicht gedacht, dass du *so* darauf abfährst.« Ich betrachte sie gerührt, als sie sich ein bisschen verlegen wieder von mir löst.

»Ich doch auch nicht, Molly. Das müssen wir unbedingt wiederholen, es war das Allergrößte!«

Okay, das sollte ich mir vielleicht irgendwo notieren: Für das nächste Mal muss ich mir unbedingt eine bessere Ausrede einfallen lassen.

»Sicher, Fiona, das werden wir … bei Gelegenheit.« Ich recke beide Daumen in die Höhe und wechsle dann vorsichtshalber schwungvoll das Thema: »Also gut, Fiona, ich habe heute einiges vor. Als Erstes muss ich mit Josef … Joe Ranger telefonieren, damit wir uns diese feigen Saboteure zur Brust nehmen können, und am Nachmittag kommt ein Señor Peguerez aus Paraguay eingeflogen, für den müssen wir auch ein bisschen was planen …«

»Oh, weil du das gerade anschneidest …« Sofort legt sich ein dunkler Schatten auf Fionas Gesicht. »Ich habe leider schon wieder schlechte Nachrichten, Molly.«

»Neue Vorkommnisse bei Winners only?«, rate ich.

»Ja, zwei neue Fälle, einer in Frankfurt und einer in Nürnberg«, teilt sie mir betrübt mit.

»Und was ist es diesmal?«, frage ich gefasst.

»Warte, in Nürnberg geht es um einen Mann …« Sie trippelt schnell zu ihrem Schreibtisch und schnappt sich die entsprechenden Unterlagen. »… namens Edgar Grubing, er absolvierte ein Schlaftraining bei unseren Therapeuten und hat danach angeblich drei volle Tage durchgeschlafen.«

»Okay, und was ist das Problem? Von ein bisschen Schlafen ist doch noch keiner gestorben, oder?«, versuche ich einen kleinen Scherz.

Aber Fiona geht nicht darauf ein. »Nein, *er* ist nicht gestorben, aber sein Hamster.«

»Sein Hamster?«

»Ja, er hieß Mortimer und war erst ein Jahr alt. Angeblich ist er verhungert, weil ihn niemand gefüttert hat, und Grubing hat sich jetzt an die Presse gewandt, nachdem ihm sein Anwalt klargemacht hat, dass er für den Verlust eines Hamsters höchstens einen mickrigen Schadensersatz von ein paar Euro fordern könne.«

Sie hält mir einen Zeitungsausschnitt mit der Überschrift »Thinners only – Lifestyle-Unternehmen gibt Hamster Mortimer dem qualvollen Hungertod preis« unter die Nase. Darunter entdecke ich das Foto eines Mannes in mittleren Jahren, der eine schwarze Schuhschachtel mit einem Kreuz darauf in Händen hält und bitterlich weint. Der Kommentar dazu lautet theatralisch: Werden Edgar G.s Tränen jemals versiegen?

Okay, das ist Boulevardjournalismus in Reinkultur. Ich nicke nachdenklich. »Und der andere Fall?«

»Das ist noch viel unangenehmer für uns«, holt Fiona mit zusammengezogenen Augenbrauen aus. »Eine Frau namens Hanna Schwarz hat in unserer Frankfurter Filiale ein Armani-Kostüm gekauft, und das hat sich hinterher als Fälschung herausgestellt.«

»Eine Fälschung?« Das ist ein echter Schlag in die Magengrube. Wenn es sich erst einmal herumspricht, dass Winners only nachgemachte Markenklamotten verhökert, dann wird kein Mensch mehr etwas bei uns kaufen, und gerade unsere Boutiquen laufen ausgezeichnet, seit Tessa für den Einkauf zuständig ist und die Verkäuferinnen entsprechend drillt.

»Und diese Kundin hat das Kostüm sicher bei uns gekauft?«

»Ja, letzte Woche. Wir haben den Beleg in der Buchhaltung, und sie will auf Rücknahme klagen, nicht zu vergessen die Zeitungen, die natürlich auch schon Bescheid wissen.« Wieder hält sie eine Seite hoch.

»Cheaters only – Lifestyle-Unternehmen fälscht jetzt auch Mode!« lese ich. Darunter steht eine brünette Frau mit einem erbosten Gesichtsausdruck in einem hellen Leinenkostüm, und abgerundet wird das Ganze durch die dramatische Frage: Wird Hanna S. jemals wieder vertrauen können?

»Verdammt!«, entfährt es mir. »Und was sagt Tessa dazu? Hast du sie schon erreicht?«

»Ja, ich habe vorhin mit ihr telefoniert. Sie ist auf dem Weg hierher – oder nein, sie ist bereits da!«, ergänzt sie mit einem erschrockenen Blick über meine Schulter.

»*Wo* ist sie?« Tessa hält sich erst gar nicht mit irgendwelchen Floskeln auf, während sie wütend zur Tür hereinrauscht. »Diese Zeitung, Fiona, wo ist sie?«

Fiona weicht erschrocken zurück und hält ihr gleichzeitig den Zeitungsausschnitt wie ein Schutzschild entgegen. Tessa reißt ihn ihr aus der Hand und starrt empört darauf.

»Und, Tessa, was meinst du?«, frage ich vorsichtig. »Könnte das ein Modell von uns sein?«

»Ja, das ist definitiv aus unserer letzten Kollektion«, nickt sie.

Wie bitte? Das war genau die Antwort, die ich *nicht* kriegen wollte!

»Dann wäre es also möglich, dass man uns Fälschungen untergejubelt hat?«, frage ich bestürzt.

Ihr Kopf ruckt hoch, und sie sieht mich an, als hätte ich gerade etwas sehr Dummes gefragt.

»Nein, natürlich nicht, Molly. Ich sagte, dass das ein Modell aus unserer letzten Kollektion ist, aber sie hat es dennoch nicht bei uns gekauft«, erklärt sie.

»Und woher weißt du das so genau?«

»Ich bitte dich, das sieht doch ein Blinder!« Sie kräuselt verächtlich die Lippen und knallt gleichzeitig eine dicke Mappe auf den Tisch, die sie vorher unter dem Arm getragen hat, und blättert ein paar Sekunden lang hektisch darin herum. »Seht her, das ist eines von unseren Kostümen, eines von den *Echten*!«

Fiona und ich beugen uns über das Foto, während Tessa den Zeitungsausschnitt direkt danebenhält und erklärt: »Die Kollektionen von den Topfirmen lasse ich ausnahmslos hierher liefern, bevor ich sie an die Filialen weiterschicke, damit ich … äh …« Sie zögert einen Wimpernschlag lang. »… die Ware persönlich überprüfen kann.«

Ach, daher! Tessa trägt in letzter Zeit immer wieder für ein, zwei Tage ganz neue Klamotten und schicke Accessoires, die ich danach nie wieder sehe, und jetzt weiß ich auch, woher sie die hat.

»Und aufgrund dieser vorausschauenden Vorsichtsmaßnahme konnte ich mir sicher sein, dass bei uns keine Fälschungen ins Haus kommen«, redet sie geschraubt weiter. »Aber in diesem Fall erübrigt sich eigentlich von vornherein jede Diskussion, da diese Kostüme völlig verschieden sind!«

Fiona und ich starren angestrengt auf die beiden Kostüme, während Tessa genervt mit ihrer Schuhspitze auf den Boden zu tippen beginnt.

»Na, was ist, seht ihr es?«

Also, ich kann beim besten Willen keinen Unterschied erkennen. Ich wechsle einen hastigen Blick mit Fiona, der es anscheinend genauso ergeht.

»Ich bin mir nicht sicher«, sage ich zögernd. »Die Farbe ist ein bisschen anders, oder?« Aus den Augenwinkeln sehe ich, dass Fiona unsicher dazu nickt.

»Die *Farbe*?« Tessa glotzt uns ungläubig an. »Sagt bloß, ihr seht das nicht!«

»Äh … was denn?«

»Na, der Kragen!«

»Der Kragen?«, wiederholen Fiona und ich gleichzeitig, dann vertiefen wir uns sofort wieder in die Betrachtung der Fotos.

Ich kann aber immer noch keinen Unterschied erkennen.

»Mann, ihr seid ja vielleicht Experten.« Tessa verzieht abfällig das Gesicht. »Seht mal: Beim echten Armani-Kostüm ist das Kragenrevers glatt strukturiert, und bei dieser Fälschung ist es aus demselben Stoff wie der Rest.« Sie nickt gewichtig, als hätte sie gerade einen internationalen Plutoniumschmuggel aufgedeckt.

Fiona und ich riskieren noch einen Blick, und bei ganz

genauem Hinsehen *könnte* es sein, dass da tatsächlich ein kleiner Unterschied erkennbar ist.

»Ja, genau, jetzt sehe ich es auch«, kommt es von Fiona, aber es klingt eher wie eine Frage.

»Stimmt«, schließe ich mich an. Wenn Tessa sich so sicher ist, wird es wohl so sein. Niemand versteht mehr von Mode als sie. »Das hieße dann aber, dass diese Frau das echte Kostüm bei uns gekauft haben muss und hinterher gegen eine Fälschung ausgetauscht hat«, stelle ich eine Überlegung an.

»Genau«, nickt Tessa grimmig. »Dieses Miststück! Behauptet die doch glatt, ich würde falsche Ware einkaufen. Na warte, wenn ich die in die Finger kriege …«

Was ich unbedingt vermeiden muss, ich habe nämlich keine Lust auf eine neue Schlagzeile: »Killers only …«

»Keine Bange, Tessa, die kriegen wir schon«, versuche ich sie zu beruhigen.

»Ja, Molly hat einen echt coolen Detektiv engagiert«, sagt Fiona. »Der Typ hat's voll drauf, ich könnte mir vorstellen, dass der diese Fälle in null Komma nichts löst.«

»Echt, ein Detektiv?« Tessa wird sofort neugierig.

»Ja, aber der wäre nichts für dich«, bremse ich sie zurück. »Er hat Familie.«

»Na und?«

»Und er ist um die fünfzig«, ergänze ich.

»Oh.«

»Aber wo wir gerade beim Thema sind: Heute kommt dieser Señor Peguerez, das weißt du doch noch?« Wir haben vorgestern gemeinsam mit Lissy einen Schlachtplan entworfen und zentraler Punkt dabei ist, dass Tessa ihm den Kopf verdreht.

»Klar, hab's nicht vergessen«, nickt sie. »Ich habe mir sogar extra dafür neue Klamotten gekauft, auf Firmenrechnung, versteht sich.« Als ich nicht widerspreche, fällt ihr noch etwas ein: »Ach ja, und die Haare sollte ich mir vielleicht auch noch machen lassen, und die Nägel, was meinst du?«

»Klar, Tessa, mach, was du willst, Hauptsache, er fährt auf dich ab.«

»Okay, dann nehme ich noch eine Ayurveda-Massage bei Samir, die soll ja extrem erotisierend sein. Aber ich werde *nicht* mit ihm schlafen, das ist dir schon klar?«

»Natürlich nicht, Tessa«, lache ich.

»Es sei denn … Wie sieht der überhaupt aus?«, fällt ihr dann ein. »Der Name klingt eigentlich nach Latin Lover.«

»Nun, er ist definitiv ein südländischer Typ«, sage ich vage.

Philip hat mir gestern noch die genauen Daten zu Miguel Peguerez gemailt, einschließlich Foto. Um es kurz zu machen: Auch Latinos können klein und dick sein. Und glatzköpfig. Tessa habe ich das Foto aber natürlich nicht gezeigt, um ihr nicht schon im Vorhinein die Motivation zu rauben.

Sie wirft ihr superlanges blondes Haar kokett in den Nacken. »Okay, und wann genau kommt der Typ an?«

»Ich werde ihn um drei mit einer Limousine vom Flughafen abholen und zu uns nach Hause bringen lassen, also sieh zu, dass du ab halb vier bereit bist, okay?«

»Kein Problem. Okay, dann verzieh ich mich mal.«

Als sie weg ist, fragt Fiona: »So, Molly, und wie geht's jetzt weiter?«

»Als Erstes verbindest du mich mit Joe Ranger, würde ich sagen.«

»Ja gut, mach ich.«

Ich habe mich noch gar nicht richtig in meinen Sessel gesetzt, als es auch schon läutet.

»Joe Ranger hier.«

Nanu, der hat sich wirklich eins zu eins in seine Detektivrolle eingelebt. Kein Guten Morgen, kein Hallo, stattdessen nur ein knochentrockenes »Joe Ranger hier«. Das ist zwar nicht besonders höflich, aber es hat eindeutig was von einem harten Kerl.

»Hi, Joe, hier ist Molly. Ich wollte fragen, ob Sie schon was herausgefunden haben«, eröffne ich das Gespräch.

»Ja, habe ich. Ich habe diese Gestalten ein bisschen durchleuchtet, Sozialversicherung, Krankenkasse, Kreditkartenabrechnungen und sonstiger Webkram, Sie wissen schon, eben das Übliche, und da sind 'n paar interessante Sachen bei rausgekommen«, berichtet er in einem merkwürdigen Slang, der irgendwie ... amerikanisch klingt?

»Wirklich? Das ist ja großartig. Aber woher können Sie das denn auf einmal?« Hat er bei unserem ersten Treffen nicht gesagt, so etwas wäre gar nicht erlaubt?

»Hab 'n bisschen mit Ihren Computerleuten gequatscht«, meint er. »Ziemlich clever, die Typen.«

»Ach so? Ja ... super. Und welche Ergebnisse haben Sie jetzt?«, frage ich gespannt.

»Die Typen sind alle pleite, totale Loser.«

»Wie, *alle*? Aber war da nicht auch ein Unternehmer darunter? Und die mit den verfärbten Haaren ist doch ein Model«, fällt mir ein.

»Sie meinen Adriane Rücker?«, liefert er mir sogleich den Namen dazu. »Wenn die 'n Model ist, dann bin ich ein schwuler Affe. Die Lady hatte noch keinen einzigen Job, ist bei keiner Agentur bekannt *und* sie trägt ein Stützkorsett«, fällt ihm als drittes Argument ein.

»Woher wissen Sie das denn?«, frage ich verblüfft.

»Internet«, kommt es trocken zurück.

»Ach so ... Okay, gut. Und der Unternehmer?«

»Ist pleitegegangen, mit 'ner Videothek, voriges Jahr, seither ohne Beschäftigung«, rattert es im Telegrammstil aus dem Hörer.

»Alles klar.« Ich lasse mir seine Worte durch den Kopf gehen, und dann fallen mir Amelie Reinfried und dieser ominöse Fremde wieder ein. »Wir können also mit hoher Wahrscheinlichkeit davon ausgehen, dass es sich in all diesen Fällen um ähnliche Sachverhalte handelt wie bei Amelie Reinfried, und dass sämtliche Personen, die uns zu schädigen versuchen, höchstwahrscheinlich dafür bezahlt werden«, schlussfolgere ich.

»Seh ich genauso.«

»Okay, Joe …« Mein Gehirn arbeitet erneut auf Hochtouren. »Die Frage ist nur, wie wir an diese Leute herankommen.«

»Warum nehmen wir nicht wieder den Gewinntrick wie bei der Reinfried?«, schlägt er vor.

»Nein, das würde zu lange dauern, und zum Teil stimmen die Adressen der Leute gar nicht, ebenso wenig wie ihre Telefonnummern. Das Wichtigste für uns ist im Moment, dass wir keine Zeit verlieren, Joe. Unsere Aktien werden seit letztem Montag an der Börse gehandelt, und dabei entscheiden die ersten Wochen über Erfolg oder Misserfolg, verstehen Sie?«

»Ah, daher weht der Wind«, sagt er auf einmal.

»Wie meinen Sie das?«

»Na, der Börsengang und gleichzeitig schickt Ihnen jemand diese ganzen Leute ins Haus, um Sabotage zu betreiben … da steckt eine Absicht dahinter, ganz klar.«

»Ja, Joe, so sehe ich das mittlerweile auch. Und was meinen Sie, welche Absicht verfolgt dieser Jemand damit?«

»Weiß ich nicht«, bekennt er.

Ach so. Schade, dann hilft uns seine großartige Erkenntnis nicht viel weiter. Er ist zwar inzwischen eindeutig cooler, aber deswegen noch lange kein Genie, dämmert mir.

»Okay, Joe, es bleibt also bei der ursprünglichen Aufgabenstellung: Wie kommen wir jetzt schnellstmöglich an diese Leute heran – heute sind übrigens schon wieder zwei Fälle eingetrudelt, haben Sie das mitgekriegt?«

»Klar, ist alles im Internet. Mir ist übrigens noch etwas aufgefallen, als ich die Akten durchgearbeitet habe …«

»Ja, was denn?«

»Die haben alle gmx-Adressen.«

»Gmx-Adressen? Was ist das?«

»Ihre E-Mail-Adressen, die sind alle von gmx. Das ist so'n

Internetportal, über das man mailen kann, ohne seine Identität preiszugeben, deswegen wird das auch gerne mal für krumme Touren benutzt.«

Ich brauche ein paar Sekunden, um diese Information zu verarbeiten, und als die kleinen Rädchen in meinem Gehirn endlich ineinanderpassen, mache ich einen kleinen Hüpfer vor Freude.

»Super, Joe! Wissen Sie, was das bedeutet?«, rufe ich aufgeregt.

»Nö, was denn?«

»Also, wenn ein Kunde sich bei Winners only registrieren lassen will, wird sein Antrag auf Mitgliedschaft von uns seit Neuestem über E-Mail abgefragt und vom Kunden nochmals bestätigt – unsere Marketingleute wollten das so für die spätere Werbung«, führe ich hastig aus. »Das heißt also, dass unsere Kunden prinzipiell über Internet erreichbar sein müssen, und nachdem diese speziellen Fälle ihre wahre Identität ja verbergen wollten, haben sie sich jetzt bei diesem Portal eingeloggt«, schlussfolgere ich.

»Aha … Und was hilft uns das?«

»Damit meine ich, dass das vermutlich der einzige Weg ist, wie man diese Leute kontaktieren kann. Verstehen Sie denn nicht, Joe? Das ist der Schlüssel, wie wir an sie rankommen!«

»Okay …?«

Ich kann ihm deutlich anhören, dass er noch immer nicht weiß, worauf ich hinauswill. Plötzlich fällt mein Blick auf den Metallkoffer, den er beim letzten Mal mitgebracht hat und der noch immer unberührt in der Ecke steht.

Ich überlege eine Sekunde, dann sage ich: »Wissen Sie was, Joe, am besten kommen Sie gleich her, und ich erkläre Ihnen alles in Ruhe. Und bei der Gelegenheit können wir uns auch gleich Ihren fabelhaften Spielzeugkoffer ansehen, den Sie beim letzten Mal mitgebracht haben. Ich glaube nämlich, dass wir heute genau dafür Verwendung haben werden.«

Ein Höschen hat er da garantiert nicht gesehen

»Siehst du mich?« Als Lissy sich zu der Pfeffermühle vorbeugt, nimmt ihre Nase auf dem Bildschirm meines Laptops gigantische Ausmaße an.

»Sehen ist gar kein Ausdruck«, sage ich. »Du hast da übrigens ein Nasenhaar.«

»Wirklich?« Sie zuckt erschrocken zurück und fasst sich an die Nase. »Links oder rechts?«

»War nur Spaß«, grinse ich. »Da ist gar nichts.«

»Molly, mit so was macht man keine Späße«, meint sie vorwurfsvoll.

»Schon gut, Lissy, konzentrieren wir uns lieber auf die Kameras.« Ich sehe mich ein letztes Mal prüfend um. »Okay, ich glaube, wir haben alles.«

Wir haben soeben unser Haus auf Hochglanz gebracht und mit den versteckten Mini-Kameras präpariert, die Joe mitgebracht hat. Die Pfeffermühle auf dem Terrassentisch liefert uns gestochen scharfe Bilder auf meinen Laptop, ebenso wie der Feuermelder im Wohnzimmer, und vor ein paar Minuten habe ich auch noch unbemerkt eine Kamera in Form einer Duftkerze auf Tessas Nachtkästchen postiert. Sie weiß nichts davon, aber da ich mir nicht sicher bin, ob sie Señor Peguerez nicht doch noch später nach oben schleift, will ich lieber auf Nummer sicher gehen.

»Ich hol inzwischen schon mal das Essen«, macht Lissy sich auf die Socken.

Wir haben uns von einer Cateringfirma einen Riesenberg belegter Brötchen und Süßspeisen liefern lassen und dazu noch drei Flaschen Champagner kalt gestellt. Außerdem tragen wir alle drei luftige Sommerkleider mit knappen Bikinis darunter, sodass wir später noch einen Sprung in den Pool machen können, und auch für unseren Gast liegt schon eine Badehose bereit.

Wenn ich mir das alles so überlege: Bei so viel Verlockung hat dieser Señor Peguerez eigentlich nicht den Funken einer Chance, und das stimmt mich ehrlich gesagt ziemlich zuversichtlich.

»Sag Tessa, sie soll sich beeilen, er müsste jeden Moment kommen!«, rufe ich Lissy nach, und als wären meine Worte eine verpflichtende Prophezeiung, rollt in diesem Moment ein riesiges, silberfarbenes Auto in unsere Einfahrt.

»Lissy, er ist da!«, schreie ich ihr noch mit angelegten Händen nach, dann mache ich schnell kehrt und tripple der riesigen Limousine entgegen. Der Chauffeur ist inzwischen herausgesprungen und öffnet den hinteren Schlag, und als ich an den Wagen herantrete, entsteigt ihm ein kleiner, rundlicher Mann mit einem akkurat gestutzten Schurrbart. Er trägt weiße Slipper, eine weiße Leinenhose mit einem geblümten Hawaiihemd darüber sowie einen Strohhut, den er gleich lüftet und dabei den Blick auf seine Glatze freigibt, die unter ein paar quer über den Schädel frisierten Haaren hervorglänzt wie frisch poliert.

»Señor Peguerez, was für eine Freude!«, rufe ich mit einem besonders gewinnenden Lächeln aus, das ich eigens vor dem Spiegel geübt habe. Ich strecke ihm meine Hand entgegen und muss mich dabei sogar ein wenig bücken, was eine neue Erfahrung für mich ist, bin ich doch selbst nicht die Größte. »Es ist mir eine Freude, Sie endlich persönlich kennenzulernen, Philip hat mir schon so viel über Sie erzählt.«

Er ergreift mit einem linkischen Grinsen meine Hand und sagt in einem seltsamen Kauderwelsch aus Deutsch und Englisch mit spanischem Akzent: »You arr bestimmt Frrau Becker. Only Gutes, I hope?«

Gutes? Ja, sicher, wenn man eine hinterhältige Erpressung so nennen will ...

Ich schiebe meinen Ärger jedoch schnell wieder beiseite und rasple stattdessen weiter Süßholz.

»Selbstverständlich. Er hat gesagt, dass Ihnen unser Land so gut gefällt und dass Sie sich unter Umständen sogar bei uns ansiedeln möchten. Ist das wahr?«

»Yes, schon möglich, we will see. Jedenfalls lerrne ich schon yourr language, um zu sein rready, you know«, nickt er.

Der Chauffeur hat inzwischen zwei Riesengepäckstücke aus dem Kofferraum gewuchtet und auf dem Rasen abgestellt.

»Die können Sie ruhig hier stehen lassen«, schlage ich vor. »Später lasse ich Sie ohnehin zu Ihrem Hotel fahren, dann kann der Fahrer sie gleich wieder einpacken.« Ich will mich bei ihm unterhaken, merke aber, dass ich mich dafür bei seiner Statur ziemlich verbiegen müsste, also fasse ich ihn einfach am Arm und geleite ihn zur Terrasse.

»Oh, Sie haben es rreally schön hirr«, meint er mit einem anerkennenden Blick auf das Haus und den Pool. »Eigentlich serr special, dass ich eingeladet bin zu eine prrivate house.«

»Ach, wissen Sie, ich dachte, bei der Hitze ist das doch viel angenehmer, außerdem können Sie bei der Gelegenheit auch gleich meine Freundinnen Tessa und Lissy kennenlernen.«

»Ah, I see.« Er nickt verständnisvoll. »How much kostet so eine house überrhaupt?«, will er auf einmal wissen.

»Oh, das ist gar nicht so teuer, in etwa eine halbe Million«, sage ich in beiläufigem Tonfall, beobachte dabei aber genau, wie er auf das Wort »Million« reagiert. Ha. Wenn ich mich nicht irre, haben seine Augenlider soeben gezuckt. Gut gemacht, Molly, mach ihm nur den Mund wässrig.

Lissy ist inzwischen mit einem riesigen Tablett zurückgekommen und wuchtet es auf den Tisch.

»Darf ich vorstellen? Das ist Lissy, eine meiner besten Freundinnen, und das ist Señor Peguerez aus Paraguay.«

»Aus Paraguay, tatsächlich?«, flötet Lissy, als hätte sie noch nie von diesem Land gehört, und vollführt sogar einen kleinen Knicks, während sie ihm die Hand schüttelt.

»Serr errfrreut«, sagt Peguerez höflich, aber doch ein bisschen förmlich.

Okay, auf mich und Lissy scheint er nicht so richtig anzuspringen – obwohl wir eigentlich auch ziemlich sexy aussehen in unseren dünnen Sommerkleidern, wie ich finde. Wir müssen also eindeutig schwerere Geschütze auffahren. Höchste Zeit, dass er Tessa kennenlernt.

Wo bleibt sie denn nur? Ich schicke einen suchenden Blick zum Haus hinüber.

Ah, da kommt sie schon.

Und wie sie kommt! Lissy und ich reißen ungläubig die Augen auf.

Tessa tänzelt in superhohen, strassbesetzten Stilettos und einem ultrakurzen, hellblauen Minikleidchen heran, als wäre sie der Topact in einer Go-go-Bar, und dazu wehen ihre superblonden Haare hinter ihr her, als hätte ein Spezialeffekte-Team extra eine Windmaschine für sie installiert.

»Ja, wen haben wir denn da? Sie müssen Señor Peguerez aus Uruguay sein, stimmt's?«, säuselt sie mit einer gutturalen Stimme, die ich noch gar nicht kannte, dann feuert sie im Vorbeigehen einen bösen Blick auf mich ab und zischt mit gedämpfter Stimme: »Latin Lover, wie?«

»*Paraguay*, Tessa, Señor Peguerez ist aus Paraguay«, korrigiere ich sie hastig.

»Sag ich ja«, gibt sie leicht genervt zurück. Sie stoppt jetzt direkt vor Peguerez, stemmt die Hände in die Hüften und wirft ihr Haar noch einmal wirkungsvoll zurück. Dann haucht sie: »Hi, ich bin Tessa.«

Okay, das sieht ein bisschen gewöhnungsbedürftig aus. Tessa

ist ohnehin schon um einiges größer als ich, dazu noch ihre kilometerhohen Schuhe – jedenfalls hat Peguerez ihre Brüste exakt auf Augenhöhe. Wobei das aber eigentlich ganz hervorragend für unsere Zwecke passt, fällt mir ein.

»Serr angenehm.« Merkwürdig, Peguerez begrüßt sie ebenso förmlich wie vorhin mich und Lissy.

Aber gut, dann ist der Typ eben ein bisschen steif. Wahrscheinlich braucht er bloß ein bisschen Anlaufzeit, und wir haben schließlich auch noch den Champagner. Das wird schon noch!

»Sehr schön, nachdem wir uns alle kennengelernt haben ...« Mein Lachen fällt reichlich gekünstelt aus. »... setzen wir uns doch und trinken wir erst einmal einen Schluck.«

Peguerez setzt sich brav auf den Sessel genau vor der Pfeffermühle, und zufrieden registriere ich, wie Tessa sich unserem Plan entsprechend direkt neben ihn parkt, sodass er freie Sicht auf ihre endlos langen Supermodellbeine hat ...

... was ihn aber irgendwie nicht sonderlich umzuhauen scheint. Eine geschlagene Stunde später zeigt der kleine Glatzkopf immer noch keinerlei Wirkung. Wir haben ihn inzwischen mit Leckereien vollgestopft und ihm mehrere Gläser Champagner verabreicht, und wir haben mit Leib und Seele Small Talk betrieben und versucht, ihn auf möglichst angenehme Weise zu unterhalten, aber der knubbelige Typ scheint völlig immun gegen unsere Anbiederungsversuche zu sein.

Lissy und vor allem Tessa wirken inzwischen schon reichlich frustriert, und langsam habe ich auch einen konkreten Verdacht, woran es liegen könnte: Wir sind zu viele, das muss es sein. Drei Frauen auf einmal, damit sind in der Regel sogar gestandene Männer überfordert, und dann erst ein übergewichtiger Hobbit wie Peguerez, da ist es doch gar kein Wunder, wenn er den Rollladen fallen lässt und auf emotionale Tauchstation geht, nicht wahr?

Nur gut, dass ich das rechtzeitig erkannt habe. Zeit, unsere Taktik ein wenig anzupassen.

»Wenn Sie mich für einen Augenblick entschuldigen würden, Señor Peguerez, ich muss dringend ein paar geschäftliche E-Mails für die Firma erledigen«, säusle ich, während ich mich gleichzeitig erhebe.

»Aberr natürrlich, of courrse«, nickt er verständnisvoll.

»Lissy, kommst du?«, frage ich und sehe sie bedeutungsvoll an. Und als sie den Mund zu einem verwunderten Einwand öffnen will, füge ich vielsagend hinzu: »Es ist etwas Juristisches, du weißt schon ...«

»Oh, etwas Juristisches!« Endlich hat sie kapiert. »Genau, ich bin ja die Juristin, also, angehende zumindest«, ergänzt sie nervös und springt eine Spur zu hastig auf.

Als wir ein paar Sekunden später im Haus sind, fragt sie als Erstes: »Wir beantworten nicht wirklich E-Mails, oder?«

»Nein, natürlich nicht«, schüttle ich den Kopf. »Mir ist nur inzwischen klar geworden, dass Peguerez nie aus sich herauskommt, wenn wir ihn zu dritt belagern.«

Ich klappe den Laptop auf, und er und Tessa erscheinen auf dem Bildschirm. Tessa hat anscheinend gleich kapiert, was ich mit unserem Abgang bezweckt habe, denn sie ist jetzt ganz nahe an ihn herangerückt und sagt irgendwas zu ihm, das wir aber nicht verstehen können.

»Wieso haben wir keinen Ton?«, fragt Lissy nach einer Weile.

»Keine Ahnung ... hatten wir denn vorhin einen?«, frage ich zurück. Darauf habe ich ehrlich gesagt gar nicht geachtet. Theoretisch sollten diese Kameras auch den Ton aufnehmen – glaube ich jedenfalls.

»Ich weiß nicht«, meint Lissy unschlüssig.

Wir tauschen unsichere Blicke aus.

»Eigentlich geht es ja nur darum, das Vertrauen von Peguerez zu gewinnen, damit er endlich sagt, was er will«, überlege ich schließlich. »Philip ist ja bereit, für die Genehmigung zu bezahlen, er muss nur endlich wissen, wie viel genau, und vor allem, wie Peguerez sich die Übergabe vorstellt.«

»Stimmt.« Sie denkt kurz nach. »Aber dann können wir die beiden ebenso gut durch das große Fenster beobachten, was meinst du? Durch den Store können sie uns ohnehin nicht sehen.«

»Du hast recht.«

Also beziehen wir auf der Wohnzimmercouch Stellung und beobachten über die Rückenlehne hinweg gespannt das weitere Geschehen auf der Terrasse.

Tessa ist inzwischen ganz nahe an Peguerez herangerückt, und wegen des Größenunterschieds sieht es so aus, als würde sie sich mit einem verkleideten Kind unterhalten. Als sie sich zuprosten, sieht sie ihm lange und tief in die Augen. Fasziniert beobachten wir, wie Tessa alle Register zieht. Sie legt ihm ihre Hand auf die Schulter, zeigt ihre perlweißen Zähne, wenn sie lacht, wirft immer wieder ihr Haar zurück, drückt dabei wirkungsvoll ihre Brüste heraus, und sie schlägt die Beine übereinander, damit sie noch länger wirken.

»Wow, die geht aber ran«, flüstert Lissy gebannt.

»Das kannst du laut sagen«, pflichte ich ihr bei.

Und Tessa legt sogar noch eins drauf. Als Nächstes schnappt sie sich ein Schokocremetörtchen, beißt genussvoll davon ab, dann schiebt sie den Rest Peguerez in den Mund, der dabei ein bisschen überrumpelt wirkt, und lutscht anschließend genussvoll ihre Finger ab …

Irre! Dabei *muss* er doch einfach scharf werden.

Wird er aber nicht, stattdessen reden sie nur weiter. Ein paar Minuten später sehen wir, wie die Köpfe der beiden auf einmal herumrucken, gerade so, als wäre etwas zu Boden gefallen. Tessa springt hoch, sie dreht sich und – bückt sich *tief*, um irgendetwas aufzuheben.

Und das direkt vor Peguerez' Augen!

»Hast du *das* gesehen, Molly?« Lissy rammt mir begeistert ihren Ellbogen in die Rippen. »Sie hat sich vor ihm gebückt!«

»Ja, ich hab's gesehen.« Ich reibe mir die Seite. »Wahnsinn!«

Mit angehaltenem Atem beobachten wir das weitere Geschehen. Tessa hat sich wieder neben Peguerez gesetzt, ist bis auf wenige Zentimeter an ihn herangerückt, und der – macht dennoch keinerlei Anstalten, sie zu küssen oder so etwas in der Art.

Okay, das verstehe ich nicht. So, wie Tessa rangegangen ist, hätte er reagieren *müssen*. Ich kann mir ehrlich gesagt keinen Mann auf der ganzen Welt vorstellen, der nicht darauf angesprungen wäre, ja, ich würde nicht einmal Philip in ihre Nähe lassen, wenn sie so drauf ist.

Von Peguerez jedoch kommt nichts! Stattdessen deutet er jetzt auf das Nachbargrundstück und fragt Tessa anscheinend irgendetwas. Sie dreht den Kopf in dieselbe Richtung, dann zieht sie auf einmal ärgerlich die Augenbrauen zusammen, springt hoch und kommt mit finsterem Blick ins Haus gestöckelt.

»Was macht sie denn?«, ruft Lissy erstaunt aus.

»Keine Ahnung, aber irgendetwas scheint nicht so funktioniert zu haben, wie wir uns das vorgestellt haben«, sage ich erschrocken.

Mist. Wenn Peguerez jetzt sauer wird, weil sie ihn alleine sitzen gelassen hat, können wir alles vergessen.

»Vergesst es, ich bin draußen!« Tessa kommt voller Empörung ins Wohnzimmer gerauscht.

»Komm schon, Tessa, gleich hast du ihn so weit, du warst schon *so* kurz davor. Gib nicht auf, vielleicht braucht er einfach noch ein bisschen Zeit«, versuche ich sie erneut zu motivieren.

»Nein, Molly, das hat absolut keinen Sinn«, schüttelt sie energisch den Kopf.

»Vielleicht bist du einfach nicht sein Typ«, versucht es Lissy mit einer Erklärung, aber das hätte sie besser nicht sagen sollen.

Tessa funkelt sie sofort bitterböse an. »Ich bin *jedermanns* Typ!«, stellt sie klar. »Ich habe bisher noch jeden Mann gekriegt, den ich wollte, *ohne* Ausnahme, und bei diesem Mondgesicht da draußen habe ich gerade alles versucht …«

»Ja, wir haben's gesehen«, nickt Lissy übereifrig, um ihren Fehler von vorhin wiedergutzumachen. »Du hast sogar den Höschenblitzer gemacht …«

»Was denn für einen Höschenblitzer?«, fragt Tessa verständnislos zurück.

»Na, als du dich vor ihm gebückt hast, da muss er doch dein Höschen gesehen haben«, meint Lissy.

»Also, ein Höschen hat er da garantiert nicht gesehen«, gibt Tessa mit zusammengekniffenen Augen zurück.

Es dauert ein paar Sekunden, bis wir begriffen haben.

»Du meinst, du hast ganz *ohne* …?« Lissy schnappt erschrocken nach Luft und schlägt sich die Hand vor den Mund, und auch mein Blick zuckt ganz automatisch zu Tessas Hüftregionen hinunter.

Also, mangelnden Einsatz kann man ihr jedenfalls nicht vorwerfen.

»Genau.« Tessa stemmt frustriert eine Hand in die Hüfte. »Und wollt ihr wissen, was der Blödmann daraufhin gesagt hat?«

»Ja, was denn?«, fragt Lissy.

»Er hat zu Manfred hinübergezeigt, der wieder mal seine dämlichen Klimmzüge an der Teppichstange macht, und gefragt, ob in Deutschland *alle* Männer so stark sind.« Sie stößt ungläubig die Luft aus. »Und ich habe mir am Vormittag noch extra ein Brazilian Waxing machen lassen!«

Ein paar Sekunden vergehen, während der wir uns nur wortlos gegenseitig anstarren.

»Ach herrje, er ist schwul!«, ruft Lissy als Erste aus.

»Aber ja, du sagst es!« Tessa schlägt sich erleichtert die Hand vor die Stirn. »Dass ich da nicht gleich draufgekommen bin! Ein normaler Mann hätte doch schon einen Ständer gekriegt, als ich mich neben ihn setzte.«

»Dann war unser ganzer Plan also für die Katz«, stöhne ich auf. »Und was machen wir jetzt?«, frage ich ratlos.

Sie verstummen, und ich kann förmlich sehen, wie ihre kleinen grauen Zellen rotieren.

»Ich hab's«, ruft Tessa plötzlich aus. »Wir bitten Manfred, dass er sich einen Stringtanga anzieht und mit dem Unkrautvernichter ...«

»Keine Chance!«, fällt Lissy ihr ins Wort. »Manfred macht das garantiert nicht.«

»Wieso, ist er etwa ein Schwulenhasser?« Tessa zieht argwöhnisch eine Augenbraue hoch.

»Nein, aber er hat irgendwie ... Angst vor ihnen«, meint Lissy zögernd.

»Angst? Das ist doch lächerlich, Manfred muss vor niemandem Angst haben, so wie der gebaut ist«, hält Tessa ungläubig dagegen.

»Aber es ist so«, beteuert Lissy. »Wenn Manfred erfährt, dass Peguerez schwul ist, sitzt er im nächsten Moment auf seinem Fahrrad und ist weg, so was Ähnliches habe ich schon erlebt bei ihm. Glaubt mir, eher spricht der Papst in einem rosa Tutu den Ostersegen, als dass Manfred mit Peguerez flirtet.«

Ich kann ihr ansehen, dass sie die Wahrheit sagt, und stoße frustriert die Luft aus. »Okay, dann haben wir jetzt also ein echtes Problem.«

Wir stehen für einen Augenblick ratlos da und lassen die Köpfe hängen, und als mein Blick wieder nach draußen fällt, ziehe ich erschrocken die Luft ein.

»Ach du Scheiße, was will *der* denn hier?«

Es ist Frederic! Er hat soeben in einem schmucken, schwarzen Cabrio in unserer Einfahrt gehalten, ist ausgestiegen und kommt quer über den Rasen auf das Haus zugeschlendert.

»Das darf doch wohl nicht wahr sein, jetzt stellt er mir auch noch zu Hause nach!« Ich marschiere erbost ins Freie.

»Frederic, was willst du hier?«, rufe ich ihm entgegen.

»Hi, Molly! Gut, dass du da bist, ich muss unbedingt mit dir reden.« Er hat sich neben Peguerez auf der Terrasse aufgebaut und hebt fröhlich grinsend die Hand zum Gruß. Dann streift sein Blick den Tisch mit dem Champagner und den Brötchen. »Nanu, feiert ihr eine Party? Da komme ich ja gerade richtig.«

»Nein, Frederic, das ist keine Party, und wir beide haben nicht das Geringste zu besprechen«, weise ich ihn in meinem strengsten Tonfall zurecht. »Sie müssen wirklich verzeihen, Señor Peguerez ...«, wende ich mich dann etwas sanfter unserem Gast zu und überlege dabei, wie ich ihm Frederics Rausschmiss erklären soll, doch dann sehe ich auf einmal den Ausdruck in seinen Augen und halte inne.

Peguerez starrt Frederic vollkommen hingerissen an und hat dabei ein Lächeln aufgesetzt, wie wir es bisher noch nicht von ihm gesehen haben.

Ich brauche ein paar Sekunden, um zu begreifen, was da gerade vor sich geht. Peguerez wirkt wie ausgewechselt ...

Das sieht ja aus wie ...

Ach du meine Güte, der Typ ist verliebt!

»Vergiss es, Molly!«

»Komm schon, Frederic, es ist wichtig!«

Wir haben soeben die Rollen getauscht, was bedeutet, dass zur Abwechslung mal *ich* bei *ihm* um etwas bettle.

Nachdem ich kapiert hatte, dass Peguerez total auf Frederic abfährt, habe ich ihn mir geschnappt und ins Haus gezerrt. Peguerez hat dies mit einem langen »Ooh« kommentiert und uns einen sehnsüchtigen Blick nachgeworfen.

Jetzt rede ich bereits seit mehreren Minuten heftig auf Frederic ein, aber er schüttelt immer noch stur den Kopf.

»Molly, mit Schwulitäten habe ich nichts am Hut, das solltest du doch am besten wissen.« Er sieht mich vielsagend an.

»Aber du brauchst nur ein bisschen mit ihm zu flirten«, argumentiere ich zum hundertsten Mal. »Frederic, ich habe dich noch nie um einen Gefallen gebeten, aber das hier ist wirklich extrem wichtig für mich. Ich gebe dir dafür auch diese Erklärung, die du wolltest.«

»Aha, auf einmal?«, spielt er den Beleidigten. »Und wer sagt, dass ich sie überhaupt noch brauche, Molly? Ich renne dir schon eine ganze Woche wegen dieses kleinen Gefallens nach ...«

»Eine verbindliche Erklärung einer Behörde gegenüber ist kein kleiner Gefallen«, halte ich dagegen. »Nicht umsonst hast du dir einen falschen Namen zugelegt, als du zurückgekommen bist. Weißt du, was ich glaube, Frederic? Ich glaube, dass sie dich sogar ins Gefängnis stecken könnten für das, was du getan hast.«

Treffer. Er blinzelt ein paarmal nervös, und ich setze sofort nach.

»Und du weißt doch, was sie im Gefängnis mit hübschen Jungs wie dir machen ...«, ergänze ich vielsagend. Das stimmt wirklich, ich meine, dass Frederic ein hübscher Junge ist. Er ist genauer gesagt der gepflegteste Mann, den ich kenne. Er ist stets glatt rasiert wie ein Babypopo, er geht regelmäßig zur Maniküre, er zupft sich die Augenbrauen, verwendet Feuchtigkeitsmasken und Weizenkeim-Kurpackungen für seine Haare, ach ja, und er hat eine Wimpernzange. Eigentlich kein Wunder, dass Peguerez auf ihn abfährt.

Und Moment mal, ist das da an seinem Lidrand *Kajal*?

Und das andere, was sie im Gefängnis angeblich mit den hübschen Jungs anstellen – keine Ahnung, aber allein die Erwähnung verfehlt ihre Wirkung nicht.

Frederic schluckt schwer, aber er scheint noch nicht hundertprozentig überzeugt zu sein.

»Da komme ich schon irgendwie drum herum«, murmelt er trotzig.

»Komm, Frederic, mach's nicht so spannend!« Ich werde ganz nervös, weil ich aus den Augenwinkeln sehe, dass Peguerez ungeduldig auf seinem Stuhl hin und her rutscht. »Sag schon, was verlangst du denn noch?«

»Also, es gäbe da schon etwas …« Frederic mustert mich auf einmal lauernd. »Es ist schon eine Zeit her, dass ich – na, du weißt schon. Und nachdem wir beide damals so gut harmoniert haben, was das anbelangt …«

Gut harmoniert haben? Das ist jetzt aber nur *seine* Version. Ich war danach immer nur froh, wenn wir keinen Krankenwagen brauchten.

»Das schlag dir aus dem Kopf«, lehne ich entrüstet ab. »Lieber lasse ich die ganze Sache sausen, glaub mir.«

»Okay …« Er überlegt, und auf einmal tritt ein lüsternes Glitzern in seine Augen. »Eure Telefonistin, die mit der irren Stimme …«

»Gertrud?«, frage ich überrascht.

»Ja, genau, ich glaube, so heißt sie. Also, wenn du mit der etwas arrangieren könntest …«

Ach, stimmt ja, Frederic kennt bisher nur Gertruds Stimme – und die klingt wirklich wie ein Erotikvulkan unmittelbar vor dem Ausbruch –, aber von ihrem Gewicht (hundert Kilo, freundschaftlich geschätzt) und ihren Hobbys (Germknödelkochen und Stricken) weiß er noch gar nichts.

»Also gut, Frederic, einverstanden. Wenn du das für mich tust, dann gebe ich dir nicht nur diese Erklärung, sondern arrangiere auch noch ein Date mit Gertrud.« Ich betone es so, als würde ich ihm damit den ultimativen Männertraum erfüllen.

»Okay.« Er leckt sich über die Lippen, dann meint er mit einem Seitenblick auf Peguerez, der inzwischen wieder interessiert Manfred bei seinen Turnübungen beobachtet: »Und ich muss nur ein bisschen nett zu ihm sein, sagst du?«

Ich nicke. »Ja, gerade so nett, dass er Vertrauen zu dir fasst. Und wenn es passt, erzählst du ihm, dass Philip dich geschickt hat, damit du mit ihm diese spezielle Vereinbarung triffst, und das müsste dann eigentlich schon reichen. Alles Weitere sehen wir später, okay?«

»Ja, alles klar.« Er zaubert eine aufklappbare Minibürste aus seinem Sakko und fährt sich damit durchs Haar. »Also gut, dann wollen wir mal!«

Jetzt lümmeln wir zu dritt auf der Wohnzimmercouch und beobachten angespannt Frederic und Peguerez.

Frederic hat sich als ersten Teil seiner Aktion gleich einmal zwei Gläser Champagner auf ex hinter die Binde gekippt, schätzungsweise, um ein paar Hemmungen abzuwerfen, und danach hat er Peguerez zugeprostet, was der mit sichtlicher Begeisterung aufgenommen hat.

Und von diesem Zeitpunkt an läuft es genauso wie vorhin mit Tessa – nur umgekehrt. Peguerez kann kaum noch an sich halten und rückt immer näher an Frederic heran, und man kann ihm ansehen, dass er am liebsten auf seinen Schoß springen und ihn küssen würde (allein die Vorstellung lässt mich erschaudern), und Frederic scheint alle Mühe zu haben, sich den lüsternen kleinen Südamerikaner vom Leib zu halten.

»Er wird ihm gleich um den Hals fallen, wetten?«, kichert Lissy.

»Ich glaube eher, dass er ihm gleich in den Schritt fallen wird«, grinst Tessa, und dann meint sie mit einer Mischung aus Zufriedenheit und Erleichterung: »Hundert Prozent schwul – und ich habe schon an mir gezweifelt.«

»Kannst du dir vorstellen, was für ein Schock das für ihn war, als du dich vor ihm gebückt hast?«, fällt mir dazu ein.

»Deswegen muss das noch lange kein Schock sein«, protestiert Tessa. »Gerade Schwule wissen hübsche Dinge zu schätzen – auch wenn sie nichts damit anfangen können.«

»Hast du dir übrigens schon was übergezogen?«, fragt Lissy. Und als Tessa nicht gleich antwortet, fängt sie wieder an zu kichern. »Sag bloß, Tessa, du …«

»Leute, seid mal still«, unterbreche ich sie. »Da tut sich was!«
Frederic ist plötzlich wie von der Tarantel gestochen hochge-
sprungen und hat sich ein paar Schritte vom Tisch in Richtung
Pool entfernt, und Peguerez ist ihm sofort wie ein anhängliches
Hündchen gefolgt.

»Das sieht aber irgendwie nicht planmäßig aus, oder?«, fragt
Lissy mit angehaltenem Atem.

»Nein, ich fürchte nicht. Ob wir besser rausgehen sollen?«
Plötzlich habe ich ein äußerst ungutes Gefühl bei der Sache.
Frederic und Peguerez stehen sich jetzt direkt gegenüber, und
Peguerez redet eindringlich und heftig gestikulierend auf
Frederic ein, und immer, wenn er ihm dabei ein Stück näher
kommt, tut Frederic einen Schritt zurück, bis er schließlich am
Rand des Pools angelangt ist.

»Okay, ich gehe raus«, verkünde ich, aber gleichzeitig kann
ich meinen Blick nicht von der Szene losreißen.

Peguerez hat anscheinend erkannt, dass Frederic nicht weiter zurückweichen kann. Man kann ihm förmlich ansehen, wie
er sich ein Herz fasst, dann schlingt er plötzlich seine Arme um
Frederics Hüften, stellt sich auf die Zehenspitzen und – will ihn
küssen!

Ach, du grüne Neune. Ich muss etwas unternehmen, Frederic wird sich das bestimmt nicht gefallen lassen. Ich springe
hoch, um hinauszurennen, aber da ist es bereits zu spät.

»Oh Gott, er wird ihn doch nicht schlagen!«, kreischt Lissy
entsetzt auf, weil auch sie den Ernst der Lage erkannt hat, und
wie in einer dramatischen Zeitlupe sehen wir, wie Frederic
Peguerez zurückstößt, ihn dann am Arm packt, eine Drehung
vollführt und – den kleinen Südamerikaner mit einem elegan-
ten Schwung in hohem Bogen ins Wasser schmeißt.

»Oh nein! Oh nein!«, schreie ich und renne hinaus ins Freie.
»Frederic, bist du wahnsinnig geworden?«, fahre ich ihn an.
»Du kannst doch nicht … Señor Peguerez, das tut mir ja so
leid!«, rufe ich schnell zum Pool hinunter, in dem Peguerez so-

eben wieder prustend hochgekommen ist und sich mit ungläubig aufgerissenen Augen schüttelt wie ein nasser Hund.

»Frederic, wie konntest du nur?«, schreie ich ihn gleich noch einmal an.

»Wie bitte? Wie *ich* kann?«, schreit er entrüstet zurück. »Der schwule Zwerg hat mir an den Hintern gefasst, falls es dir entgangen ist, und gerade eben wollte er mich *küssen!*«

Er spuckt das Wort förmlich aus, und dabei zeigt er anklagend auf Peguerez. Mein Blick hetzt verzweifelt zwischen ihm und Peguerez, der immer noch im Wasser um sich schlägt, hin und her.

Oh mein Gott, Frederic hat alles verdorben.

Nein, Peguerez hat alles verdorben.

Was rede ich denn da? *Beide* haben es verdorben.

Jedenfalls ist es aus.

Alles ist aus.

Money for nothing

»¿Hola?«

»Hallo?«

»¿Hola?«

»Hello?«

»¿Hola?«

»Ja ... äh ... hier spricht Rosemarie Becker. Bin ich hier richtig bei Señorita Maria Conchita Alonso von Fortuna Español?«

»¡Sí, Señora Becker!«

»Ja, schön ... äh, ich meine, sprechen Sie Deutsch?«

»¡No, Señora Becker!«

»Ja, dann ... sprechen Sie ... I mean do you speak English?«

»Yes, a bit, but not good because I am frrom Spain.«

»Ah, that's very good because I have made an English course on our Volkshoch ... äh ... peoplehighschool, you know, because my husband Ludwig and I luckily very often are having a winning at prize competitions, and that's why I sometimes must speak English, you know?«

»Ah, verry interresting, Senora Becker.«

»Yes, so do I think, too. Also ... ähm, what I wanted ... I wanted to thank you for the twenty-five thousand Euro that we have had been winning at you, you know?«

»Ah, I see, no prroblem, Señora Becker, we arr verry pleased, too!«

»Thank you very much, Señorita Alonso. But I have another question, too: Ludwig and I cannot remember that we have made a ... I mean that we have filled out a formular from Fortuna Español, you know, so I wanted to ask you if our daughter Molly maybe has played for us at you?«

»Sorry, Señora Becker, but I cannot tell you that because of the ... securrity of perrsonal secrets, you know? But just have fun with the money, okay?«

»Yes, we will have that on all falls! But something is funny ... your voice remembers me on someone else ...«

»Oh ... rreally?! I don't know what you mean!«

»But yes, it's true, you sound like ... ah, now I have it: like another woman at another winning ... äh ... station, Miss Jessica Simpson, you know?«

»Oh, this is rreally verry funny, but I don't know this woman. And now just have fun with the money, Señora Becker! ¡Mucho gusto e hasta la vista!«

»Thank you very much, Señorita Alonso, bye bye!«

»Hallo?«

»Ja, hallo, bin ich da richtig bei Money-for-nothing.de?«

»Exakt. Was kann ich für Sie tun?«

»Ja, also, mein Name ist Rosalie Preuß, und ich erhielt vorhin eine E-Mail, dass ich angeblich gewonnen hätte ...«

»Preuß, sagten Sie? Warten Sie, ich werfe nur schnell einen Blick in unsere Gewinnlisten ... Oh ja, Frau Rosalie Preuß, Sie gehören tatsächlich zu den Glücklichen! Hunderttausend Euro, wie schön! Ich gratuliere!«

»Echt? Waahnsinn!! Aber, aber ... ich verstehe das nicht, ich habe nirgends mitgespielt, außer beim Lotto, aber das ist schon eine Zeit her ... Moment mal, das ist aber jetzt keine Betrugsmasche, oder? Ich meine, ich muss doch nichts im Vorhinein bezahlen oder so?«

»Nein, Frau Preuß, natürlich nicht. Sie müssten nur morgen pünktlich um siebzehn Uhr ins Beverly Regency Hotel in München kommen, dort können Sie Ihren Geldkoffer dann gleich persönlich abholen.«

»Wie bitte, ich soll nach München kommen, morgen schon? Ich weiß aber nicht, ob ich das schaffe, von Hannover ist das eine ziemliche Strecke … Könnten Sie mir das Geld denn nicht überweisen?«

»Tut mir leid, Frau Preuß, unsere Bedingungen lassen das nicht zu. Die Gewinne müssen binnen achtundvierzig Stunden abgeholt werden, sonst verfallen sie – das stand übrigens auch in der E-Mail, die Sie erhalten haben.«

»Ja, dann …«

»Mal ganz ehrlich, Frau Preuß, es geht um hunderttausend Euro! Ich an Ihrer Stelle würde mich auf der Stelle ins Auto setzen und losfahren – es sei denn natürlich, Sie wären krank oder so …«

»Wieso krank? Ich bin nicht krank!«

»Sie sind nicht krank? Na, umso besser, kommen Sie und holen Sie sich Ihr Geld, würde ich sagen!«

»Ja, gut, das werde ich. Aber eines wundert mich: Ich habe doch an gar keinem Gewinnspiel teilgenommen, wie kommt es dann, dass ich bei Ihnen gewonnen habe?«

»Sie sind Inhaberin einer gmx-Mailadresse, nicht wahr?«

»Äh … ja.«

»Na bitte, dann haben wir schon des Rätsels Lösung: Als Inhaberin einer gmx-Adresse haben Sie automatisch an diesem Gewinnspiel teilgenommen. Wie Sie sehen, ist bei uns der Name Programm: Money for nothing!«

»Echt? Okay, super! Also gut, ich werde zusehen, dass ich mir irgendwo Geld borgen kann – ich bin zurzeit ein bisschen knapp bei Kasse, wissen Sie – und dann komme ich morgen zu Ihnen.«

»Ja, tun Sie das, Frau Preuß. Aber sehen Sie zu, dass Sie pünktlich sind, wir werden mit unserer … ähm … mobilen Gewinnauszahlungsstelle nur bis achtzehn Uhr vor Ort sein.«

»Heißt das, Sie sind auch da?«

»Ich? Äh … ja.«

»Und wie heißen Sie, wenn ich fragen darf? Nur damit ich weiß, nach wem ich fragen soll.«

»Mein Name ist … ähm … Simpson, Jessica Simpson.«

»Wie die Sängerin?«

»Ja, genau. Das werde ich übrigens andauernd gefragt, wie Sie sich vorstellen können.«

»Kann ich mir denken. Ach, ich freue mich so, Frau Simpson, ich kann das Geld im Moment wirklich gut gebrauchen.«

»Ja, ich weiß … also, ich meine, wer nicht? Ich schicke Ihnen dann noch eine Mail mit Ihrer Gewinnbestätigung und der genauen Adresse, und wir sehen uns morgen, Frau Preuß.«

»Ja, gut. Und vielen Dank, Frau Simpson!«

»Nichts zu danken, Frau Preuß.«

»Hallo, Papi!«

»Hallo, Molly.«

»Was gibt es denn, Papi?«

»Nichts Besonderes, Kleines, ich wollte mich nur für den jungen Mann bedanken, den du mir vermittelt hast …«

»Manfred?«

»Ja, genau. Er ist uns wirklich eine große Hilfe, und eine Kraft hat der, unglaublich.«

»Ich weiß, Papi, irre, die Muckis, was? Bei Manfred geht richtig was voran, nicht so wie bei Fiona und mir.«

»Sag das nicht, Molly, ihr wart doch so fleißig. Aber weswegen ich eigentlich anrufe, Kind … also, das ist ein bisschen, wie soll ich sagen … *delikat*.«

»Delikat?«

»Ja. Wie ich schon sagte, Manfred ist wirklich eine enorme Hilfe, und ich finde ihn ziemlich nett, aber es gibt da ein Problem …«

»Ein Problem mit Manfred? Das kann ich mir gar nicht vorstellen, der ist lieb wie Fozzie Bär.«

»Ja, schon, und es ist auch nichts Persönliches … Weißt du, ich vermute ja sogar, dass er sich dessen gar nicht bewusst ist …«

»Jetzt rück endlich raus damit, Paps! Hat er Mundgeruch, oder transpiriert er zu stark?«

»Nein, weder noch … es ist nur … diese Hosen, die er trägt, die sind eindeutig zu eng, da sieht man ja sein ganzes … du weißt schon, *Zeugs* durch.«

»Ach so … Also, ja, es stimmt, Manfred trägt meistens enge Radlerhosen beim Sport – und die Arbeit bei euch ist für ihn so was Ähnliches. Und das stört dich, oder wie?«

»Aber nein, Molly, mich doch nicht! Mir wäre das gar nicht aufgefallen, aber für deine Mutter und Lieselotte von nebenan ist das nicht gerade angenehm.«

»Haben sie sich etwa beschwert?«

»Nein, aber das merkt man doch an ihren Blicken.«

»Ach so. Ja, und was soll ich jetzt tun?«

»Ich weiß nicht … Könntest du nicht mit ihm reden?«

»Komm schon, Paps, ich kann Manfred nicht sagen, dass er seine Genitalien besser wegpacken soll, und moderne Sportbekleidung sieht eben so aus. Aber weißt du was, ich könnte es Lissy stecken, die hat mit ihm … äh … mehr Kontakt. Ich werde auf jeden Fall sehen, was ich in der Sache tun kann, okay?«

»Ja, gut, Kind. Und bitte versteh das nicht falsch, wir sind wirklich dankbar für die Hilfe, und abgesehen davon ist Manfred ein netter Kerl.«

»Winners only, Molly Becker am Apparat!«

»Frau Becker, Hofstätter hier!«

»Herr Hofstätter, so eine Überraschung! Was kann ich für Sie tun? Wie weit sind Sie denn mit Ihrem Programm?«

»Mein Programm? Ziemlich weit, würde ich sagen, die letzten beiden Tage habe ich fast ausschließlich bei Ihnen verbracht. Ich wollte Ihnen gestern übrigens zwischen der Sonnenbank und dem Personal Training einen Besuch abstatten, aber Sie waren nicht da.«

»Oh, wie schade.«

»Sie sagen es, wir hätten einen Kaffee trinken können oder so ... Aber weswegen ich eigentlich anrufe, Frau Becker: Diese ganzen Meldungen über Winners only – was hat denn das alles zu bedeuten?«

»Was meinen Sie?«

»Na, diese ganzen schrecklichen Vorfälle ... haben die sich wirklich so zugetragen?«

»Nein, Herr Hofstätter, natürlich nicht!«

»Und wieso schreiben die Zeitungen dann ständig darüber? Und das Internet ist auch voll davon, vor allem diese Sache mit dem Hamster scheint die Leute zu beschäftigen, und dass bei Ihnen gefälschte Designermode verkauft wurde, schlägt natürlich hohe Wellen.«

»Herr Hofstätter, ich kann Ihnen versichern, dass das alles nicht der Wahrheit entspricht, und wir werden diesbezüglich schon bald für Aufklärung sorgen.«

»Darauf warte ich schon die ganze Zeit, Frau Becker. Warum gibt es denn noch keine offizielle Stellungnahme von Ihrer Seite aus?«

»Also, das ... das hat Gründe, über die ich im Moment leider nicht sprechen darf, Herr Hofstätter. Topsecret, Sie verstehen? Aber ich kann Ihnen versichern, dass wir alles noch zu einem höchst erfreulichen Ende bringen werden.«

»Sind Sie sicher, Frau Becker? Ich muss mir also keine Sorgen machen?«

»Nein, Herr Hofstätter, wir haben alles fest im Griff, seien Sie unbesorgt.«

»Gut, dann lasse ich mich am besten einfach überraschen. Ach ja, Frau Becker, eines wollte ich noch loswerden ...«

»Ja, Herr Hofstätter?«

»Wie Sie das alles meistern, noch dazu in dieser angespannten Situation – Hut ab!«

»Danke, Herr Hofstätter, ein Lob aus Ihrem Mund zählt für mich doppelt.«

»Keine Ursache, Frau Becker. Und wegen dieser Sache letztes Mal in Ihrem Büro … das war natürlich nur als Scherz gemeint, das ist Ihnen doch klar, oder?«

»Natürlich, Herr Hofstätter, genau so habe ich das ebenfalls empfunden, als Scherz. Ich muss heute noch lachen, wenn ich daran denke.«

»Ach … wirklich? Ich meine, sehr gut, Frau Becker. Also dann, ich drücke Ihnen die Daumen, und vielleicht schaue ich ja morgen auf einen Sprung bei Ihnen vorbei.«

»Das würde mich freuen, Herr Hofstätter.«

»Ja, mich auch, Frau Becker, sehr sogar!«

»Money-for-nothing, Sie sprechen mit Jessica Simpson.«

»Ja, hallo, mein Name ist Sieglinde Sommer. Ich rufe wegen Ihrer E-Mail an. Sagen Sie, stimmt das, ich habe gewonnen?«

»Wie war der Name noch mal?«

»Sommer, Sieglinde Sommer.«

»Sommer … Ja, tatsächlich, wie ich sehe, haben Sie hunderttausend Euro gewonnen, Frau Sommer. Ich gratuliere herzlich!«

»Ja, aber wie … ich meine, *wobei* habe ich denn gewonnen?«

»Sie haben doch eine gmx-Mailadresse, nicht wahr?«

»Ja, wieso?«

»Weil Sie damit automatisch an unserer Verlosung teilgenommen haben, Frau Sommer.«

»Ehrlich? Ich glaube, ich spinne! Ich kann gar nicht glauben, dass ich auf einmal Glück habe. Und wie geht es weiter? Schicken Sie mir das Geld?«

»Nein, Frau Sommer, Sie müssten es morgen Nachmittag persönlich in München abholen, das brauchen wir für die Fotos bei der Überreichung des Geldkoffers und so weiter …«

»In München? Morgen schon? Geht es denn nicht später, ich wohne nämlich in Wolfsburg, und im Moment habe ich gar kein Auto …«

»Tut mir leid, Frau Sommer, aber so lauten unsere Teilnahmebedingungen. Dann nehmen Sie eben den Zug, oder vielleicht kann Sie ja jemand fahren. Sie müssen sich jedenfalls morgen pünktlich zwischen siebzehn und achtzehn Uhr im Beverly Regency Hotel zur Übergabe einfinden, sonst verfällt der Gewinn.«

»Oh nein, bitte nicht! Okay, ich werde kommen, irgendwie kriege ich das schon gebacken!«

»Da bin ich mir ganz sicher, Frau Sommer, immerhin geht es um sehr viel Geld, nicht wahr? Also, dann schicke ich Ihnen noch eine Bestätigungsmail mit der genauen Adresse, und wir sehen uns morgen.«

»Ja, ich komme bestimmt. Und vielen, vielen Dank, Frau …«

»Simpson, Jessica Simpson.«

»Wie die Sängerin?«

»Genau.«

»Das ist ja lustig!«

»Sie sagen es, Frau Sommer, zum Totlachen.«

»Money-for-nothing, Jessica Simpson am Apparat.«

»Guten Morgen, Grubing hier. Ich rufe an wegen dieses angeblichen Gewinns – der ist nicht echt, oder?«

»Ich verstehe Sie nicht. Was soll nicht echt sein, Herr Grubing?«

»Na, dieser Gewinn. Ich habe nicht wirklich hunderttausend Euro gewonnen, oder?«

»Warten Sie, ich sehe in der Gewinnerliste nach … Ah, da haben wir es schon: Grubing, Edgar. Doch, Herr Grubing, Sie haben hunderttausend Euro gewonnen. Ich gratuliere herzlich!«

»Kommen Sie, niemand gewinnt einfach so hundert Riesen!

Das ist ein Trick, oder? Bestimmt wollen Sie jetzt, dass ich Ihnen irgendwelche Spesen vorauszahle oder so!«

»Wieso sollten Sie etwas bezahlen, Herr Grubing? Sie sind der Gewinner!«

»Dann stimmt es wirklich? Aber wo, bitte schön, soll ich denn überhaupt mitgespielt haben?«

»Aktiv haben Sie nirgends mitgespielt. Diese Gewinne wurden einfach unter sämtlichen gmx-Adresseninhabern verlost. Sie müssten nur noch heute Nachmittag zwischen fünf und sechs nach München zu unserer mobilen Gewinnauszahlungsstelle kommen, dann bekommen Sie Ihr Geld, wir machen ein Foto für die Presse, und schon sind Sie um hunderttausend Euro reicher. Aber selbstverständlich können wir Sie nicht zwingen, wenn Sie nicht wollen …«

»Nein, nein, verstehen Sie das nicht falsch! Ich will schon, ich habe nur keine Lust, abgezockt zu werden.«

»Keine Sorge, Herr Grubing, wir nehmen Ihnen nichts weg. Aber warum probieren Sie es nicht einfach aus, was haben Sie schon zu verlieren?«

»Tja … eigentlich haben Sie recht, von Nürnberg wäre es gar nicht weit.«

»Na, dann passt das doch. Wenn Sie also einverstanden sind, schicke ich Ihnen noch die Bestätigungsmail mit der genauen Adresse, und wir sehen uns später.«

»Also gut, Frau …«

»Simpson, Jessica Simpson. Sie wissen schon, wie die Sängerin.«

»Sängerin? Kenn ich nicht … egal. Wir sehen uns jedenfalls später, Frau Simpson.«

»Oh ja, ich freue mich, Herr Grubing.«

»Molly, hier spricht deine Mutter.«

»Hallo, Mami.«

»Molly, weswegen ich anrufe …«

»Ich kann's mir schon denken, Mami. Es ist wegen Manfred, stimmt's?«

»Woher weißt du das?«

»Papi hat gestern Abend schon angerufen …«

»Ach ja, hat er sich also schon bedankt?«

»Bedankt? Ja … Wobei, hauptsächlich wollte er über Manfred *reden*.«

»Natürlich, darum geht es doch, Molly. Ich wollte mich jedenfalls auch noch einmal dafür bedanken, dass du uns diesen jungen Mann geschickt hast. Er ist so ein netter Mensch, und er hat keine drei Stunden gebraucht, um die ganzen Ziegel hinters Haus zu schleppen, stell dir nur vor!«

»Wie schön, Mami.«

»Und zudem ist er die ganze Zeit gut gelaunt! Es ist wirklich eine Freude, ihm bei der Arbeit zuzusehen, sogar Lieselotte kam gestern vorbei, um mir Gesellschaft zu leisten.«

»Wirklich? Dann bist du also rundherum zufrieden mit Manfred?«

»Ja, sicher, was dachtest du denn?«

»Von deiner Seite aus gibt es also keinerlei Beschwerden?«

»Beschwerden? Worüber sollte ich mich denn beschweren, Molly? Ganz im Gegenteil, wenn ich Manfred so zusehe, erinnert er mich immer an die alten Zeiten, als dein Vater und ich noch jung waren – nicht, dass dein Vater jemals so stark gewesen wäre wie Manfred …«

»Damit meinst du jetzt seine Muskeln?«

»Ja, was denn sonst? Ich habe Manfred jedenfalls gesagt, dass er in unserem Haus jederzeit willkommen ist, und Lieselotte und ich haben uns überlegt, dass er eigentlich in unserem Salsakurs mitmachen könnte. Das wäre ein guter Ausgleich für seinen Rücken nach dem harten Training, findest du nicht?«

»Ähm … wahrscheinlich schon, Mami.«

»Ach ja, da wäre noch etwas, Molly: Beim letzten Mal konnten wir nicht offen darüber reden, weil wir nicht allein waren …

Aber jetzt ganz unter uns, Molly: Frederic, dein ehemaliger Freund – bist du dir wirklich sicher, dass da nichts mehr ist zwischen euch? Weißt du, es gibt nämlich Situationen im Leben, da spielen einem die eigenen Hormone einen Streich, und auch wenn der Verstand Nein sagt...«

»Mami, zwischen mir und Frederic ist nichts, glaub mir!«

»Bist du dir sicher, Kind? Du könntest es mir sagen, das weißt du doch?«

»Ja, Mami, das weiß ich. Aber glaub mir, das ist lange vorbei.«

»Gut, Molly, dann bin ich ja beruhigt. Ich wollte nur sichergehen.«

»Natürlich. Ich hab dich lieb, Mami. Tschüs.«

»Ich dich auch, Kind. Tschüüs!«

»Money-for-nothing, Jessica Simpson am Apparat.«

»Sie verscheißern mich, oder?«

»Tut mir leid, ich weiß nicht, was Sie meinen.«

»Also bitte, *Jessica Simpson*!«

»Das ist mein Name. Haben Sie ein Problem damit?«

»Aber die Schauspielerin heißt auch so!«

»Ich weiß. Soll ich mich deswegen umtaufen lassen?«

»Äh, also ... nein, so habe ich das nicht gemeint. Dann heißen Sie also wirklich so?«

»Seit meiner Geburt. Aber wollen wir den ganzen Tag über meinen Namen reden, oder gibt es noch einen anderen Grund für Ihren Anruf?«

»Ja ... doch. Ich fürchte zwar, dass es sich um einen Irrtum handelt, aber ich erhielt von Ihnen eine Mail, dass ich etwas gewonnen hätte ...«

»Das könnte schon sein. Sagen Sie mir Ihren Namen, bitte?«

»Adriane Rücker.«

»Oh, Frau Rücker, auf Ihren Anruf habe ich schon gewartet!«

»Wieso?«

»Na, weil … ähm … Sie auf unserer Gewinnerliste stehen, Frau Rücker, und wer lässt sich schon hunderttausend Euro entgehen?«

»Dann stimmt es also? Ich habe wirklich gewonnen?«

»Ja, haben Sie. Hunderttausend Euro, ich gratuliere herzlich!«

»Ist ja irre! Ich kann es gar nicht glauben! Wissen Sie, Frau Simpson, ich hatte bisher immer nur Pech in meinem Leben, und gerade jetzt ging es mir total mies … Hunderttausend Euro, Wahnsinn!«

»Schön, Frau Rücker, das freut mich für Sie. Dann schicke ich Ihnen noch die Bestätigungsmail mit der genauen Adresse in München, wo Sie Ihr Geld abholen können …«

»Ich muss es abholen?«

»Allerdings, in München, heute Nachmittag. Und seien Sie pünktlich, Frau Rücker, wir können die Gewinne dieser Ziehung nur heute zwischen siebzehn und achtzehn Uhr auszahlen, sollten Sie es nicht schaffen zu kommen, verfällt der Gewinn.«

»Oh, keine Sorge, ich werde da sein, verlassen Sie sich darauf, Frau Simpson. Und nichts für ungut wegen Ihres Namens.«

»Keine Sorge, Frau Rücker, es war nicht das erste Mal, dass ich darauf angesprochen werde, glauben Sie mir!«

»Molly, hier ist Philip!«

»Philip! Wie schön, dich zu hören! Wie geht es dir?«

»Mir geht's gut, danke der Nachfrage. Aber eigentlich hatte ich auf deinen Anruf gewartet, Molly. Wie lief es gestern mit Peguerez?«

»Och … das war wirklich ein sehr interessantes Treffen … Wir haben uns erstmal alle kennengelernt und ein bisschen gegenseitig beschnuppert …«

»Wie soll ich das verstehen?«

»Na ja, wie ich schon sagte, wir hatten einen netten Nachmittag bei uns zu Hause ...«

»Hat Tessa etwas erreicht bei ihm?«

»Nein, ich meine, noch nicht direkt ...«

»Also nicht. Verdammt!«

»Mach dir nichts draus, Philip, das wird schon noch. Wir brauchen nur ein bisschen Geduld. Ich bin an der Sache dran, und ...«

»Und was ist überhaupt bei Winners only los, Molly? Ich habe gelesen, dass es Beschwerden gab und dass uns einige Kunden sogar verklagen wollen. Stimmt das?«

»Äh, ja, Philip, das ist leider wahr. Aber mach dir keine Sorgen, ich habe schon einen konkreten Plan, und wir werden schon sehr bald ...«

»Molly, was soll denn dieses Gerede? Für mich hört sich das so an, als würde alles den Bach runtergehen.«

»Nein, Philip, das tut es nicht. Nur zu deiner Information, ich arbeite im Moment extrem hart daran, wir alle hier geben unser Bestes, das kannst du mir glauben!«

»Ach ja? Frederic auch?«

»Wie bitte?«

»Ich möchte von dir wissen, ob du wieder Kontakt zu Frederic hast.«

»Aber Philip ... Wie kommst du denn jetzt darauf?«

»Molly, *hast* du Kontakt mit Frederic?«

»Also schön, Philip: Ja, es stimmt. Frederic hat sich bei mir gemeldet, weil er ...«

»Molly, hör mir gut zu: Ich will nicht, dass du ihn noch einmal triffst!«

»Wie bitte? Aber Frederic wollte uns doch helfen, Philip ...«

»Ich bitte dich, Molly, sei nicht naiv. Hat er dir etwa weisgemacht, dass er dich aus reiner Nächstenliebe aufgesucht hat?«

»Nein, Philip, natürlich nicht. Er hat mich um einen Gefallen gebeten ...«

»Dann wollte er Geld.«

»Nein, Philip, das dachte ich am Anfang auch, aber es ging um etwas ganz anderes.«

»Molly, wir wissen beide, dass dieser Typ ein Schaumschläger ist, und du hast selbst zugegeben, dass er dir immer nur geschadet hat, deswegen will ich auch nicht, dass du ihn wiedersiehst.«

»Willst du mir also ernsthaft den Umgang mit Frederic verbieten?«

»Wenn du es so nennen willst – ja, Molly!«

»Und wenn ich mir nichts verbieten lasse, Philip, was ist dann?«

»Darauf wirst du es nicht ankommen lassen!«

»Doch, das werde ich. Hör zu, Philip, ich kann dir versprechen, dass zwischen Frederic und mir nicht das Geringste läuft, aber ich werde mir von dir dennoch nicht den Umgang mit ihm verbieten lassen.«

»Molly, sei vernünftig …«

»Ich *bin* vernünftig, Philip, aber ich lasse mich von dir nicht herumkommandieren wie ein Zirkusäffchen, nur weil du zufälligerweise mein Boss bist. Und jetzt entschuldige mich, ich muss an die Arbeit. Ich habe nämlich zufälligerweise ein Unternehmen zu retten, und so wie ich das sehe, findet sich gerade niemand, der mir diesen Job abnimmt. Also mach's gut, Philip.«

»Verdammt, Molly …«

»Mach's gut, Philip!«

Guter Bulle, böser Bulle

Inzwischen sind mehr als sechs Stunden vergangen, und ich bin immer noch ganz benommen.

Was habe ich nur getan?

Ich habe einfach aufgelegt. Der Schock steckt mir noch in allen Gliedern.

Wie habe ich Philip gegenüber nur so schroff sein können?

Andererseits, er war es doch auch, sage ich mir zum tausendsten Mal. Mehr noch, er hat sogar angefangen. Natürlich steht er unter enormem Druck, aber wie er mir ständig ins Wort gefallen ist, und dann dieses Verbot, mich mit Frederic zu treffen!

Jetzt mal im Ernst, das konnte ich mir nicht gefallen lassen. Liebe hin oder her, aber ich bin schließlich nicht seine Leibeigene, der er irgendetwas verbieten könnte, oder?

So sehr ich mir das auch einzureden versuche, so plagt mich doch schon den ganzen Tag ein wahnsinnig schlechtes Gewissen. Allein die Vorstellung, wie er sich gefühlt haben muss, nachdem ich das Gespräch abgewurgt habe – und er weiß noch nicht mal, dass ich das nur getan habe, weil mich in diesem Augenblick die Tränen übermannt haben und ich gar nicht mehr in der Lage war zu sprechen, und natürlich war ich viel zu stolz, um das zuzugeben.

Und er hat es danach nicht wieder versucht. Was er jetzt wohl denkt? Wie wird er reagieren? Ich will mir das gar nicht näher ausmalen! Und zudem bin ich innerlich völlig hin und her gerissen.

Ein Teil von mir – nennen wir ihn »die liebe Molly« – würde ihn am liebsten auf der Stelle anrufen und ihm alles noch einmal in Ruhe erklären. Sie würde versuchen, wieder eine vernünftige Gesprächsbasis zu finden, ja, die liebe Molly wäre sogar bereit, ihn um Verzeihung zu bitten, bloß damit wieder Frieden herrscht.

Aber der andere Teil – »die harte Molly« – kann genau das nicht zulassen. Die harte Molly urteilt nämlich messerscharf und verfügt zudem über einen ausgeprägten Gerechtigkeitssinn, und der verbietet bei objektiver Beurteilung jede Art von Einlenken von meiner Seite. Philip hat mit dem Streit angefangen, also muss er ihn auch wieder beenden.

So einfach ist das.

Also, mal abgesehen von der Tatsache, dass es mich natürlich dennoch fix und fertig macht. Das Einzige, was mich noch einigermaßen über den Tag gebracht hat, war die viele Arbeit, die mich wenigstens ein bisschen abgelenkt hat.

Wir hatten ja noch so unglaublich viel zu organisieren. Wir haben für die Inszenierung unserer Show die Konferenzräume im Beverly Regency gleich neben unserem Gebäude angemietet, die wir noch entsprechend vorbereiten mussten. Dazu haben wir Dekortafeln und Aufsteller mit entsprechenden Aufschriften von Money-for-nothing anfertigen lassen, um dem Ganzen wenigstens auf den ersten Blick einen offiziellen Charakter zu verleihen. Weiterhin haben wir gemeinsam mit der Rechtsabteilung Erklärungen aufgesetzt, und dann habe ich Spider, Manfred und Joe Ranger um ihre Unterstützung gebeten und sie entsprechend auf ihre Rollen eingestimmt. Schließlich war ich noch bei der Bank, um Geld vom Firmenkonto abzuheben, und zu guter Letzt ließ ich mir auch noch von Pepe eine blonde Perücke verpassen, damit unsere vermeintlichen Gewinnaspiranten, die mein Gesicht ja möglicherweise schon einmal im Internet gesehen haben, mich nicht sofort erkennen und womöglich das Weite suchen, bevor wir sie richtig in die Mangel nehmen können … also, ich meinte, vernünftig mit ihnen reden können, *das* wollte ich natürlich sagen.

Apropos vermeintliche Gewinner. Das war wieder einmal eine faszinierende Erfahrung und zugleich eine Bestätigung dessen, was ich ohnehin schon lange wusste: Mit Speck fängt man Mäuse, und mit Geld fängt man den Rest der Welt. Inzwischen haben sich nämlich ohne Ausnahme *alle* gemeldet, die ich angeschrieben habe. Im Lauf des Tages haben auch noch Jens Stocker aus Berlin, Thomas Walser aus Bremen sowie Hanna Schwarz aus Frankfurt auf meinem eigens zu diesem Zweck besorgten Wertkartenhandy angerufen, und wir sind gespannt, ob sie es alle rechtzeitig schaffen werden, wobei es vor allem für Jens Stocker und Thomas Walser ohne Flugzeug kaum zu bewerkstelligen sein wird. Aber sie werden ihr Bestes geben, da bin ich mir sicher, immerhin sind sie von der Aussicht auf hunderttausend Euro beflügelt.

So, dann müssen die Herrschaften nur noch kommen.

Ich werfe einen Blick auf meine Uhr. Fast vier. Wir haben bereits eine Stunde vor der eigentlichen Zeit Stellung bezogen, da wir damit rechnen müssen, dass einige in ihrer Vorfreude vielleicht schon früher auftauchen.

Fiona, Lissy, Spider, Manfred, Joe Ranger und ich haben uns vor einer halben Stunde im Beverly Regency getroffen und sind noch einmal alles genau durchgegangen. Unser Plan ist ziemlich simpel: Sobald die Kandidaten an der Hotelrezeption erscheinen, werden sie vom Hotelpersonal wie vereinbart nach hinten zu den Konferenzräumen geleitet, wo sie erst einmal von Fiona und Lissy, die wir mit roten Kostümen und goldfarbenen Money-for-nothing-Hütchen ausstaffiert haben, als glückliche Gewinner mit einem Glas Sekt empfangen und beglückwünscht werden, und danach werden sie einzeln in das Zimmer geführt, in dem Joe, Manfred, Spider und ich auf sie warten. Eigentlich verfahren wir mit ihnen ziemlich genau so, wie man es mit Schafen macht, wenn man sie zur Schlachtbank führt – na ja, bis auf den Sekt und die Hütchen vielleicht.

Langsam steigt die Spannung, und ich kann auch den anderen ansehen, dass sie ungeduldig werden.

»Meinst du, die kommen bald?«, meldet sich Manfred zu Wort.

Er hat neben Spider an der Tür Stellung bezogen, und bei dem Anblick der beiden muss ich gleich wieder in mich hineinschmunzeln. Um ihnen einen seriösen Anstrich zu verpassen, haben wir sie in schwarze Anzüge gesteckt, aber da es weder in unserem Geschäft noch in irgendeinem Laden in der näheren Umgebung Modelle in ihrer Jumbogröße gab, mussten wir sie notgedrungen in ein paar kleinere Stücke zwängen. Jetzt sehen sie aus, als hätten sie die Anzüge zu ihrer Konfirmation bekommen und danach nie wieder ausgezogen. Dennoch, die beiden sind schrecklich groß und sehen allein dadurch furchteinflößend aus, zumal unsere Gäste ja nicht wissen können, dass sie in Wirklichkeit keiner Fliege etwas zuleide tun könnten.

»Ich schätze, schon«, nicke ich. »Wenn ich mir vorstelle, dass ich irgendwo hunderttausend Euro abholen könnte, dann würde ich jedenfalls nicht riskieren, mich zu verspäten.«

»Cool bleiben, Leute, die kommen schon noch«, meint Joe.

Er kaut lässig auf einem Zahnstocher herum, und in seiner schwarzen Lederjacke, den ausgewaschenen Jeans und den Schlangenlederboots, die er neuerdings trägt, sieht er aus wie eine moderne Version von Dirty Harry.

Plötzlich wird die Tür aufgerissen. Es ist Fiona, die ihren Kopf zur Tür hereinsteckt. »Molly?« Sie sieht ganz aufgeregt aus – was eigentlich nur eines bedeuten kann …

»Ist jemand gekommen?«, frage ich nervös, und gleichzeitig fühle ich, wie sich mein Puls rasant beschleunigt.

Sie nickt mit glühenden Wangen.

»Wer ist es denn?«, frage ich.

»Rosalie Preuß.«

»Sehr gut, schick sie rein!« Ich hole tief Luft und tausche einen letzten gespannten Blick mit Joe, Manfred und Spider. »Also gut, Jungs, ihr wisst, was ihr zu tun habt.«

Manfred und Spider nicken eifrig und rücken ihre Sakkos zurecht, Joe dagegen parkt sich lässig auf den Schreibtisch, den wir in der Mitte des Raumes platziert haben, und ich stelle mich neben ihn.

»Bitte sehr, Frau Simpson erwartet Sie schon«, hören wir Fiona draußen sagen, dann schiebt sich Rosalie Preuß zur Tür herein.

Sie wirft zuerst einen erstaunten Blick auf Manfred und Spider, neben deren riesigen Staturen sie geradezu winzig erscheint, schließlich fasst sie neugierig mich ins Auge, während sie sich unsicher näher heranschiebt.

»Frau Simpson?«, fragt sie schüchtern.

»Ganz recht«, antworte ich mit einem gewinnenden Lächeln, gleichzeitig gehe ich ihr einen Schritt entgegen und schüttle ihre Hand. »Und Sie sind Frau Preuß, wie ich höre. Setzen Sie sich doch bitte.«

Ich deute auf den Stuhl, den wir direkt vor unseren Schreibtisch gestellt haben, und sie lässt sich zögernd darauf nieder.

»Ich bin ein bisschen früh dran, ich hoffe, das macht nichts«, meint sie zaghaft. »Aber nach unserem Telefonat gestern bin ich gleich ins Auto gestiegen, wie Sie es mir empfohlen haben, und die ganze Nacht durchgefahren, und als ich vorhin im Auto fast eingenickt wäre, bekam ich Angst, dass ich womöglich verschlafe, und bin sicherheitshalber gleich hergekommen.« Sie macht eine entschuldigende Geste mit den Händen.

Plötzlich wird mir bewusst, wie müde sie aussieht. Sie hat dunkle Ringe um die geröteten Augen, und ihr Haar ist völlig zerzaust.

»Das verstehen wir natürlich, wer will schon solch einen Termin versäumen?«, sage ich ausweichend.

»Ist da mein Geld drin?« Sie hat unseren eigens dafür bereitgestellten Lockvogel-Aktenkoffer auf dem Schreibtisch entdeckt, und ihre Augen leuchten auf einmal sehnsüchtig auf. »Ach, deswegen stehen die beiden großen Herren an der Tür«, schlussfolgert sie dann.

»Sie sagen es«, lasse ich sie in dem Glauben. »Aber bevor wir zur Übergabe schreiten, Frau Preuß, habe ich noch ein paar Fragen an Sie.«

»Natürlich«, nickt sie eifrig. »Sie wollen wahrscheinlich einen Ausweis sehen, stimmt's?« Sie fasst in ihre Handtasche und zieht ein Kuvert hervor.

»Nein, ich denke, darauf können wir verzichten.«

Ich klappe den Koffer so hoch, dass sie den Inhalt nicht sehen kann, und ziehe eine Mappe daraus hervor. Rosalie Preuß starrt wie hypnotisiert auf den Koffer, während ich die Mappe aufschlage und scheinbar einen Blick hineinwerfe. »Gestatten Sie mir eine direkte Frage, Frau Preuß: Wie geht es denn Ihrer vaginalen Mykose?«, frage ich dann in beiläufigem Tonfall.

»Wie bitte?« Ihr Blick zuckt verwirrt zu mir hoch.

»Sie haben mich schon verstanden.« Ich sehe ihr direkt in die Augen. »Wie geht es Ihrer vaginalen Mykose, Ihrem Scheidenpilz?«

»Meinem Scheidenpilz?«, wiederholt sie mit großen Augen. »Ich habe keinen Scheidenpilz.«

»So? Das ist aber merkwürdig …« Ich werfe wieder einen demonstrativen Blick in die Mappe. »Laut meinen Unterlagen haben Sie sich nämlich Ihren eigenen Angaben zufolge angeblich vor zwei Wochen bei Winners only in Dortmund damit infiziert.«

Als sie Winners only hört, zuckt sie zusammen wie unter einem Peitschenhieb. Ungläubiges Entsetzen mischt sich in ihren Blick, als sie plötzlich zu begreifen beginnt. Ihre Augen rucken zu Joe hinüber, der sie mit kühlem Interesse beobachtet, dann hetzt ihr Blick nach hinten zur Tür, die aber inzwischen Manfred und Spider mit ausdruckslosen Mienen verstellt haben. Ich kann ihr ansehen, dass sie einen Fluchtversuch erwägt, und will schnell etwas sagen, doch Joe kommt mir zuvor.

»Denken Sie nicht mal daran«, sagt er mit einer Grabesstimme, die sogar bei mir ein Frösteln erzeugt. »Wissen Sie überhaupt, wer ich bin?«

Rosalie Preuß erwidert ängstlich seinen Blick und schluckt.

»Nein. Wer sind Sie denn?«

»Ich bin Joe Ranger«, sagt er, und dabei sieht er sie an, als hätte er sich ihr gerade als Leibhaftiger offenbart. Er lässt ein paar Sekunden herunterticken, um die Wirkung seiner Mitteilung noch zusätzlich zu erhöhen, dann legt er nach: »Ich bin Privatdetektiv. Bisher blieb noch keiner meiner Fälle ungelöst, und ich kann Ihnen versichern, dass ich *alles* tun werde, damit das so bleibt. Also geben Sie es lieber gleich zu, Frau Preuß, sonst müsste ich zu Methoden greifen, die Ihnen noch weniger Freude bereiten als mir.«

Ich werfe ihm einen erstaunten Seitenblick zu.

Keiner meiner Fälle ungelöst?

Ach ja, stimmt, das ist sein erster Fall, also hat er nicht mal gelogen.

Und was meint er mit Methoden?

»Was soll ich denn zugeben?« Rosalie Preuß scheint jedenfalls ziemlich beeindruckt zu sein von seinem Gefasel, denn ihre Stimme ist auf einmal furchtbar hoch geworden.

»Sie haben gar nicht dreimal täglich Sex mit Ihrem Freund, stimmt's?«, schleudert Joe ihr mit einem ganz und gar gnadenlosen Blick entgegen.

Was sagt er da? Nicht nur Rosalie Preuß glotzt ihn ungläubig an, sondern auch ich. Wir haben am Vormittag über jeden Fall eine eigene Akte angelegt und sie noch einmal durchgesprochen, aber irgendwie scheint er da die Prioritäten bei seiner Verhörtaktik falsch gesetzt zu haben.

»Was Joe in diesem Zusammenhang sagen will, Frau Preuß«, kratze ich hastig die Kurve für ihn, »ist, dass Sie sich bei Winners only nicht mit diesem Pilz infiziert haben können, und folglich kann es auch bei Ihrem Sexualleben keinerlei Einbußen durch unser Verschulden gegeben haben.«

Ihr Blick zuckt ungläubig zwischen Joe und mir hin und her.

»Dann haben Sie mich also reingelegt?«, stammelt sie. »Das war gar kein Gewinnspiel, Sie wollten mich nur herlocken, damit … Sie haben mich betrogen!«, versucht sie es mit einer Anklage.

»Verdrehen Sie jetzt bloß nicht die Tatsachen, Schätzchen.« Joe schnalzt abfällig mit der Zunge. »*Sie* sind hier die Krankheit, und *wir* die Medizin.«

Nanu, aus welchem Film hat er das denn schon wieder?

»Joe meint damit, dass wir eindeutige Beweise haben, dass Sie sich nicht bei Winners only infiziert haben, Frau Preuß«, führe ich meinen Bluff weiter, »und Ihre Anschuldigungen uns gegenüber somit frei erfunden sind und einen Straftatbestand darstellen, den wir zu einer sofortigen Anzeige bringen könnten.«

»Wieso denn Anzeige? Und wieso sagen Sie ›uns gegenüber‹? Wer sind Sie denn überhaupt?«

Ich zögere eine Sekunde, dann lüfte ich meine blonde Perücke, damit sie mein natürliches Haar darunter sehen kann. »Na, erkennen Sie mich jetzt?«

Sie zieht erschrocken die Luft ein.

»Ach du meine Güte, Sie sind … Sie sind Molly Becker!«, stößt sie hervor.

»Höchstpersönlich.« Ich rücke die Perücke wieder gerade. »Und nun lassen Sie uns endlich zur Sache kommen, Frau Preuß.« Sie will den Mund zu einem Protest öffnen, aber ich bringe sie mit einer strengen Geste zum Schweigen. Dann rufe ich mir schnell die Aussagen von Amelie Reinfried ins Gedächtnis und lege los: »Wir können, wie gesagt, beweisen, dass Sie sich nicht bei uns infiziert haben, und wir wissen auch, dass ein fremder Mann Sie beauftragt hat, diese haltlosen Anschuldigungen gegen uns zu erheben, des Weiteren wissen wir, dass er Ihnen eine Bezahlung von fünftausend Euro dafür geboten hat …«

»Woher wissen Sie das alles?«, fragt Rosalie Preuß fassungslos.

»Ja, woher wissen wir das alles?«, schließt sich Joe verwundert an.

Mann, ist der schwer von Begriff.

»Das haben natürlich *Ihre* Ermittlungen ergeben, Joe«, sage ich, und mit einem genervten Kapiers-doch-Blick schicke ich nach: »Sie Scherzkeks, haha.«

»Ach so … Ja, genau, das habe natürlich ich alles ermittelt!« Er hat's jetzt auch geschnallt und legt gleich noch eins drauf, indem er aus Zeigefinger und Daumen der rechten Hand eine Pistole macht und damit auf Rosalie Preuß zeigt. »Peng! Erwischt!«

Sie zuckt nervös zusammen und senkt den Blick. »Das müssen Sie mir aber erst beweisen«, murmelt sie. »Und er hat mir auch nur tausend als Anzahlung gegeben, auf den Rest warte ich noch heute …«

»Das ist uns bekannt, Frau Preuß«, nicke ich.

»Echt?«, fragt Joe.

Ich übergehe seine Frage. »Also, Frau Preuß, es sieht folgendermaßen aus: Entweder Sie gestehen alles und unterschreiben diese Erklärung, in der Sie bestätigen, dass Sie von diesem Mann unter Druck gesetzt worden sind und sich deswegen zu dieser missverständlichen Behauptung haben verleiten lassen. Wie Sie sehen, haben wir das schonend formuliert, um Sie nicht unnötig zu belasten.«

»Aber es wäre dennoch ein Schuldeingeständnis«, wendet sie aufgewühlt ein.

»So, jetzt reicht es aber, Frau Preuß!«

Joe hat einen ultraharten Blick aufgesetzt, und diesmal lasse ich ihn gewähren, weil wir das vorhin so ausgemacht haben. Guter Bulle, böser Bulle.

»Wenn Sie nicht sofort mit uns kooperieren, werde ich Sie auf der Stelle festnehmen und den zuständigen Behörden übergeben, und man wird Ihnen dann wegen wissentlicher Falschaussage, Meineid, Verabredung einer Verschwörung, Infektionsmanipulation und Volksverhetzung den Prozess machen!«

Okay ... Wir haben vorhin die strafrechtlichen Aspekte mit Lissy diskutiert, und da hat das irgendwie anders geklungen, soweit ich mich erinnern kann. Aber wie dem auch sei, die Wirkung passt. Rosalie Preuß ist regelrecht zusammengebrochen unter Joes apokalyptischen Drohungen und beginnt auf einmal, hemmungslos zu schluchzen.

Amelie Reinfried fällt mir wieder ein, und ich muss mich zurückhalten, damit ich nicht auch Rosalie Preuß in die Arme nehme, um sie zu trösten. Ich will ihr nicht unnötig wehtun, aber noch haben wir nicht, was wir wollen.

»Hören Sie, Frau Preuß«, schalte ich auf einen versöhnlicheren Tonfall um, während ich ihr ein Taschentuch reiche. »Wir können nachvollziehen, warum Sie sich auf diese Sache eingelassen haben. Sie steckten in finanziellen Schwierigkeiten, und dieser Mann hat das ausgenutzt, nicht wahr?«

Sie hebt den Blick und schnieft. »Ja, stimmt. Seit ich es so schlimm mit dem Rücken habe, finde ich keine Arbeit mehr, und deswegen bin ich im Moment völlig pleite.« Sie schluchzt auf. »Ich weiß einfach nicht mehr, was ich tun soll, Frau Becker. Ich habe nicht einmal Geld, um mir was zu essen zu kaufen. Und wenn Sie mich jetzt noch anzeigen ...«

»Aber Frau Preuß, so weit sind wir noch lange nicht.« Ich kann mich nicht länger zurückhalten und lege ihr doch tröstend die Hand auf die Schulter. »Manfred, holst du bitte Lissy herein?«, sage ich, und Manfred wuchtet seinen massiven

Körper zur Tür hinaus. Ich wende mich wieder Rosalie Preuß zu. »Wie ich schon sagte, Frau Preuß, Sie haben die Wahl: Wenn Sie mit uns zusammenarbeiten und diese Erklärung unterschreiben, dann werden wir von einer Anzeige absehen, andernfalls jedoch ...«

»Nein, bitte zeigen Sie mich nicht an«, sagt sie mit flehendem Blick. »Ich will nicht ins Gefängnis ... wobei, eigentlich wäre es egal, ich weiß ohnehin nicht mehr, wohin«, flüstert sie mehr zu sich selbst als zu mir.

»Manfred hat gesagt, du brauchst mich, Molly?«

Lissy ist soeben mit Manfred zur Tür hereingekommen.

»Genau, Lissy. Ich möchte, dass du mit Frau Preuß hinüber in unsere Cafeteria gehst. Sie muss zunächst mal was Vernünftiges essen, und danach gehst du mit ihr in aller Ruhe diese Erklärung durch. Und sobald sie sie unterzeichnet hat, gibst du ihr das.« Ich drücke Lizzy einen Umschlag in die Hand.

»Was ist das?«, fragt Lissy.

»Das sind viertausend Euro«, antworte ich. »Diesen Leuten wurden fünftausend versprochen, aber bekommen haben sie nur tausend, also bezahle ich ihnen den Rest als Entgegenkommen dafür, dass sie mit uns kooperieren.«

»Wirklich?« Rosalie Preuß sieht mich überrascht an. »Vielen Dank, Frau Becker.«

»Aber gerne. Sie können schließlich nichts dafür, dass dieser Mistkerl Ihre Notlage ausgenützt und Sie dann auch noch übers Ohr gehauen hat, nicht wahr? Ach ja, und Lissy: Frau Preuß kann sich auf unsere Kosten ein Zimmer im Hotel nehmen, falls sie hier übernachten möchte, sie hat eine lange Fahrt hinter sich und ist völlig übermüdet.«

»Geht klar, Molly. Kommen Sie, Frau Preuß, gehen wir was futtern.« Sie lächelt. »Dann lernen Sie gleich die gesunde Küche von Winners only kennen. Haben Sie schon mal Mineralwasser aus tibetanischen Quellen getrunken?«

»Nein«, antwortet die. »So etwas gibt's?«

»Natürlich, bei Winners only gibt es alles«, sage ich.

»… außer vaginaler Mykose«, kommt es hinten von Spider, der unter seinem Rauschebart ein breites Grinsen aufgesetzt hat.

»Du sagst es, Spider«, nicke ich.

»Soll ich nachher wiederkommen?«, will Lissy wissen.

»Ja, oder weißt du was, am besten nimmst du gleich den Rest des Geldes mit, und dann schicke ich dir die anderen Kandidaten noch rüber.«

»Gute Idee.«

»Molly?« Es ist wieder Fiona, die zur Tür hereinguckt.

»Ja, Fiona?«

»Soeben sind zwei weitere gekommen …« Ihr Blick fällt auf Rosalie Preuß, die von Lissy zur Tür geleitet wird. »So weit alles klar bei euch?«

»Ja, Fiona, Frau Preuß steht jetzt auf unserer Seite.«

»Wie schön.« Fiona strahlt sie an. »Willkommen an Bord, Frau Preuß!«

»Vielen Dank. Ich bin ehrlich gesagt auch froh, dass diese Sache endlich vom Tisch ist. Diese gemeine Lügerei hat mich schlaflose Nächte gekostet, das können Sie mir glauben«, meint Rosalie Preuß erleichtert.

»Aber sag, Fiona, wer ist es denn jetzt?«, unterbreche ich sie.

»Es sind Sieglinde Sommer und Edgar Grubing«, antwortet sie mit gedämpfter Stimme. »… der den Verlust von Mortimer übrigens ziemlich gut verkraftet zu haben scheint, der wirkt nämlich kein bisschen traurig.«

»Das kann ich mir vorstellen«, sage ich. »Okay, schick doch bitte als Erstes Sieglinde Sommer herein.«

Lissy und Rosalie Preuß sind weg, und ich vergewissere mich mit einem Blick, dass alle wieder auf Position sind.

»Okay, Männer, bereit für Runde zwei?«

Spider und Manfred nicken, und Ranger sagt feixend: »Gonnggg!«

Zwei Stunden später bin ich in Hochstimmung und gleichzeitig komplett erledigt. Wir haben sie alle nacheinander abgefertigt, zuerst Sieglinde Sommer, die noch immer eine Farbe hat wie der Mohr von den Heiligen Drei Königen. Dann Edgar Grubing, der anfangs empört gegen unsere hinterlistige Falle protestiert hat und schließlich nach einem scharfen Kreuzverhör durch Joe und meine Wenigkeit sowie den finsteren Blicken von Manfred und Spider doch noch zugab, weder drei Tage durchgeschlafen noch jemals einen Hamster namens Mortimer besessen zu haben. Ein bisschen später trudelten dann noch das Salmonellenopfer Thomas Walser und das rothaarige Möchtegernmodel Adriane Rücker ein, die wir mit unserer mittlerweile eingespielten Routine im Handumdrehen knackten, und als Letzte gingen uns noch Hanna Schwarz aus Frankfurt und Jens Königspinguin Stocker in die Falle, der extra ins Flugzeug gestiegen war, um es noch rechtzeitig von Berlin bis hierher zu schaffen. Allen stand anfangs maßlose Enttäuschung ins Gesicht geschrieben, als ihnen klar wurde, dass sie nun doch keine hunderttausend Euro bekommen würden und stattdessen nur ihr hinterhältiger Betrug aufgedeckt worden ist, aber letztendlich überwog zum Schluss bei allen die Erleichterung darüber, dass sie ihre Schmierenkomödie nicht länger weiterspielen müssen, und mit der tröstlichen Aussicht auf immerhin viertausend Euro und ein gutes Essen trotteten sie zu guter Letzt allesamt schön brav hinüber zur Cafeteria von Winners only.

Gerade eben ist Jens Stocker davongeschlurft, und Joe sieht mich fragend an. »Täusche ich mich, oder war das der Letzte?«

»Jep, Joe, Sie sagen es«, antworte ich gut gelaunt.

Ich kann es noch gar nicht glauben. Wir haben es tatsächlich geschafft. Die ganzen bösen Verleumdungen und Anschuldigungen – wir können jetzt beweisen, dass alles erstunken und erlogen war, alles bloß Puzzleteile einer perfide inszenierten Attacke auf unser Unternehmen, geführt von … na ja, diesem unbekannten Fremden eben, den es noch zu ermitteln gilt.

»Ist gut gelaufen, was, Molly?« Spider kommt zu mir und drückt mich mit seinen mächtigen Pranken.

»Ja, Spider, und vielen Dank noch mal für deine Hilfe … das gilt übrigens auch für dich, Manfred, und Joe, Sie waren große Klasse.«

Joe zwinkert mir zu und tippt sich mit Mittel- und Zeigefinger lässig an die Stirn.

»Was haltet ihr davon«, meint Spider. »Gehen wir rüber in meinen Laden und feiern ein bisschen? Die erste Runde geht auf mich, versteht sich.«

»Gute Idee, Spider, ich könnte jetzt wirklich ein bisschen Entspannung vertragen«, nicke ich. »Ich hole nur schnell meine Sachen aus dem Büro und gebe Lissy und Fiona Bescheid.«

»Fein«, nickt Spider. Dann sagt er mit einem Schmunzeln zu Manfred: »Und wir sollten zusehen, dass wir aus diesen affigen Klamotten rauskommen. Dein Sakko ist übrigens hinten aufgeplatzt.«

»Echt?« Manfred dreht sich und gibt damit den Blick auf einen klaffenden Riss an seinem Rücken frei. »Das muss vorhin passiert sein, als ich hustete.«

Ich muss kichern. »Ich würde vorschlagen, ihr zieht euch um, und wir sehen uns in Kürze im Down Under, okay?«

Drei Minuten später schreite ich in Gedanken versunken durch die Drehtür von Winners only, als mir ein Mann entgegenkommt, der es ziemlich eilig hat. Erst als wir beinahe zusammenprallen, erkenne ich ihn. Es ist Dr. Lessing, und als er in mein Gesicht sieht, zieht er verwundert eine Augenbraue hoch.

»Frau Becker?«

»Dr. Lessing«, rufe ich aus. »Was führt Sie denn hierher? Und wieso haben Sie nicht vorher angerufen?«

»Das wollte ich, aber Sie haben nicht abgehoben.«

Ach ja, ich habe meine Handtasche vorhin im Büro gelassen, als ich mich auf den Weg zum Beverly Regency machte, und mein Handy somit natürlich auch.

Lessing mustert mich prüfend.

»Irgendetwas ist anders an Ihnen … Genau, Ihr Haar, seit wann tragen Sie es blond?«

Ich fasse mir automatisch an den Kopf. Die Perücke hatte ich glatt vergessen.

»Oh, erst seit heute … und das ist auch nur vorübergehend, eine Art Experiment«, antworte ich ausweichend. Irgendwie verspüre ich keine Lust, ihn über unsere Aktion aufzuklären. Vielleicht liege ich damit falsch, aber ich habe das dumpfe Gefühl, dass er unsere Inszenierung kindisch finden würde.

»Ach so.« Er zuckt die Achseln. »Na ja, es steht Ihnen jedenfalls ganz gut.«

»Vielen Dank«, sage ich mit einem Anflug von Verlegenheit.

Schräg gegenüber in der Cafeteria entdecke ich Lissy und Fiona, die sich noch angeregt mit unseren Attentätern/Opfern/Glücksspielkandidaten unterhalten und jetzt zu uns herüberwinken.

Ich winke verhalten zurück, dann wende ich mich wieder Lessing zu. »Und was wollten Sie von mir, Dr. Lessing?«

»Ich wollte Ihnen das Geld bringen«, antwortet er und hebt den Aktenkoffer, den er bei sich trägt, um ein paar Zentimeter an.

»Das Geld?« Es dauert einen Augenblick, bis ich begreife.

Aber natürlich, das Schmiergeld. Die Million für Peguerez, das hatte ich in der ganzen Aufregung glatt vergessen. Wobei sich natürlich inzwischen die Frage stellt, ob wir es überhaupt noch brauchen, nachdem unser Treffen gestern so unerfreulich geendet hat. Aber das will ich Lessing lieber nicht auf die Nase binden, sonst ruft er womöglich noch Philip an und erzählt ihm brühwarm, dass wir es verbockt haben.

»Das heißt, in diesem Koffer befindet sich eine Million Euro?« Ich habe meine Stimme gesenkt und werfe einen sichernden Blick um mich.

»Genau, wie Sie es verlangt haben«, nickt Lessing. »Und ich wollte mit Ihnen auch noch über den Aktienverkauf reden ...«

»Ach ja? Wie läuft er denn so?«, frage ich, obwohl ich mir die Antwort schon denken kann.

»Bis jetzt ist es ein Fiasko«, sagt Lessing und bleibt dabei völlig sachlich. »Wenn diese Schreckensmeldungen über Winners only nicht bald aufhören, dann wird dieser Börsengang der größte Flop seit der Erfindung von Wertpapieren. Nur um es zu veranschaulichen, Frau Becker: Wir haben zehntausend Aktien zu einer Nominale von je tausend Euro aufgelegt, und bisher sind nicht einmal tausend davon weg.«

»Tatsächlich? Das ist nicht gut, oder?«

»Nicht gut ist gut.« Er presst die Lippen zusammen. »Es ist eine Katastrophe, und deshalb sollten wir uns überlegen, wie wir weiter vorgehen. Entweder wir stoppen das Ganze und kaufen die bisher verkauften Aktien mit einem kräftigen Verlust zurück, oder aber Sie bekommen diese Probleme schleunigst in den Griff ...«

»Oh, das werde ich, Herr Dr. Lessing, glauben Sie mir«, falle ich ihm aufgekratzt ins Wort. »Ich verspreche Ihnen, dass wir uns schon am Montag an die Presse wenden und beweisen werden, dass diese ganzen Anschuldigungen nicht der Wahrheit entsprechen und bloß Teil einer ganz gemeinen Intrige gegen Winners only sind.«

»Wirklich, Frau Becker, sind Sie sicher?« Sein Blick geht mir durch und durch. »Wenn das stimmt, dann wäre das eine hervorragende Gelegenheit, um sich vorher noch schnell mit Aktien einzudecken. Wenn Sie die momentane Negativwerbung in eine positive umwandeln können, dann könnte der Wert der Aktien schlagartig steigen.«

»Ja, ich bin mir sicher, Herr Dr. Lessing, ich schwöre es ...«

Ich überlege gerade, ob ich »beim Leben meiner zukünftigen Kinder« hinzufügen soll, um meine Glaubwürdigkeit zu erhöhen, als ich plötzlich eine hoch gewachsene Gestalt entdecke, die sich von draußen der gläsernen Drehtür nähert. Als ich erkenne, wer es ist, ziehe ich unwillkürlich die Luft ein.

Hofstätter! Ich habe keine Ahnung, warum, aber plötzlich beschleicht mich das merkwürdige Gefühl, dass es keine gute Idee ist, wenn die beiden sich hier austauschen.

»Oh, wie ich sehe, kommt da gerade ein sehr wichtiger Kunde von mir«, sage ich schnell.

Lessing dreht sich um und erblickt Hofstätter.

»Ach ja, der lange Kerl da?« Er wirft einen schnellen Blick auf seine Uhr. »Nun, dann will ich Sie nicht länger aufhalten.« Er drückt mir den Koffer mit der Million in die Hand, als wäre es ein Lunchpaket für den Klassenausflug, und sieht mir noch einmal direkt in die Augen. »Dann sind Sie sich also ganz sicher, dass Sie alles in den Griff bekommen?«

»Ja, ganz sicher«, behaupte ich und halte dabei seinem prüfenden Blick stand.

»Gut, Frau Becker, ich verlasse mich auf Sie.« Und mit einem kurzen Blick auf den Aktenkoffer meint er: »Und sehen Sie zu, dass Sie dieses Geld gut anlegen, Philip vertraut Ihnen.«

Okay, wie es aussieht, hat er heute noch nicht mit Philip telefoniert, denn sonst würde der ihm vermutlich gesagt haben, dass seine Vertrauensperson heute Vormittag mitten im Gespräch den Stecker gezogen hat.

»Ja, das werde ich«, sage ich und atme erleichtert auf, als er sich endlich umdreht und ohne weitere Fragen geht.

»Herr Hofstätter, was für eine Überraschung!«, rufe ich gleich im Anschluss. »Gut sehen Sie aus!«

»Ja, finden Sie?« Er gibt mir ein bisschen unsicher die Hand.

»Absolut! *Viel* besser sogar!« Ich unterziehe ihn einer schnellen Musterung. Er hat einen modernen Haarschnitt mit einer frischen Brauntönung anstelle seiner kartoffelfarbenen

Schnittlauchborsten, und auch sein Gesicht hat merklich Farbe bekommen. Seine ehemals gelben Zähne leuchten strahlend weiß daraus hervor, und er trägt einen luftigen, sandfarbenen Leinenanzug zu sportlichen Slippern, was seine hagere Gestalt schon beinahe sportlich erscheinen lässt.

Ich meine, schon klar, man kann aus Hofstätter kein Armani-Model machen – jedenfalls nicht ohne Zauberstab –, aber Fakt ist, dass er durch meine kleine Zwangsbehandlung um Klassen besser aussieht.

»Frau Becker, ich stehe nicht an zuzugeben, dass ich mich getäuscht habe, was das Angebot und die Möglichkeiten Ihrer Firma betrifft«, formuliert er geschraubt. »Meine Frau ist übrigens auch ganz begeistert davon, und Sie wünscht sich demnächst einen Termin bei Ihnen. Ach ja, und gestern hat mir meine Sekretärin, Fräulein Engelbrecht, doch glatt eine Vase mit einer Rose auf den Schreibtisch gestellt. Ich denke, das sagt wohl alles, oder?« Er gluckst wie ein pickeliger Oberstreber, dem soeben der Klassenschwarm zugezwinkert hat.

»Sag ich ja, Herr Hofstätter. Winners only verfügt über ein Angebot, mit dem wir aus *jedem* Typ noch mehr herausholen können, genau das ist ja auch der Grund für unseren Erfolg.«

»Ja, was das angeht, Frau Becker …« Er zögert. »Ich muss mit Ihnen unbedingt über diese ganzen Anschuldigungen reden. Mittlerweile jagt eine regelrechte Flut von Negativberichten durch die Medien, und ich befürchte, dass Ihr Unternehmen dadurch enormen Schaden nehmen könnte.«

»Damit liegen Sie natürlich richtig«, bestätige ich.

»Ach, wirklich?« Er runzelt überrascht die Stirn. »Dann haben Sie also noch gar keine Gegenstrategie?«

»Aber nicht doch, Herr Hofstätter«, lächle ich überlegen. »Ich wollte damit nur sagen, dass Ihre Befürchtungen zutreffend wären, *wenn* wir keine Gegenstrategie hätten.« Ich sehe ihn vielsagend an.

»Dann *haben* Sie also eine Strategie?«

»Ja, was dachten Sie denn? Mittlerweile sollten Sie mich kennen, Herr Hofstätter.«

»Ja, stimmt, natürlich.« Dennoch bleibt der Zweifel in seinem Blick. »Aber ich frage mich trotzdem, wie Sie das alles entkräften wollen, Frau Becker. Es geht ja nicht nur um ein paar Kunden, die sich über Ihren Kaffee beschwert haben, sondern gleich um mehrere, zum Teil schwere Anschuldigungen, die gegen Sie im Raum stehen. Ehrlich gesagt ist es mir ein Rätsel, wie Sie dagegen angehen wollen.«

Ich erwidere seinen Blick und überlege, wie viel ich ihm verraten soll, und dann beschließe ich, aufs Ganze zu gehen.

»Können Sie ein Geheimnis für sich behalten, Herr Hofstätter?« Ich bin näher an ihn herangerückt und habe verschwörerisch meine Stimme gesenkt, weil in diesem Moment gerade unser Beautydoc Dr. Engelmann und Agnes aus der Buchhaltung vorbeimarschiert sind.

»Natürlich, Frau Becker, das wissen Sie doch – ich bin schließlich Banker!«

»Ich weiß, Herr Hofstätter. Kann ich Ihnen trotzdem vertrauen?«

Eine kleine Pause entsteht, während der er mich wortlos anglotzt.

»Ach Sie«, lacht er auf einmal auf. »Immer für ein Späßchen zu haben, nicht wahr?« Er seufzt auf. »Sie sind einfach wunderbar, Frau Becker … Ich meine, wunderbar witzig natürlich«, schiebt er schnell nach und läuft dabei ein bisschen rot an.

Okay, ich hatte das zwar gar nicht witzig gemeint, aber wozu noch länger darüber diskutieren?

»Also gut, Herr Hofstätter …« Ich fasse ihn am Arm und drehe ihn so, dass er zur Cafeteria hinübersehen kann. »Sehen Sie diese Leute da drüben?«

Die bunt zusammengewürfelte Truppe um Lissy und Fiona befindet sich noch immer in einer angeregten Unterhaltung, und als Fiona unsere Blicke bemerkt, winkt sie und bedeutet uns, zu ihnen zu kommen.

»Wieso, wer ist das denn?«, fragt er.

»Nehmen wir zum Beispiel die Frau mit der dunklen Gesichtsfarbe«, rede ich weiter. Sieglinde Sommer prostet gerade ausgelassen Jens Stocker zu.

»Ja …?« Hofstätter hat keine Ahnung, worauf ich hinauswill.

»Schauen Sie genau hin. Kommt sie Ihnen nicht bekannt vor?«

Er wirft noch einmal einen konzentrierten Blick auf sie, und auf einmal geht ihm ein Licht auf. »Moment mal … das ist doch die Frau aus der Zeitung, die sich bei Ihnen im Solarium angeblich so schwer verbrannt hat, oder?«

»Sie sagen es. Das ist Sieglinde Sommer aus Erfurt«, nicke ich aufgekratzt. »Und der Mann in dem grauen Sakko mit den Wuschelhaaren, haben Sie den nicht auch schon mal gesehen?« Edgar Grubing vollführt gerade vor Fiona einen Zaubertrick mit den Händen – jedenfalls sieht es so aus, als auf einmal der Zuckerstreuer verschwindet. »Wobei er in der Zeitung ein bisschen trauriger ausgesehen hat, kein Wunder, nachdem gerade sein Hamster gestorben war«, füge ich hinzu.

»*Mortimer*, so hat der Hamster geheißen, stimmt's?« Hofstätter gerät sichtlich außer Fassung. »Ich glaub, ich spinne, das ist der Typ!«

»Genau. Und weil Sie beim letzten Mal die angeblich gefälschte Designerkleidung erwähnt haben – die Dame ganz hinten in der Ecke ist Hanna Schwarz aus Frankfurt, und von ihr kam diese Behauptung«, führe ich weiter aus. »Und auch die anderen sind alles Leute, die mit diesen Vorfällen zu tun hatten, bis auf Fiona und Lissy natürlich.«

Hofstätter starrt fassungslos auf die Gruppe und dann auf mich, als hätte er soeben ein Gespenst gesehen.

»Frau Becker, das ist … das ist ja *unglaublich*!«, stammelt er.

»Sie sagen es«, nicke ich triumphierend. »Das eröffnet auf einmal ganz neue Perspektiven, nicht wahr?«

»Nicht zu fassen!« Ich kann sehen, wie es in seinem Hirn rundgeht. »Aber sagen Sie, was werden Sie als Nächstes tun?«

»Nun, ich werde am Montagvormittag als Erstes eine Pressekonferenz geben ...«

»Eine Pressekonferenz, natürlich – bei der Sie alles aufklären«, sagt Hofstätter aufgeregt. »Ehrlich, Frau Becker, ich hatte ja bereits großen Respekt vor Ihnen, aber *das* hätte selbst ich Ihnen nicht zugetraut.«

Sein Kompliment geht mir runter wie Öl. Und es stimmt ja, mein Plan, diese Leute anzulocken, war wirklich toll!

»Und ich habe mich noch gewundert, wie cool Sie dabei bleiben«, begeistert er sich weiter. »Dabei hatten Sie von Anfang an alles selbst inszeniert!«

Wie bitte? *Selbst inszeniert?*

»Also, inszeniert würde ich das nicht unbedingt nennen«, setze ich zu einer Richtigstellung an. »Aber nachdem mir klar geworden war, dass ich dieses Problem nur lösen kann, wenn ich an diese Leute herankomme ...«

»Schon klar, Sie mussten natürlich Personen finden, die dabei mitspielen«, fällt er mir ins Wort.

Personen finden, die mitspielen?

Ähm, könnte es sein, dass der Gute da etwas durcheinanderbringt?

In Hofstätters Blick liegt jedenfalls tiefe Bewunderung. »Frau Becker, das ist genial, einfach genial. Marketing vom Feinsten. Ohne Frage grenzgängerisch, aber vom Effekt her einzigartig. Und jetzt lassen Sie mich raten: Sie werden über Ihr Konsortium möglichst viele Aktien kaufen, danach klären sich diese Vorfälle auf, und dann ...« Er klatscht begeistert in die Hände. »... *Peng* – schießt der Aktienkurs geradewegs in den Himmel!«

Ach so, er meint ...

Ach *sooo*!

Er denkt, *ich* würde hinter alledem stecken. Er denkt, *ich* hätte diese Leute angeheuert, um Winners only zuerst anzuschwärzen und danach wieder reinzuwaschen und mit diesem Trick einen gewaltigen Medienrummel zu erzeugen, der sich letzten Endes in eine Bombenwerbung verwandelt.

Okay, *das* wäre wirklich schräg – und schätzungsweise einigermaßen gesetzeswidrig, könnte ich mir vorstellen.

Aber Hofstätter scheint gar keinen Gedanken daran zu verschwenden, stattdessen himmelt er mich nur weiter an und wartet auf meine Antwort.

Ich überlege schnell, ob ich ihm nicht besser die Wahrheit sagen soll, doch dann schleicht sich ein Gedanke in mein Gehirn. Seine geradezu kindliche Begeisterung, könnte man die nicht für irgendetwas nützen? Und noch etwas haftet da oben und will partout nicht weichen: ... steigen die Aktien geradewegs in den Himmel ...

Das waren seine Worte, und hat nicht Lessing vorhin auch so etwas Ähnliches erwähnt?

»Äh, ja ... so in etwa«, sage ich daher ausweichend, während meine kleinen grauen Zellen mit Höchstgeschwindigkeit rotieren. Vielleicht könnte man ja ... Also, wenn man einfach nur streng logisch vorgeht ...

Genau, ich hab's. Das ist es!

»Wissen Sie was, Herr Hofstätter, ich möchte, dass Sie etwas für mich erledigen«, sage ich.

»Aber natürlich, was soll es denn sein?«

»Können Sie mir sagen, wann am Montag die Börse öffnet?«

»Soviel ich weiß, öffnen alle deutschen Börsen um neun«, antwortet er.

»Sehr gut.« Ich denke schnell wieder nach. »Und normale Banken wie die Ihre öffnen um acht, nicht wahr? Das heißt also, uns bliebe ausreichend Zeit ...«

»Zeit? Wofür denn?« Er hängt gebannt an meinen Lippen

und wartet anscheinend auf den nächsten gefinkelten Schachzug von mir.

Nun, dann wollen wir den alten Knaben nicht enttäuschen.

»Also, Herr Hofstätter, wir machen Folgendes …«, hebe ich mit verschwörerischer Stimme an.

Indiana Jones

Als ich am Montagmorgen um acht Uhr fünfundfünfzig meinen Wagen auf dem Parkplatz von Winners only mit quietschenden Reifen zum Stehen bringe, bin ich kaum noch Herrin meiner Sinne.

Also, nicht, dass ich völlig durchgedreht wäre, aber es ist so: Die nächsten Minuten werden über mein gesamtes zukünftiges Leben entscheiden, und das macht mich gelinde gesagt ein bisschen fertig.

Ich habe alles auf eine Karte gesetzt, und wenn ich sage alles, dann meine ich wirklich *alles.*

Nachdem Lessing und Hofstätter mir am Freitag unmittelbar hintereinander diesen Floh über einen kometenhaften Anstieg unserer Winners-only-Aktien ins Ohr gesetzt hatten, habe ich zum Schluss binnen weniger Sekunden ein paar ziemlich unglaubliche Entscheidungen getroffen. Ich habe den fassungslosen Hofstätter damit beauftragt, heute Morgen als Allererstes meine sämtlichen Kapitalanlagen zu versilbern und damit heute pünktlich um neun zum Börsenstart Winners-only-Aktien zu kaufen.

Doch damit nicht genug. Ich habe ihn des Weiteren beauftragt, gleich im Anschluss ein Hypothekendarlehen in Höhe von dreihunderttausend Euro auf mein Haus aufzunehmen und damit heute bei Börsenstart – erraten – Winners-only-Aktien zu kaufen.

Und ich war gerade eben bei der First Direct Bank und habe mein restliches Vermögen trotz heftiger Proteste von Siegfried

Lenz, meinem dortigen Berater, direkt an Hofstätters Bank überweisen lassen, damit der … genau!

Das bedeutet also, dass Hofstätter in wenigen Minuten Winners-only-Aktien im Wert von siebenhunderttausend Euro für mich erwerben wird – na ja, offiziell für mein Anlegerkonsortium natürlich, was aber auch ratsam ist, wie Hofstätter mir gerade erklärt hat, weil es sonst irgendwelche rechtlichen Probleme wegen Insider … ähm … *dings* geben könnte oder so ähnlich.

Ach ja, und nicht zu vergessen die schlappe Million, die Lessing mir gegeben hat. Nachdem wir im Moment ohnehin nicht wissen, was wir mit Peguerez anstellen sollen, nachdem er seit Frederics Zwergenweitwurf die beleidigte Leberwurst spielt und weder auf meine Anrufe noch auf unsere Kontaktversuche über seine Hotelrezeption reagiert, dachte ich mir, dass man damit in der Zwischenzeit etwas Vernünftigeres anstellen könnte, als es zu Hause unters Kopfkissen zu legen.

Hofstätter wären fast die Augen aus dem Kopf gefallen, als ich ihm den Inhalt des Koffers zeigte (ist übrigens ein wirklich hübscher Anblick, so eine Million in Fünfhunderterbündeln!) und in superlässigem Tonfall meinte, die Kleinigkeit müssten wir bei der Gelegenheit dann auch noch anlegen. Ab da war Hofstätter gar nicht mehr zu halten. Entsprechend seiner Theorie, dass alles, was sich in den letzten Wochen zugetragen hat, meiner Inszenierung entsprungen sei, musste er natürlich denken, dass diese Million ebenfalls Teil meines genialen Planes sei, und würde ich ihm erzählen, dass ich so ganz nebenbei noch an einer kleinen Weltverschwörung bastle, würde er allenfalls noch das genaue Datum wissen wollen, damit er sich rechtzeitig darauf einstellen kann.

Eins Komma sieben Millionen Euro! Das ist die exakte Summe, die ich aufs Spiel setze. Wer will es mir also krummnehmen, dass ich im Moment gerade ein bisschen durch den Wind bin?

Wobei, streng genommen wäre das gar nicht mehr nötig. Es kann ja gar nichts mehr schiefgehen.

Ich habe nämlich gleich im Anschluss (um elf Uhr, um genau zu sein) eine Pressekonferenz einberufen, und unsere sämtlichen Exattentäter von Amelie Reinfried bis hin zu Sieglinde Sommer werden anwesend sein, um unsere Angaben zu bestätigen. Wir konnten sie nämlich am Freitag noch überreden, gleich übers Wochenende hierzubleiben (gegen großzügigen Spesenersatz von Winners only natürlich), damit sie heute für ihre Aussage zur Verfügung stehen, und Amelie Reinfried ist auch auf dem Weg hierher. Damit ist das Ding so gut wie gegessen. Winners only wird mit einem Paukenschlag reingewaschen, die Leute werden sich um unsere Aktien prügeln, sprich der Kurs wird explodieren, wir verdienen uns dumm und dämlich, und dann … ja, dann kann ich endlich diesen bedrückenden Streit mit Philip aus der Welt schaffen.

Denn das ist es in Wirklichkeit, was mich das ganze Wochenende über so fertiggemacht hat: mein schlechtes Gewissen. Philip hat am Samstag versucht, mich anzurufen, als ich gegen Mittag noch immer schwer benebelt von unserer feierlichen Besprechung am Vorabend in den Federn lag, und ich habe nicht abgenommen. Ich weiß, das klingt kindisch, und ich wollte ja auch mit ihm reden, schließlich würde ich ihm gerne berichten, dass wir das Problem mit Winners only inzwischen so gut wie gelöst haben. Ich hatte das Telefon sogar schon in der Hand, doch dann überkam mich auf einmal eine Riesenangst, wie er wohl reagieren würde, wenn er erfährt, dass ich seine Million lieber in Aktien anlegen will, anstatt ihm damit endlich seine so dringend benötigte Abbaugenehmigung zu kaufen?

Ich meine, er könnte das völlig falsch verstehen. Er könnte zum Beispiel denken, dass mir Winners only wichtiger wäre als sein Projekt, oder schlimmer noch, nach unserem Streit könnte er sogar auf die Idee kommen, dass ich mir seine Million womöglich schlicht unter den Nagel reißen will, immerhin handelt es sich dabei um Schwarzgeld, für das es keine Belege gibt.

Allein die Vorstellung, dass Philip mir so etwas zutrauen könnte, schnürt mir sofort das Herz zusammen. Ich liebe Philip, und ich könnte ihm so etwas niemals antun, aber *weiß* er das auch?

Aber gut, es ist, wie es ist. Augen zu und durch, heißt die Devise, und es sind ja nur noch wenige Stunden, dann haben wir endgültig alles über die Bühne gebracht. Und wenn der Aktienwert erst einmal in die Höhe schießt, wird Philip einsehen, dass ich richtig gehandelt habe, und dann können wir auch das Problem mit Peguerez im Handumdrehen lösen, indem wir ihm einfach noch mehr Geld bieten. Wir werden doch genug davon haben! Und da bin ich mir hundertprozentig sicher, wenn wir ihm erst einmal zwei Millionen in bar unter die Nase halten (*das* muss erst ein Anblick sein!) und ihm klarmachen, dass er sich damit so viele Frederics kaufen kann, wie er will, dann wird er garantiert schwach werden. *Jeder* würde das, oder nicht? (Also, zumindest jeder, der auf schwule Frederics steht.)

So gesehen habe ich also gut daran getan, nicht auf diesen Anruf von Philip zu reagieren, so hart das klingen mag. Und auf die drei am Nachmittag. Und auf die fünf in der Nacht auf Sonntag …

Oh Gott. Wie soll ich das nur durchhalten? Jede Faser meines Körpers schreit förmlich danach, ihn anzurufen, ihm alles zu erklären, ihn endlich von seinen Sorgen zu erlösen …

Reiß dich zusammen, Molly!

Nur noch ein paar Stunden, dann ist es überstanden, dann wird alles wieder gut. Du hast einen perfekten Plan, alles, was du jetzt noch tun musst, ist die Nerven bewahren und dein Programm abspulen.

Also bloß keine Panik aufkommen lassen. Nur die Ruhe.

Ah, ich weiß, am besten mache ich ein paar Atemübungen. Genau, das hilft immer. Ich schnappe mir meine Handtasche und den Laptop und steige aus dem Wagen, und während ich in Richtung Haupteingang marschiere, beginne ich tief ein- und langsam durch den Mund wieder auszuatmen.

Ein ... und aus ... ein ... und aus ...

Na bitte, es geht mir schon viel besser. Erstaunlich, was ein paar einfache Atemzüge bewirken können!

Das Klingeln meines Handys lässt mich heftig zusammenzucken. Also gut, dann verschieben wir das mit der Entspannung. Ich ziehe das Telefon mit bebenden Fingern aus meiner Tasche.

Hofstätter! Mein Herz macht einen wilden Hüpfer, und ich fühle, wie das Blut in meinen Schläfen zu pochen beginnt.

»Und? Haben wir die Aktien?« Meine Stimme versagt beinahe vor lauter Anspannung.

»Na ja, zum Teil«, antwortet er zögernd.

»Was heißt *zum Teil*?«, frage ich atemlos.

»Was soll ich sagen, ich habe mich pünktlich um neun bei der Börse eingeloggt, dann habe ich die Kauforder getätigt, und ein paar Minuten später kam die Bestätigung retour ...«

»Ja, und? Dann passt doch alles, oder nicht?«

»Nicht ganz. Es gab nur noch sechshundert Aktien, der Rest war bereits weg.«

»Wie, weg?«, sage ich verständnislos.

»Na weg, aufgekauft. Ich konnte gerade noch sechshunderttausend Euro für Sie anlegen, mehr gab es nicht.«

Ich brauche ein paar Sekunden, um das zu verdauen.

»Sagten Sie gerade, dass *alle* Aktien verkauft sind?«

»Ja.« Er macht eine Pause, bevor er weiterredet. »Aber man kann das durchaus positiv sehen, Frau Becker. Ich konnte zwar nicht Ihr ganzes Geld anlegen, aber auf der anderen Seite sind Sie sämtliche Aktien losgeworden, und das war doch ursprünglich Ihre Absicht, nicht wahr?«

»Ja, sicher, aber …« Ich suche nach dem richtigen Ausdruck. »Das ist irgendwie merkwürdig, finden Sie nicht auch?«

»Ja, irgendwie schon«, gibt Hofstätter zu. »Um ehrlich zu sein, wollte ich aufgrund Ihrer Informationen selbst noch ein paar Käufe tätigen, für ein paar treue Stammkunden und … äh … für mich selbst.«

»Hm.« Während ich überlege, nähere ich mich mit langsamen Schritten dem Winners-only-Gebäude.

»Wie viele Aktien waren denn überhaupt aufgelegt?«, will Hofstätter wissen.

»Zehntausend«, rufe ich mir Lessings Auskunft vom Freitag in Erinnerung. »Zu je tausend Euro.«

Hofstätter macht eine Pause, bevor er sagt: »Na, dann haben Sie doch allen Grund zu feiern, Frau Becker. Mal abgesehen von ihren sechshunderttausend befinden sich jetzt über neun Millionen Euro auf Ihrem Firmenkonto.«

Ich stoppe abrupt. So habe ich das noch gar nicht betrachtet. Er hat recht. Das ist unser Geld!

»Wir haben *neun Millionen* auf dem Konto?!«, quieke ich aufgeregt, aber schon im nächsten Moment sehe ich mich erschrocken um. Nicht, dass ich paranoid wäre, aber es wurden schon Menschen wegen weniger Geld entführt, und ich habe keine Lust, die nächsten Wochen bei Mikrowellenkost in einem fensterlosen Raum zuzubringen und mich nach und nach in meinen Entführer zu verlieben (hat es alles schon gegeben).

Aber zum Glück ist nichts passiert. Die einzigen Personen, die ich ausmachen kann, sind ein merkwürdig aussehender Mann mit einem Riesenkopf und einer dunklen Sonnenbrille und eine Frau, aber die können das unmöglich gehört haben, weil sie in einiger Entfernung von mir auf dem Bürgersteig stehen und außerdem noch heftig miteinander diskutieren.

»Genau, Frau Becker, also ist Ihr Börsengang unterm Strich erfolgreich abgeschlossen«, bestätigt Hofstätter. Er produziert ein Seufzen. »Schade nur, dass ich nichts abbekommen habe.

Wenn Sie das nächste Mal so einen Coup planen, geben Sie mir vorher rechtzeitig Bescheid, ja? Übrigens, Sie müssten mir dann noch sagen, was ich mit dem restlichen Geld machen soll. Möchten Sie es anderweitig investieren, oder soll ich es vorerst einfach auf Ihrem Konto lassen ... Frau Becker, sind Sie noch dran?«, fragt er, als ich nicht antworte, aber ich höre ihn nur noch wie aus weiter Ferne.

Irgendetwas hat mich plötzlich völlig in seinen Bann gezogen. Es war ein Satz, der gerade gefallen ist. Den *ich* gedacht habe!

... ein Mann mit Riesenkopf und Sonnenbrille...

Der geheimnisvolle Fremde, der unsere Leute angeheuert hatte, der hatte doch auch ...

Mein Kopf ruckt herum, und als ich ihn jetzt zum ersten Mal bewusst ansehe, beginnt mein Herz sofort wie wild zu hämmern. Er redet immer noch heftig auf die Frau ein, die sich gegen irgendetwas zu sträuben scheint, und als würde er meine Blicke spüren, dreht er auf einmal den Kopf und blickt her zu mir.

Es ist, als würde man bei einem Film die Pausetaste drücken. Wir erstarren beide gleichzeitig und sehen uns einen Moment lang an, und dieses Verharren zeigt mir, dass auch er mich erkannt hat – und dass er unser Mann ist! Aber was will er denn hier, direkt vor unserem Hauptsitz, und wieso streitet er mit dieser Frau? Und dann fällt es mir wie Schuppen von den Augen. Sie soll der nächste Lockvogel sein. Er will den nächsten Anschlag ausführen. Und er will uns diesmal mitten ins Herz treffen, indem er in unserer Hauptfiliale zuschlägt.

Als mir das bewusst wird, überkommt mich auf einmal eine Riesenwut, und ich setze mich in seine Richtung in Bewegung. Als er das sieht, dreht er sich um und beginnt zu rennen.

Er will abhauen!

»Halt, bleiben Sie stehen!«, schreie ich.

Na warte! Du willst ein Laufduell, du Mistkerl? Das kannst

du haben! Ich renne ebenfalls los, und als ich an der Frau vorbeikomme, mit der er eben noch gesprochen hat, starrt sie mich an wie einen Geist.

»Sie bleiben hier, als Zeugin!«, rufe ich ihr zu, woraufhin sie auf der Stelle kehrtmacht und gleich quer über die Straße abhaut, dann laufe ich weiter … na ja, falls man mein unbeholfenes Getrippel in den Stöckelschuhen so nennen kann.

Mist. Der Mann ist in Schwung gekommen, obwohl er einen ziemlich merkwürdigen Laufstil hat, und in diesen verdammten Schuhen habe ich keinerlei Chance gegen ihn, wie mir schnell klar wird. Also werde ich langsamer und streife sie mir humpelnd von den Füßen, dann sprinte ich wieder los – aber schon nach wenigen Metern muss ich einsehen, dass ich dennoch viel zu langsam bin. Es hat keinen Sinn. Der Mann ist deutlich größer als ich, und obwohl er läuft wie eine Ente, ist er doch um einiges schneller. Mir bleibt nicht mehr viel Zeit, gleich wird er die nächste Abbiegung erreichen, und wenn er erst mal um die Kurve ist, wird er über alle Berge sein, so viel ist sicher.

Nur, was soll ich dagegen tun? Wenn ich eine Pistole hätte, oder wenigstens etwas, um nach ihm zu werfen …

Meine Handtasche, schießt es mir durch den Kopf.

Quatsch. Die wäre viel zu leicht, darin befinden sich nur mein Handy, ein Lipgloss und ein halb volles Fläschchen Baiser Volé von Cartier, also nichts, womit man Verbrecher niederstrecken könnte.

Mein Laptop! Der ist garantiert schwer genug, und in der Tragetasche mit dem Gurt ließe er sich bestimmt prima werfen. Ich stoppe abrupt und reiße ihn mir von der Schulter, dann schleudere ich ihn ein paarmal um meinen Kopf wie ein Lasso, wobei mich die Fliehkräfte beinahe umhauen, und werfe ihn. Mit angehaltenem Atem beobachte ich, wie der Laptop in hohem Bogen davonfliegt, geradewegs auf den Fremden zu, der noch immer davongaloppiert, als wäre der Teufel hinter ihm her. Dann gibt es ein dumpfes Geräusch, als würde man gegen eine Melone klopfen, als mein Laptop in seinem Rücken einschlägt und ihn mit voller Wucht zu Boden wirft.

Oh Gott. Ich habe ihn getroffen. Damit habe ich, ehrlich gesagt, gar nicht gerechnet. Das letzte Mal, als ich beim Werfen getroffen habe, war beim Handball in der Schule, und auch da nur das eigene Tor.

Nachdem ich mich von meinem ersten Schock erholt habe, mache ich unschlüssig ein paar Schritte auf ihn zu. Ob ich ihn verletzt habe? Er liegt noch immer auf dem Boden, aber jetzt beginnt er, sich wenigstens langsam wieder zu regen. Okay, dann wird es wohl nicht so schlimm sein, sage ich mir, und abgesehen davon hatte ich doch wohl jedes Recht dazu. Der Mann hat sich ächzend auf den Rücken gewälzt und macht Anstalten, sich aufzusetzen.

Die Frage ist nur: Was soll ich überhaupt mit ihm tun? Ich habe ihn zwar zu Fall gebracht, aber er ist immer noch größer und stärker als ich, und wenn er sich jetzt wieder erholt …

Ich brauche Verstärkung, genau. Ich werde die Polizei anrufen, oder besser noch bei Winners only, meine Leute sind ja gleich um die Ecke. Hastig greife ich nach meiner Tasche, um mein Handy hervorzuholen, und – greife ins Leere!

Verdammt. *Verdammt.* Wo zum Teufel ist denn meine Handtasche auf einmal abgeblieben? Ein verzweifelter Blick nach hinten zeigt mir, dass ich sie anscheinend während meines Laptopwurfes verloren habe, aber wenn ich zurücklaufe, ist der Schuft in der Zwischenzeit garantiert verduftet.

Okay, dann muss es ohne fremde Hilfe gehen. Ich drehe mich wieder zu dem Mann um, der sich inzwischen stöhnend aufgesetzt hat, und trete unter Aufbietung all meines Mutes direkt vor ihn hin.

»Jetzt habe ich Sie!«, schleudere ich ihm anklagend entgegen und lege noch eins drauf: »Geben Sie es auf, die Verstärkung ist schon unterwegs!«

»Welche Verstärkung denn? Das glauben Sie wohl selber nicht!«, gibt er höhnisch zurück.

Nanu. Die Stimme kenne ich doch. Die habe ich schon irgendwo gehört, und zwar in keinem positiven Zusammenhang, wenn ich mich recht entsinne. Neugierig beäuge ich ihn. Durch den Sturz hat er seine Sonnenbrille verloren, sodass ich seine Augen sehen kann. Sie sind kalt wie die einer Schlange und lassen mich innerlich erschaudern. Der Mann macht mir Angst, er sieht richtig unheimlich aus mit seinem riesigen Kopf und der großen Nase …

… die sich noch dazu seitlich von der Wange löst.

Moment. Das hässliche Ding ist doch aufgeklebt, aber ganz eindeutig! Und jetzt entdecke ich auch den feinen Saum direkt unter seinem Haaransatz …

Bevor er noch rechtzeitig zurückweichen kann, greife ich in sein Haar und reiße es ihm vom Kopf. Rotes Haar kommt darunter zum Vorschein, das sorgfältig nach hinten gekämmt und mit Unmengen von Haarspray fixiert ist, sodass es aussieht wie ein Panzer. Ich zögere für den Bruchteil einer Sekunde, dann reiße ich ihm noch die falsche Nase runter.

Als ich das Gesicht erblicke, pralle ich entsetzt zurück.

»Clarissa, Sie?!«, rufe ich schockiert aus.

Clarissa Hohenthal schleudert mir einen hasserfüllten Blick entgegen, dann faucht sie mich an: »Natürlich ich. Wen hatten Sie denn erwartet?«

»Ich weiß nicht … Keine Ahnung, irgendjemand anderen auf jeden Fall.« Ich starre sie fassungslos an. »Aber wie kommen Sie überhaupt dazu, uns diese ganzen Leute ins Haus zu schicken, Clarissa? Das ist ja wohl das Letzte!«

Sie müht sich hoch und kommt direkt vor mir zu stehen. Nachdem ich immer noch barfuß bin, überragt sie mich um einen guten Kopf, was mir zusätzlich ein mulmiges Gefühl bereitet.

»Das müssen gerade Sie sagen, Molly.« Sie hat ihre Fassung

wiedererlangt und mustert mich mit einem kalten Blick. »*Sie* waren es doch, die mir Philip Vandenberg weggeschnappt hat.«

»Wie bitte?«, keuche ich empört. »Aber das ist gar nicht wahr, Philip hatte gar kein Interesse an Ihnen!«

»Natürlich, weil Sie sich gleich an ihn rangeworfen haben«, behauptet sie unverfroren. »Aber ich hatte natürlich schon erwartet, dass Sie hinterher alles verdrehen, um wieder mal als die Unschuld vom Lande dazustehen.« Sie kräuselt abfällig die Lippen. »Aber was soll's, ich werde mir jetzt einfach nehmen, was mir zusteht.«

»Zusteht? Was soll Ihnen denn zustehen?«, frage ich fassungslos.

»Die Führung von Winners only«, antwortet sie kühl. »Ich war die logische Nummer eins, bis Sie sich dazwischengedrängt haben, also musste ich zu etwas drastischeren Mitteln greifen. Und wie man sieht, hat es funktioniert.«

»Gar nichts hat funktioniert!«, schreie ich sie an. »Nur zu Ihrer Information, Clarissa, wir haben Ihre Handlanger aufgespürt, und sie sind alle bereit, für uns auszusagen.«

Für einen winzigen Augenblick flackert Unsicherheit in ihrem Blick, aber sie hat sich schnell wieder im Griff.

»Na und, dann haben Sie eben *ein paar* von meinen Leuten erwischt.« Sie zuckt die Schultern. »Denken Sie ernsthaft, damit wäre es vorbei?«

»Aber ja, das ist es, Clarissa«, sage ich aufgewühlt. »Diese Leute werden alle gegen Sie aussagen …«

»So? Und *was* werden sie sagen?«, unterbricht sie mich spöttisch. »Dass ein fremder *Mann* sie angestiftet hat? Wow, ich bin beeindruckt.«

»Aber *ich* habe Ihre Maskerade soeben aufgedeckt«, bringe ich als Argument.

»Machen Sie sich nicht lächerlich, Molly …« Sie unterbricht sich selbst. »Wobei, das machen Sie ohnehin ständig. Aber im

Ernst: Glauben Sie wirklich, dass Ihre Aussage in diesem Zusammenhang etwas wert ist?«

»Meine Aussage ist eine Menge wert«, behaupte ich trotzig, aber gleichzeitig dämmert mir, dass hier irgendetwas mächtig schiefläuft. *Sie* ist die Übeltäterin und wurde gerade entlarvt, und *ich* gerate zunehmend in die Defensive. Das darf ich mir nicht gefallen lassen.

»Tatsache ist, dass Sie verloren haben, Clarissa«, rufe ich. »Ich kann unsere Unschuld beweisen, und abgesehen davon sind inzwischen sämtliche Aktien verkauft, das heißt, unser Börsengang war ein voller Erfolg«, lege ich triumphierend nach.

So, das müsste eigentlich reichen. Jetzt muss selbst sie zugeben, dass sie verloren hat.

»Ich weiß, dass Ihre Aktien verkauft sind, Molly«, sagt sie jedoch stattdessen mit einer Ruhe, die sofort ein heftiges Rumoren in meiner Magengegend erzeugt. »Was glauben Sie denn, wer sie gekauft hat?« Ihre Mundwinkel wandern einen Millimeter nach außen, was, glaube ich, ein zynisches Lächeln darstellen soll.

Es ist, als würde eine eisige Hand nach meinem Herzen greifen.

»Wer wohl? Irgendwelche Anleger«, sage ich unsicher.

»Aber nicht doch, Molly. Mein Hänschen sitzt immer noch im Vorstand von Eragon, schon vergessen? Und er hat auf mein Verlangen heute Morgen die Mehrheit der Aktien aufgekauft.«

»Wie bitte?«, hauche ich erschüttert. »Ja, aber wozu denn?«

»Sie kapieren wohl gar nichts.« Sie genießt jedes ihrer gemeinen Worte. »Um einen entsprechenden Einfluss auf das Unternehmen zu haben, natürlich. Als Großaktionär stehen einem gewisse Kontrollrechte zu, und das bedeutet, dass ich Ihnen von nun an jede Sekunde Ihres Tages auf die Finger sehen werde, und als logische Folge werde ich zu gegebener Zeit die Absetzung der Geschäftsführung verlangen, unter deren Leitung dieses ehemalige Vorzeigeunternehmen in ein kontinuierliches Minus gerutscht ist.«

Es ist wie ein brutaler Schlag in die Magengrube. Mein ganzer Mut entweicht aus mir wie das Wasser einer Badewanne, deren Stöpsel man soeben gezogen hat.

»Damit kommen Sie nicht durch, Clarissa«, bäume ich mich ein letztes Mal auf. »Ich werde beweisen, dass Sie hinter alldem stecken, und dann ... dann ...« Weiter weiß ich nicht.

»Nur zu, versuchen Sie es«, meint sie achselzuckend. »Aber ich garantiere Ihnen, Molly, dass ich Sie fertigmachen werde. Mit diesen Aktien habe ich genügend Macht, um Sie hochkant rausschmeißen zu lassen, glauben Sie mir!« Sie stößt die Luft aus den Lungen, als wäre sie gerade etwas losgeworden, was sie die ganze Zeit mit sich herumgeschleppt hat. »So, jetzt wissen Sie es. Normalerweise würde ich sagen, machen Sie es gut, aber in Ihrem Fall wäre das wohl zwecklos.« Sie macht Anstalten zu gehen.

»Halt, Sie bleiben hier!«, rufe ich.

»Wollen Sie mich etwa daran hindern?« Ihre Stimme trieft nur so vor Hohn. »Machen Sie sich nicht noch lächerlicher, als Sie ohnehin schon sind, Molly.« Ohne meine Antwort abzuwarten, wendet sie sich einfach von mir ab und tritt an die Straße heran. Ausgerechnet in diesem Moment nähert sich ein Taxi. Sie winkt, es stoppt, und sie steigt ein.

Als sie weg ist, stehe ich da wie vom Donner gerührt. Plötzlich kommt mir alles vor wie ein einziger, böser Traum. Clarissa, dieser schreckliche Dämon, den ich längst dachte losgeworden zu sein, ist auf einmal wieder da, und er ist bösartiger und gemeiner als je zuvor. Sie hat also hinter allem gesteckt, und nun hat sie auch noch die Kontrolle über unsere Aktien. Das ist, als hätte sich der Teufel höchstpersönlich bei uns eingenistet. Es ist das Schlimmste, was mir hätte passieren können.

Wie in Trance bücke ich mich nach meinem Laptop, obwohl ich mir kaum vorstellen kann, dass er diesen Wurf unbeschadet überstanden hat, und trotte niedergeschlagen zurück in Richtung Winners only.

Das jetzt zum Teil Clarissa gehört.

Plötzlich verspüre ich gar keine Lust mehr, hineinzugehen. Von nun an wird sie mir keine ruhige Minute mehr lassen, sie wird mich ständig unter Druck setzen – das sieht man doch schon allein daran, dass sie heute schon wieder einen Anschlag geplant hatte, und sie wird letztendlich dafür sorgen, dass ich …

»Molly?«

Im ersten Moment kann ich die Stimme gar nicht zuordnen, so verwirrt bin ich. Aber als sie dann noch einmal meinen Namen ruft, drehe ich den Kopf – und erstarre augenblicklich.

Es ist Philip. Er steigt von der Beifahrerseite aus einem riesigen, schwarzen Wagen und kommt auf mich zu.

Oh nein!

Halt. Stopp. Habe *ich* das gerade gedacht? Es ist doch Philip. Das ist der Mann, den ich liebe!

»Philip! Was machst du denn hier?«, stammle ich und weiß nicht, wie ich mich verhalten soll.

Ich müsste eigentlich auf ihn zulaufen, mich in seine Arme werfen, ihn küssen, nur … ich kann nicht.

Ich habe im Gegenteil ganz entsetzliche Angst, weil ich ihm doch jetzt alles gestehen muss. Ich muss ihm sagen, dass Clarissa sich in unsere Firma gedrängt hat und uns weiterhin schaden wird und dass ich das mit seiner Genehmigung total vergeigt habe. Er wird mich dann für völlig unfähig halten. Er wird wütend auf mich sein. Er wird mich *hassen!*

»Molly, was hast du denn?« Ich bin unwillkürlich vor ihm zurückgewichen, und das ist ihm nicht entgangen.

»Nichts, Philip, gar nichts«, murmle ich und vermeide dabei, ihn anzusehen.

»Das ist nicht wahr, Molly, du hast doch was!« Ich kann

seine Blicke förmlich auf mir spüren, und nun nimmt er mich auch noch bei den Schultern und versucht, mir in die Augen zu sehen. »Sag schon, Molly, was ist es! Ist es wegen Frederic?«

Mein Kopf ruckt hoch. »Nein, Philip! Wie kommst du nur immer auf diese …« Ich stoppe, weil ich in diesem Augenblick Dr. Lessing bemerke, der auf der anderen Seite aus dem Wagen gestiegen ist und soeben auf uns zuläuft. »Er war es, stimmt's?« Ich zeige anklagend auf Lessing. »Er hat mich angeschwärzt, nicht wahr? Er war von Anfang an gegen mich, und als Frederic in der Cafeteria ausgerechnet von meinem Handy abhob und diesen blöden Witz riss …«

»Wer war was?« Philips Blick zuckt irritiert zwischen Lessing und mir hin und her.

»Na, Dr. Lessing … er hat dir doch verraten, dass Frederic bei mir war, oder?«

»Nein, Molly. Wieso sollte er?«, fragt Philip verwundert.

»Na, weil er mich nicht mag, und weil er mich für unfähig hält, Winners only zu führen, und weil er dein Paraguay-Projekt, das ich dir eingeredet habe, auch für einen Fehler hält«, sprudelt es frustriert aus mir heraus.

»Hast du das gehört?«, fragt Philip Lessing, der neben ihn getreten ist.

»Nein, was denn?«, fragt der zurück.

»Du bist gegen sie, und du hältst sie für unfähig«, klärt Philip ihn auf.

Wie bitte? Was soll das denn jetzt werden? Wieso verteidigt er mich denn nicht? Und täusche ich mich, oder hat er gerade geschmunzelt?

»Das ist mir neu«, meint Lessing, und dabei zieht er eine Augenbraue hoch und betrachtet mich amüsiert.

Sofort komme ich mir wieder vor wie das Äffchen im Zoo.

»Ach so?« Ich funkle ihn wütend an. »Und wieso haben Sie Philip verraten, dass ich mich mit Frederic getroffen habe?«

»Das habe ich nicht«, antwortet Lessing trocken.

»Ja, aber ... woher wusstest du dann das mit Frederic?«, frage ich Philip und werde ganz unsicher.

»Deine Mutter hat mich letzten Freitag angerufen«, erklärt er mit zusammengezogenen Augenbrauen. »Sie wollte mich zu irgendsoeinem Salsakurs überreden und verhielt sich dabei ganz merkwürdig, und als ich ein bisschen nachgehakt habe, ist sie damit herausgerückt, dass sie sich Sorgen macht, weil er angeblich wieder aufgetaucht ist.«

Mami also! Das hätte ich mir doch denken können. Der sicherste Weg, etwas in die Welt hinauszuposaunen, ist immer noch, es meiner Mutter anzuvertrauen.

»Aber das muss sie gar nicht, und das habe ich ihr auch gesagt«, rechtfertige ich mich.

»Und was war in der Cafeteria mit Frank?«, fragt Philip. Auf seiner Stirn haben sich ein paar tiefe Furchen gebildet, und er sieht mich durchdringend an. »War das dasselbe Treffen, von dem deine Mutter sprach?«

Ich erwäge kurz, ihn anzuschwindeln, aber als ich ihm in die Augen sehe, gebe ich es gleich wieder auf.

»Nein, Philip, das war ein anderes Treffen«, bringe ich mühsam über die Lippen.

»Dann hast du ihn also mehrmals getroffen?« Philips Stimme ist jetzt lauter geworden, und sein Gesicht hat einen seltsamen Ausdruck bekommen.

»Ja ... ich meine, er hat sich mir aufgedrängt ... Und später wollte er uns helfen«, fällt mir in meiner Not ein.

»Helfen? Wobei?«, setzt er unnachgiebig nach.

»Bei ... Peguerez«, würge ich hervor.

»Bei Peguerez? Tut mir leid, Molly, aber das verstehe ich nicht.« Philips Tonfall ist auf einmal hart geworden und tut mir in der Seele weh. »Aber vielleicht liegt das auch daran, dass du seit letztem Freitag nicht mehr auf meine Anrufe reagiert hast – weswegen ich übrigens in dieser Nacht- und Nebelaktion nach Hause geflogen bin. Molly, würdest du mir bitte endlich erklären, was zum Teufel hier eigentlich vor sich geht?«

Ich erwidere ängstlich seinen Blick. Jetzt erst fällt mir auf, dass er völlig verändert aussieht. Er ist schlanker geworden, und seine Haut ist tief gebräunt von der südamerikanischen Sonne. Sein dunkles Haar ist länger und ganz zerzaust wie am Anfang, als wir uns kennengelernt haben, und den Bartstoppeln nach zu urteilen hat er sich seit mindestens drei Tagen nicht mehr rasiert. Seine zerbeulten Jeans und die abgetragene Lederjacke tun ein Übriges, ihn aussehen zu lassen als wäre er gerade aus einem »Indiana Jones«-Film herausgepurzelt, und trotz der verzwickten Situation muss ich zugeben, dass er ziemlich heiß aussieht – nicht, dass mich das im Moment interessieren würde.

Okay. Dann muss es sein. Ich muss ihm alles erzählen. Ich seufze schwer, bevor ich starte.

»Also schön, Philip, das mit Peguerez ... es hat nicht funktioniert. Tessa wollte ihm gehörig einheizen – sie ist sogar ohne Höschen vor ihm herumgetanzt, kannst du dir das vorstellen?«, versuche ich eine Auflockerung, aber er reagiert nicht darauf, sondern sieht mich nur weiterhin wortlos an. »... äh ... ja, und dann haben wir auf einmal kapiert, dass er schwul ist.«

»Wie bitte, er ist schwul?« Philip starrt mich an. »Ach, deshalb ... «

»Ja, genau. Und als Frederic auf einmal auftauchte – weil er ja immer noch wollte, dass ich ihm diesen einen Gefallen tue –«, betone ich hastig, »hat es Peguerez voll erwischt. Er war vom ersten Blick weg in Frederic verliebt, und wir konnten Frederic schließlich überreden, sich an ihn ranzumachen, um sein Vertrauen zu gewinnen und ... du weißt schon, ihm die Informationen zu entlocken, die du wolltest.«

»Und weiter?«, fragt Philip gespannt.

»Ja, und dann lief es plötzlich völlig aus dem Ruder.« Ich

fuchtele verlegen mit den Armen herum. »Peguerez wollte Frederic küssen, und er hat ihn angefasst, und daraufhin ist Frederic durchgedreht und hat Peguerez in den Pool ... ähm ... geschubst.« Ich verrate ihm lieber nicht, dass Frederic den kleinen Peguerez abgeschossen hat wie einen Marschflugkörper.

Philip denkt eine Weile über meine Worte nach.

»Mit anderen Worten, die Sache mit Peguerez ist gelaufen«, fasst er zusammen. Ich nicke, und als ich sehe, wie schwer ihn das trifft, versetzt es mir einen Stich direkt ins Herz. Er reibt sich angestrengt über die Augen, als könnte er damit einen bösen Traum verscheuchen. Dann sieht er mich wieder an: »Und das war wirklich alles genau so, Molly?«, fragt er. »Weißt du, dieses Projekt bereitet mir schon genug Probleme, aber noch viel schlimmer wäre es für mich, wenn du ...« Er führt den Satz nicht zu Ende, sondern sieht mich nur mit einem Blick an, der mir durch und durch geht.

»Aber Philip, natürlich war es so«, rufe ich verzweifelt aus. Der Gedanke, dass er an meinen Worten zweifelt, versetzt mir gleich noch einen Stich. Doch dann habe ich eine Idee.

»Warte, ich kann's dir sogar beweisen!« Ich streife hastig die Tragetasche von meinem Laptop und klappe ihn auf.

Bitte, lieber Gott, lass ihn nicht kaputt sein! Bitte, bitte!

Er funktioniert. Halleluja! Mit bebenden Händen steuere ich das entsprechende Menü an und starte die Sequenz mit unserem Überwachungsvideo. Dann drehe ich mich so, dass Philip und Lessing, der die ganze Zeit neben ihm gestanden und unser Gespräch interessiert mitverfolgt hat, den Bildschirm auch einsehen können.

»Siehst du, das war am Anfang, als wir uns zu dritt mit Peguerez unterhalten haben ...« Ich spule vor bis zu dem Moment, als Lissy und ich uns verzogen haben. »Und ab da hat es Tessa allein versucht«, erkläre ich.

»Ist das die Szene mit dem Höschen?«, will Lessing wissen.

»Das kommt später, aber davon sieht man ohnehin nichts auf dem Film«, antworte ich. Ich werfe ihm einen irritierten Blick zu, kann aber nicht erkennen, was er denkt.

»Ach so.« Er verzieht keine Miene, sondern konzentriert sich nur weiter auf den Bildschirm.

Ich gehe weiter vor bis zu der Szene, in der Tessa wutentbrannt zu uns ins Haus stürmt und wenig später Frederic ins Bild kommt.

»Siehst du, Philip, da kannst du Frederic sehen«, kommentiere ich aufgeregt. »Zuerst kommt er zu uns ins Haus, dann dauert es ein bisschen, bis wir ihn überreden können ...« Ich betätige wieder den Vorlauf. »... und da ist er wieder zurück und setzt sich neben Peguerez. Siehst du?«

Philip und Lessing verfolgen interessiert das Geschehen auf dem Bildschirm. Ich betätige zwischendurch wieder den schnellen Vorlauf, weil es sonst zu lange dauern würde, und schalte wieder auf Normalbild, als Peguerez sich an Frederic heranmacht. Man kann deutlich sehen, wie er ihn umarmen will und versucht, ihn zu küssen, und wie Frederic daraufhin empört aufspringt und Peguerez ihm sofort mit einem sehnsüchtigen Blick folgt.

»Den Rest kann man von dieser Kamera aus nicht mehr sehen«, schließe ich.

Philip lässt ein paar endlos wirkende Sekunden verstreichen, während das Herz mir vor Aufregung bis zum Halse schlägt. Dann atmet er tief durch.

»Okay, Molly, du hast also recht gehabt«, sagt er, und als er mich jetzt ansieht, hat sich sein Gesichtsausdruck völlig verändert. Ein paar Sorgen sind zwar immer noch darin zu lesen, aber er wirkt doch ziemlich erleichtert. »Es tut mir aufrichtig leid, dass ich an dir gezweifelt habe«, fährt er fort. »Aber nachdem ich gehört hatte, dass Frederic wieder da ist, und du dann nach unserem Streit nicht mehr abgehoben hast, hatte ich schon die schlimmsten Befürchtungen ...«

Er macht eine Bewegung, als wollte er mich in die Arme nehmen, in diesem Moment kommt uns allerdings ausgerechnet Lessing in die Quere, indem er ohne jede Romantik sagt: »Kann ich das noch einmal sehen?«

Er nimmt mir den Computer aus der Hand, und ich lasse ihn gewähren.

»Aber sag, Molly, wieso hast du denn nicht auf meine Anrufe reagiert?«, will Philip wissen.

»Also, das war, weil …« Ich sehe ihn an, und es fällt mir unendlich schwer, ihm die ganze Wahrheit mitzuteilen. »Nachdem das mit Peguerez so völlig danebengegangen war und wir auch noch diesen Streit hatten, bekam ich Angst, du würdest mir böse sein, und deswegen wollte ich alles wieder eingerenkt haben, bevor wir erneut miteinander reden. Ich wollte heute die Vorfälle bei Winners only aufklären, und dann wollte ich über Hofstätter ganz viele Aktien kaufen, aber das hat nicht funktioniert, weil Clarissa …« Meine Stimme wird ganz piepsig, und ich fühle, wie sich meine Augen mit Tränen füllen. »… weil Clarissa fast alle Aktien aufgekauft hat.« Ein heftiges Schluchzen entringt sich meiner Brust, und jetzt kann ich meine Tränen nicht mehr länger zurückhalten.

»Clarissa?«, fragt Philip perplex. »Meinst du etwa deine Ex-chefin?«

»Ja, genau. Sie steckt hinter den ganzen Anschlägen, ich habe sie gerade vorhin erwischt – deswegen habe ich übrigens auch keine Schuhe an«, erkläre ich und wische mir schnell über die Augen.

»Ach so, ich habe mich schon gewundert«, meint Philip. »Hast du sie etwa damit beworfen?«

»Nein, die habe ich nur ausgezogen, damit ich schneller laufen kann, beworfen habe ich sie mit dem Laptop …«

Philip und Lessing wechseln einen verwunderten Blick.

»… jedenfalls hat Clarissa über Hans Meier fast alle Aktien gekauft, und sie will dafür sorgen, dass ich gefeuert werde, weil ich eine totale Versagerin bin«, schließe ich mit brennendem Gesicht.

Philip und Lessing mustern mich erstaunt.

»Wer sagt, dass Sie eine Versagerin sind?«, fragt Lessing.

»Na, Clarissa, und Sie auch«, antworte ich stockend.

»Ich?«, sagt er mit hochgezogenen Augenbrauen. »Daran würde ich mich erinnern.«

»Aber Sie haben doch die ganze Zeit an mir herumgenörgelt, von unserem ersten Treffen an.« Ich recke trotzig mein Kinn vor.

»Ich habe mir viele Gedanken gemacht, das stimmt«, räumt er ein, »und ich habe Ihnen in der Tat ein paar unbequeme Fragen gestellt, um mir über Sie im Klaren zu sein, aber ich habe nie behauptet, dass Sie eine Versagerin sind.«

»Das ist wahr, Molly«, springt Philip ihm bei. »Im Gegenteil, ich habe vorgestern mit Frank telefoniert, weil ich mir Sorgen um dich machte, und er hat gesagt, dass du zwar das mit Abstand merkwürdigste Geschäftsgebaren an den Tag legst, das er jemals gesehen hat, aber dass er dir mittlerweile dennoch hundertprozentig vertraut.«

»Nein! Ist das wahr?« Ich starre die beiden abwechselnd ungläubig an.

»Ja, so ist es.« Lessing nickt. »Und was diese Aktien betrifft, Frau Becker … Wie kommen Sie denn darauf, dass diese Clarissa so viele davon gekauft hat?«

»Na, weil sie es mir gerade vorhin erzählt hat«, antworte ich. »Und weil heute bei Börsenstart nur noch sechshundert Stück übrig waren«, fällt mir dann noch ein.

Auf einmal lächelt er – und seltsamerweise lächelt jetzt auch Philip. Finden die das etwa lustig?

»Was ist?«, frage ich verunsichert.

»Clarissa – oder Hans Meier, oder wer auch immer – kann gar keine Aktien gekauft haben«, sagt Philip sanft. »Wie ich schon gesagt habe, Molly, Frank vertraut dir mittlerweile voll und ganz, und deswegen hat er noch am Freitag für einen seiner Fonds Winners-only-Aktien gekauft.«

»*Sie* haben unsere Aktien gekauft?«, wiederhole ich ungläubig. »Und wie viele?«

»Achttausend Stück«, antwortet Lessing, ohne mit der Wimper zu zucken. »Ein bisschen was ließ ich übrig, ich stehe auf gerade Beträge, wissen Sie.«

»Achttausend Stück … aber das sind dann ja … *acht Millionen Euro*«, flüstere ich. »Sie haben acht Millionen auf Winners only gesetzt?«

»Nicht nur«, meint er. »Genau genommen habe ich acht Millionen auf *Sie* gesetzt, Frau Becker. Sie stehen doch noch dazu, dass Sie das alles hinbiegen können, oder?«, erkundigt er sich.

»Oh, Sie meinen das mit den Vorfällen … ja, natürlich, das Thema ist so gut wie gegessen. Ich gebe später um elf eine Pressekonferenz, und die Leute, die diese Behauptungen gegen uns aufgestellt haben, kommen alle als Zeugen. Winners only wird mit einem Schlag reingewaschen, Sie werden sehen.«

»Sehr schön. Ich wusste, dass man sich auf Sie verlassen kann«, nickt er zufrieden.

»Ja, natürlich, das kann man«, bekräftige ich. Doch dann fällt mir Peguerez wieder ein. »Ich meine, abgesehen von Peguerez.« Beim Gedanken daran sinkt meine Stimmung gleich wieder. »Tut mir leid, dass ich dir da nicht helfen konnte, Philip«, sage ich zerknirscht.

»Aber das macht gar nichts, Molly«, meint er sanft. »Du hast dein Bestes gegeben, und wir finden sicher eine andere Lösung.«

Eine andere Lösung? Brauchen wir die überhaupt? Hofstätters Worte von vorhin fallen mir auf einmal wieder ein. Wir haben jetzt neun Millionen auf dem Konto, und Clarissa kann uns nicht mehr in die Quere kommen – also können wir über dieses Geld mehr oder weniger frei verfügen, nicht wahr?

»Darüber habe ich mir auch schon Gedanken gemacht, Philip.« In meiner Stimme klingt wieder frische Hoffnung mit. »Nachdem wir so viel Geld über die Aktienverkäufe hereingebracht haben, könnten wir Peguerez doch einfach noch mehr Geld bieten, was meinst du? Wenn wir ihm zum Beispiel zwei Millionen geben …«

»Ich würde sagen, wir geben ihm keinen Cent«, kommt es auf einmal von Lessing.

»Wie bitte?«, frage ich erstaunt.

Lessing hält noch immer meinen Laptop in seinen Händen und wirft erneut einen Blick auf den Bildschirm. Dann sagt er zu Philip: »Ich weiß nicht, wie du darüber denkst, Philip, aber ich könnte mir vorstellen, dass es einer Beamtenkarriere in Paraguay nicht unbedingt zuträglich wäre, wenn plötzlich so ein Video durch irgendeinen dummen Zufall im Internet auftaucht.«

Philip benötigt nicht einmal eine Sekunde für seine Antwort.

»Seh ich genauso«, nickt er.

»Heißt das, ihr wollt ihn erpressen?«, frage ich mit angehaltenem Atem.

»Wir machen nur das, was er auch mit uns machen wollte, mit dem Unterschied, dass wir im Recht sind.« Philip lächelt, und plötzlich kann ich ihm ansehen, was für eine Riesenlast ihm von den Schultern fällt. »Und in der Geschäftswelt nennt man so etwas nicht Erpressung, sondern eine stillschweigende Übereinkunft zur Wahrung der wechselseitigen Interessen.«

Stillschweigende Übereinkunft zur Wahrung der wechselseitigen Interessen? Das muss ich mir unbedingt für die Pressekonferenz merken. Wenn ich das irgendwo einbauen kann, werden alle denken, ich hätte den totalen Durchblick.

»Du sagst es«, bestätigt Lessing. Dann klappt er den Laptop wieder zu und meint: »Den behalte ich vorerst, wenn es Ihnen recht ist, Frau Becker, ich werde ein paar Kopien von dem Video anfertigen, man weiß ja nie. Und Philip …«

»Ja?«, fragt der.

»Habe ich dir schon gesagt, was für ein Schwein du mit dieser Frau hast?«

»Nein, jedenfalls nicht wörtlich.« Während Philip das sagt, sieht er mir so intensiv in die Augen, dass meine Knie sofort zu Gummi werden. »Aber das ist auch nicht nötig, mittlerweile habe sogar ich es kapiert.«

Ich fühle, wie ich knallrot anlaufe, aber in diesem Moment bin ich so stolz, dass mir das völlig egal ist.

»Ja dann ...« Ich senke den Blick zu Boden und beginne mit den Fersen auf und ab zu wippen. »... wäre eigentlich vorerst alles geklärt, oder?«

Ich kann Philip nicht ansehen. Ich kann nicht. Jetzt, nachdem sich alles so wunderbar aufgeklärt hat, könnte ich mich unmöglich noch länger zurückhalten ...

Ein paar Sekunden vergehen, und keiner sagt etwas.

Dann schlägt Lessing sich endlich vor die Stirn.

»Schon gut, ich hab's kapiert«, grinst er, während sein Blick fasziniert zwischen Philip und mir hin und her wandert. »Ich bin hier überflüssig, stimmt's? Frau Becker: War mir wie immer eine Freude, und Philip: Ruf mich an, sobald du wieder Zeit hast.« Er dreht sich um, und während er zu seinem Wagen geht, ruft er über die Schulter noch einmal zurück: »Habe ich vorhin *Schwein* gesagt? Ich meinte natürlich *Riesenschwein*! Ach ja, und wie hieß das noch schnell? Sie dürfen die Braut jetzt küssen!« Er zwinkert uns noch einmal zu, steigt ein und rauscht davon.

»So, dann sind es nur noch wir beide«, sagt Philip, und jetzt tauche ich endlich in seine dunkel glitzernden Augen ein.

»Hast du nicht gehört, was er gesagt hat?«, frage ich mit gespielter Entrüstung.

»Du meinst das mit der Braut?«, fragt er und schiebt sich ganz nahe an mich heran.

»Nein, ich meinte das mit dem Küssen«, flüstere ich.

»Oh, keine Sorge, das werde ich.« Seine Stimme ist ganz rau, als er mich endlich fest in seine Arme nimmt. »Und noch viel mehr ...«

Manomaya Kosha

»Ganz ruhig und gleichmäßig atmen, Molly, du fühlst dich leicht wie eine Feder und bist ganz entspannt ...« Samirs Stimme dringt wie durch eine Wolke zu mir durch. Der Raum ist wie immer bis auf den Kerzenschein abgedunkelt, und im Hintergrund dudeln wieder eine Panflöte und diese orientalischen Zupfdinger. Wir machen heute den »Schlaf des Yogi«, das ist so ziemlich die höchste Form der Entspannung. Samir war nach unserem letzten diesbezüglichen Versuch anfangs ein bisschen skeptisch, was meine Entspannungsbereitschaft angeht, aber dann konnte ich ihm klarmachen, dass wir heute eine ganz andere Ausgangslage haben. Und das stimmt auch: Beim letzten Mal jagte noch eine Katastrophennachricht die andere, während ich heute zum ersten Mal seit Langem völlig frei von Sorgen bin.

Seit Philips unerwarteter Wiederkehr ist eine Woche vergangen, und in der Zwischenzeit haben wir die restlichen Aufräumarbeiten erledigt. Gleich am Montagvormittag gab ich meine Pressekonferenz, nachdem ich mich vorher noch ausführlich mit Philip in einer Umkleidekabine unserer Wellnessabteilung ... ähm ... besprochen hatte, und es wurde ein Erfolg auf ganzer Linie.

Als Erstes haben unsere Zeugen berichtet, dass sie von diesem unheimlichen Fremden (ich habe ihnen vorher noch eingetrichtert, dass sie ruhig sagen sollen, *wie* hässlich der Typ war, selbst wenn man sich die Knollennase wegdenkt) unter Ausnützung ihrer Notlage dazu angestiftet worden sind. Dann habe ich ausgesagt, dass dieser unheimliche Fremde in Wahrheit meine eifersüchtige und völlig durchgeknallte Exchefin war, was diese aber natürlich bestreiten würde, und die Experten aus unseren Abteilungen haben schließlich ausführlich dargelegt, warum derartige Vorfälle bei Winners only unter normalen Umständen gar nicht vorkommen könnten, und bei der Gelegenheit gleich ordentlich die Werbetrommel für uns gerührt. Der Kurs der Aktien ist daraufhin regelrecht explodiert und steht im Moment beim Dreifachen ihres Ausgabewertes, was nichts anderes bedeutet, als dass Frank dadurch, dass er mir vertraut hat, das Geschäft seines Lebens gemacht hat. (Ist es Ihnen aufgefallen? Wir sind jetzt per Du.)

Und nicht nur er. Ich habe ja praktischerweise auch sechshunderttausend Euro bei Winners only investiert, aus denen praktisch über Nacht eins Komma acht Millionen wurden. Als ich das erfahren habe, bin ich innerlich regelrecht ausgeflippt vor Freude und für den Rest des Tages mit dem glückselig-dümmlichen Grinsen eines Endorphinzombies herumgewandelt. Doch bereits am nächsten Tag habe ich mich dann auf die Erfahrungen des letzten Jahres besonnen und ein paar ziemlich vernünftige Entscheidungen getroffen.

Ich habe einen Teil der Aktien gleich wieder abgestoßen und als Erstes das Haus schuldenfrei gemacht, und den Rest habe ich auf verschiedene Anlageformen gestreut. Die aktuelle Verteilung meines Vermögens sieht somit folgendermaßen aus: Ich habe nicht nur ein lastenfreies Haus, sondern darüber hinaus auch noch Winners-only-Aktien im Wert von achthunderttausend Euro (mit starker Tendenz zu weiteren Steigerungen; ich will nach wie vor expandieren, und eine gute Bekannte hat mir den besten Standort *überhaupt* verraten: Los Angeles), und die restlichen siebenhunderttausend habe ich in Blue Chips angelegt, die, wie ich seit einem Artikel über einen amerikanischen Superschlauberger namens Warren ... ähm ... irgendwas mit *Imbiss* weiß, gar nichts mit Kartoffelchips zu tun haben, sondern einfach nur Aktien von besonders soliden und ertragreichen Firmen darstellen. Ach ja, nicht zu vergessen die hunderttausend, die bei Hofstätters Transaktionen auf meinem Girokonto übrig geblieben sind und die ich gleich dort belassen habe für eventuell anfallende, dringende Ausgaben, man weiß ja nie.

Alles in allem kann ich also ziemlich stolz auf mein Portfolio sein, am meisten aber freut es mich, dass es mir gelungen ist, meinen damaligen Gewinn von einseinhalb Millionen trotz einiger großzügiger Geschenke und Spenden noch zusätzlich zu vermehren, und das ist eine Leistung, zu der mir selbst Finanzgenies wie Frank Lessing gratulieren müssten – so ich davon erzählen dürfte.

Apropos Frank Lessing. Er hat doch damals meinen Laptop mitgenommen, und mir ist erst viel später eingefallen, dass ich ganz vergessen hatte, die Duftkerzenkamera in Tessas Zimmer wieder zu entfernen. Ich weiß zwar nicht genau, wie es passiert ist, aber irgendwie scheinen von der Kamera ein paar Szenen aus Tessas Zimmer auf meinen Laptop übertragen worden zu sein, denn anders kann ich es mir nicht erklären, dass Frank erstens Tessa sofort am nächsten Tag um ein Rendezvous gebeten und ihr zweitens dabei eine Flasche Code Femme von Armani mitgebracht hat (was zufälligerweise ihr Lieblingsparfüm ist) und drittens außerdem wusste, dass ihre Lieblingsserie »McLeods Töchter« ist (nicht einmal Lissy und ich wussten das bis dahin). Jedenfalls glaube ich nicht, dass das alles Zufälle waren, aber ich habe Tessa natürlich nichts davon gesagt, sondern einfach heimlich die Duftkerze wieder entfernt und die Sache auf sich beruhen lassen. Wozu soll ich sie im Nachhinein damit belästigen? Es ist ja schließlich niemand zu Schaden gekommen, im Gegenteil, sie und Frank sind jetzt ein Paar und verstehen sich prächtig – was natürlich auch daran liegen könnte, dass Frank sie zu kennen scheint wie kein anderer Mann zuvor, wie Tessa nicht müde wird zu betonen …

»Molly? Molly!« Eine Stimme reißt mich aus meinen Gedanken. Es ist Samir, der sich über mich gebeugt hat und mich vorwurfsvoll ansieht. »Hörst du mir überhaupt zu?«

»Äh ... ja, sicher, Samir, natürlich«, nicke ich.

»Ach ja?« Er runzelt misstrauisch seine Stirn. »Und was habe ich gerade gesagt?«

»Also ... ähm ...« Jetzt heißt es schnell nachdenken. Samir hat mir vorhin alles erklärt: Beim »Schlaf des Yogi« geht es um fünf Hüllen, die man irgendwie ... abarbeiten muss, und die erste habe ich mir gemerkt, weil sie klang wie eine Zusammensetzung aus dem Vornamen meiner Omi und diesem Reinheitsgebot der Juden.

»Wir machen als Erstes Annamaria Koscher ...«, sage ich konzentriert.

»Die erste Hülle heißt *Annamaya Kosha*«, sagt er mit unverkennbarem Vorwurf in der Stimme. »Molly, du musst mir zuhören, sonst hat es keinen Sinn.«

Mann, ist der empfindlich. Daran sollte er bei Gelegenheit mal ein bisschen arbeiten, von einem weisen Guru würde man sich durchaus ein bisschen mehr Ruhe und Gelassenheit erwarten.

»Das meinte ich doch, Samir«, beschwichtige ich ihn. Dann schließe ich wieder meine Augen. »Und jetzt komm, leg los, ich bin bereit.«

Er stößt einen deutlich vernehmbaren Seufzer aus.

»Also gut, Molly ... Du konzentrierst dich nur noch auf deinen Körper – und auf sonst gar nichts!«, betont er ausdrücklich. »... fühle deinen Atem, wie die Luft in dich hineinströmt und dich mit Zufriedenheit und Wohlbefinden erfüllt ...«

Das ist ja vielleicht entspannend. Super, echt. Kann man nur wärmstens empfehlen.

Ach ja, und Frederic hat sich nach ein paar Tagen auch wieder bei mir gemeldet. Er wollte sich entschuldigen und hat sogar angeboten, sich noch einmal mit Peguerez zu treffen, um sich mit ihm zu versöhnen. Aber ich hatte das vorher bereits mit Philip diskutiert, und nachdem Frederic ihm durch dieses Video einen Millionenbetrag erspart hat, hat er ihm als Belohnung dafür eine unverfänglich formulierte, rückdatierte Bestätigung ausgestellt. Da drin steht, dass Philip durch seine unternehmerische Neuorientierung durchaus Interesse an vorbereitenden Recherchearbeiten im südamerikanischen Raum hätte. Frederic ist somit aus dem Schneider, und Philip hat ihm im Gegenzug das Versprechen abgenommen, dass er sich in Zukunft von mir fern hält. Frederic war damit einverstanden, allerdings erst, nachdem er mir noch einen letzten Gefallen abgerungen hat. Das in Aussicht gestellte Treffen mit Gertrud aus unserer Telefonzentrale war ihm nämlich nicht mehr aus dem Kopf gegangen, also habe ich für vergangenes Wochenende etwas für die beiden arrangiert. Philip und ich haben daraufhin eine Wette abgeschlossen, wie lange es wohl dauern würde, bis er sich wütend bei mir meldet, aber stattdessen kam gestern eine Mail in mein Büro, in der er sich überschwänglich bedankte und ausführlich Gertruds Germknödel lobte. Ich bin mir im Moment noch nicht sicher, ob er das ernst gemeint hat oder mich damit bloß veräppeln wollte, aber die Hauptsache ist, dass ich endlich meine Ruhe vor ihm habe …

… wobei Clarissa ja eigentlich das viel größere Problem gewesen ist. Aber die ist endgültig kaltgestellt. Wir können ihr zwar nicht beweisen, dass sie wirklich dieser mysteriöse Mann gewesen ist, aber unsere Anwälte haben sie inzwischen vorsorglich mit einer ganzen Reihe von gerichtlichen Anträgen eingedeckt, und als erstes und wichtigstes Ergebnis haben sie eine Verfügung erwirkt, dass Clarissa sich in Zukunft weder mir noch einem Gebäude von Winners only auf weniger als fünfhundert Meter Entfernung nähern darf. Das sollte vorerst reichen, um nicht wieder von ihr belästigt zu werden, also brauche ich mir wegen ihr auch keine Sorgen mehr zu machen.

»Molly! Molly, *halloo*!« Es ist schon wieder Samir, der mich ungehalten anguckt.

»Was ist?«, frage ich.

»Du hörst mir schon wieder nicht zu!«, beschwert er sich.

»Ach wo, Samir, das kommt dir nur so vor, weil … ähm … ich bereits so entspannt bin.«

»So, meinst du? Dann verrat mir doch mal, bei welcher Kosha wir inzwischen angelangt sind«, fordert er schnippisch.

Kosha? Ach so, diese Hüllen, die heißen alle so?

Also gut, ich meine mir gemerkt zu haben, dass die zweite Hülle so ähnlich geklungen hat wie dieser große Kanal …

»Wir sind bei der Panama Kosha«, sage ich schnell.

»*Pranamaya* Kosha, Molly, so heißt die zweite Hülle, aber wir sind inzwischen schon bei der dritten angekommen, bei der …«

»Warte, sag nichts, ich weiß es!«, falle ich ihm ins Wort. »Die heißt Mannomann Kosha, richtig?« Klar, die hatte so einen doofen Namen.

»Mano*maya* Kosha, Molly, sie heißt Manomaya Kosha«, korrigiert Samir mich mit finsterem Blick.

»Sag ich doch«, nicke ich. »Du hast es vorhin nur ein bisschen undeutlich ausgesprochen.«

»Ich weiß nicht, Molly, vielleicht sollten wir es lieber lassen«, meint er skeptisch.

»Aber wieso denn, Samir? Ich für meinen Teil bin voll bei der Sache. Ich weiß sogar noch, wie die fünfte Hülle heißt … irgendwas mit Ananas, stimmt's?«

»*Ananda*maya Kosha«, sagt er und sieht dabei aus, als würde er sich im nächsten Moment aus dem Fenster stürzen.

»Ja, genau. Es klingt nur ein bisschen anders, wenn du es sagst, weißt du?«

Ob ich ihm sagen soll, dass er so klingt wie Peter Sellers? Dann wäre der Herr Guru in Zukunft vielleicht ein bisschen weniger streng.

»Okay, Samir, machen wir weiter. Heute wird das was, das hab ich im Gefühl. Ich bin voll auf dem Entspannungstrip!«

Samir sieht mich mehrere Sekunden lang schweigend an, bevor er schmallippig meint: »Also gut, Molly, wie du willst … ich mache einen letzten Versuch. Also, konzentriere dich ganz auf deine Sinne, zuerst auf das Riechen …« Ich sauge gehorsam die Luft tief durch die Nase ein und schnuppere das Aroma der Räucherstäbchen. Und ein bisschen was von Samirs Aftershave. Ist das Axe? »… und auf das Schmecken …« Meine Zunge beginnt sogleich in meinem Mund herumzuwandern, aber irgendwie schmecke ich im Moment nur den Spearmint-Kaugummi, den ich vorhin ausgespuckt habe. Dazu fällt mir ein, dass ich mir vorhin eigentlich ein Tiramisu in unserer Cafeteria gönnen wollte, aber der Termin mit Samir stand schon an. Schade. Und ein Cappuccino wäre auch nicht schlecht gewesen … »… und das Sehen …« Sehen? Wie soll ich denn bitte schön etwas sehen, wenn ich meine Augen geschlossen halte?

Apropos Sehen. Meine Eltern habe ich am Wochenende besucht, um die neue Espressomaschine, die sie aus purem Zufall von einem Versandhaus als Jubiläumsgeschenk bekommen haben, einzuweihen. Bei der Gelegenheit habe ich zusammen mit Papi eine Lösung für Manfreds Radlerhosendilemma gefunden, indem ich Manfred angerufen und ihm berichtet habe, dass ihn ein Nachbar meiner Eltern beim Arbeiten beobachtet hätte und fragen lässt, ob er nicht auch einmal bei ihm kräftig zupacken könnte. Und ob er dabei wieder seine Radlerhosen tragen würde. Und ob es ihm nichts ausmache, dass er schwul sei. Schon beim nächsten Arbeitstermin kam Manfred in extra-weiten Jogginghosen zu meinen Eltern, sehr zur Erleichterung meines Paps, zumal Manfred seit Neuestem auch noch beim Salsakurs von Mamis Freundinnen mitmacht.

Übrigens, dieser Kurs: Mami hat inzwischen mehrmals angefragt, ob nicht auch Philip Interesse daran hätte, aber ich konnte sie bisher jedes Mal mit irgendeiner Ausrede abwimmeln. Ich weiß, dass es ihr dabei in Wirklichkeit nur um die Stärkung von Philips Hüftregionen geht, weil sie und Paps sich inzwischen doch so dringend ein Enkelkind wünschen, nur hat Philip diesbezüglich absolut keinen Bedarf, was er mir während der letzten sieben Tage hinreichend bewiesen hat (die drei Mal täglich von Rosalie Preuß waren übrigens nicht übertrieben; ach ja, und die hat jetzt einen Job bei Winners only, ebenso wie die anderen Exattentäter, die für mich durchs Feuer gehen würden, seit ich sie fair habe davonkommen lassen).

»So, Molly, es reicht. Ich bin raus!«

»Wer ist raus?«, frage ich.

Ich mache meine Augen auf und erblicke Samir, der gerade wütend ein paar Kleidungsstücke in eine Sporttasche stopft.

»Siehst du, Molly, du weißt nicht einmal mehr, dass ich hier bin«, sagt er wütend, und sofort muss ich an die Szene in dem Peter-Sellers-Film denken, in der er versehentlich eine ganze Filmkulisse in die Luft gesprengt hat. Nur, dass Samir das nicht *versehentlich* machen würde …

»Doch, Samir, das weiß ich«, sage ich versöhnlich, während ich mich aufrichte. »Und du siehst das wirklich viel zu eng, glaub mir …«

»Vergiss es, Molly, ich habe die Schnauze voll. Ich gehe jetzt nach Hause und zieh mir ein paar Videos rein …« Er sieht mich grimmig an. »… mit Kriegsfilmen!«

»Ach so, ja … dann viel Spaß«, sage ich. »Und vielen Dank noch für die Entspannung, war echt super!«, rufe ich ihm nach, als er zur Tür hinausstürmt.

Da ist er dahin, mein weiser Guru.

Und was mache ich jetzt?

Ah, ich weiß. Die dritte Hülle, Manomaya Kosha (typisch, kaum ist Samir weg, hab ich alles parat!), das Schmecken: Tiramisu und Cappuccino, das ist etwas, wobei ich mich *garantiert* entspanne.

Und später treffe ich mich mit Philip bei unserem Haus am See. Seit in Paraguay alles geregelt ist, versprüht er nur noch gute Laune und trägt mich auf Händen.

Und er hat mich auch wieder gefragt, ob ich ihn heiraten will – woraufhin ich ihn erneut auf äußerst liebevolle und zugleich diplomatische Weise auf einen späteren Zeitpunkt vertröstet habe. Ich weiß, das klingt immer noch verrückt, aber aus irgendeinem Grund ist es mir wichtig, vorher reinen Tisch zu machen und die letzten Geheimnisse, die wir voreinander haben, zu lüften. Geheimnisse wie zum Beispiel ein Lottogewinn, den man über einen längeren Zeitraum verschwiegen hat. Das Problem dabei ist nur, dass das für mich mit jedem weiteren Tag ein wenig schwerer wiegt, weil ich mir immer noch vorkomme wie eine Lügnerin, wenn ich es ihm *nicht* sage, und deswegen habe ich mir in der Zwischenzeit auch schon einen Superplan ausgedacht: Ich werde einfach abwarten, bis er mit einem ganz und gar sensationellen Geheimnis herausrückt. Ich meine, da *muss* es doch irgendetwas geben. Philip hat früher auf der ganzen Welt seine Geschäfte gemacht, und da wäre es nur logisch, dass er auch in die eine oder andere brisante Affäre verstrickt worden ist. Also lasse ich ab jetzt einfach die Zeit für mich arbeiten, und wenn er eines Tages in einem Anfall von Vertrauensseligkeit zum Beispiel erwähnt, dass er einen Staatsstreich in einer südafrikanischen Bananenrepublik mitfinanziert hat, oder dass er Unsummen am Finanzamt vorbeigeschleust hat, oder dass er eine uneheliche Tochter mit einer japanischen Mezzosopranistin hat oder so was in der Art, dann werde ich ganz beiläufig erwähnen: »Ach, das ist ja so ähnlich wie bei mir damals mit meinem Lottogewinn ...« Er wird ein bisschen dumm aus der Wäsche gucken, und ich natürlich ebenso, und wir werden beide herzlich darüber lachen, und schwuppdiwupp ... schon herrschen klare Verhältnisse.

So einfach wird das. Ich muss also nur noch ein wenig Geduld haben und den richtigen Moment abwarten, und dann können wir endlich heiraten.

Aber eigentlich ist das gar nicht so wichtig. Wichtig ist im Moment nur, dass Philip mich liebt und dass ich ihn liebe. Und das tue ich, mehr sogar als je zuvor. Allein beim Gedanken an ihn wird mir sogleich wieder warm ums Herz, und ich kann es kaum erwarten, ihn zu sehen. Wir werden natürlich keinen Fisch essen, weil ich etwas von unserem Lieblingsitaliener mitbringe, und wir werden dasselbe machen wie damals mit Lissy und Tessa: nackt baden. Nur wir beide.

Und dann … Tja, mal sehen.

Ich hätte da so eine Vorstellung …

Kim Schneyder

Im Bett mit Brad Pitt

Roman. 304 Seiten.
Piper Taschenbuch

»Hi, ich bin Lilly Tanner. Echt klasse, dass meine Freundin Emma mich zu diesem Trip nach Hollywood eingeladen hat. Wir werden jede Menge Spaß haben, und schätzungsweise werden wir auch ein paar echt coole Stars kennenlernen, vor allem aber kann ich dort endlich mein Drehbuch verkaufen. Ich meine, jetzt mal im Ernst, Leute, das ist *Hollywood*, was soll da schon schiefgehen?«

Eine ganze Menge, wie Lilly schon bald erfahren muss. Denn Fettnäpfchen lauern zur Genüge in der Traumfabrik, ob in der Schauspielschule, hinter den Türen schräger Agenturen oder in der angesagten Promibar. Und es kann schon mal vorkommen, dass man über Nacht zu Brad Pitts hemmungsloser Gespielin wird, wenn man unvorsichtig ist. Und damit geht das Chaos erst so richtig los …

Kim Schneyder

Hilfe, ich hab den Prinzen verzaubert

Roman. 304 Seiten.
Piper Taschenbuch

»Hallo, ich bin Heidi Martens. Also, dieser Abstecher nach Monaco damals war schon ziemlich verrückt, rückblickend jedoch das einzig Richtige, nachdem Robert mich mit dieser blöden Kuh betrogen hat. Aber schätzungsweise mache ich nicht als Erste die Erfahrung, dass man die besten Typen nie für sich alleine hat. Was wir da alles erlebt haben, könnte locker die Jahresausgabe eines Klatschmagazins füllen, und dass Albert dann ausgerechnet wegen mir um die Hand seiner Charlene angehalten hat, will mir bis heute niemand glauben, obwohl es sogar Zeugen dafür gibt. Aber am besten erzähle ich die Geschichte noch einmal ganz von vorn …«

05/2583/02/L.   05/2708/01/R